ハヤカワ・ミステリ文庫
〈HM331-2〉

川は静かに流れ

ジョン・ハート
東野さやか訳

早川書房
6437

DOWN RIVER

by

John Hart

Translated by
Sayaka Higashino

First published 2009 in Japan by
HAYAKAWA PUBLISHING, INC.
This book is published in Japan by
arrangement with
ST. MARTIN'S PRESS LLC.
through TUTTLE-MORI AGENCY, INC., TOKYO.

いつものことながら、ケイティに捧ぐ

謝辞

わたしが書くものはスリラーもしくはミステリの範疇《はんちゅう》に入るのだろうが、同時に家族をめぐる物語でもある。偶然そうなったわけではない。誰にでも家族がいる。いい家族、悪い家族、離ればなれの家族、心の通い合わない家族。どれであってもわたしの意図には関係ない。話はいくらでも飛躍させられるし、それでも読者は理解してくれる。家庭崩壊は豊かな文学を生む土壌であると、わたしは折にふれ発言してきたが、心からそう思う。この肥沃な土壌は、秘密や犯罪という種を蒔いて緊迫感あふれる物語にまで育てるにうってつけの場所だ。裏切りがもたらす傷は深く、悲しみはいつまでも消えず、記憶は永遠に残る。作家にとってまさに天からの恵み以外の何物でもない。

そういうわけで、誰をおいてもまず、我慢してつき合ってくれた家族に感謝したい。父も母も悪人ではない――それどころかとても善良である。妻の両親、わたしのきょうだい、妻、そして子どもたちも同様である。執筆の最初から最後まで、本当に世話になり、彼らなくしてはとてもがんばれなかった。とくに、本書を捧げた妻のケイティの存在は大きい。愛しているよ、ダーリン。いつもそばにいてくれて感謝している。

トマス・ダン・ブックおよびセント・マーティンズ・プレスの優秀なる面々も、ある意味で家族と言える。不屈の擁護者であり協力者でもある担当編集者のピート・ウルヴァートンには格別の感謝を捧げたい。また、眼力鋭い編集者、ケイティ・ギリガンにも心の底から謝意を伝える。きみたちふたりは最強のコンビだ。ほかにもかけがえのない方々と知り合うことができた。サリー・リチャードソン、マシュー・シア、トマス・ダン、アンディ・マーティン、ジェニファー・エンダーリン、ジョン・マーフィー、ローレン・マンゼッラ、クリスティーナ・ハーカー、ケリー・ノードリング、マット・バルダッチ、アン・マリー・トールバーグ、エド・ガブリエッリ。みんなありがとう。原稿の校正を担当してくれたサブリナ・ソアレス・ロバーツをはじめ、本書を世に出すため、身を粉にして働いてくれた方々――アメリー・リテル、キャシー・トゥリアーノ、フランシス・セイヤーズおよびキャシー・パリーズにも厚くお礼申しあげる。一冊の本を世に送り出すには大勢の方々の手が必要であり、全員の名前をあげていないことは承知している。しかし、全員がすばらしい仕事をしてくれたことに変わりはない。

また、本を売り出すため、読者には想像もつかない努力を重ねている、勤勉で情熱の塊のような敏腕営業スタッフにもお礼を申し述べたい。尽力と助力をありがとう。

エージェントのミッキー・チョートには格別の謝意をしめさねばならない。ありがとう、ミッキー。きみはよき友であると同時によき助言者でいてくれた。映画担当のエージェントであるジェフ・サンフォードにも感謝している。彼は見識豊かで頼り甲斐があり、歯に衣着せぬ性格だ。

ソールズベリの街についてもひとこと触れねばなるまい。本書でわたしはここを黒々としたものが渦巻く場所として描いたが、家族と同様、それは本来の姿ではない。ソールズベリはすばらしい街であり、そこで育ったことをわたしは誇りに思う。読者のみなさん、舞台は実在する土地だが、登場人物――判事も警察官も、あるいは保安官やその助手たちもすべてわたしの想像の産物であることをどうか心に留めておいていただきたい。しかしながら、次にあげる三人の実在の人物からお名前を拝借している。義弟のグレイ・ウィルソン、かつての同僚であるケン・ミラー、そして少年時代の知人であるドルフ・シェパード。名前を貸してくれたグレイとケン、使用の許可をくださったドルフのご家族に感謝する。

奇跡を起こすべく手を尽くしてくれた次の方々にも感謝する――ブレットとアンジェラのザイオン夫妻、ニールとテッサのサンソヴィッチ夫妻、アレックス・パターソン、およびバーバラ・シーグ。損得勘定抜きで協力してくれたきみたちのことはけっして忘れない。

本の執筆は長時間におよぶ孤独との闘いである。わたしが正気を失わずにすんだのは、次に名前をあげる友人の心遣いがあってこそだ。スキッパー・ハント、ジョン・ヨーカム、マーク・ウィット、ジェイ・カークパトリック、サンダーズ・コックマン、ロバート・ケットナー、エリック・エルスワイグ、ジェイムズ・デューイー、アンディ・アンブロ、クリント・ロビンズ、それに法律用語の確認もしてくれたジェイムズ・ランドルフ。

また、クーリーミー・プランテーションというたいへんすばらしい農場で過ごす機会をあたえてくれたピーター・ヘアーストンといまは亡きヘアーストン判事にもお礼を申しあげる。

最後になったが、娘のセイヴィアとソフィーにも心からの感謝を。

川は静かに流れ

登場人物

アダム・チェイス……………………主人公
ジェイコブ……………………………アダムの父親。レッド・ウォーター農場の主
ジャニス………………………………ジェイコブの後妻。アダムの継母
ミリアム………………………………アダムの義理の妹
ジェイムズ（ジェイミー）…………アダムの義理の弟
ダニー・フェイス……………………アダムの親友
ゼブロン………………………………ダニーの父親
ロビン・アレグザンダー……………ソールズベリ警察の刑事。アダムの元恋人
ドルフ・シェパード…………………レッド・ウォーター農場の作業監督
グレイス………………………………ドルフの孫娘
グレイ・ウィルソン…………………殺人事件の被害者
ジョージ・トールマン………………警察官。ミリアムの婚約者
グランサム……………………………保安官事務所の刑事
サラ・イェーツ………………………ハーバリスト
マーガレット…………………………サラの母親
ギルバート・T・ラスバーン（ギリー・ラット）………判事
パークス・テンプルトン……………チェイス家の弁護士

1

その川は、思い出せるかぎりもっとも古い記憶だ。小高い丘にある実家の玄関ポーチに立つとよく見えた。幼い頃にこのポーチで撮った黄ばんだ写真はいまも大事に取ってある。そこで母にあやされながら眠り、釣りをする父のかたわらで埃《ほこり》まみれになって遊んだ。川はいまも僕の目にしっかりと焼きついている。赤土で濁った水がゆっくりと流れ、切り立った岸壁の下で渦を巻き、ローワン郡の薄紅色をした固い花崗岩に内緒話をする。僕という人間を形作った出来事は、すべてその川の近くで起こった。川が見える場所で母を失い、川のほとりで恋に落ちた。父に家から追い出された日の、川のにおいすら覚えている。それは僕という人間の一部であったが、いまでは永遠に失われてしまった。

しかし状況は変わると、僕は自分に言い聞かせた。誤解が解かれ、過ちは正される。だから帰ってきたのだ。

期待。

そして怒り。

僕は三十六時間一睡もせず、かれこれ十時間も運転している。落ち着かない日々と眠れぬ夜を過ごしたのち、ひとつの決断がこそ泥のごとく忍びこんだ。ノース・カロライナ州に戻るつもりなどさらさらなかった——とうの昔に葬り去ったつもりでいた——が、ふと気づくとハンドルを握っていた。マンハッタンははるか北に沈んだ。一週間分の無精ひげがのび、ジーンズは三日間同じものを穿きっぱなし。痛みと紙一重の苛立ちで気持ちが張りつめていたが、ここの住人ならすぐに僕だと気づくだろう。よくも悪くも、それが故郷というものだ。

川まで来たところでアクセルから足を離した。太陽はまだ木立の向こうに顔を出していないが、のぼりつつあるのが、必死に這いあがろうとしているのがわかる。橋を渡りきったところで車を停め、踏み固められた砂利道に降り立ってヤドキン川を見おろした。山奥に源を発するこの川はノース・カロライナとサウス・カロライナの両州にまたがって流れている。僕がいるこの場所から八マイル下流で、実家が一七八九年以来所有するレッド・ウォーター農場の北端に接する。さらに一マイルくだると父の家のわきに出る。父と僕はこの五年間、ひとことも言葉をかわしていない。

しかし、僕に非はない。

ビールを片手に土手を下り、川べりに立った。いまにも崩れそうな橋の下はだだっぴろい地面で、ごみ捨て場と化している。倒れかかった柳の木に目をやると、下のほうの枝に牛乳のプラスチック・ボトルが結びつけられ、それが川に浮いていた。川底付近にいた獲物が引っかかったのだろう、ボトルのひとつがかなり沈んでいた。僕はそれをじっと見つめたままビールの缶をあけた。ボトルはさらに深く沈み、川の流れと逆方向に向きを変えた。上流に進もうと川面にVの字を描いている。枝がしなり、川の水で赤く変色した白いボトルの動きが止まった。

目を閉じて、僕を追い出した人々の顔を思い浮かべた。これだけの歳月が流れたいま、てっきり顔がぼやけ、声も聞こえなくなったはずだと思ったが、実際にはその逆だった。記憶が生々しくよみがえり、無視することはできなかった。

もうよそう。

橋の下から上にあがると、泥まみれの自転車にまたがった少年の姿に目が止まった。片足を地面につけ、中途半端な笑みを浮かべている。十歳くらいだろうか、よれよれのジーンズに古ぼけたキャンバス地のハイトップスニーカーという恰好だ。こぶ結びにしたロープで肩にバケツを背負っている。少年と並んだ僕の大型ドイツ車は、さながら異世界から飛来した飛行船だった。

「おはよう」と声をかけた。

「こんちは」少年は会釈したが、自転車から降りなかった。

「ボトル・フィッシングだね？」柳の木のほうをしめして訊いた。

「きのう二個仕掛けたんです」

「ボトルは三個あったけどな」

少年は首を横に振った。「一個は父さんのだから数に入れないんです」

「真ん中のやつにかなりの大物がかかってたぞ」少年の顔がぱっと輝いたのを見て、あれは父親ではなく少年が仕掛けたボトルだとわかった。「手を貸そうか？」

「大丈夫です」

子どもの時分、この川で何度かナマズを釣り上げた経験がある。真ん中のボトルの手強そうな引きからすると、かなりの大物、それも軽く二十ポンドはありそうな、川底に棲息する黒い体表をしたやつだろう。

「そのバケツじゃ小さすぎると思うよ」

「だったらここでさばきます」少年は得意そうに、ベルトに留めた鋭いナイフへと手をのばした。染みのついた木の握りにはヘアライン加工した白っぽい鋲飾りがついている。鞘は黒革だが、油をきちんと塗りこんでいないのか、ところどころ白くひび割れていた。少年の手が柄に触れた瞬間、僕はいまの彼の言葉が本気なのを見てとった。

「そうか。じゃあ、がんばれよ」

僕は大まわりして少年をよけた。彼は自転車にまたがったまま、僕がロックを解除して車に乗りこむのを見ていた。それから僕から川へと視線を転じると、顔をほころばせ、バケツを肩から下ろし、細い脚を自転車の後方に蹴りあげてまたいだ。僕は車を出したあともミラーで彼の姿を追った。淡黄色の世界のくすんだ色の少年を。

かつての気持ちがまざまざとよみがえった。

一マイルほど走ったところで太陽の猛攻撃に襲われた。ただでさえしょぼついている目にはつらく、僕はサングラスをかけた。ニューヨークで硬石、狭さ、薄暗がりがすっかり身に染みついていた。ここは広々としすぎている。すべてが生き生きとしている。心の奥底をひとつの単語が引っかいた。

みずみずしい。

目が痛いほどみずみずしい。

いつの間にか忘れていた言葉だ。しかしその言葉は数えきれないほどの意味でまちがっていた。

何度かカーブを曲がるうち、道はしだいに狭くなった。アクセルをめいっぱい踏みこみ、父の農場の北端を時速七十マイルで通り過ぎたのは当然と言えば当然だった。この場所には複雑な思いがある。愛情、喪失、そしてじわじわと心を蝕む苦悩。入り口、ひらいた門、なだらかに起伏する緑を抜ける長い邸内路を猛スピードで走り過ぎた。速度計の針は時速八十マイルになんなんとし、なにもかもがガラガラと音を立てて崩れ、ほとんどなにも見えなくなった。楽しかった思い出も。すべてが崩壊する前の日々も。

十五分後、ソールズベリとの境まで来ると、スピードをゆるめ、野球帽を目深にして顔を隠した。この土地への僕の執着心はたしかに異常だが、ここは僕が生まれ育った場所であり、かつては心から愛していたのだ。だから車で流しながら様子をうかがった。いまも変わらず裕福で由緒があり、小さいながらも南部らしさをただよわせている。この土地が僕を吐き出して何年にもなるが、いまも僕という味はするのだろうか。

改築された駅やいかにも金のかかっていそうな古い豪邸群を過ぎ、見慣れたベンチにすわる男たちや色あざやかな服に身を包んだ女たちから目をそらした。信号で停止し、弁護士たちが大きな荷物を抱えて広い階段をのぼっていくのを目で追った。左折し、裁判所の前でしばしぼんやりとした。陪審員ひとりひとりのまなざしが思い出され、三週間の長きにわたって着席したテーブルのざらざらした手ざわりが感じられた。ここで目を閉じれば、裁判所の階段に殺到した人混み、心ない言葉に平手打ちされた感覚や真っ白く光る歯がよみがえってくる気がする。

無罪。

そのひとことが激しい怒りをかき立てた。

最後にもう一度目を向ける。頭でっかちの邪悪な存在。心のなかで燃えあがる激しい憎悪の炎を無視できなくなった。ハンドルを握る手に力がこもった。あの日が襲いかかってくる。胸のなかで怒りがふくれあがり、思わず咳きこみそうになった。

メイン・ストリートを南に進み、次に西へ向かった。五マイルほど走って〈フェイスフル・モーテル〉にたどり着いた。意外でもなんでもないが、僕がいないあいだもここは荒廃の一途をたどっていた。二十年前は大繁盛したが、熱心な女性信者と牧師が通りの反対側にあったハードコア・ポルノのドライブイン・シアターに鉄槌を下してからというもの、車の数が減りつづけた。いまや色褪せたドアがえんえんとつづくおんぼろモーテルと化し、客といえば、時間単位や週単位で利用する者か、四人でひと部屋をあてがわれる季節労働者くらいなものだ。

モーテルの経営者の息子を知っている。かつての友人、ダニー・フェイスだ。僕たちは幼なじみで、よく一緒に遊んだ。彼は喧嘩っぱやくて大酒飲みで、農繁期にはアルバイトでうちの農場を手伝っていた。そのダニーから三週間前に電話があった。ここを追い出されて以来、僕の行方を突きとめたのは彼がはじめてだった。どんな手を使ったのかはわからないが、さほどむずかしくはなかったはずだ。ダニーは頼りになる男でピンチに強いが、思慮深さとは無縁だ。その彼に電話で助けを求められ、ソールズベリに帰ってきてくれと頼みこまれた。僕は断った。故郷などない。僕はすべてを捨てたのだ。

しかし、電話はほんのきっかけにすぎなかった。ダニーもそれが、僕にこれほどの影響をあたえるとは思っていなかったにちがいない。

駐車場は舗装されておらず、建物は低く、細長かった。僕はエンジンを切って、薄汚れたガラスのドアをくぐった。両手をカウンターにつき、壁にひとつだけある装飾品に目をこらした。長さ三インチの大釘に、黄変した芳香剤十個あまりをマツの木の形に吊るしたものだ。鼻から息を吸いこんだが、マツのにおいはこれっぽちもしなかった。そこへ、奥から年配のヒスパニック系の男が現われた。子ども向け教育番組で有名だったミスター・

ロジャーズのような赤いセーター姿で、革ひもに大きなトルコ石をあしらったペンダントを下げている。男の慣れた目が僕を品定めした。彼の目に自分がどう映っているか、手に取るようにわかる。二十代後半、長身でスリム。無精ひげを生やしているが、髪はこざっぱりとし、高級時計をはめている。結婚指輪はなし。傷だらけのこぶし。

男の目が僕を離れて車に向いた。頭のなかで計算しているのは明らかだ。

「なんですか？」ここには場違いなほどまともな応対ぶりだった。目を伏せてはいるが、背中がぴんとのび、なめし革のような小さな手はぴくりともしない。

「ダニー・フェイスに会いたい。アダム・チェイスが来たと伝えてくれ」

「ダニーは留守だ」と年配の男は答えた。

「いつ戻る？」僕は落胆の色を隠して訊いた。

「さあ。かれこれ三週間になる。もう帰って来ないかもしれない。だが、宿はいまも親父さんの経営だ。よかったら呼んでこよう」

男から聞かされた話を整理した。ローワン郡には二種類の人間がいる。生まれたこの地で一生を過ごす者と、出て行かざるをえない者。ダニーは前者のはずだ。

「ダニーはどこに行ったんだ？」

男は肩をすくめた。うんざりしたように口をへの字に曲げ、てのひらを上に向けて。

「ガールフレンドを殴っちまってね。女はそこの窓から外に落っこちた」男も僕も、僕のうしろのガラスに目をやった。男はまたもフランス人流に肩をすくめた。「それで顔に傷を負った。女は訴えてやると息巻き、ダニーは行方をくらました。以来、誰もやつの姿を見ていない。で、親父さんのほうを呼んでこようか？」

「いや、いい」疲れきっていて、これ以上運転できる状態ではなかったし、まだ父と相対する心の準備もできていなかった。「部屋はあいてるか？」

「あいて《シ》いる」

「だったら、ひと部屋頼む」

男はまたも僕を上から下までながめまわした。「本気で言っているのか？　ここに泊まると？」そこでふたたび両のてのひらを見せた。

僕は財布を出し、カウンターに百ドル札を一枚置いた。

「そうだ《シ》。ここに泊まる」

「何泊？」

男の目が向いているのは僕でもなく、百ドル札でもなかった。高額紙幣の束で縫い目が破れそうな僕の財布に向けられていた。僕は財布をたたんでポケットにしまった。

「夜になったらチェックアウトする」

男は百ドル札を引っこめると七十七ドルのつりをよこし、番号が気にならないなら十三号室があいていると告げた。僕は番号はなんでもいいと答えた。男から鍵を受け取り、その場をあとにした。僕が端の部屋まで車を移動させるのを男はじっと見ていた。

僕は部屋に入ってチェーンをかけた。

室内は白カビと前の客が使ったシャワーのにおいがしたが、暗くて静かで、何日も眠らずに過ごした僕としては文句はなかった。ベッドカバーをめくって靴を脱ぎ捨て、糊の効いていないシーツに倒れこんだ。期待と怒りがちらりと頭に浮かび、いまの僕はどっちの感情が強いのかと思案した。どちらとも言えず、えいやと選んだ。よし、期待だ。期待を胸に目覚めよう。

目を閉じると、部屋が傾いた。夢とうつつを行き来するうち意識が遠のき、二度と目覚めぬかのような眠りに落ちた。

喉から押し殺した声が漏れ、血まみれの壁と床に三日月形に広がるどす黒いものが見えたとたん、目が覚めた。ドンドンという音がするが、自分がどこにいるのかわからず、薄暗い室内に目をこらした。薄っぺらいカーペットは使い古した椅子の脚付近で波打っている。弱々しい光がカーテンの隙間からわずかにのぞいている。ドンドンという音がやんだ。

ドアの向こうに誰かいる。

「どなた?」喉がひりひりした。

「ゼブロン・フェイス」

ダニーの父親だ。短気な男で、たいていのことについて誰よりも知識がある。塀のなかの様子、狭量さ、独り立ちできない息子の効果的な殴り方。

「あとにしてください」と声をかけた。

「きさまに話がある」

「いまあけます」

洗面台で顔に水をかけ悪夢を洗い流した。鏡のなかの僕は憔悴しきった様子で、二十八歳という年齢よりも老けて見えた。タオルで顔を拭きながらドアまで歩き、しだいに血が通ってきたのを感じながらドアを引きあけた。陽が傾いていた。午後もだいぶ過ぎたようだ。ダニーの父親は頭に血がのぼっているらしく、顔がこわばっていた。

「どうも、フェイスさん。おひさしぶりです」

彼はほとんどと言っていいほど変わっていなかった。いくらか老いが見られるものの、横柄なところは相変わらずだ。疲労感のにじむ目が僕の顔をねめつけ、ハリのない口ひげの下で唇がゆがんだ。その笑い顔を見たとたん、僕は鳥肌が立った。

「変わってないな」ダニーの父親は言った。「あれから五年だ、少しはガキっぽさが抜けたかと思ったんだがな」

僕は嫌悪感をのみこんだ。「ダニーに会いに来たんです」

彼はゆっくりと、きつい南部訛りで次の言葉を返した。「マニーからアダム・チェイスが来たと言われたときは嘘だと思った。アダム・チェイスがうちのモーテルに泊まるもんかと。家族が住む、古くてでかい屋敷が川のそばにあるんだからな。しかもチェイス家は金持ちときてる。だが風向きがちょいとばかし変わったようだ、実際にきさまがここにいる以上はな」彼は顎を引き、くさい息を吐き出した。「それにしても、よくおめおめと帰って来れたな」

僕はこみあげる怒りを必死にこらえた。「ダニーのためです」

ダニーの父親は、うるさいとばかりにその答えを手で払った。「あいつならフロリダのビーチで甲羅干しでもしてるんだろうよ。ふん、ばかったれめが。ダニーのことなどかまわんでいい」そう言うと、息子の話はこれで終わりとばかりに言葉を切った。そして僕の顔をまじまじと見つめた。「信じられん」と言って首を振る。「アダム・チェイスがおれのモーテルに現われるとは」

僕は肩をまわした。「よそよりましだったので」

ダニーの父親は自嘲気味に笑った。「こんなぼろモーテル。おれからなにもかも吸いつくしやがって」

「そうですか」

「親父と話し合うために戻ってきたのか?」彼の目が突然、きらりと光った。

「会うつもりでいます」

「そんなことを訊いたんじゃない。あいつと話し合うために戻ってきたのかと訊いてるんだ。五年前、きさまはローワン郡きっての有力者の息子だった」そこで下卑たように笑った。「だが面倒を起こしたとたん、さっさとどこかに消えちまった。おれの知るかぎり、その後、一度も戻ってないはずだ。それをいまさら戻ってきたからには理由があるはずで、気位ばかり高い頑固な親父にものの道理をわからせに来たんだろうとにらんでるんだがな」

「フェイスさん、言いたいことがあるならはっきり言ったらどうですか」

彼が間合いをつめたとたん、饐《す》えた汗のにおいが強く鼻を突いた。彼は酒焼けの赤鼻の向こうで鈍色の目を光らせ、うわずった声で言った。「えらそうに指図するな、アダム。昔はうちのばか息子とどっこいどっこいの脳足りんだったくせしやがって。ふたりとも地面にシャベルで穴を掘ることすらまともにできなかった。きさまが飲んだくれてるところも、バーの床で血を流したところも、この目でしっかり見てきたんだ」彼は僕の足から顔をとっくりとながめた。「立派な車に乗って、都会者のにおいをぷんぷんさせてるかもしれないが、そこらの連中とどこがちがうかわからんな。少なくともおれの目には。これから言うことを親父に伝えろ。そのうち、てめえの肩を持つ者はひとりもいなくなるとな」

「ずいぶんと嫌な言い方をしますね」

「いくら下手《したて》に出ても、きさまらチェイス家の人間は変わりゃしない。この界隈の誰よりもえらいつもりでいやがる。たかが土地をたくさん持ってるだけのことで。天地創造以来、ローワン郡に住んでるだけのことで。それで、おれよりえらいと言えるのか。おれの息子よりえらいと言えるのか」

「そんなことは言ってません」

ダニーの父親はうなずくと、苛立ちと怒りで声を震わせた。「親父に伝えろ。いつまでも自分勝手なことを言ってないで、ローワン郡に住むほかの人間のことも考えろとな。これはおれひとりの意見じゃない。このへんの連中はみんないいかげん、うんざりしてる。おれがそう言ってたと伝えろ」

「いい加減にしてください」僕はさらににじり寄った。

それが気に入らなかったようだ。彼の両手の動きが止まった。「おれに指図する気か、ぼうず」

彼の目が熱く燃えるのを見たとたん、記憶が一気によみがえり、腹の底から怒りがわいた。目の前の老人がひじょうに狭量で無慈悲だったことや、息子のささいな過ちにもすぐ暴力をふるったことが思い出された。「ひとこと言わせてもらいます。とっととくたばれ」僕はさらにつめ寄った。相手もかなりの長身だが、それでもまだ僕のほうが高い。彼は僕が本気で怒っているのを見てとると、目をきょろきょろさせはじめた。かつて彼の息子と僕は、この郡をわが物顔でのし歩いていた。老人はああ言ったが、僕がバーの床で血を流したことはめったにない。「親父のことは僕の知ったことじゃない。いままでも、そしてこれからもだ。言いたいことがあるなら、自分で言えばいい」

あとずさりする彼を僕は追いつめ、うだるような暑さへと追いやった。彼は両手をあげたまま、目を僕に据え、とげとげしい声を絞り出した。「世の中は変わるものだ、ぼうず。小さくなってやがて死ぬ。ローワン郡だって例外じゃない。くそったれチェイス家もな！」

彼はそれだけ言うと、自身が君臨する道路沿いの帝国の、ペンキが剝がれかけたドアの前を早足で歩いていった。彼は二度振り返った。細面の顔に狡猾《こうかつ》さと恐怖が同時に浮かんでいた。彼が中指を立てたのを見て、僕はあらためて自問した。帰郷したのは間違いだったのだろうかと。

彼がオフィスに消えるのを待って、旅の汚れを落とすために部屋に戻った。

十分でシャワーを浴びてひげを剃り、きれいな服に着替えた。外に出たとたん、熱気が体にまとわりついた。道路をはさんだ木立がじわじわと太陽に圧迫され、押しつぶされてしまっている。花粉が黄色い光のなかを舞い、道ばたからセミの鳴き声がする。うしろ手にドアを閉めて顔をあげると、同時にふたつのものが目に飛びこんだ。ゼブロン・フェイスが管理棟の壁にもたれ、腕を組んでいた。がっしりした肩とものうい笑顔の年配の大男ふたりも一緒だ。最初に目がとらえたのはそれだった。もうひとつは僕の車だ。埃にまみれたボンネットに大きな字が刻みつけられていた。

人殺し。

少なくとも幅二フィートはある。

期待もへったくれもない。

老人が破顔し、笑顔の向こうから言葉を押し出した。「不良どもの仕業だ。あっちへ逃げてったぞ」彼は往来のない道路の向こう、かつてはドライブインの駐車場だったが、いまでは雑草がのび放題のアスファルト舗装された区画を指さした。「とんだ災難だったな」

手下のひとりがもうひとりを肘で突いた。連中の目になにが映っているかわかっている。ニューヨークのナンバープレートをつけた金持ち車と、ぴかぴかの靴を履いた都会者。ふたりとも狐につままれているのだ。

僕は車のトランクに歩み寄ると、バッグをしまい、タイヤレバーを手に取った。片側がラグレンチになっている長さ二フィートの硬い金属。棒の重さを脚に感じつつ、駐車場から引き返した。

「よくもやってくれたな」

「言いがかりはよせ、チェイス」

三人はフェイスを真ん中に、面倒くさそうにポーチを下りた。陽にあぶられて硬くなった地面をジャリジャリいわせ、三方向に広がった。手下のうちフェイスの右隣にいる長身の男は腰が引けているように見えたので、左の男に意識を集中させたが、それがまずかった。パンチが右から飛んできた。それも目にも止まらぬはやさで。バットで殴られたかのようだった。もうひとりもすかさずあとにつづいた。僕の頭ががっくり折れたのを見て間合いをつめ、顎の骨を折らんばかりのアッパーカットを繰り出した。僕はタイヤレバーを振りあげた。いきおいよくあがったレバーは途中で相手の腕にぶつかり、もののみごとにへし折った。骨の折れる音がした。男は悲鳴をあげて倒れた。

片割れがふたたび繰り出したパンチが僕の側頭部に命中した。そいつにもタイヤレバーを振りまわした。金属が相手の肉厚の肩をとらえた。ゼブロン・フェイスが殴りかかってきたが、僕のほうが一瞬はやく、顎《あご》の先端に一発お見舞いしてやった。次の瞬間、目の前が真っ暗になった。気がつくと僕は膝《ひざ》をつき、朦朧《もうろう》とするなかで完膚《かんぷ》なきまでぶちのめされた。

フェイスはのびていた。腕をへし折ってやった男も同様だ。しかしもうひとりがまだがんばっていた。またもやブーツが弧を描くように飛んでくるのが見え、僕は力まかせにレバーを振りまわした。レバーが脛《すね》に当たり、男は地面にひっくり返った。骨が折れたかどうかはわからなかったが、そんなことはどうでもよかった。相手は戦意を失っていた。

僕は立ちあがろうとしたが、膝ががくがくいって力がはいらなかった。地面に両手をつくと、ゼブロン・フェイスがこっちを見おろすように立っているのが気配でわかった。喉がぜいぜいいっているが、声には充分張りがあった。「チェイス家のろくでなしめが」そう言うと、足で最後の仕上げにかかった。蹴りを入れ、足を引く。もう一度蹴りを入れて戻ってきた靴には血がついていた。これで僕は完全にのびた。タイヤレバーが見つからない。老人は徹夜でもしたみたいにぶつぶつうめいている。僕は背中をまるめて横になると、顔を伏せ、砂塵を肺いっぱい吸いこんだ。

そのとき、サイレンの音が聞こえた。

2

救急車で搬送されたときのことは記憶があいまいで、二十分間で覚えているのは、白い手袋、苦痛をともなう消毒、鼻から汗をしたたらせた太った救命士だけだった。赤いライトが光り、僕は運び出された。周囲が病院らしさを帯びた。聞き慣れた音に、かつてさんざん嗅いだにおい。二十年間変わらない天井。縫合してくれた童顔のインターンが古傷を見て渋い顔で言った。「はじめての喧嘩じゃありませんね」

答えが知りたいわけでないのはわかっていたから、黙っていた。喧嘩をするようになったのは十歳前後からだ。母の自殺とおおいに関係があった。ダニー・フェイスとも。しかし、最後に喧嘩してからはずいぶんになる。この五年間、ただの一度も事をかまえることなく毎日を過ごしてきた。言い争いもせず、いちゃもんもつけず。五年間、無気力状態でいたのに、帰郷早々、三対一でやり合うとは。さっさと車に乗って立ち去ればよかったのだが、あのときはそんな考えは浮かびもしなかった。

ほんの一瞬も。

三時間後、病院を出たときは、肋骨にテーピングをされ、歯はぐらつき、頭を十八針縫われていた。死ぬほど痛かった。と同時に、はらわたが煮えくり返っていた。

背後で扉がするすると閉まり、僕は痛む肋骨をかばって体を心持ち左に傾けた。照明が足もとに降りそそぎ、数台の車が通りを走り去っていく。しばらくそれを見送ってから、駐車場に向きなおった。

三十フィートほど前方で車のドアがあき、女性が降り立った。彼女は三歩進んで、ボンネットの横で足を止めた。一部しか見えなかったし、かなり距離もあったが、それでも誰かわかった。身長五フィート八インチ、しなやかな体つき、鳶色の髪、そして真っ暗な部屋さえ明るく照らせる笑顔。僕のなかにあらたな痛みが、より強烈でざらついた痛みがこみあげた。適切な切り出し方、適切な言葉を考える時間があると思っていた。しかしまだなにも思いついていなかった。僕は一歩を踏みだし、足を引きずっているのをごまかそうとしながら歩いた。近づいてきた彼女は顔がげっそりとやつれ、猜疑心の塊だった。彼女は僕を頭のてっぺんから足のつま先までながめると、やっぱりと言うように顔をしかめた。

「アレグザンダー巡査」僕はそらぞらしい笑みをつくろった。

彼女の目が僕の怪我を舐めるように動いた。「刑事よ」と訂正する。「二年前に昇進したの」

「それはおめでとう」

彼女は黙りこみ、僕の表情を読み取ろうとした。しばらく生え際の縫合痕に目をこらしたのち、一瞬にして表情をやわらげた。「こんな形で再会するとは思ってもいなかった」

「じゃあ、どんな形を想像してた？」

「最初の頃は、長い距離を駆け寄って堅く抱擁をかわすものと思ってた。そしてキスの嵐と謝罪の言葉がつづく」彼女は肩をすくめた。「でも音沙汰がないまま何年か過ぎると、もっと険悪な再会を予想するようになった。大声で罵《ののし》るとか、一、二回、すばやく蹴りを入れるとか。そんな状態のあなたを見るなんて想定外。暗いなかでふたりきりで会うのも」彼女はそこで僕の顔を指さした。「そんなんじゃ顔をひっぱたけやしない」

彼女の笑みも空振りに終わった。僕たちのどちらもこんな展開は予測していなかったのだ。

「なぜなかにはいらなかった？」

彼女は両手を腰にあてた。「なにを言えばいいかわからなかったから。なにか言うことを思いつくと思ってたけど」

「思ってたけど？」

「なにも思いつかなかった」

僕はすぐには言葉を返せなかった。愛というのはしぶといもので、はるか以前に何度となく口にした言葉の焼き直ししか頭に浮かんでこない。それでもなんとか口をひらいたものの、うまく言葉が出てこなかった。「この土地の記憶を消さなきゃならなかったんだ、ロビン。封印しなきゃならなかった」

「やめて」その言葉に僕は怒りを感じ取った。僕も同じ怒りを抱えて、これまで生きてきた。

「これからどうする?」と僕は訊いた。

「あなたを家に連れて帰る」

「親父の家はごめんだ」

顔をぐっと近づけてきたロビンの目に、かつての温かみの片鱗《へんりん》が浮かんだ。唇に笑みが躍る。「そんなことしないわよ」

僕は彼女の車をまわりこんだところで、屋根越しに言った。「長居するつもりはないよ」

「わかってる」彼女は重い声で言った。「もちろんそうよね」

「ロビン……」

「車に乗って、アダム」

ドアをあけ、倒れこむようにすわった。警官仕様の大型セダンだ。無線機、ノート型コンピュータ、それにダッシュボードに固定したショットガンに目をやった。僕はふらふらだった。鎮痛剤と疲労とで。シートにのみこまれそうになりながら、運転するロビンの横で暗い通りに目をこらした。

「さんざんな里帰りになったわね」

「こんな程度ですんでよかった」

ロビンはうなずいた。直線道路にはいったところで、彼女の目がほんの一瞬、僕をうかがったような気がした。「会えてよかった、アダム。つらいけど、よかった」彼女はまたもうなずいた。自分に言い聞かせるかのように。「また会えるなんて思ってもいなかった」

「僕もだ」

「だとすると、ひとつわからないことがある」

「というと？」彼女が訊きたいことはわかっていた。できれば訊いてほしくない。

「どうしてなの、アダム？　どうしてなのか教えて。五年よ。その間、まったく音沙汰がなかったのに」

「里帰りするのに理由がなきゃだめなのか？」

「無から有は生まれない。あなたは誰よりもそれをわかってるはずよ」

「それは警官の考え方だ。なんの理由もないことだってある」

「そんなの信じられない」彼女の顔が憎悪の色で染まった。僕が答えるのを待っているが、どう言ったらいいのだろう。「答えたくないなら答えなくていいわ」

車の風切り音がするなか、ふたりのあいだに沈黙が降りた。荒れた路面でタイヤがバウンドした。

「わたしに電話する気はあったの？」

「ロビン――」

「いい。聞かなかったことにして」

彼女も僕も気まずくなり、ふたたび無言の時間が流れた。

「なぜあのモーテルに行ったの？」

どこまで話したものか迷ったが、父ときちんと話をするほうが先だ。父とのわだかまりを清算できなければ、ロビンとのわだかまりも清算できるはずがない。「ダニー・フェイスの居場所に心当たりはないか？」と訊いた。

彼女は僕が話題を変えようとしているのを察した。しかし嚙みついてはこなかった。「ガールフレンドの件は知ってる？」僕がうなずくと、彼女は肩をすくめた。「逮捕令状を逃れようとした卑怯者はなにもダニーがはじめてじゃない。そのうち姿を見せるわよ。ああいう連中のご多分に漏れず」

ロビンの顔を見ると、表情がこわばっていた。「きみは昔からダニーを嫌ってたよな」

それは非難だった。

「彼は負け犬だもの。ギャンブル狂で大酒飲みで手に追えない乱暴者。そんなやつをどうして好きになれるの？　あなたを堕落させ、悪いことを吹きこんだ男なのよ。バーでの喧嘩。ばか騒ぎ。あの男のせいで、あなたは自分のいい面を忘れてしまった」彼女は頭を振った。「いずれダニーから卒業すると思ってた。あなたはあんなやつにはもったいない人だったもの」

「あいつとは四年生のときからのつき合いだ。そう簡単に手を切れない」

「でも、けっきょく手を切った」ロビンはその先を言わなかったが、言いたいことは痛いほどわかる。

わたしと手を切ったように。

僕は窓の外に目をやった。心の傷を癒す言葉など思いつかない。ああするしかなかったのは、ロビンだってわかっているはずだ。

「どうやって暮らしてたの、アダム？　この五年間。ものすごく長い年月だわ。ニューヨークにいると人づてに聞いたけど、それ以上のことを知ってる人はいなかった。まじめに答えて。これまでどうやって暮らしていたの？」

「大事なことなのか？」そう訊いたのは、僕にはどうでもいいことに思えたからだ。

「大事なことに決まってるでしょ」

彼女には絶対に理解してもらえないだろうし、同情されるのも嫌だった。僕は孤独に耐えていた事実は伏せ、淡々と語った。「しばらくバーテンダーをやったあと、スポーツジムを転々とし、公園の仕事をした。半端仕事だ。どれも一、二カ月しかつづかなかった」

ロビンはあきれたという顔をし、声に落胆の色をにじませた。「なんだってそんな仕事なんかして時間を無駄にするの？　あなたは頭がいい。お金だってある。学校に行くこともできたし、もっとまともな仕事にだって就けたはずよ」

「金や出世はどうだっていいんだ。そんなことにはこだわってない」

「じゃあ、なににこだわってるの？」

彼女の顔をまともに見られなかった。失ったものは二度と戻らない。こんなこと、話すべきじゃなかった。ロビンには。「半端仕事は頭を使わずにすむ」そこでいったん言葉を切った。「そんな仕事を長くつづけてみろ、自分の歳だってわからなくなる」

「あきれた」

「きみに批判されるいわれはない、ロビン。僕ときみ、それぞれが選択をしたんだ。僕はきみが選んだ道を受け容れるしかなかった。僕が選んだ道をあれこれ言うのはずるい」

「そうね。悪かったわ」

僕たちはしばらく黙ったまま車に揺られていた。僕はためらった末に質問した。「ゼブロン・フェイスはどうなった?」

「あれは郡の管轄よ」

「だけどこうしてきみが来たじゃないか。市警察の刑事が」

「通報を受けたのは保安官事務所よ。でも、事務所には知り合いが何人かいて、その人たちがあなたの名前を聞いて、わたしに連絡してきた」

「みんなよく覚えていたな」

「忘れっこないわよ、アダム。とりわけ警察関係の人間は」

腹立ちまぎれの言葉をのみこんだ。人間とはそういうものだ。さっさと決めつけ、いつまでもねちねちと覚えている。

「フェイスは見つかったのか?」

「彼は保安官助手が到着する前に逃亡したけど、ほかのふたりは見つかった。病院で見かけなかった?」

「そいつらは逮捕されたのか?」

ロビンは横目で僕を見た。「保安官助手は駐車場に三人の男がのびてるのを見つけただけ。逮捕するなら令状を取らないと」

「へえ、そいつはすばらしいや。なら、僕の車が傷つけられた件はどうなる?」

「同じことが言える」

「うれしくて涙が出るね」

僕は運転するロビンを観察した。少し老けたが、まだまだきれいだ。指輪をしていないのを見て心が痛んだ。いまも独り身を通しているなら、僕にも責任の一端がある。「ところで、いったいどういうわけだ? たしかに僕は背中に的《まと》をしょってるようなものかもしれないが、ふるさとに戻ったとたん襲われるとは想定外だ」

「冗談を言ってるんでしょ?」

「ちがう。あのじいさんは昔から嫌なやつだが、きょうは最初から口実を探してたみたいだった」

「そりゃそうでしょう」

「もう何年も顔を合わせてなかったんだぞ。それにあいつの息子と僕は親友だ」

ロビンは苦笑いして首を横に振った。「ローワン郡の外にも世界があるってこと、うっかり忘れてた。たしかに、あなたが知ってるはずないわね。でも、ここではこの数カ月間、かなりの大問題になってる。電力会社。あなたのお父さん。町はまっぷたつに分かれてる」

「話が見えない」

「ノース・カロライナ州は発展しつつある。電力会社は需要に見合う電力を供給するため、新しい原子力発電所の建設を計画した。候補地はいくつかあるけど、ローワン郡が第一候補に選ばれた。水が必要だから、川沿いでなければならない。建設には千エーカーもの土地が必要で、ほかの所有者は全員が売却に同意した。だけど、レッド・ウォーター農場の大半を買収できなければ計画はご破算になる。四、五百エーカーほどだと思う。会社側は地価の五倍の金額を提示したけど、あなたのお父さんはうんと言わない。この町の半分は彼を支持してる。残り半分は腹を立ててる。このままお父さんが拒否の姿勢を貫けば、電力会社は見切りをつけ、ほかの土地に行ってしまうでしょうね」

彼女は肩をすくめた。「失業者は増加の一途だし、工場は次々と閉鎖されてる。何十億という利益を生む施設ができるというのに、お父さんがそれを阻んでいる」

「発電所ができてほしいような口ぶりだな」

「この町の公僕だもの。地元の利益になる話に耳をふさげと言うほうが無理よ」

「ゼブロン・フェイスの立場は？」

「あの人は川沿いに三十エーカーを所有している。買収が成立すれば何百万ドルというお金が転がりこむ。だから最初から誘致推進派だった。やがて不穏な空気が流れはじめた。

みんなそうとう頭にきてる。仕事や税収が増えるというだけの話じゃないの。なにしろ大企業なんだもの。コンクリート会社、整地工事会社、土木業者。莫大なお金が動く話だから、みんな必死よ。あなたのお父さんはお金に不自由していない。身勝手にもほどがあるという意見が大半を占めてる」

父の顔を思い浮かべた。「親父は絶対に売らないよ」

「買収金額はさらに大きくなるだろうし、圧力も強まるでしょうね。脅迫めいたことを言ってる人も多いわ」

「不穏な空気が流れているという話だが、具体的にはどういうことなんだ？」

「ほとんどはたわいもないものよ。新聞で言及されるとか、中傷めいた言葉を投げつけられるとか。でも脅迫や器物損壊などの被害も出てる。飼っている牛が撃ち殺されたり、離れに火をつけられたり。痛めつけられたのはあなたが最初」

「牛をべつにすれば」

「外野が四の五の言ってるだけよ、アダム。どのみち、じきにおさまる」

「脅迫のほうはどういうものがあるんだ？」

「深夜の電話とか脅迫状とか」

「きみも読んだのか？」

ロビンはうなずいた。「かなり露骨な内容だった」

「ゼブロン・フェイスが関わってるんだろうか？」

「あの人は借金までして問題の土地を買い増ししてる。だからかなり切羽《せっぱ》つまってるんじゃないかな」彼女は僕に目を向けた。「何度となくダニーの仕業じゃないかと疑ったわ。転がりこむお金は莫大だし、彼の前歴はけっしてきれいなものじゃないし」

「まさか」

「何百万ドルものお金よ。お金持ちにとってもかなりの額だわ」僕は窓の外に目をやった。

「ダニー・フェイスは」とロビンは先をつづけた。「お金持ちじゃないもの」

「言いがかりだ」と僕は言った。

そうに決まっている。

「あなたは彼にも背を向けたのよ、アダム。五年間、なんの便りもよこさなかった。多額のお金を目の前にぶらさげられたら、友情なんてどこかへ飛んでいってしまう」彼女はそこで、しばし言いよどんだ。「人間は変わるものよ。ダニーはあなたにいい影響をおよぼさなかったけど、あなたは彼にいい影響をあたえていた。あなたがここを去ってからの彼はすさむ一方だった。あんな父親とふたりきりなんだもの、推《お》して知るべしでしょ」

「たとえば?」ロビンの話を頭から信じる気にはなれなかった。

「恋人を殴り、窓ガラスの向こうに突き飛ばした。それがあなたの知ってるダニーなの?」

僕たちはしばらくひとことも口をきかなかった。僕はロビンに引き起こされた胸のざわめきを鎮めようとしていた。ダニーの話を持ち出されて腹が立っていた。父が脅迫を受けていた事実にさらに腹が立った。そばにいてやるべきだった。「町を二分していると言うが、親父の味方には誰がいるんだ？」

「ほとんどは環境保護運動家ね。それに変化を好まない住民。昔からの富裕層。問題の土地を所有していない農家。自然を守る会のメンバー」

僕は顔をこすり、長々と息を吐いた。

「気に病むことはないわ」とロビンが言った。「人生にはいろいろある。これはあなたの問題じゃない」

彼女はまちがっている。

これは僕の問題だ。


ロビン・アレグザンダーは五年前と同じ、ソールズベリ中心部の広場から一ブロック引っこんだところの、二十世紀初頭に建てられたマンションの二階に住んでいた。正面の窓は法律事務所に面している。裏の窓からは、細い路地の向こうに地元ガンショップの格子をはめた窓が見えた。

僕は彼女の手を借りて、なんとか車を降りた。

家にはいると彼女は警報装置を解除し、いくつか電気をつけ、寝室へと案内した。きれいに掃除してあった。昔と同じベッド。テーブルの上の時計が九時十分を指していた。

「昔より広くなったみたいだ」

　ロビンの足が止まり、肩にふたたび力がはいった。「あなたの荷物を運び出したからよ」

「一緒に来たってよかったんだぞ、ロビン。ちゃんと誘ったじゃないか」

「その話を蒸し返すのはやめて」

　僕はベッドに腰をおろして靴を脱いだ。体を曲げるだけでもひと苦労だったが、ロビンは手を貸してくれなかった。部屋に飾られた写真を見ていくと、ベッドサイド・テーブルに僕の写真があった。小さなシルバーの写真立てにおさまっている。写真のなかの僕はほほえんでいた。手をのばしかけると、ロビンが二歩で近づいてきた。無言で写真立てを取ってひっくり返し、鏡台の抽斗《ひきだし》にしまった。背を向けた彼女を見て、出かけるのだろうと思ったが、彼女はドアのところで足を止めた。

「少し横になってて」ロビンの声は震えていた。僕は彼女の手のなかにある鍵に目をやった。

「出かけるのか？」

「あなたの車を取ってくる。あそこにひと晩置いておくわけにはいかないから」

「フェイスがなにかすると思ってるのか？」

　彼女は肩をすくめた。「なにがあるかわからないでしょ。いいから少し横になってて」

　言うべきことはまだあったが、お互い、どう言えばいいかわからなかった。僕は服を脱ぎ、ベッドにもぐりこんだ。ふたり過ごした日々とそれが終止符を打ったときを思い返した。ロビンだって一緒にくればよかったのだ。そうつぶやいた。その言葉を何度も繰り返すうち、眠りに落ちた。

僕は泥のように眠ったが、ふと目が覚めた。ロビンが見おろすように立っていた。髪をおろし、目を潤ませ、いつなんどき飛びたってしまうかわからないと言うように自分の体を抱き締めている。「夢を見てたでしょ」とささやかれ、たぶん見ていたのだろうと思った。そのまま暗闇へと引きずりこまれた。ロビンに名前を呼ばれ、川床の硬貨のように濡れて光る目を追った。

眠りから覚めると、僕は冷え冷えとした薄暗がりにひとりだった。床に足をおろした。シャツには血がついていたので着るのをやめたが、ズボンは大丈夫だった。ロビンはキッチン・テーブルについて、ガン・ショップの窓の錆びた格子を見おろしていた。シャワーのにおいがまだただよっている。ジーンズに折り返しカフスの水色のシャツを着ていた。彼女の前でコーヒーが湯気をあげていた。

「おはよう」僕は言い、夢を思い出して彼女の目をのぞこうとした。

彼女は僕の顔と傷だらけの上半身をしげしげとながめた。「よかったら鎮痛剤があるけど。食欲があるなら、コーヒーとベーグルをどうぞ」

声がよそよそしかった。目と同じく。

僕は向かいの椅子に腰をおろした。光が彼女の顔を容赦なく照らし出していた。まだ二十九になっていないはずだが、やけに老けて見える。笑いじわが消え、頬がこけ、以前はぽってりしていた唇もしぼんで、おまけに血の気がなかった。この変貌ぶりのどこまでが警官としての五年間によるものなのだろう。そしてどこまでが僕のせいなのだろう。

「よく眠れた?」

僕は肩をすくめた。「変な夢ばかり見てた」

ロビンが顔をそむけたのを見て、彼女が部屋にいたのは夢でなかったのだと察した。僕が眠るあいだそばに付き添い、ひとり涙を流していたのだ。

「わたしはソファーで眠ったわ。数時間前から目が冴えてしまって。めったに人が泊まらないから」

「それを聞いて安心したよ」

「本当に?」彼女の目にかかっていた靄《もや》が一瞬にして晴れたように思えた。

「ああ」

ロビンは顔に疑いを色濃く浮かべ、マグカップの縁ごしに僕を見つめた。「あなたの車はおもてにある」とようやく口をひらいた。「鍵はそこのカウンターの上。ここには好きなだけいていい。よく寝ることね。ケーブル・テレビもあるし、まあまあおもしろい本もそろってる」

「出かけるのか?」

「悪人に休息なしって言うでしょ」そう言いながらも彼女は腰をあげなかった。

僕はコーヒーをもらおうと立ちあがった。

った。

「ゆうべ、あなたのお父さんに会ってきた」ロビンの言葉が背中に突き刺さった。僕は黙っていた。彼女に顔を見せるわけにはいかなかった。いまのひとことでどれだけショックを受けたか知られたくなかった。「あなたの車を取りに行った帰りに。農場に寄って玄関先で話をした」

「そうか」戸惑いが声ににじみそうになるのを必死で抑えた。なんでそんな差し出がましいことをと思う。しかし、玄関先に立つふたりの姿が目に浮かんだ――遠くを蛇行する黒々とした川と、川の向こうに目をやるときに父がよく寄りかかる柱。

ロビンは僕が機嫌をそこねたのを察した。「どうせどこからか話が行くのよ、アダム。あなたが帰ってきたと、わたしから話しておいたほうがいいと思ったの。食堂のカウンター席でどこぞの単細胞から聞かされるよりも。それに保安官から聞かされるよりも。怪我をしたと言っておけば、きょう顔を出さなくても変に思われない。傷を癒し、冷静になる時間を稼いであげたのよ。てっきり感謝されると思ってた」

「継母《ままはは》はどんな様子だった？」

「家から出てこなかった。わたしと関わりたくないみたい」彼女はそこで言葉を切った。

「あるいは僕と」

「あの人はあなたに不利な証言をしたのよ、アダム。いちいち気にしないで」

僕はまだロビンに背を向けていた。なにひとつ、思ったように運ばない。カウンターのへりに置いた手に力をこめた。父のことに、僕たち父子のあいだに出来た溝に思いをめぐらせた。

「親父はどうだった？」

一瞬の沈黙ののちロビンは答えた。「老けたわ」

「元気なのか？」

「さあ」

その言い方に僕は彼女を振り返った。「どういうことだ？」と訊くと、彼女は顔をあげ、僕と目を合わせた。

「控え目で凛《りん》としていたけど、あなたが帰ってきたことを告げると泣きだした」

僕は懸命に驚きを隠した。「ショックを受けたということか？」

「そういう意味で言ったんじゃない」

僕は息を殺した。

「うれしくて泣いたんだと思う」

僕がなにか言うのをロビンが待っているのはわかっていたが、まともな言葉が見つからなかった。僕の目にも涙がこみあげてきたのを悟られたくなくて、僕は窓の外に目をやった。


数分後、ロビンは署で七時に引き継ぎがあるからと出かけた。僕は鎮痛剤を数錠飲んでシーツを引き寄せた。痛みが頭のなかを駆けめぐった。こめかみのあたりを金づちで叩かれ、生え際に冷たい釘を打たれた気分だ。過去に二度、父が泣くところを見た。母が死んだときは何日も泣き暮らした。顔の縫い目から湧き出るように、涙がじわじわと絶え間なく流れていた。次に流したのは嬉し涙だった。

父は人の命を救ったことがある。

その少女の名はグレイス・シェパード。祖父のドルフ・シェパードは農場の作業監督で父とは長いつき合いだった。ドルフとグレイスは農場の南端にある小さな家に住んでいた。グレイスの両親の身になにがあったのか、くわしいことは知らない。ふたりとも他界したとだけ知らされている。とにかく、ドルフは孫娘を自分の手で育てることにしたのだった。苦労の連続だっただろうが――誰もがそう思っていた――彼なりによくやっていた。

グレイスの行方がわからなくなったあの日までは。

初秋のひんやりした日のことだった。空はどんよりと曇り、枯葉がかさこそと音を立てていた。二歳を過ぎたばかりのグレイスが裏口から外に出てしまったが、ドルフは二階で寝ているものとばかり思っていた。グレイスを見つけたのは父だった。牧草地のひとつについて、渦巻く川で枯葉がくるくるまわる様子に見入っていた父は、自宅から少し下った桟橋にグレイスの姿を認めた。あれほど素早く動く父を見るのは生まれてはじめてだった。

グレイスは水音ひとつ立てずに落ちた。身を乗りだしすぎ、吸いこまれるように落ちていった。無謀にも川に飛びこんだ父だったが、水に顔を出したときはひとりだった。僕が桟橋に駆けつけたのと入れ違いに、父はふたたび水に潜った。

父は四分の一マイル下流にいた。地面にあぐらをかき、グレイス・シェパードを膝にのせていた。彼女は死人かと思うほど血の気のない肌をして、目を大きくひらき泣きじゃくっていた。あいた口が殺風景な川岸を彩る唯一の色だった。父は、ほかにはなにもいらないとばかりに少女を抱き締めていた。目に涙を浮かべて。

僕はその光景を長いこと黙って見ていた。当時でさえ、神聖にして不可侵な雰囲気を嗅ぎ取っていたからだ。しかし、父は僕に気づいてほほえんだ。「やれやれ、危ないところだった」

そう言ってグレイスの頭に唇を押しあてた。

僕の上着でグレイスをくるんでやったところへ、ドルフが駆けつけた。彼は汗を顔にしたたらせ、どうしたものかと足を止めた。父はグレイスを僕に預け、素早く二歩前に出ると、一発のパンチで少女の祖父を殴り倒した。鼻の骨が折れたのは明らかだった。ドルフは川岸で血を流しながら、長年の友がずぶ濡れで疲れきった様子で、丘の上の自宅にのろのろと引きあげていくのを見送った。

それが僕の父だ。

厳格な男。

3

眠ったおかげか、痛みは少しやわらいだ。目覚めると外は雷雨で、古い窓がカタカタと震え、稲妻が光るたび、壁に複雑な影が浮かんだ。雷雨は街をのみこんで滝のような雨を降らせ、そのままシャーロットがある南へと去っていった。車からバッグを出そうと外に出たときもまだ、路面から蒸気が立ちのぼっていた。

えぐられた塗装に指を這わせ、文字をなぞった。

人殺し。

アパートに戻り、狭い部屋を歩きまわった。やり場のない感情が体内を駆けめぐる一方、僕の心は相反するふたつの思いに引き裂かれていた。生まれ育った家を見たい気持ちはあるが、見れば心が痛むに決まっている。父と話をしたいが、どんな言葉が口をついて出るか不安だ。父のものにしろ、僕のものにしろ。取り消すことも、忘れることもできない言葉。それによって負った深手は表面的にしか治らない。

五年間。

長かった五年間。

クローゼットのドアをあけたが、なかを見ずに閉じた。金臭い水を飲み、並んだ本に目を向け、見るともなく見ていった。しかし、頭のどこかに焼きついていたにちがいない。記憶に残っていたにちがいない。というのも、うろうろ歩きまわりながら、自分の裁判を思い出していたからだ。日々投げつけられた憎悪。僕を裁くために並べたてられた主張。僕をよく知る人たちの困惑と、継母が証言台に立って宣誓をし、僕を葬り去る証言をしたことでそれがさらに広がったこと。

公判のほとんどは漠然としか覚えていない。嫌疑、否認、鈍器や血痕に関する専門家証言。覚えているのは法廷を埋めつくした顔と、かつては友人だと言ってくれた人たちが見せた爆発寸前の怒りだけだ。

濡れ衣を着せられた無実の人間にとって、悪夢以外の何物でもない。

五年前、グレイ・ウィルソンはハイスクールを卒業したての十九歳だった。若く健康で男前だった。フットボールのヒーロー。ソールズベリの人気者。彼は何者かによって頭蓋骨が陥没するほど殴られた。レッド・ウォーター農場で死んでいるところを発見され、継母が僕の犯行だと主張した。

部屋をぐるぐるまわるうち、あの声が——無罪を言いわたす声が聞こえ、そのときに胸に去来した思いがよみがえった。無罪放免となった安堵感、これですべてもとの鞘におさまるという短絡的な思い込み。そんなわけがないことくらいわかってしかるべきだった。ぎゅうぎゅう詰めの法廷のじめついた空気から察してしかるべきだった。

時間はもとに戻せないのだ。

評決が出れば終わりと思っていたが、実際はちがった。そのあとに父との対決が待っており、僕が唯一〝家〟と呼べる場所に不本意ながら別れを告げなくてはならなかった。いわば強制退去だ。住民は僕をうとましく思っていた。それはしかたがない。悲しいが、なんとか耐えられる。しかし、父もひとつの選択をした。僕はやっていないと訴えた。父の新しい妻は僕が犯人だと訴えた。父は妻の言葉を信じた。

僕ではなく。

彼女の言葉を。

そして僕に出て行くよう命じた。

チェイス家は二百年以上にわたってレッド・ウォーター農場を所有し、僕は子どもの時分からいずれ経営を引き継ぐべく育てられた。父もドルフも徐々に手を引いていった。保安官が拘留しに現われたときは、年商数百万ドルの事業を僕ひとりで切り盛りしているようなものだった。農場はかけがえのない存在だった。僕そのものであり、なによりも大切なものであり、このために生まれてきたと言えるものだった。農場と家族が僕の人生の一部でないなら、ローワン郡にいてもしょうがない。銀行勤めのアダム・チェイスや薬剤師のアダム・チェイスなどありえない。この土地では。絶対に。

だから僕は、心から大事に思う人たちと別れ、わが家と呼べる場所を去った。高層で灰色で眠ることのない街に埋没しようとつとめた。あの街に根をおろし、騒音と往来、それに終わりのない空疎な日々がもたらす単調さを吸収した。この五年間、うまくやっていた。この五年間、思い出も喪失感もひた隠してきた。

しかしダニーからの電話ですべてが無に帰した。

分厚く背割れしたそれは、書棚の四段目にあった。灰色のような白。僕は、接着剤で綴《と》じた重たい書物を棚から抜き出した。

州対アダム・チェイス。

公判記録。すべての発言。書き記されている。永遠に。

かなり使いこまれているようで、手あかがつき、角が折れていた。いったいロビンは何度読み返したのだろう。公判で彼女は僕の横に立って、僕を信じていると宣誓証言した。そう明言したがために、なにより大事な職を失うおそれもあった。郡内の全警官は、僕が犯人だと思っていた。ロビン以外の全警官が。彼女の姿勢は揺らがなかったが、けっきょく僕は彼女のもとを去った。

僕について来ることもできたはずだ。

そのとおりだが、それでなにが変わっただろう？　彼女の住む世界。僕の住む世界。そもそもうまく行くはずがなかった。いまの僕たちは赤の他人も同然だ。

手のなかの公判記録がひらいた。ごく自然に。ひらいたページは僕を断罪する証言だった。

証人：州により召喚された証人は、所定の手続きに従い真実を述べると宣誓し、その後、以下のような尋問と証言がおこなわれた。

ローワン郡地区検事によるジャニス・チェイスへの直接尋問

Q：まずお名前をおっしゃってください。
A：ジャニス・チェイスです。
Q：あなたと被告人はどういう関係ですか、チェイスさん。
A：義理の息子です。彼の父親、ジェイコブ・チェイスがわたしの夫です。
Q：チェイス氏とのあいだにほかにお子さんはいますか？
A：ふたごのきょうだいがいます。ミリアムとジェイムズです。息子のほうはジェイミーと呼んでいます。ふたりは十八歳です。
Q：つまり被告人とは異母きょうだいということになりますね？
A：血の繋がりはありません。主人はふたりの生物学上の父親ではありませんので。結婚後に養子縁組をしました。
Q：では、おふたりの生物学上の父親はどこにいますか？
A：それがなにか関係ありますか？

Q：全員の関係をきちんと確認しておきたいのです、チェイスさん。陪審の方々に関係者それぞれの立場を理解していただくために。
A：出て行きました。
Q：どちらへ？
A：出て行ったきりです。
Q：わかりました。チェイス氏と結婚して何年になりますか？
A：十三年です。
Q：では、被告人とのつき合いも長いわけですね。
A：十三年です。
Q：あなたがチェイス氏と結婚したとき、被告人は何歳でしたか？
A：十歳です。
Q：あなたのお子さんは？
A：五歳です。
Q：ふたりとも？
A：ふたごですから。
Q：ああ、そうでしたね。さて、義理の息子さんに不利な証言をするのは、容易なことではなかったとお察ししますが……。
A：いままででもっともつらいことでした。

Q：被告人との仲は良好でしたか？
A：いいえ。良好だったことはありません。
Q：ほう……それは被告人があなたを嫌っていたからですか？　あなたが母親の座を奪ったからですか？
(被告側代理人：異議あり。その質問は推測を求めるものです)
Q：質問を取り下げます。
A：あの人は自殺したんです。
Q：いまなんとおっしゃいましたか？
A：彼の母親は自殺したんです。
Q：ほう……
A：わたしは他人の家庭を壊すような女ではありません。
Q：わかりました……
A：彼の弁護士が妙な想像をさせるようなことを言わないうちに、あらかじめはっきり言っておきます。たしかにわたしたちの仲はよくありませんでしたが、それでも家族には変わりありません。わたしは話をでっちあげてなどいませんし、アダムを陥れるつもりもありません。なんの意図もありません。わたしは彼の父親を誰よりも愛しています。彼に対しても努力を重ねました。それでもいい親子になれなかった。それだけのことです。

Q：ありがとう、チェイスさん。おつらいでしょうが、グレイ・ウィルソンが殺された晩について話してください。
A：たしかに見たんです。
Q：その話はのちほどうかがいます。パーティのことを話してください。

公判記録を閉じて書棚に戻した。読まなくてもわかっている。パーティが催されたのは真夏のことだった。継母が言いだしたのだ。ふたごの十八歳の誕生パーティをやろうと。庭木に電飾をぶらさげ、最高のケータリング業者を雇い、チャールストンからスイング・バンドを呼び寄せた。午後四時に始まり、日付が変わる頃におひらきとなったが、そのあとも数人が残った。午前二時、というのは継母の証言だが、グレイ・ウィルソンは川のほうに歩いていった。全員が帰った三時頃、ウィルソンの血にまみれた僕が坂をのぼってきた。

被害者は大柄な男のこぶしほどもある尖った石で殺された。石は土手の、赤黒く染まった地面のわきで見つかった。全体に被害者の血がついていたことと、頭蓋骨にあいた穴に大きさ、形ともぴったり合っていたことから、それが凶器と断定された。犯人は被害者の後頭部を、頭蓋骨の一部が脳にめりこむほど強く殴っていた。継母は僕が犯人だと主張した。彼女は証言台で語った。午前三時に見かけた男は真っ赤なシャツに黒いキャップをかぶっていたと。

僕と同じ服装だったと。

歩き方も僕と同じ。外見も僕と同じ。

そのとき警察を呼ばなかったのは、僕の両手とシャツについていた黒っぽい液体が血だとはわからなかったからだった。翌朝、父が川に降りていく途中で死体を発見するまで、彼女は殺人がおこなわれたとは思ってもいなかった。彼女の証言によれば、あとになってようやく、そういうことだとわかったのだった。

陪審は四日にわたって協議を重ね、やがて木槌が振りおろされ、僕は無罪放免となった。動機がない。それが決め手だった。検察側はせいいっぱいやったが、起訴の根拠は継母の証言しかなかった。問題の晩は暗かった。継母が誰を見たにせよ、かなり遠いところからだった。そもそも僕には、グレイ・ウィルソンを殺す理由がなにひとつなかった。

僕と彼は顔もろくに知らない仲だったのだ。

洗い物をすませ、シャワーを浴び、キッチン・テーブルにロビンあての伝言を残した。携帯電話の番号を記し、勤務が終わったら電話してくれるよう頼んだ。

父の農場につづく砂利道に乗り入れたのは、午後二時を少しまわった頃だった。ここのことは隅から隅まで知っているが、不法侵入している気分に襲われた。僕が所有権を放棄したことを、当の土地自身が知っているかのようだ。牧草地はまだ雨に濡れて光り、邸内路沿いを流れる溝には泥がたまっている。牛の群がる牧草地を通り過ぎ、古い雑木林を抜け、大豆畑に出た。フェンス沿いを走る通路が坂のてっぺんへとつづいている。高台に立って、眼下に広がる三百エーカーもの大豆畑を見おろした。季節労働者が灼けるような陽射しを受け、仕事に精を出している。現場監督も農耕車も見あたらない。つまり、労働者は水も飲めないということだ。

父が所有しているのは北半分の千四百エーカーで、ノース・カロライナ州中部でいまも耕作されている農地では最大級の規模を誇る。一七八九年に買収して以来、境界線は変わっていない。大豆畑となだらかな牧草地を突っ切り、増水した川を渡り、厩舎の前を通り過ぎたところで、ようやく頂上に建つ家が見えてきた。以前は意外なほど小さく、風雪をへて古びた住まいだった。しかし、子どもの頃の記憶にある家は、とっくの昔になくなった。父の再婚相手はまったく異なる趣味の持ち主で、現在の家は敷地全体に広がっている。しかし玄関ポーチだけは昔のままで、これから先も変わらないはずだ。過去二世紀にわたり、チェイス家の者はあのポーチから川を見おろしてきた。それを取り壊したり作り替えたりするのを、父が許すはずがない。かつて父はこう言った。「誰にでも守らなくてはいけない一線がある。わたしの場合は玄関ポーチだ」

邸内路に農耕車が一台駐まっていた。僕はその横に自分の車を停めると、荷台に冷水タンクがのっているのを確認した。タンクの側面は露でぐっしょり濡れていた。エンジンを切って車を降りると、何百万というかつての人生のかけらが僕のまわりに集まった。のどかでほのぼのした子ども時代や、まぶしいほどの母の笑顔。父から教わったいくつものこと。手にできたタコ。来る日も来る日も太陽の下で遊んだ日々。やがて状況が一変、母の自殺、そのトラウマと闘った暗黒の日々。父の再婚、新しいきょうだい、新しい目標。川に落ちたグレイス。青春時代とロビン。粉々に砕けたふたりの夢。

ポーチに立って川をのぞきこみ、父を思った。僕たち父子にはなにが残っているのだろうかと考えながら、父を捜しはじめた。書斎は無人で昔と変わっていなかった。マツ材の床、ものでいっぱいのデスク、背の高い書棚と横の床に積みあげられた本、裏口のわきに置かれた泥だらけの長靴、ずっと昔に死んだ猟犬の写真、石造りの暖炉わきのショットガン、フックにかけた上着、帽子。それに十九年前、母が死んで半年後にふたりで撮った写真。

母の埋葬後の数カ月で僕は二十ポンド痩せた。ほとんど口をきかず、睡眠もろくにとらない僕に父は業を煮やし、いいかげん前を向いて歩けと言った。唐突に。**なにかしろ、家から出ろ**、と。僕は顔をあげもしなかった。**しょうがないやつだな、アダム……**。

よく晴れた秋のある日、父は僕を狩りに連れ出した。空は青く高く、紅葉はまだ始まっていなかった。一時間もたたぬうちに鹿に出くわした。いままで見たこともない鹿だった。毛は純白に近い白で、頭には大人を乗せることができそうなほど大きな枝角が生えていた。巨大な鹿は五十ヤード前方で足を止めて顔をあげた。僕たちのほうに目をこらすと、落ち着かなそうに地面を肢でかいた。

理想的な鹿だった。

しかし父は撃とうとしなかった。ライフルをおろし、涙ぐんだ。そして小声で、気が変わったと言った。どうしても引き金を引く気になれないと。白い鹿はなにかの象徴だと父は言い、母のことを言っているのだと僕は察した。しかし、鹿の姿は僕の目にしっかりと焼きついてしまっていた。唇を強く嚙み、息を半分まで吐いたところで、父の視線を感じた。彼は一度だけ首を横に振り、声を出さずに口だけ動かした。だめだ、と。

僕は引き金を引いた。

弾ははずれた。

父は僕の手からライフルを取りあげ、肩に腕をまわした。僕を強く抱き寄せ、そうやってふたりでしばらくすわっていた。父は僕がわざとはずしたと思ったのだ。命は何物にも代えがたく、母の死でそれを深く実感したのだと、最後の最後になって考えなおしたのだろうと思っていた。

しかしそうではなかった。見当はずれもいいところだった。

僕は鹿に弾を撃ちこみたかった。仕留めたいという気持ちがあまりに強く、そのせいで手が震えた。

それがはずした原因だった。

ふたたび写真に目を落とした。撮影したのは母を埋葬して間もない頃で、僕は九歳だった。父は、この日をひとつの節目と考えた。森に出かけたこの日をふたりの第一歩ととらえ、回復への兆《きざ》しと位置づけた。しかし僕には、兆しだとか赦しなどどうでもよかった。自分が何者かさえろくにわかっていなかったのだ。

写真を書棚に戻し、元どおりに置いた。父はあの日を僕たち父子のあらたな出発と考え、この写真を大事に取っておいた。それがとんでもない大嘘であるとも知らずに。

故郷に帰る心の準備はできているつもりだったが、その自信がぐらついた。父は不在だ。ここにいてもしょうがない。しかし、ふと振り返ると、デスクに紙が一枚置いてあるのに目が止まった。上質紙の横には、母が昔プレゼントしたバーガンディー色の高級万年筆があった。〝アダムへ〟書いてあるのはそれだけだった。ぽつんとひとこと。父はどれくらい、この空白を見つめていたのだろう。書くべき言葉が浮かんだとしたら、いったいなにを書いただろうか。

はいったときと同じように部屋を出ると、家の中心部分へと引き返した。壁には新しい絵画が飾られ、なかには義理の妹の肖像画も混じっていた。最後に会ったとき、彼女は十八歳の傷つきやすい娘だった。毎日法廷に通ってきたが、最後まで僕と目を合わさなかった。この家を出て以来、妹とは一度も言葉をかわしていないが、恨んではいない。僕にも彼女にも非がある。いや、僕の非のほうがずっと大きい。

いまの彼女は二十三歳の大人の女性になっているはずだ、と思いながら、ふたたび肖像画に目を戻した。くったくのない笑顔、自信。彼女はこんなふうに変わったのかもしれない。ひょっとすると。

ミリアムの絵を見るうち、ふたごのきょうだいのジェイミーのことが気になりはじめた。僕が去ったあと、作業員の監督は彼の仕事になったはずだ。大階段の下まで行き、大声で彼の名前を呼んだ。足音とくぐもった声が聞こえた。やがて階段の上に靴下履きの足がのぞき、つづいて折り返しの汚れたジーンズ、異様なほどがっちりした上半身とジェルかなにかで立たせた色の淡い髪の毛が現われた。ジェイミーの顔にはたっぷりと肉がつき、若者らしいシャープさは影をひそめていたが、目だけは変わっておらず、僕を認めると目尻にしわを寄せた。

「目を疑ったよ」ジェイミーの声はほかの部分に負けず劣らず大きかった。「驚いたな、アダム。いつこっちに戻ってきた？」彼は階段を下り、僕と向かい合った。身長六フィート四インチ、体重は僕より四十ポンドは重そうだが、そのすべてが筋肉だった。最後に見たときは僕とたいして変わらない体型だったのに。

「ジェイミー、いつそんなにでかくなった？」

ジェイミーは両腕を曲げ、さも満足そうに力こぶに見入った。「そうとう鍛えたんだよ。わかるだろ。そういう兄貴はどうだい。全然変わってないじゃないか」彼は僕の顔を指さした。「誰かにこてんぱんにやられたみたいだが、それ以外は、きのう出て行ったと言ってもおかしくない」

僕は縫った痕に触れた。

「地元のやつの仕業か？」とジェイミーが訊いた。

「ゼブロン・フェイスだ」

「あのろくでなし親父が？」

「ふたりの手下と一緒に」

ジェイミーは目を細めてうなずいた。「おれもその場にいたかったよ」

「次の機会にな」

「ところで、親父は兄貴が帰ってきたことを知ってるのか？」

「聞いてるはずだ。まだ話はしてないが」

「信じられないな」

僕は手を差し出した。「顔を見られてよかったよ、ジェイミー」

その手を彼の手が包みこんだ。「よせよ、そんなお上品なまね」そう言うと、僕を引き寄せて強く抱き締めた。もっともその九十パーセントは、容赦なく背中を叩かれただけだったが。

「なあ、ビールでもどうだ？」彼はキッチンのほうをしめした。

「そんな時間があるのか？」

「兄貴と日陰に腰をおろしてビールを飲む時間もなきゃ、誰がボスなんかやるもんか。そうだろ？」

よけいな口をはさむのはよそうと思ったが、太陽が照りつける農場で汗びっしょりになって働く季節労働者の姿がまだ目に焼きついていた。「ちゃんと作業員を見てなきゃだめだろ」

「ほんの一時間離れてるだけだ。連中のことなら心配いらない」

「彼らのことはおまえがちゃんと――」

ジェイミーは僕の肩を叩くように手を置いた。「アダム、顔が見られてうれしいのはたしかだ。でもな、おれはずいぶん前に兄貴の影から抜け出したんだ。たしかに兄貴はいい仕事をしたよ。それは否定できない。だけどな、いまはおれが日々の作業を管理してるんだ。ひょっこり顔を出して、みんなが頭を下げると思ったら間違いだ。こいつはおれの仕事なんだ。いちいちやり方を指図するのはやめてくれ」彼は鋼鉄のような指で僕の肩をぎゅっとつかんだ。指先が怪我したところに食いこんだ。「へたすると兄貴とおれとで揉めることになる。そういうのは困るんだよ」

「そうだな、ジェイミー。よくわかった」

「なら、いい」ジェイミーはキッチンに向かい、僕はあとを追った。「ビールはなににする？ いろんな種類をそろえてるぜ」

「なんでもいい。まかせるよ」ジェイミーが冷蔵庫をあけた。「ほかの人はどこにいる？」

「親父は用事でウィンストンに出かけてる。おふくろとミリアムはしばらくコロラドに行ってた。きのう飛行機で向こうを発って、ゆうべはシャーロットに泊まったんじゃないかな」彼はにやりと笑うと、僕を肘で押した。「女ふたりでショッピングとしゃれこんでるんだろうよ。こっちに着くのは夜遅くになると思う」

「コロラドだって？」

「ああ、二週間ほどな。おふくろがミリアムをあっちにある減量クリニックに連れてったんだ。ばかみたいに金がかかるが、まあ、おれが払うわけじゃないからな」彼は両手に一本ずつビールを持って振り返った。

「ミリアムが太ってたことなんかないぞ」

ジェイミーは肩をすくめた。「じゃあ、ヘルス・スパかもな。泥風呂だとか海藻トリートメントが売りの。ま、どうでもいいや。こっちはベルギー・ビールでラガーの一種みたいだ。こっちはイギリスのスタウト。どっちがいい？」

「ラガーをくれ」

彼は栓をあけてよこした。それから自分のをひとくちあおった。「ポーチに出るか？」

「そうだな。ポーチに出よう」

ジェイミーが先に玄関を出た。つづいて僕も炎暑のなかに出て行くと、彼は父のお気に入りの柱にわが物顔で寄りかかっていた。目が意味ありげな輝きを帯び、笑顔がしだいに薄れていった。

「乾杯」と彼は言った。

「ああ、ジェイミー。乾杯だ」

瓶を触れ合わせ、ねっとりとよどんだ空気のなかでビールを飲んだ。「警察は兄貴が戻ってきたのを知ってるのか？」

「知ってる」

「そうか」

「警察なんかくそくらえだ」

やがてジェイミーは片腕をあげ、力こぶを作ってそこを指さした。

「二十三インチあるんだぜ」

「すごいな」

「鍛えたからな」


川は低いところに流れるのが必然だ。僕は敷地境界をなす川を見おろしながら、ジェイミーの豊かな才能はすっかり褪せてしまったようだと感じていた。彼の話は、使った金の額やものにした女のことばかりだった。彼は膨大な数におよぶそれらを、ひとつひとつ具体的に語った。さんざんその話に終始したあげく、ふいに帰ってきた理由を僕に尋ねた。その質問が出たのは二本目のビールに口をつけながらで、なんとなく訊いてみただけという感じだった。しかし目は正直だ。彼はさっきからこう訊きたくてうずうずしていたのだ。

ずっとこっちにいるのか?

僕はいまの気持ちを正直に話した。それはないと思う、と。

さすがのジェイミーも、ほっとした表情をおもてに出すことはなかった。「夕食の時間まで残っていくかい?」と尋ね、ビールを飲みほした。

「そうしたほうがいいと思うか?」

彼は薄くなりかけた髪を掻いた。「親父しかいないときのほうが楽かもしれないな。親父は例の件を許すだろうが、おふくろはいい顔をしないはずだ。絶対に」

「許しを請うために帰って来たんじゃない」

「おいおい、兄貴、そいつを蒸し返すのはやめようぜ。親父はどっちかを選ぶしかなかったんだ。兄貴を信じるか、おふくろを信じるか。だけど、両方を信じるわけにはいかなかった」

「あんなことがあっても、僕らは家族だ、ジェイミー。継母《かあ》さんだって、むげに追い出すまねはしないと思うな」

ふいにジェイミーの目が憐《あわ》れみの色を帯びた。「おふくろは兄貴が怖いんだよ」

「ここは僕の家だ」言葉がむなしく響いた。「僕は無罪だったんだぞ」

ジェイミーはがっしりした肩をまわした。「好きにしろよ、兄貴。どっちにしてもおもしろくなりそうだ。かぶりつきで見物させてもらうぜ」

彼の笑顔はいかにも嘘っぽかったが、本人は一生懸命だった。「嫌な野郎だな、おまえってやつは」

「おれが美しいからって毛嫌いするなよ」

「じゃあ、明日の晩に寄らせてもらおうか。一度にすませたほうが面倒がない」しかし、そんなのはまだ序の口だった。僕は痛みを、それもこの先いくらでも大きくなりそうな底知れぬ心のうずきを感じていたのだ。ロビンの暗い寝室を思い、父のことと最後まで書かれなかった手紙を思った。いまが全員にとっていいチャンスなのかもしれない。

「ところで親父は元気なのか？」

「ああ、ピンピンしてるよ。親父のことは兄貴もよく知ってるだろ」

「昔はな」そう言ったがジェイミーは取り合わなかった。「ちょっと川まで散歩したら、いったん帰るよ。親父には会えなくて残念だったと伝えてくれ」

「グレイスによろしくな」

「川のところにいるのか？」

「毎日、同じ時間にな」

グレイスのことは気にかけていたが、どう訪ねて行くのがいいか、ほかの人以上に判断に迷っていた。ドルフに引き取られたとき二歳だった彼女は、僕がここを出たときもまだ子どもで、説明したところで理解できる年齢ではなかった。僕は十三年間にわたって彼女の世界の中心だったから、置き去りにするのは裏切ったも同然だった。何度も手紙を出したが、開封もされずに送り返された。しまいには出すのをやめた。

「彼女はどうしてる？」答えを知りたくてたまらない気持ちを押し殺して尋ねた。

ジェイミーはかぶりを振った。「まるで奔放なインディアン娘だ。まあ、昔からその気はあったけどな。大学に進む気はないみたいだ。ときどき雑用をやるほかは、農場内をぶらぶらしてるだけで、なんともいいご身分だよ」

「それで満足してるのか？」

「だろうな。近隣三つの郡でいちばんイカす娘だ」

「本当か？」

「本当さ。おれだってものにしたいくらいさ」ジェイミーはそう言うと片目をつぶってみせた。平手打ちをくらいかねないことを言ったとは思いもせずに。僕は、いまのは単なる言葉の綾《あや》だと自分に言い聞かせた。ジェイミーは悪ぶってみせただけだと。僕がグレイスをかわいがっていたことを忘れてしまっただけだ。いつもなにくれとなく守ってやっていたことも。

べつに喧嘩を売るつもりで言ったわけじゃない。

「会えてよかったよ、ジェイミー」引き締まったジェイミーの肩に手を置いた。「ずっと会いたかったよ」

彼は巨体をふたつに折ってピックアップ・トラックに乗りこんだ。「じゃあ、明日の晩な」そう言うと、畑に向かってガタガタと車を走らせた。ポーチで見ていると、彼は片腕を外に出し、ウィンドウからだらりとたらした。彼が小さく手を振ったのを見て、ルームミラーでこっちをうかがっているのだとわかった。僕は芝生に下りて、トラックが見えなくなるまで見送った。それから坂を下りはじめた。

グレイスと僕は実のきょうだいも同然だった。それはおそらく、例の川岸での一件の際、幼い少女をひとりで外に出したと父がドルフを地面に叩きのめす横で、僕が泣きながら彼女を抱き締めてやったことに起因するのだろう。あるいは、家まで歩いて戻る道すがら、あれこれ言葉をかけてなだめたことが原因かもしれない。でなければ、彼女が見せた笑顔か、下に降ろそうとしても僕の首に必死にしがみついて離れなかったことかもしれない。とにかく、僕たちは強い絆で結ばれていた。農場の関係者全員がグレイスに魅了されていく様子を、僕は晴れがましい気持ちで見守った。川に落ちたことで、彼女には怖い物知らずの少女というイメージが焼きついた。五歳で川で泳ぎはじめ、七歳のときには背泳ぎができた。十歳のときには父の馬、それも、大型で気性が荒く、父以外は誰もが怖じ気づいた馬を乗りこなした。僕は射撃と釣りを教えた。彼女は僕と一緒にトラクターに乗り、農耕車を運転させてくれとせがみ、いいよと言うと甲高い笑い声をあげて喜んだ。自由奔放な性格で、しょっちゅう頬に血をつけて学校から帰ってきては、自分を怒らせた男の子たちの話をしたものだ。

いろいろな意味で、グレイスに会えなかったのがいちばんこたえた。

細い踏み分け道をたどって川に下りていくと、かなり手前から音楽が聞こえてきた。グレイスが聴いているエルヴィス・コステロだった。

南に向かってゆるやかに湾曲する川の真ん中に、長さ三十フィートの桟橋が指を一本のばしたように突き出ている。その先端にグレイスがいた。引き締まった浅黒いボディが、はっとするほど小さな白いビキニに包まれている。彼女は桟橋に横向きにすわり、紺青色のカヌーのへりに片足をのせて押さえ、乗っている女性に話しかけていた。邪魔をするのも憚《はばか》られ、僕は木の陰で足を止めた。

相手の女性は白髪にハート形の顔で、引き締まった腕をしていた。淡黄色のシャツのせいか、いっそう日に灼けて見える。女性はグレイスの手を軽く叩いてなにか言ったが、僕には聞こえなかった。女性が小さく手を振ると、グレイスは足でカヌーを押しやった。女性はパドルで水を掻き、舳《へ》先《さき》を上流に向けた。グレイスに最後にひとこと声をかけたところで顔をあげ、僕がいるのに気がついた。彼女は漕ぐのをやめ、カヌーが下流へと流されはじめた。彼女はしばらくじっとこっちを見つめていたが、一度だけうなずいた。幽霊を見ているように思えた瞬間だった。

カヌーの女性が上流に去ると、グレイスは硬い白色木材のデッキに寝転んだ。その瞬間、目の前がぱっと明るくなった。僕は女性が湾曲した向こうに消えるまで見送った。それから足音を高く響かせ、桟橋を歩いていった。グレイスは体を起こしもせずに言った。

「あっちへ行ってよ、ジェイミー。あんたと泳ぐのはお断り。デートもしない。なにがあってもあんたとは寝ない。見たいだけなら、三階の望遠鏡でのぞけばいいでしょ」

「ジェイミーじゃないぞ」と僕は言った。

彼女は横向きになると、サングラスをずり下げて目を見せた。青く冷ややかな目だった。

「やあ、グレイス」

グレイスは頬をゆるめかけたが、サングラスを戻して目を隠した。腹這いになり、ラジオに手をのばしてボリュームを下げた。組んだ手の甲に顎をのせ、遠い目で川を見やった。

「ここは、跳びあがって抱きつく場面なの？」

「そんなことをしてくれた人はひとりもいないよ」

「かわいそうとは思わないわ」

「一度も手紙に返事をくれなかったな」

「手紙がなんになるのよ、アダム。あたしにはあなたしかいなかったのに、ある日突然いなくなった。それでおしまい」

「悪かったよ、グレイス。慰めにならないだろうが、きみをひとり残していくのは僕だってつらかったんだ」

「あっちへ行って、アダム」

「こうして戻ってきたじゃないか」

グレイスの声が尖った。「誰もあたしのことなんか気にかけてくれなかった。あなたのお継母さんも。ミリアムも、ジェイミーも。あたしのおっぱいが大きくなるまでは。女の子の育て方もろくに知らない、忙しい年寄りがふたりいただけ。あなたがいなくなってからはいろいろあって、あたしひとりで乗り越えなきゃならなかった。なにもかもよ。むかつくことばっかり。手紙がなによ」

彼女の言葉ひとつひとつが胸に突き刺さった。「僕は殺人罪で裁判にかけられた。実の父親に勘当された。出て行くしかなかったんだ」

「あたしには関係ない」

「グレイス――」

「背中にローションを塗ってよ、アダム」

「それはちょっと——」

「いいから塗って」

グレイスのわきに膝をついた。瓶から出したローションは照りつける太陽で熱く、バナナのにおいがした。僕とは血の繋がりがない浅黒く引き締まった体が、目の前に横たわっている。ためらっていると、グレイスが手をうしろにまわしてビキニのトップをはずした。肩ひもがはらりと落ち、彼女がうつ伏せの姿勢に戻るわずかの隙に、片方の乳房が僕の視界をよぎった。デッキに寝そべる彼女を前に、僕はどぎまぎするばかりで、膝立ちのままぴくりとも動けなかった。彼女の仕種や唐突に出現した女らしさ、それに僕が知っていたグレイスはもういないのだという感慨のせいだ。

「日が暮れちゃうでしょ」

ローションを塗りはじめたものの、ぎこちないことこのうえなかった。すべすべしたボディにも、わずかにひらいた長い脚にも目を向けられなかった。しかたなく川のほうに目をやった。ふたりが同じものを見ていたのかどうか、知るすべはなかった。その間、僕らはひとことも言葉をかわさなかったのだ。

塗り終わらぬうちにグレイスは言った。「泳いでくる」彼女が水着のホックを留めなおして立ちあがると、僕の顔からほんの数インチのところにたいらな下腹部が現われた。

「まだ帰らないでよ」そう言うと向きを変え、流れるような動きで川面を切った。僕は立ちあがり、彼女が水を強く掻くたびに腕に太陽が当たってきらめく様子に見入った。彼女は五十フィートほど泳ぐと、ターンして引き返しはじめた。まるで川と一心同体であるかのように泳ぐその姿を見ながら、彼女がはじめて川にはいった日のことを、川がぱっくりと口をあけ、彼女をのみこんだときのことを思い出していた。

彼女が川の水をしたたらせながら梯子をのぼってきた。水の重みで髪の毛がうしろに引っ張られ、ほんの一瞬、素顔に猛々《たけだけ》しい表情が浮かんだのが見えた。しかしすぐにサングラスで隠された。彼女がふたたびデッキに寝そべり、濡れた体を太陽の熱で乾かす姿を僕は無言で見おろした。

「いつまでいるのか訊いてほしい？」

彼女の隣に腰をおろした。「用事がすむまでだ。二、三日だと思う」

「なにか予定があるの？」

「ひとつかふたつ。友だちに会ったり、家族に会ったり」

グレイスは冷淡な笑い声をあげた。「その予定を全部こなせるなんて思わないでよ。あたしにはあたしの人生がある。あなたがひょっこり顔を出したからって、あとまわしにするつもりのないことがね」それから間髪容れずに尋ねた。「マリファナは吸う？」そう言って、わきにまとめた衣類の山――カットオフ・ジーンズ、赤いTシャツ、ゴム草履――に手を突っこみ、ビニールの小物入れを出した。マリファナ一本とライターを手にした。

「学校を出てからは吸ってない」

グレイスはマリファナに火をつけ、肺いっぱいに吸いこんだ。「ふうん、あたしは吸うわ」彼女はこわばった声で言ってマリファナを差し出したが、僕は首を横に振った。彼女はもうひと吸いした。煙が川のほうへとたなびいた。

「奥さんはいる?」

「いない」

「恋人は?」

「いない」

「ロビン・アレグザンダーとはどうなってるの?」

「昔の話だ」

グレイスはさらにマリファナを吸って揉み消し、先端が黒くなったそれをビニールの小物入れに戻した。少し呂律《ろれつ》がまわらなくなっていた。

「あたし、彼氏がいるんだ」

「よかったな」

「それも大勢。とっかえひっかえデートするの」僕はどう言っていいかわからなかった。グレイスが起きあがり、僕と顔を合わせた。「気にならないの?」

「もちろん、気になるさ。だけど僕が口を出す問題じゃない」

とたんにグレイスは立ちあがった。

「あなたが口を出すべき問題よ。あなたじゃなきゃ、誰が口を出すって言うの?」彼女は僕ににじり寄り、一インチ手前で止まった。強い思いが伝わってくるが、いくつもの感情が複雑に絡み合ったものだった。僕はなんと答えればいいかわからず、唯一言える言葉を口にした。

「ごめんよ、グレイス」

気がつくと、川からあがったばかりで濡れたままの体が押しつけられていた。首に腕をまわされ、いきなり強く抱き締められた。両手で顔をはさまれ、唇を押しつけられた。情熱的なキスだった。次に彼女は僕の耳に唇を押しあて、振りほどかなければ逃げられないよう、さらに強く抱き寄せた。聞こえるか聞こえないかの声で言われたその言葉に、僕はすっかり打ちのめされた。

「あなたなんか大嫌い、アダム。この手で殺したいくらい」

次の瞬間、彼女はくるりと向きを変えて走りだした。土手を駆けおり、木立のなかに消えた。白い水着が怯《おび》えた鹿の尾のように上下していた。

4

その後しばらくして、僕は世界と断絶するように車のドアを閉めた。車内は暑く、縫った傷がどくどくと脈打った。五年間、僕は無の世界で暮らし、失った人生のことは忘れようとつとめたが、世界に名だたる大都会にいても、輝かしい日々は記憶の最上部を流れていた。

しかし、ここではちがった。

僕は車を出した。

ここではすべてがうらめしいほど生々しい。

ロビンの家に戻ると、肋骨の絆創膏をはがし、叩きつけるようなシャワーを長々と浴びた。パーコセットがあったので二錠飲み、考えなおしてさらに二錠飲んだ。それから明かりを全部消し、ベッドにもぐりこんだ。

目覚めると外は暗かったが、廊下から明かりが漏れていた。薬がまだ効いていた。そうとう深く眠ったはずだが、それでも夢を見た。赤い飛沫が描く陰惨な曲線と、幼い手には大きすぎる古いたわし。

ロビンが明かりを背に受け、黒い影となってベッドのわきに立っていた。身じろぎひとつせずに。暗くて顔が見えなかった。「深い意味はないのよ」

「なんのことだ?」

彼女はシャツのボタンをはずし、するりと脱ぎ捨てた。ほかにはなにも着ていなかった。光が彼女の指のあいだから、脚のあいだから漏れていた。まるで紙を切り抜いて作った影絵のようだ。僕はふたり過ごした日々を思い、永遠の愛を誓う寸前だった関係を思った。彼女の顔が見たかった。

僕が毛布を持ちあげると、彼女はその下にさっと滑りこみ、横向きになって片脚を僕の体にかけた。「いいのか?」

「なにも言わないで」

彼女は僕の首筋に唇をつけ、体を起こして顔にキスすると、今度は口を覆った。記憶にあるとおりの味で、昔と変わらぬ感触だった。激しく、セクシーで、情熱的だった。彼女が上に乗ると肋骨に体重がかかり、僕は思わず顔をゆがめた。「ごめん」彼女は低い声で言うと、全体重を僕の腰に移動させた。彼女の全身に戦慄が走った。僕の上に乗った彼女の横顔が、廊下からの光を受けてはっきりと見えた。片方の目がある場所にあいた暗い穴と、光を受けて輝く黒髪。彼女は僕の手を取って、自分の乳房へと導いた。

「深い意味はないのよ」さっきの言葉を繰り返した。しかしそれが嘘なのは、僕も彼女もわかっている。交合は一瞬で完璧だった。

崖から足を滑らせたかのように。

墜落のように。


次に目覚めると、ロビンが服を着ているところだった。

「やあ」と声をかけた。

「やあ」

「少し話さないか」

彼女はシャツをはおってボタンを留めはじめた。僕と目を合わせようとしなかった。

「さっきのあれについては話したくない」

「どうして？」

「気持ちの整理をつけなきゃいけないから」

「僕らのことに？」

彼女はかぶりを振った。「こんなふうにあなたと話すのは嫌なの」

「こんなふう？」

「素っ裸で、わたしのシーツにくるまってるでしょ。ズボンを穿いて、居間に行きましょう」

ズボンとTシャツを身につけると、ロビンは革のクラブチェアに正座するようにすわっていた。「いま何時だ？」

「深夜よ」

卓上ランプがひとつだけ灯っていて、部屋の大半は影になっていた。ロビンの顔は血の気がなく、はかなげで、目は灰色の影を帯びていた。彼女は両手を縒《よ》り合わせていた。張りつめたような沈黙のなか、僕は部屋のあちこちに目をやった。「で、元気にしてたのか？」僕はしびれを切らして尋ねた。

ロビンが立ちあがった。「できないわ。先週も顔を合わせてたみたいに世間話をするなんて。五年間よ、アダム。電話も手紙もくれなかった。あなたが生きてるのか死んでるのか、結婚したのか、いまも独身なのか、わからなかったのよ。なにひとつ」彼女は指で髪をすいた。「なのにわたしは、いまだに最初の一歩さえ踏み出してない。それがここへきてあなたと寝た。なぜだか知りたい？　いずれあなたがいなくなるとわかってるからよ。だから、まだふたりのあいだに通じ合うものがあるのか確認しておきたかった。もう終わってるなら、それはそれでいい。終わってさえいるなら」

彼女が話すのをやめて顔をそむけたのを見て、僕は理解した。鎧《よろい》を脱いだいま、彼女は苦しんでいるのだ。僕は立ちあがった。彼女が言わんとしていることを止めなくては。しかし彼女が機先を制した。

「なにも言わないで、アダム。それに、もう終わったのかと訊かないで。だって、これからわたしが言うんだから」彼女は僕に向きなおり、二度目の嘘をついた。「終わってるわ」

「ロビン……」

彼女はひもを結んでいないランニングシューズを突っかけ、鍵を手に取った。「散歩してくる。荷物をまとめてて。戻ってきたら、あなたが泊まるところを探しましょう」

彼女が外に出てドアを乱暴に閉めると、僕はすわりこんだ。僕が北部へ去ったあとにふくれあがった怒りのパワーにまたも圧倒されていた。

二十分後、ロビンが戻ってきたときには、僕はシャワーを浴び、ひげを剃り終えていた。持ち物はすべてリュックにつめるか車に運ぶかした。ドアをはいってすぐの玄関の間で彼女を出迎えた。彼女の顔が紅潮していた。「ホリデイ・インに部屋を取ったよ。さよならも言わずに出て行きたくなかったんだ」

ロビンはドアを閉め、そこにもたれかかった。「すぐ出て行かなくてもいいでしょ。あなたに謝らなきゃいけないことがある」間があいた。「アダム、わたしは警官よ。だから、感情をコントロールしなきゃならない。わかる？　それをモットーにしてる。あなたが去ってから、常に論理的思考を心がけてきた。あなたが去ったあと、そう自分を鍛えてきた。そうするしかなかった」彼女はいきおいよく息を吐き出した。「さっきあんなことを言ったのは、五年分の自制心を一瞬のうちに失ってしまったせいよ。あんなこと言う筋合いはなかったわ。それに真夜中に追い出す筋合いも。すぐ明日になるのに」

皮肉めいた響きはどこにもなかった。

「わかった、ロビン。少し話そう。車からバッグを取ってくる。ワインはあるか？」

「少しなら」

「ワインを飲みながらなら話しやすい」僕は荷物を取りに外へ出た。駐車スペースにたたずんだ。田舎の街明かりの上に黒々とした空が低く広がっている。ロビンに対する気持ちと彼女の言葉にじっくりと思いを馳せた。いろいろなことが次々と起こり、とてもここへ来た目的を果たすどころではなかった。

玄関の間にダッフルバッグをおろし、居間に向かって歩いていった。ロビンの声が聞こえ、携帯電話で話している姿が見えた。彼女が片手をあげたのを見て足を止めた。よくないことが起こったのだ。彼女の全身がそう告げていた。

「わかった」と彼女は言った。「十五分で行く」

ロビンは電話を折りたたみ、銃をショルダーホルスターにおさめて装着した。

「どうしたんだ？」

彼女は表情を消して答えた。「出かけなきゃならなくなったわ」

「大事件でも起こったのか？」

彼女がにじり寄った。僕は彼女が一変したのを、揺るぎのない意志が頭をもたげたのを感じ取った。「具体的なことは言えないけど、アダム、どうやらそのようよ」僕は口をひらきかけたが、彼女がそれを制した。「あなたはここにいて。電話のそばに」

「なにかまずいことにでもなってるのか？」僕のなかで突如、警戒心が頭をもたげた。ロビンの目が気になった。

「あなたの居場所を把握しておきたい。それだけよ」

僕は目を合わせようとしたが、彼女は目をそらした。なにがあったのかはわからないが、わかっていることがひとつだけある。これは今夜彼女がついた三つ目の嘘だ。なにを隠しているのかわからないが、よくないことに決まっている。「ここにいるよ」

ロビンは出て行った。

キスもなし。行ってきますの言葉もなし。

とりつく島もなかった。

5

　ソファーに寝そべったものの、睡眠はかなわぬ夢だった。ロビンがドアをあけた音で体を起こした。顔が張りつめていた。疲労、それに怒りとおぼしきものが浮かんでいる。

「何時だ？」

「零時をまわったわ」

　ただならぬ事態を思わせるものに目が止まった。靴についた赤土、髪にからみついた木の葉。顔が上気し、げっそりこけた頬にはもっと色の濃い斑点が浮いている。キッチンの明かりが目に痛いようだ。

　そうとう深刻な事態だ。

「ひとつ質問させて」

　僕は身を乗り出した。「いいよ」

　ロビンはコーヒー・テーブルの端に尻をのせた。ふたりの膝がいまにもくっつきそうなほど接近した。「きょう、グレイスに会った？」

「彼女になにかあったのか？」アドレナリンが体内を駆けめぐった。

「いいから、答えて、アダム」

僕はかなり大きな声を出した。「彼女になにかあったのか？」

僕たちはにらみ合った。彼女はまばたきひとつしなかった。

「ああ」僕はあきらめて答えた。「農場で会った。川のそばで」

「何時に？」

「四時だ。いや、四時半だったかもしれない。どういうことなんだ、ロビン」

彼女は大きく息を吐き出した。「正直に答えてくれてありがとう」

「なぜきみに嘘をつく必要がある？　なにがあったかさっさと教えろよ。グレイスの身になにかあったのか？」

「襲われたのよ」

「どういうことだ？」

「何者かに暴行されたの。おそらくレイプもされてる。きょうの午後のことよ。夕方じゃないかと思う。川のそばで。何者かに踏み分け道から引きずりこまれたようね。わたしに連絡があったときは、まだ発見されてまもなくだった」

僕はいきおいよく立ちあがった。「なのに僕になにも教えてくれなかったのか？」

ロビンはもっと時間をかけて立ちあがった。声にあきらめの色がにじんでいた。「わたしはなによりもまず警察官なの、アダム。教えるわけにはいかなかった」

僕はあたりを見まわし、靴を見つけて履きはじめた。「グレイスはいまどこだ？」

「病院よ。あなたのお父さんが付き添ってる。それにドルフとジェイミーも。あなたに出来ることはなにもないわ」

「うるさいな」

「グレイスはいま薬で眠ってる。あなたがそばにいたってどうにもならない。でも、あなたはきょうの午後、事件の直前に彼女と会っている。なにかを見たか、聞いたかした可能性がある。だからわたしと一緒に来て」

「グレイスのほうが先だ」

僕はドアに向かいかけた。ロビンが僕の腕に手を置いて引き留めた。「答えてもらいたい質問があるのよ」

僕はその腕を振り払い、彼女の癇癪《かんしゃく》も意に介さなかった。そのとき、ある疑念がわきあがった。「電話を受けた時点でグレイスだとわかってたんだな？　そうだろ？」

答えてもらう必要はなかった。わかりきっていた。

「僕にとってとても重要なことだとわかっていながら、嘘をついたんだな。おまけに僕を試しもした。僕がグレイスに会ったことを知って、試したんだ。そうだろ？　ジェイミーから聞いたのか、僕があそこに行ったことを？　僕が川のそばでグレイスに会ったことを」

「謝るつもりはないわ。あなたは彼女と最後に会った人物だった。それを正直に言ってくれるかたしかめなきゃならなかった」

「五年前」僕は吐き捨てるように言った。「あのときは僕の言うことを信じてたのか？」

ロビンは左に目をさまよわせた。「あなたがあの若者を殺したと思ってたら、いまこうして一緒にいないわ」

「なら、その信頼はどこに消えた？　信じる気持ちはどうした？」

彼女は僕の怒りを感じ取ったが顔色ひとつ変えなかった。「これがわたしの仕事よ、アダム。わたしという人間なの」

「黙れ、ロビン」

「アダム——」

「よくもぬけぬけとそんなことを」

僕は荒々しく背中を向けた。ロビンが片手をあげて引き留めようとしたが、失敗に終わった。僕はドアを乱暴にあけると、このうえない悲劇を迎えた深い夜へと飛び出した。

6

病院までは車ですぐだった。聖公会と古いイギリス人墓地を通り過ぎた。給水塔のところで左折し、すっかり朽ち果て、小さく仕切って低家賃のアパートになったかつての豪邸群を素通りした。やがて車は診療所街にはいり、どこを見ても医者のオフィスか薬局、あるいは整形外科治療用の靴や歩行補助具を売るガラス張りの店舗ばかりとなった。救急室用の駐車場に駐め、両開きドアに向かった。入り口には明かりが灯っていたが、それ以外は真っ暗だった。壁にもたれかかる人影と煙草の赤い火が見えた。僕はちらりと目を向けただけで、すぐ視線を前に戻した。ジェイミーの声に思わず跳びあがった。

「やあ、兄貴」

彼は最後にひと吸いして、吸い殻を駐車場にはじき飛ばした。僕は、数多い明かりのひとつに照らされたドアに歩み寄った。

「やあ、ジェイミー。グレイスはどんな具合だ？」

ジェイミーは両手をジーンズのポケットに突っこんで、肩をすくめた。「さあね。まだ会わせてもらえないいんだ。意識はあるようだが、放心状態らしい」

「親父はなかにいるのか？」

「ああ、それにドルフも」

「ミリアムときみのおふくろさんは？」

「ふたりともシャーロットにいた。ゆうべコロラドから飛行機で着いて、一泊してショッピングしてた。そろそろ戻ってくるはずだ。ジョージが迎えに行ってる」

「ジョージ？」

「ジョージ・トールマンだよ」

「なんでまた」

ジェイミーは片手を振った。「話せば長くなる。おいおいわかるさ」

僕はうなずいた。「ちょっと行ってくる。親父に話があるんだ。ドルフの様子はどうだ？」

「みんなパニック状態だよ」

「おまえも一緒に来るか？」

ジェイミーの頭が振られた。「遠慮しとく」

「なら、またあとでな」ドアに向かいかけると、肩に彼の手を感じた。

「アダム、待てよ」振り返ると、ジェイミーがきまり悪そうな顔をしていた。「ここにいたのは、煙草を吸うためじゃない」

「わけのわからないことを言うやつだな」

ジェイミーは僕の顔を避けるように上を向き、それから横を向いた。「かなり不愉快な思いをすると思うぜ」

「どういうことだ？」

「グレイスを発見したのはドルフだ。家に帰ってこないんで探しに出かけたんだ。彼女は踏み分け道から引きずりこまれた場所にいた。血まみれで、意識はほとんどなかった。ドルフは彼女を家まで運び、車に乗せ、ここまで連れてきた」ジェイミーはそこで口ごもった。

「それで？」

「グレイスはいきさつを話したらしい。ここに運びこまれてからはひとこともしゃべってない。少なくともおれたちには。だけどドルフには話してる。ドルフはそれを警察に伝えた」

「どういう内容だったんだ？」

「意識が朦朧《もうろう》としてたし、頭も混乱してたようで、ほとんど記憶がないらしい。だが、最後に覚えてるのは、兄貴にキスされたことだとドルフに言ったんだ。それで、あんたなんか大嫌いだと言って、兄貴の前から逃げだしたと」

ジェイミーの言葉がすさまじい音を立てて僕の上に落ちた。

「警察によれば、襲われたのは桟橋から半マイルほどのところらしい」ジェイミーの顔はこう言っていた。半マイル。簡単に追いつく。

また だ。

「警察は僕が関わってると見ているのか？」

ジェイミーはここ以外のどこかにいられたらという顔をした。まるで体のなかで身をよじっているようだった。「かなり不利だろ。兄貴がこの土地を離れた理由はみんなが覚えてるからな」

「僕はグレイスを傷つけるようなまねは絶対にしない」

「おれが言いたいのはただ――」

「おまえの言いたいことはわかってるさ。親父はなんと言ってる？」

「ひとことも口をきいてない。重症の思考停止状態にでもなったみたいだ。あんなの、はじめて見たぜ。それにドルフときたら、もう、煉瓦で殴られたみたいなありさまだ。うまく言えないが、とにかく見るに堪えない」ジェイミーは言葉を切った。この話がどこに行き着くか、ふたりともわかっていた。「ここで一時間待ってた。話しておいたほうがいいと思ってさ……なかにはいる前に」

「礼を言うよ、ジェイミー。心から。ここまでしてくれて」

「おれたち、きょうだいじゃないか」

「警察はまだなかにいるのか？」

ジェイミーはかぶりを振った。「ずいぶん長いこと待ってたが、さっきも言ったように、グレイスはまともに話せる状態じゃない。いま頃は農場にいるはずだぜ、ロビンとグランサムとかいう男は。男のほうは保安官事務所の人間だ。質問は全部そいつがしていた」

「保安官」そうつぶやくと、顔に例の感情が這いあがってくるのを感じた——嫌悪感、記憶。僕を殺人罪で起訴したのはローワン郡保安官だった。

ジェイミーがうなずいた。「保安官は五年前と同じ野郎だ」

「ちょっと待て。なぜロビンが捜査にくわわってる？　彼女は市警察だろ」

「性がらみの事件は全部、彼女が担当してるらしい。市警察の管轄外でも保安官事務所と協力関係かなんか結んでるんだろう。よく新聞に出てるぜ。そうそう、グランサムって野郎だが、手玉に取られないよう用心しろよ。まだ来て二、三年だが、切れる男だ」

「ロビンから質問されたよ」僕はまだ信じられずにいた。

「しかたないだろ、兄貴。被害者の弟をはじめ、全員が兄貴を吊るせと思ってるなかで味方してくれたんだぜ。そのために彼女がどれだけ代償を払ったか、わかるだろ。あやうくクビになるところだったんだぜ」ジェイミーはポケットのなかの手をさらに深く突っこんだ。「なかにはいるんならついていってやろうか？」

「親切で言ってくれているのか？」

ジェイミーは答えず、ただバツの悪そうな顔をしただけだった。「大丈夫だ」と僕は言い、彼に背を向けた。

「そうだ」とジェイミーが言った。僕は足を止めた。「こないだあんなことを言ったけどさ、ほら、かぶりつきで見物してやるとか言っただろ……あれは本気じゃないからな。こんな事態を望んでたわけじゃない」

「わかってるよ、ジェイミー。気にするな」

僕は両開きドアをくぐった。照明が虫の羽音のような音を立てていた。なかにいた人たちが顔をあげては、見なかったふりをする。角を曲がると、まず父の姿が目にはいった。破産でもしたかのような顔ですわっていた。頭をがっくりと垂れ、両腕を肩にまわしている。その横でドルフが背筋をぴんとのばし、身動きひとつせずに壁をじっとにらんでいた。目の下の皮膚が薄紅色の三日月形にたるみ、彼もまた、なにもかも失ったような顔をしていた。先に僕に気づいた彼は、いけないことをしているところを見られたかのように身をすくめた。

僕はふたりがいる待合エリアに歩を進めた。「ドルフ」少し間を置いた。「父さん」ドルフが苦労して立ちあがり、両手で腿をさすった。父が顔をあげた。すっかりまいっている様子だった。父は僕と目を合わせた状態で背中をのばした。気力だけでぼろぼろの体を立て直せるとでもいうように。ロビンに言われたことを思い出した。僕の帰郷を知らされた父が涙を流したという話を。いまの父にはその片鱗すらなかった。関節が白くなるほどこぶしを握っていた。首の筋がぴんと張っていた。

「今度の件でなにを知っている、アダム？」

こんな展開にならないことを、ジェイミーの勘違いであることを祈っていたのに。「どういうことだよ？」

「しらばっくれるな。今度の件でなにを知ってる？」父は語気を強めた。「グレイスの事件のことだ、さっさと答えろ」

　僕はたちまちその場に凍りついたが、やがて両手にしびれを感じ、驚きのあまり体が燃えるように熱くなった。ドルフは立ち直れないほどのショックを受けているようだ。父がつめ寄った。僕より背が高く、肩幅も広い。一縷《いちる》の望みを求めてその顔をのぞきこんだが、なにもなかった。しかたない。

「その話はしたくない」

「いいや、絶対にしてもらうぞ。わたしたちに話すんだ、なにがあったかを」

「この件で話せることはなにもない」

「おまえはグレイスと一緒だった。あの娘《こ》にキスをした。あの娘はおまえから逃げた。否定してもだめだぞ。あの娘の服は桟橋にそのまま残っていた」父は本気だった。冷静なのはうわべだけだ。そう長くはつづくまい。「本当のことを話せ。一度しか言わないぞ。本当のことを話すんだ」

　しかし、話せることなどなにもなかった。だから僕は、まだ頭に引っかかっている唯一の言葉を口にした。父のことだ、どんな反応が返ってくるかはわかっている。それでも言った。

「彼女に会わせてほしい」

　父は僕に襲いかかった。シャツをつかんで病院の固い壁に叩きつけた。父の顔が細部まであらわに見えたが、そこにあるのは見慣れないものばかりで、むき出しの暴力的なまでの憎悪しかなかった。僕を信じる気持ちの最後のひとかけらが失われた瞬間だった。「おまえの仕業だったらこの手で殺してやる」

僕は抵抗しなかった。黙って壁に押しつけられたまま、憎悪がしだいに小さくなり、よりおとなしいものに変わっていくのを見ていた。悲しみや喪失感のようなものに。父のなかでなにかが死んだかのように。

「質問なんかしないでほしかった」僕は言い、シャツにかかった父の手をどけた。「僕も答えるべきじゃなかった」

父は顔をそむけた。「おまえはわたしの息子じゃない」

父は背中を向け、ドルフは僕と目を合わそうとしなかった。だけど僕は下手《したて》に出る気はなかった。いまは。今度こそ。だから、言い訳したくてたまらない気持ちを押し殺した。僕は毅然とした態度を崩さず、父が振り返ると、相手がそむけるまでその目をじっとにらみつけた。僕は待合エリアのはじに腰をおろし、父はそこからいちばん遠いところにすわった。ふとドルフが、声をかけようと僕に近づくそぶりを見せた。

「すわってろ、ドルフ」父が命じた。

ドルフはすわった。

やがて父がゆっくりと立ちあがった。「散歩に行ってくる。穢《けが》れていない空気が吸いたくなった」父の足音が聞こえなくなると、ドルフは僕の隣に腰をおろした。六十を越えたばかりで、分厚いてのひらとごわごわの髪をした働き者だ。僕が物心ついたときから彼はいた。生まれてからずっとだ。若い頃にうちの農場で働きはじめ、そこを相続した父は彼を自分の右腕にした。ふたりは兄弟のように、切っても切れない仲だった。ドルフの存在がなければ、父も僕も母の自殺を乗り越えることはできなかったと、僕は常々思っている。彼は僕たち父子を結ぶ絆だった。世界が煙をあげ、雷鳴を轟かせながら消えたあとのつらい日々、彼が僕の細い肩に置いた手の重みをいまもはっきりと覚えている。

ドルフのごつごつした顔を、小さな青い目と白いものが混じった眉をながめた。彼は僕の膝を軽く叩き、頭を壁に預けた。横からだと、干し肉の塊をノミで削って作ったように見える。

「親父さんは熱くなりやすい人だ、アダム。かっとなってばかなことをしても、たいていは頭を冷やして考えなおす。五年たっておまえさんが戻ったとたん、グレイ・ウィルソンが殺され、ジャニスははっきり見たと主張した。親父さんはかっとなった。すぐに頭を冷やすさ」

「説明すればわかってくれると思うのか？」

「おまえさんがよからぬことをしたとは思わんよ、アダム。親父さんだってちゃんと考えれば、わしと同じように考えるはずだ。いいかね、グレイスがわしのもとに預けられたとき、どうしていいかわからなかった。女房は娘が幼い頃にいなくなった。五里霧中だった。親父さんが手を差しのべてくれた。放ってはおけないと思ったんだろう」ドルフは手をひらいた。「親父さんはプライドが高い。そういう人間は心の傷を見せないものだ。つい居《い》丈高《たけだか》な態度を取る。けっきょくあとで後悔するようなことをしてしまう」

「だからと言って、なにかが変わるわけじゃない」

ドルフはふたたび首を横に振った。「人間、誰しも後悔する。おまえさんも、わしも。だがな、歳を取れば取るほど背負うものが増える。押しつぶされるほどの重荷がな。わしが言いたいのはそれだ。チャンスをあたえてやってくれ。親父さんだっておまえさんがあの若者を殺したとは思っちゃいないが、女房の言葉を頭から無視するわけにもいかなかったんだ」

「僕は勘当されたんだぞ」

「そのあと、過ちを正そうともしている。何度となく、電話をかけるか、手紙を書こうとした。一度など、車でニューヨークに連れていってくれとわしに頼んできたこともある。言いたいことがあるが、全部を紙に書いて送ることはできないんだと言っていた」

「待つことと行動することはちがう」

「そうだな」

僕は父のデスクにあったまっさらな便箋を思い浮かべた。「なぜ行動を起こさなかったんだろう？」

「プライドが邪魔したんだろうな。それにおまえさんの義理のおふくろさんと」

「ジャニス」その名前を口にするだけで骨が折れた。

「おふくろさんはりっぱな女性だ、アダム。愛情深い母親だ。親父さんにふさわしい。わしはそう信じている。あの晩、彼女が目撃したことを信じているのと同じでな。この五年間は彼女もつらかったはずだ。好きでやったわけじゃないんだ。人間はみな、信念にもとづいて行動するものだ」

「親父を許せと言うのか？」

「チャンスをあたえてやってほしいだけだ」

「まずいちばんに僕を信じてくれればよかったのに」

ドルフはため息をついた。「おまえさんだけが家族じゃない、アダム」

「だけど、優先順位はいちばん上だ」

「ことはそう単純じゃない。おまえさんの母親はたしかに美しく、親父さんは心から愛していた。しかし彼女が亡くなってすべてが変わった。とりわけおまえさんが」

「当然だろ」

ふいにドルフの目に光が射した。母の最期が僕たちふたりの記憶に鮮明によみがえった。

「親父さんはおふくろさんを愛していたんだ、アダム。再婚は軽い気持ちでしたわけじゃない。グレイ・ウィルソンの死によって親父さんはむずかしい立場に立たされた。おまえさんを信じるか、奥方を信じるか、判断を迫られた。まさか、そんなのはむずかしくもなんともないとか、危険とは無縁だと思ってるんじゃないだろうな。少しは親父さんの立場に立ったらどうだ」

「きょうは言い争うのはなしだ。今度のことに話を戻そう」

「今度の件は……入り組んでいる。タイミングの問題。グレイスが言ったこと」

「あんたはどう思ってるんだ。きょうのことはあんたから見て入り組んでいるのか？」

ドルフは椅子に腰かけたまま体の向きを変えた。表情のない顔と生気のないまなざしを僕に向ける。「グレイスの話は信じているが、おまえさんのこともよく知っている。現時点ではなにを信じていいかわからないが、いずれ時が来ればきちんと説明がつくと考えている」彼は顔をそむけた。「罪を犯した者はその罪をつぐなわねばならない」

僕は彼の粗野な顔を、ひび割れた唇を、悲しみをほとんど隠せていない伏せた目を観察した。「本気でそう思ってるのか？」

ドルフは虫の羽音のような音を立てている明かりを見あげた。明るい灰色の幕が目を覆っているように見えた。彼の声は震え、煙のようにはかなかった。

「ああ」と彼は言った。「もちろんだとも」

7

十分後、入り口に警官が現われた。ロビンはむっつりと黙りこみ、もうひとりはやけに張り切っている様子だった。その警官は背が高く撫で肩で、歳は五十をいくらか越えたくらい、色褪せたジーンズに赤いジャケットという恰好だった。茶色の髪が狭い額に薄くかかり、すっとした鼻をしていた。ベルトにはバッジ、くすんだ色の目にかけた小さな丸眼鏡がきらりと光った。

「外で話せる？」とロビンが言った。

ドルフは背筋をさらにのばしたが、なにも言わなかった。僕は腰をあげ、ふたりのあとについていった。ジェイミーの姿はどこにもなかった。もうひとりの警官が片手を差し出した。「刑事のグランサムだ」僕たちは握手をした。「保安官事務所の者だ。こんな恰好をしているがな」

彼は大きく表情を崩したが、僕もそれにだまされるほどばかではない。今夜にかぎって言えば、本物の笑顔などありえない。「アダム・チェイスです」

グランサムの顔から表情が消えた。「きみのことは知っているよ、チェイスさん。ファイルを読んだからな。そのことで変な色眼鏡で見ないよう、最大限の努力をするつもりだ」

僕は平静をよそおったが、少しばかり努力が必要だった。ニューヨークでは僕の過去を知る者は誰もいなかった。それにすっかり慣れていたのだ。「そんなことができますか?」

「おれは被害者の少年と面識がない。彼が人気者だったことや、フットボールのヒーローだったことは知っている。この土地に親族が大勢いることも。その連中が、金で無罪を買ったと騒いだことも知っている。だが、すべておれが赴任する前の話だ。きみもほかの連中もない。みんな同じように見ている」

彼はロビンをしめした。「さてと、きみと被害者の関係はアレグザンダー刑事から聞いた。こういう事件が起こってほしいわけじゃないが、起こってしまった以上、できるだけすみやかに対処することが大切だ。こんな時間だし、きみも気が動転していると思うが、力になってもらいたい」

「できるかぎり協力します」

「そうか、ありがたい。さて、きみはきょう、被害者と会ってるな」

「彼女の名前はグレイスです」

グランサムはまた笑ったが、今度は険がある笑い方だった。「そうだったな。グレイスときみはなにを話した?　彼女はどんな様子だった?」

「どう答えたらいいか。最近のグレイスのことは知らないんです。しばらく会ってなかったから。手紙にも一度も返事をくれなかったし」

ロビンが割ってはいった。「彼女に手紙を出したの？」

その声から、彼女がかちんときたのがわかった。

彼女には手紙を出したくせに、わたしにはくれなかった。

僕はロビンに向きなおった。「手紙を書いたのは、グレイスはまだ幼くて、僕がこの土地を離れた理由を理解できないと思ったからだ。どうしてそばにいてやれなくなったのか、わかってほしかったんだ」

「きょうのことに話を戻そう」グランサムが言った。「つづきを話してくれ」

グレイスの姿を思い浮かべた。てのひらに伝わる肌のぬくもり、すさまじいまでの憎悪、それだけではないと思わせるなにか……。目の前の刑事の狙いはわかっている。すでに得ているグレイス側の主張を裏づけるものがほしいのだ。色眼鏡で見ない、が聞いてあきれる。なら、望みどおりにしてやろうじゃないかという気持ちがふと頭をよぎる。なぜか？どうだっていいからだ。

「彼女の背中にローションを塗ってやりました。彼女がキスしてきて、あなたなんか大嫌いだと言われました」そこでグランサムの目を見つめた。「そして走り去りました」

「きみは追いかけたのか？」

「追いかけてほしくて逃げたようには見えませんでした」

「よくある感動の再会というやつでもなかったようだな」

僕の声は低く、こわばったものになった。「僕がグレイス・シェパードをレイプしたと思ってるなら、自分の娘をレイプしたと言ってるも同然です」

グランサムは平然として言った。「だが、かなりの数の娘が実の父親にレイプされているのも事実だ、チェイスさん」

たしかにそうだ。「そういうんじゃない。グレイスは僕に腹を立ててたんです」

「どうして？」

「彼女を置いて出て行ったからですよ。もっともな話です」

「ほかには？」

「彼女はボーイフレンドが大勢いると打ち明けました。僕にそのことを教えたかったみたいです。そうやって僕を傷つけたかったのかもしれません」

「つまり、男性関係が派手だったということか？」

「そんなことは言ってません。だいたいにして、どうしてそんなことが僕にわかるんですか？」

「彼女からそう聞いたんだろう？」

「それから彼女は僕にキスしました。すごく怒ってました。やけになってました。家族なのに、まだ十五歳の彼女を置き去りにしたから」

「彼女はきみの娘じゃないはずだが、チェイスさん」

「そういうことを言ってるんじゃない」

グランサムはロビンの様子をうかがい、僕に視線を戻した。体の前で手を組んだ。「まあ、いい。先をつづけて」

「彼女は白いビキニとサングラスを身に着けてました。ほかにはなにも。川からあがったばかりで体が濡れてました。駆けだしたとき、土手沿いを南に走って行きました。昔からある踏み分け道があるんです。一マイルほど先のドルフの家までつづいてます」

「そこでミズ・シェパードを襲ったのか？」

「襲ってません」

グランサムは唇を突き出した。「そうか。いまのところはこのくらいにしておこう。またあとで話を聞かせてもらう」

「僕は容疑者なんですか？」

「おれは捜査の初期段階で臆測をめぐらすようなことはめったにしない。だが、アレグザンダー刑事はきみが犯人のはずはないと、きわめて力をこめて言っている」彼は言葉を切り、ロビンに目をやった。眼鏡にふけがこびりついているのが見えた。「もちろん、きみとアレグザンダー刑事が浅からぬ関係にあるらしい事実は頭に入れておかないといけない。問題をややこしくしかねないからな。まあ、すぐにいろいろわかるだろうさ。被害者から――」彼は言葉をのみこんだ。「グレイスから話を聞けば」

「それはいつになりますか？」と僕は訊いた。

「医者から許可が出るのを待ってるところだ」グランサムの携帯電話が鳴り、彼は発信者名に目をやった。「こいつには出なきゃならない」彼は電話に出ると、離れたところまで歩いていった。ロビンがそばに寄ってきたが、僕はまともに顔を見られなかった。彼女にはふたつの顔があるようだ。寝室の薄明かりのなかで僕の上に乗ったときの顔と、ついいましがた見せつけた警察官としての顔と。

「あなたをためすようなことを言うべきじゃなかった」

「ああ」

「謝るわ」

僕の真向かいに立った彼女は、帰郷して以来はじめて見せる柔和な表情を浮かべていた。

「いろいろわけがあるのよ、アダム。この五年間、わたしには仕事しかなかった。真剣に取り組んできたわ。わたしは優秀だけど、完全無欠じゃない。いつもいつもというわけじゃない」

「どういう意味だ？」

「人と距離をおいてしまうの。悪い面を見てしまう」ロビンは肩をすくめ、さらに説明をつづけた。「どんなに善良な人間も警官に嘘をつく。そのうちそれが当たり前だと思うようになる。やがて、嘘をついているものと疑ってかかるようになる」彼女はつらそうな表情になった。「褒められたことじゃないのはわかってる。自分でも嫌になるけど、それがわたしという人間。あなたがいなくなってからのわたし」

「きみは僕を疑ってなかったじゃないか、ロビン。どれほど状況が不利になっても」

彼女が僕の手を取ろうとした。僕は抵抗しなかった。

「彼女は純真無垢だったんだ」と僕は言った。彼女とはグレイスのことだ。

「いずれ乗り越えるわ、アダム。もっと悲惨な経験を乗り越えた人だって大勢いる」

しかし僕はすでに首を振りはじめていた。「きょうの事件の話じゃない。僕がこの土地を離れたときのことだ。彼女がまだ幼かったときのことだ。突然、彼女という光が消えたんだ。ドルフの口癖を借りるなら」

「どういうこと？」

「ドルフが言うには、人間は光と闇のなかを進んでいる。世の中とはそういうものだ。だけど、なかにはみずから光を運ぶ者がいる。グレイスがそうだった」

「彼女はもう、あなたの記憶にある少女じゃないわ、アダム。ずいぶん前から」

ロビンの口調が引っかかった。「なにが言いたい？」

「半年ほど前だけど、盗んだバイクにまたがって州間高速道路を時速百二十マイルで飛ばしてるところを州警察官に捕まったの。夜中の二時に。ヘルメットもかぶっていなかった」

「酔ってたのか？」

「いいえ」

「起訴されたのか？」

「バイクの窃盗に関してはお咎めなしだったわ」

「どうして、また？」

「バイクはダニー・フェイスのものだったの。おそらく彼は、盗んだのがグレイスだと知らなかったのね。盗難届を出したけど、告発はしないと言った。彼女は留置場に入れられたけど、地区検事は起訴を見送った。スピード違反のほうはドルフが弁護士を雇った。免許取り消し処分を受けたわ」

ダニーのバイクがまぶたに浮かんだ。昔から乗っているカワサキの大型バイク。グレイスには大きすぎるが、それにまたがる彼女もまぶたに浮かんだ。スピード、ほとばしる爆音、うしろになびく彼女の髪。はじめて父の馬にまたがったときと同じだ。

怖い物知らず。

「きみはグレイスを知らないんだ」

「時速百二十マイルよ、アダム。夜中の二時。ヘルメットもなし。警官は五マイル走ってようやく追いついたそうよ」

負傷し、うしろに並ぶ消毒された部屋のひとつに入れられたグレイスの姿が目に浮かんだ。僕は目をこすった。「こういうとき、どんな反応を見せるものなんだ、ロビン。これまでも似たような経験があるんだろ」

「怒り。むなしさ。わからないわ」

「なぜわからない？」

ロビンは肩をすくめた。「大切な人の身になにか起こった経験はないもの」

「グレイスはちがうのか？」

彼女の目はガードが堅かった。「グレイスとは長いつき合いじゃない」

僕は押し黙り、桟橋でグレイスに言われた言葉を思い出していた。

誰もあたしのことなんか気にかけてくれなかった。

「大丈夫？」ロビンが訊いた。

とても大丈夫ではいられなかった。「こんなことをした野郎を見つけたら、殺してやる」僕はロビンに目を見せて言った。「卑劣な野郎をこの手で殺してやる」

ロビンはあたりを見まわした。そばには誰もいなかった。「だめよ、そんなことを言っちゃ。こんなところで。絶対に」

グランサムが電話を終え、病院のドアの前にいた僕たちに歩み寄った。三人でなかにはいった。ドルフと父が担当医と話をしていた。グランサムが割ってはいった。

「もう会えますか？」

医師は黒縁眼鏡をかけ、鼻筋のとおったきまじめな感じの青年だった。小柄で、若いくせに猫背だった。周囲の危険から身を守るように、クリップボードを胸のところで抱えている。その声は驚くほど力強かった。

「体のほうはまったく問題ありません。しかし、答えてくれるとは思えませんね。運びこまれて最初の一時間をのぞけば、ほとんどなにもしゃべっていません。アダムという人を呼んでくれと言っています」

全員の目が一斉に向けられた。父、ドルフ、ロビン、そしてグランサム刑事。最後に医師も僕に顔を向けた。「あなたがアダムさん？」僕はうなずいた。父が口をひらいたが、言葉は出てこなかった。医師はどうしたものかと迷っているようだった。「あなたが患者さんと話せば……」

「われわれが先に話したいんだが」グランサムが言った。

「いいでしょう」医師は言った。「わたしも同席させてもらいますが」

「けっこうだ」

僕たちは医師を先頭に、壁沿いに無人のストレッチャーが並ぶ狭い廊下を歩いていった。角を曲がったところで、医師は小さな窓がついた木のドアのわきで足を止めた。薄い毛布をかけたグレイスの姿がちらりと見えた。

「ほかの方はこちらで待っててください」医師は言い、ドアを押さえて刑事ふたりを入れた。

ひんやりとした空気が僕の顔を撫でたかと思うと、三人がドアの向こうに消えた。ドルフと父は窓の外をながめ、僕は小さな円を描いて歩きまわりながら、グレイスが最後に投げつけた言葉を考えていた。五分後、ドアがあいた。さっきの医師が僕と目を合わせた。

「患者さんがあなたを呼んでほしいと言っています」

僕はドアに向かいかけたが、グランサムに胸を手で押されて止められた。「おれたちとはまったく口をきこうとしない。きみを入れることに同意したのは、そこのドクターがそうすればしゃべるきっかけになるんじゃないかと言うからだ」僕は彼とにらみ合った。「おれに後悔させるようなまねはするなよ」

グランサムの手に胸を押しつけると、相手はしかたなく手をどけた。彼のわきをすり抜け、病室にはいった。そのときもまだ、彼の手の感触が、最後の最後に強く押し返してきたときの感触が残っていた。ドアが音も立てずに閉まり、老人ふたりがガラス窓に顔を押しつけた。目の前の彼女を見たとたん、腹立たしい気持ちはしぼみ、やがて完全に消え失せた。そんなことはどうでもよかった。

病室の照明がグレイスから色味を奪っていた。息をしていないのではないかと心配になるほど、胸が上下する間隔が長い。ブロンドの髪がいく筋か頬にかかり、耳たぶに乾いた血がこびりついていた。ロビンを見やったが、彼女は表情を消していた。

ベッドをまわりこんだ。唇に縫った痕が見えた。痣《あざ》だらけで、目はまぶたがひどく腫れてほとんどあかず、青っぽいものがちらりとのぞいているだけだった。手の甲にテープでチューブを固定してある。その手を取ると壊れてしまいそうな感じがした。目を見つめ、グレイスの気配を探った。名前を呼ぶと、青い一本線がわずかに太くなり、彼女がいるのが確認できた。彼女は長いこと僕を見つめた。

「アダム？」そのひとことで、彼女のなかに渦巻くすべての感情が、痛みと喪失感がもたらす微妙な心理の綾が聞き取れた。

「僕はここにいるよ」

彼女は音もなくゆっくりと流れ落ちる涙を見られまいと、頭を反対側に傾けた。僕は彼女が目をあけたときに僕が見えるよう、背筋をのばした。ずいぶんと時間がかかった。グランサムが足を踏み替えた。ほかは誰も動かなかった。

グレイスは涙が完全に止まるのを待って僕のほうに顔を戻したが、目と目が合った瞬間、ふたたび涙が流れそうになった。彼女の顔面でバトルが繰り広げられたが、彼女が闘いに破れるのを僕はなすすべもなく見つめていた。彼女が両腕を広げ、そこに僕がかがみこむと、ダムはふたたび決壊した。彼女は僕にすがりついて嗚咽を漏らした。体が熱く、震えていた。僕はできるだけ強くその体を抱き締めた。心配しなくてもいい、なにもかもうまくいくと声をかけた。すると彼女はあのときと同じように僕の耳に唇を寄せ、どうにか聞き取れる程度の小さな声でささやいた。

「ごめんなさい」

彼女に僕の顔が見えるよう、体を引いた。かけるべき言葉を思いつかずにただうなずくと、彼女はふたたび僕を引き寄せ、体を小さく震わせながらしがみついた。

顔をあげると、小窓に父の顔が見えた。父は目をこすって顔をそむけたが、その手が引き攣《つ》っているのは隠せなかった。ドルフは窓から離れる父を見やり、深く悲しんでいるようにかぶりを振った。

僕はグレイスに視線を戻し、両腕でその体を包みこもうとした。けっきょく彼女は自分のなかに作った避難場所に退却してしまった。あれっきりひとことも発せず、横向きになって目を閉じた。

警察はなにも得られなかった。

廊下に出ると、またもグランサムが迫ってきた。「ふたりだけで外に出たほうがよさそうだ」

「どうして？」

「理由はわかってるはずだ」彼の手が僕の腕をつかんだ。振り払ったが、すぐまたつかまれた。

「まあまあ」ドルフが言った。

グランサムは自制心を取り戻した。「おれを怒らせるなと言ったはずだ」

「さあ、アダム」とロビンが言った。「外に行きましょう」

「断る」いくつものことが頭に去来した。グレイスが純潔を失ったこと、いつまでもついてまわる疑惑、そして僕の帰郷に垂れこめる闇。「どこにも行かない」

「彼女がなにを言ったか聞かせてほしい」グランサムは僕に触れようとして思いとどまった。「なにか言ってたじゃないか。それが知りたい」

「本当？」ロビンが訊いた。「グレイスはあなたになにか言ったの？」

「うるさいな、ロビン。たいした話じゃない」

「なにか言ったのなら教えてもらわないと」

僕はまわりに集まった顔をまじまじと見つめた。グレイスのあの言葉は僕個人に向けたもので、教える義理は感じなかった。しかしロビンが僕の腕に手を置いた。「かつてわたしはあなたに有利な証言をしたのよ。それがどういうことかわかってるの？」

彼女を軽く押しのけ、病室のなかのグレイスをのぞきこんだ。背中を外の世界に向け、体をまるめている。彼女が体を押しつけてきたときに流れた熱い涙の感触がいまも残っていた。僕はグランサムに向かって話しはじめたが、目は父に向けていた。グレイスの言葉をそのまま伝えた。

「グレイスはごめんなさいと言ったんだ」

父が力なくすわりこんだ。

「なにがごめんなさいなんだ？」グランサムが尋ねた。

僕は事実を答えた。グレイスの言葉を一言一句正確に。しかし、謝罪の言葉の意味を解釈するのは僕がやるべき仕事ではない。そこで、グランサムが納得しそうな説明をした。嘘の説明を。

「川で会ったとき、グレイスは僕に大嫌いと言ったんです。そのことを謝ったんだと思います」

グランサムは釈然としない顔をした。「それだけか？　それで全部か？」

「それだけです」

ロビンとグランサムは顔を見合わせた。しばらくふたりは無言で意思の疎通をおこなった。やがてロビンが口をひらいた。「ほかにもいくつか訊きたいことがあるの。できれば外で」

「いいとも」僕は言い、出口に向かった。二歩進んだところで、父が僕の名を呼ぶのが聞こえた。両のてのひらを上に向け、自分に暴行をはたらいた男をグレイスが抱き締めるはずがないと悟ったからか、顔が引き攣っていた。父と目を合わせはしたが、許しの表情はどうしても浮かばなかった。父は半歩前に出て、ふたたび僕の名を呼んだ。問いかけ、懇願する。どうしようか一瞬迷った。父は突然わきあがった後悔の念に苛まれ、無情にも流れた年月を思って苦しんでいた。

「悪いけど」僕は言い、その場をあとにした。

8

三人で夜空に出ると、僕はジェイミーを探した。彼は駐車場のはずれにいた。真っ暗なトラックの運転席にすわっていた。ボトルからラッパ飲みするだけで、降りてこようとはしない。救急車が一台、ライトを消してはいってきた。

「煙草が吸いたくなった」グランサムは言い、煙草を取りに行った。

僕とロビンはその背中を見送りながら、問題を抱えた人間だけにわかる気づまりな沈黙のなかに立っていた。クラクションが鳴り響き、ジェイミーのトラックのライトがまぶしく光った。彼が右手にある、救急用駐車場の入り口を指さした。長く黒い車がコンクリートの狭いゲートをするするとくぐって停まった。エンジンが停止した。ふたつのドアがあいて、ふたりの人間が降りた。義理の妹のミリアムと、黒いブーツに警官の制服姿のがっしりした男。ふたりは同時に僕に気づいて、足を止めた。ミリアムは車の横で棒立ちになった。連れの男が薄笑いを浮かべて、近づいた。

「アダム」彼は言い、僕の手を取っていきおいよく上下に振り動かした。

「ジョージ」

僕の記憶にあるジョージ・トールマンは昔から腰ぎんちゃくだった。僕よりいくらか年下で、僕よりもダニーと仲がよかった。僕は手を引っこめ、相手をしげしげとながめまわした。背丈は六フィートニインチ、体重は二百十ポンド程度か。たっぷりした砂色の髪に、まるい茶色の目。体つきは太っているというよりがっしりした感じで、手の握り方がやけにえらそうだった。

「ぐでんぐでんに酔っぱらって、切り株にのせたビール缶を空気銃で撃ち落とそうとしてたおまえが、本物の銃を持つようになるとはな」

ジョージはロビンに顔を向け、目を細くした。笑顔がはがれ落ちた。「大昔の話じゃないか、アダム」

「彼はいわゆる警官とはちがうのよ」ロビンが言った。

ジョージはむっとした表情になったが、それはすぐに消えた。「おれは学校で啓蒙活動をやってるんだ。ガキども相手に講習会をひらいたり、ドラッグの話をしたり」彼はロビンに目をやった。「それでもれっきとした警官だぜ」あいかわらず落ち着いた声だった。

「銃だって持ってる」

ためらいがちな足音に振り向くと、ミリアムが立っていた。顔には血の気がなく、ゆったりしたスラックスと長袖シャツを着ている。僕を見て引き攣ったようにほほえんだが、目にわずかながらも生気が宿っていた。たしかに女らしくなったものの、家の肖像画とは似ても似つかない。

「ひさしぶり、アダム」

彼女を抱き締めると、骨の感触が伝わってきた。彼女も抱き締め返してくれたが、いまも疑念を振り払えずにいるのがはっきりとわかった。ミリアムとグレイ・ウィルソンは親しかった。彼が殺され、僕が裁判にかけられたことで彼女は深く傷ついた。僕はもう一度彼女を強く抱き締めてから、手を放した。僕が体を離したとたん、ジョージがその後釜にすわった。ミリアムの肩に腕をまわして引き寄せたのだ。僕はびっくりした。昔の彼は、落ち着きのない子犬のように、ミリアムにつきまとっていたはずだ。

「おれたち、婚約したんだ」とジョージが言った。

目を下に向けると、ミリアムの指で指輪が光っていた。小粒のダイヤモンドがイエローゴールドに埋めこまれた指輪だ。五年もたっているんだ、と僕は自分に言い聞かせた。いろいろ変わって当然だ。「それはおめでとう」

ミリアムは不愉快そうな顔をした。「こんなときにそんな話をしなくてもいいでしょ」

ジョージはさらに彼女を引き寄せ、鼻から息を吐くと、地面に向けていた目をあげた。

「そうだな」

僕はぴかぴかの黒いリンカーンを振り返った。「ジャニスはどうした?」

ミリアムが口をひらいた。「来たいと言ったんだけど――」

「家に連れ帰ったんだ」ジョージが横から口をはさんだ。

「どうして?」僕は訊いたが、答えはわかっていた。

ジョージは言いにくそうだった。「時間も時間だし……こういう状況だから」

「僕がいるからだろ?」

その言葉にミリアムは身を固くし、ジョージが代弁した。「彼女は、裁判では果たせなかったが、今度こそおまえを葬れると言ってる」

ミリアムが口をひらいた。「だからあたし、そんな言い方はないでしょと言い返したの」

口ははさまなかった。黙って聞いていた。義理の妹を観察した。うなだれた首、痩せた肩。彼女は意を決したように顔をあげたが、すぐに目を落とした。「ママに言ったのよ、アダム。でもちっとも耳を貸さないの」

「気にしなくていい」と僕は言った。「おまえはどうなんだ。元気にしてたか?」

彼女がうなずくと同時に髪の毛が揺れた。「思い出がつらすぎて」その気持ちはよくわかる。僕の突然の帰郷によって古傷がうずきだしたにちがいない。

「でも乗り越えられるわ」そう言うと彼女は婚約者のほうを向いた。「パパに話があるの。またね、アダム」

僕は歩きだしたふたりを見送った。ドアの手前でミリアムが振り返った。顎を肩につけ、大きく見ひらいた黒い目はなにか思いつめていることがあるように見えた。

僕はロビンに顔を向けた。「ジョージが好きじゃないみたいだな」

「信念に欠ける人だからよ」彼女は言った。「さあ、行きましょう。まだ話を聞かなきゃならないんだから」

　ロビンのあとを追い、側道に駐まっているグランサムの車まで歩いた。煙草は半分ほど吸ったところで、彼が煙を吸いこむたびに顔がオレンジ色に染まった。彼が吸い殻を側溝に投げ捨てると、顔は闇のなかに消えた。

「川沿いの踏み分け道のことを教えてもらいたい」とグランサムが言った。

「川沿いに南に行くと、グレイスの自宅があります」

「その先は？」

「あの道は昔、サポナ・インディアンが使っていたもので、全長何マイルにもおよんでいます。グレイスの自宅から農場のはずれを通り、隣の農場、さらには釣り小屋がある小さな私有地をいくつも突っ切ってる。その先はわかりません」

「北に行くとどうなる？」

「同じような感じです」

「人の通りはあるのか？　ハイカーや釣り人が通ることは？」

「ときどき」

　グランサムはうなずいた。「グレイスは桟橋から約半マイルのところで襲われた。踏み分け道が北に急カーブしているあたりだ。その周辺の様子を教えてほしい」

「そこらへんは木が生い茂っていますが、鬱蒼というほどじゃありません。川沿いにちょっとした雑木林があるという程度です。その上は放牧地になっています」

「つまり、犯人は踏み分け道を使ったと考えていいわけだな」

「あるいは川からあがってきたか」と僕は言った。

「しかし、それならきみが目撃しているはずだ」

僕はすかさず首を振った。「僕が桟橋にいたのは、せいぜい数分のことです。だけど女の人がいました」

「どんな女性だ？」

僕は見たままを説明した。白髪だったこと、カヌーに乗っていたこと。「だけどその女性は上流に向かいましたよ。下流でなく」

「知っている人だったか？」

見た目は若そうだった中年女性の顔を頭に思い浮かべた。見覚えのある顔だった。「いいえ」

グランサムはメモを取った。「調べてみよう。その女性がなにか見ているかもしれん。ほかのボートに乗った男とか。そいつがグレイスに目をとめ、川をくだって岸にあがった可能性もある。グレイスは美人だし、ひとけのない川で裸同然だったわけだし……」

僕は彼女の腫れあがった顔を、黒い糸で縫い合わされた無惨な唇を思い浮かべた。病室でのあの姿を見て、実際の彼女が美人と思うはずがない。疑念が燃えあがった。「グレイスを知ってたんですね？」

グランサムは憎らしいほど落ち着きはらった目を僕に向けた。「ローワン郡は狭いからな、チェイスさん」

「どういういきさつで知ったか教えてください」

「この件とは関係ない」

「そうかもしれませんが……」

「息子が彼女と同年代なんだ。それで納得してもらえるか？」僕がなにも言わないでいると、グランサムは淡々と先をつづけた。「ボートの件に話を戻そう。川から彼女を見かけ、待ち伏せした人物がいたのではないかという話だったな」

「その場合、犯人は彼女があの道を通って家に帰ると知っていたことになります」

「あるいは、彼女に近づいていったら、たまたまあの場所で鉢合わせしたのかもしれん。きみたちふたりが桟橋にいるところを見かけ、チャンスをうかがっていたとも考えられる。その線はありうると思うか？」

「ありうるでしょうね」

「DB72という文字に心当たりはないか？」グランサムはさりげなく質問したが、僕はしばらく言葉が出なかった。

「アダム？」ロビンが声をかけた。

頭のなかですさまじい音が鳴り響き、僕は虚空をにらんだ。世界が一変した。

「アダム？」

「指輪があったんですね」そう吐き出すのがせいいっぱいだった。グランサムはすぐさま反応をしめした。つま先立ちになって身を乗り出してきた。

「いまのはどういうことだ?」

「ガーネットがついたゴールドの指輪なんでしょう?」

「なぜそれを知っている?」

僕の言葉が他人の声となって出た。「内側にDB72という文字が彫ってあるからです」

グランサムはジャケットのポケットに手を入れた。ふたたび現われた手には、筒状に巻いたビニール袋があった。彼が一端を持って広げた。それは強い光を受けて輝き、両側に泥が筋状についていた。あの指輪だ。ヘビー・ゴールドにガーネット。「この文字の意味を教えてくれるとありがたいのだが」

「少し時間をください」

「話したほうが身のためだと思うが、チェイスさん」

「アダム?」ロビンが悲しそうな声を出したが、そんなことに心を煩わせる余裕はなかった。グレイスと、友人であるはずの男のことで頭が一杯だった。

「そんなはずはない」頭のなかで再現フィルムが流れた。彼の顔も体つきも、彼が立てる音も知りつくしている。だから空白部分を埋めるのは簡単だった。古くからの親友が、二歳のときから知っている娘をレイプする場面は、さながらホラー映画を見ているようだった。

僕はビニール袋のなかの指輪を指さした。

「事件現場で見つかったんですか?」

「ドルフが彼女を発見した場所にあった」

僕は少し歩いて、戻った。とても事実とは思えない。

しかし事実なのだ。

五年もたったのだ。変わって当然だ。

僕の声から希望が消えた。「72は彼が着ていたフットボールのユニフォームの背番号です。指輪は彼のおばあさんがプレゼントしたものです」

「なるほど」

「DBは彼のニックネームの略です。ダニー・ボーイ。背番号72」グランサムがうなずき、僕は締めくくった。「DB72。ダニー・フェイス」

ロビンは無言で立っていた。僕がどんな思いでいるか、よくわかっているのだ。

「たしかなんだな?」グランサムが念を押した。

「さっき、釣り小屋がいくつかあると言ったのを覚えてますか? ドルフの家から下流方向に」

「ああ」

「上流から二番目の小屋の持ち主はゼブロン・フェイスです」グランサムとロビンの目が同時に僕に向けられた。「ダニーの父親の」

「そいつは、彼女が襲われた場所からどのくらい離れてる?」グランサムが訊いた。

「二マイルもありません」

「なるほど、よくわかった」

「彼から話を聞くときは同席させてください」

「論外だ」

「あんたたちに話す義理はなかったんですよ。僕が直接ダニーから話を聞くことだってできたんだ」

「こいつは警察の仕事だ。首を突っこむのはよせ」

「あんたの家族じゃないだろ」

「きみの家族でもない」グランサムがつめ寄った。声は冷静だが、言葉の端々から怒りがにじみ出ている。「ほかにも教えてもらいたいことがあれば、そのときはまた訊くよ」

「僕なしで彼から話が聞けるもんか」

「首を突っこむのはやめるんだ、チェイスさん」


低い月が木々の合間から銀色の光で照らすなか、僕は病院をあとにした。頭に血がのぼり、激しい怒りをたぎらせながら、車を飛ばした。ダニー・フェイス。ロビンの言うとおりだった。別人となったあいつは一線を越え、後戻りできないところまで行ってしまったのだ。さっき僕がロビンに言った台詞《せりふ》に嘘はない。

できることなら殺してやりたい。

農場まで来ると、その意気込みは薄れた。道路がひどく狭く、何度も変なところに出てしまった。色のない牧草のなかから支柱がぬっと現われ、そのあいだに鉄条網がぴんと渡してある。うっかりしていてドルフの家に通じる曲がり角を見逃したようだ。バックで戻って右折し、長い一本道にはいった。昔グレイスに運転を教えてやった場所だ。あのとき彼女は八歳で、ようやくハンドルの上に頭が出る程度の背丈だった。彼女の笑い声がいまも耳によみがえり、スピードの出し過ぎだとたしなめたときに見せた落胆の色が目に浮かんだ。

そんな彼女が瀕死の重傷を負い、病院に寝かされている。唇を縫った痕《あと》と、目をあけようとしたときにのぞいた青い一本線がまぶたに浮かんだ。

ハンドルをてのひらで思いきり叩いた。両手で握って折り曲げようとした。アクセルを強く踏みこむと、車の底に石が次々にぶつかった。もうひとつ角を曲がり、車をがくがくいわせながらキャトル・ガード（掘った地面の上に鉄柵を渡した、家畜の逃亡をふせぐ仕組み）の上を通った。白い下見板とブリキ屋根の小さな二階建ての前で車をそっと停めた。父の所有だが、何十年にわたってドルフが住んでいる家だ。オークの木が庭いっぱいに枝を広げている。あけひろげた納屋からコンクリート・ブロックにのせた古ぼけた車がのぞき、木陰のピクニック・テーブルの上には分解したエンジンがあった。

イグニッションからキーを抜き、ドアを音高く閉めた。騒々しい蚊の羽音や低空飛行するコウモリの羽ばたきの音が耳に飛びこんだ。

両手をこぶしに握り、庭を歩いていった。明かりがひとつ、ポーチを照らしていた。取っ手をガチャガチャやると、ドアが大きくあいた。明かりをつけ、なかにはいり、グレイスの部屋に立って彼女が大切にしている品々を見ていった。スポーツカーのポスター、乗馬でもらったトロフィー、ビーチで撮った写真。すべてきちんと片づいている。ベッド。机。ずらりと並んだ、スネークブーツや腰まである長靴など実用一点張りの靴の数々。ドレッサーの上の鏡にも何枚か写真がとめてある。二頭の馬の写真が一枚ずつに、さっき納屋にあった車の写真が一枚——トレーラーの荷台にのった車のそばで、グレイスとドルフがにこやかに笑っている。

あの車はグレイスのものらしい。

踵《きびす》を返し、ドアを引いて閉めた。バッグを持ってきて、客用寝室のベッドに放り投げた。なにもない壁を見つめ、とても長かったように思えるこれまでを振り返った。平常心が訪れるのを待ったが、いっこうにやってこなかった。なにが問題なのかと自問し、グレイスだと答えが出た。ドルフのキッチンをあさって懐中電灯を探した。銃保管庫からショットガンを出し、折って弾をこめたところで拳銃に目がいった。物騒な短銃身のその銃のほうが使いやすそうだ。長い銃を戻し、三八口径の弾がはいっている箱を出して六発抜き取った。でっぷりとした重い弾は、オイルでも塗ってあるのかと思うほどするりと機械加工された穴におさまった。

ドアのところで足を止めた。いったん外に出たら、もう後戻りはできない。手のぬくもりであたたまってきた銃が重い。ダニーの裏切りによって僕のなかにぽっかりと黒い穴があき、もう何年も感じることのなかった怒りがよみがえった。僕は本気で彼を殺すつもりなのだろうか。そのつもりはあるが、確信はない。とにかく彼を見つけることだ。そして厳しく問いつめる。必ず、答えを引き出してみせる。

坂を下り、牧草地を突っ切った。雑木林までは明かりがなくとも進めた。懐中電灯のスイッチを入れ、細い踏み分け道をたどっていくと、広めの道にぶつかった。懐中電灯の光を向ける。ところどころ木の根が盛りあがっているが、それ以外は真っ平らだ。

グランサムが言っていた急カーブまで行くと、枝が折れ、草が倒れているのが見えた。そっちに歩を進めると、地面がわずかにへこんだところに踏みしだかれた枯れ葉がたまり、赤土には指の跡がついていた。地面に作ったスノーエンジェルだ。

ここは、その昔、父がグレイスを引きあげた場所のすぐ近くだ。彼女の抵抗の跡を呆然と見るうち、ふと気づくと指が用心鉄にかかっていた。

川を左に見ながら、父の農場の境界を越えた。隣接する農場を過ぎ、いちばん手前の小屋——ひとけがなく暗かった——も過ぎた。目をこらした。異常なし。ふたたび雑木林にはいった。フェイス家の小屋はこの先だ。あと半マイル。あと五十ヤード。月の光が雑木林の深くまで達していた。

三十ヤードほど進んだところで道からそれた。明るすぎたし、木もまばらになっていたからだ。もっと鬱蒼として暗いほうへと移動し、キャビンの北のひらけた場所を突っ切ろうと、川から遠ざかるルートを進んだ。木がなくなる手前で足を止め、茂みに身を隠した。すべてが見渡せた。砂利敷きの私道、真っ暗なキャビン、玄関前に駐まった車、雑木林のわきの小屋。

警官の姿。

警察は僕がいる場所より北に車を駐め、キャビンがある方向に歩いていた。いかにも警官らしく、腰を落とし、銃を低くかまえている。全部で五人いた。五つのシルエットが混ざり合っては離れるを繰り返す。彼らは最後の数歩でスピードをあげ、玄関前の車のところで散開した。ふたりはドアの前。残りの三人はそのうしろに広がった。近い。そうとう近い。黒と黒が重なる。まるでキャビンの一部のようだ。

木が砕ける音がするのを聞き耳を立てて待った。はやる気持ちを抑えようと深呼吸していると、妙なものが目にはいった。青白い顔が動いている。雑木林の手前にある小屋のそばで、何者かが物陰からあたりを見まわしたかと思うと頭を引っこめた。僕の体内をアドレナリンがいきおいよく流れだした。警官たちはドアのわきに体をぴったりつけ、そのうちのひとり、グランサムと思われる人影が銃口を上に向け、両手で拳銃を握りしめている。しきりにうなずいているように見える。数を数えるときのように。

僕は小屋に視線を戻した。濃い色のズボンを穿いた男だった。顔まではわからないが、彼だ。まちがいない。

ダニー・フェイス。

僕の親友。

男は体をかがめ、雑木林があるほうに向かって、逃げ道である踏み分け道をめざして全速力で駆けだした。僕は迷わなかった。銃を手に、ひらけた場所のへりを小屋めざして走った。

キャビンのほうから警察の声と板が割れる音がした。叫び声があがった。「クリア!」その声がこだました。

僕と彼しかいなかった。彼は後方めがけて茂みをかき分け、手足をフルスピードで動かしている。僕は雑木林のきわに向かって進んだ。小屋がぐんぐん接近する。小屋の前まで来てみると、ドアの隙間や泥で汚れた窓から燃えさかる炎が見えた。小屋が燃えている。激しく燃えている。そのとき突然、近くの窓が吹き飛んだ。

衝撃で僕は地面に叩きつけられた。仰向けに倒れると同時に、炎が空に向かって噴き上がり、夜を昼に変えた。雑木林のきわまですべてが見晴らせるほどの明るさだった。それでも雑木林のなかは暗さがたもたれていた。しかし僕はそこにいる彼の姿をとらえ、あとを追った。

雑木林の手前まで来たところで、グランサムが大声で僕の名を呼んだ。僕は彼がキャビンのドアのところにいるのを確認すると、やみくもに雑木林に飛びこんだ。木々に囲まれて育った僕はこのくらいの林には慣れている。だから転んだときも、ばね仕掛けのようにはね起きた。しかし、次にまたいきおいよく倒れた拍子に、銃がくるくると円を描くように飛んでいった。どこに行ったかわからないが、時間を無駄にするわけにはいかない。あきらめるしかなかった。

踏み分け道を行くと彼の姿が目にはいった。カーブを曲がったとき、シャツがひらりとめくれた。数秒とたたぬうちに追いついた。彼は僕の足音に振り返った。僕は渾身の力をこめて相手の胸を殴った。馬乗りになった瞬間、勘違いに気がついた。両手を相手の首にまわした感触でわかった。ダニー・フェイスにしては痩せすぎ、弱々しい。しかし誰かはわかった。僕はたるんだ首にまわした手に力をこめた。

僕の下でもがくあいだも、彼の顔には激しい憎悪が浮かんでいた。噛みつこうと身をよじったが届かず、僕の手を振りほどこうと手首をつかんだ。彼の膝があがった。踏み固められた地面を彼のかかとが何度も叩いた。頭の隅では、これはまずいとわかっていた。しかし、どうでもいいという気持ちが大勢を占めていた。犯人はダニーかもしれない。もしかしたら彼はいまごろ、キャビンにいたところを逮捕され、手錠をかけられているかもしれない。しかし、もしかしたらすべて間違いで、僕の大事なグレイスをレイプしたのはダニーではなかったかもしれない。ダニーではなく、僕が組み敷いている貧相なじじいの仕業だったのかもしれない。僕が命を絞り取ろうとするあいだ、足をじたばたさせているろくでなしのくそ野郎だったのかもしれない。

僕は首に巻いた手にさらに力をこめた。

彼の両手が僕の手首から離れたかと思うと、腰のあたりをまさぐりはじめた。ふたりのあいだに硬いものを感じ、僕は自分がミスを犯したのを悟った。僕が転がるように彼の上から降りた瞬間、銃が発射された。二度の大きな発砲音が闇を切り裂き、目の前が真っ白になった。僕はそのまま転がりつづけ、踏み分け道をはずれ、木の下のじめじめした場所で止まった。太い木の幹に背中を預けた。てっきり老人が現われ、とどめを刺すものと覚悟した。しかし、弾はいっこうに飛んでこなかった。声と光が近づき、バッジがきらりと輝き、ガラスのようにつるつるのショットガンの銃身が見えた。グランサムが見おろすように立ち、僕の顔を照らした。僕は立ちあがろうとしたが、なにかが頭に激突し、仰向けに倒れた。

「このばかたれに手錠をかけろ」グランサムが保安官助手のひとりに言った。

保安官助手は僕をつかんでうつ伏せに寝かせ、背中の真ん中に片膝をめりこませた。

「銃はどこだ？」グランサムが尋ねた。

「撃ったのはゼブロン・フェイスだ。やつの銃だ」

グランサムはあたりを見まわし、踏み分け道を懐中電灯で照らした。「おれにはきみしか見えないぞ」

僕は首を横に振った。「彼が火をつけて逃げたんだ。制止しようとしたら撃ってきた」

グランサムは川のほうに目をやり、黒いタールを吸いこんだような、ゆっくりと流れる川の水に目をこらし、それから斜面の上の、燃えさかる小屋が発する油じみた光に目をやった。

「ひどいありさまだ」彼はそう言うと、その場を歩き去った。

9

警察は僕を警察車両の後部座席に押しこむと、小屋が全焼するのをながめていた。最後に消防士がくすぶる焼け跡に放水したが、その頃には僕の両腕はすっかり感覚を失っていた。僕はあやうくしでかしそうになったことを思い返していた。ゼブロン・フェイス。ダニーでなく。足をじたばたさせる音。相手の体から生命が消えていく感触におぼえた激しい満足感。僕は彼を殺していたかもしれないのだ。

悔しいと思わなくてはいけない気がした。

車内の空気がよどみはじめ、僕は太陽がのぼるのを見ていた。グランサムが白髪の消防士とふたり、ぐっしょり濡れた灰を突きまわしていた。さっきからなにか拾いあげては投げ捨てるを繰り返している。夜明けから一時間がたった頃、ロビンの車が雑木林から現われた。彼女は僕の前のでこぼこ道を通り過ぎるときに、ハンドルから片手をあげた。彼女は長いことグランサムと話しこんでいた。グランサムは焼け跡のなかほどにあるものを指さし、次に火災捜査官を指さすと、捜査官が近づいていってまたなにかしゃべった。彼らは何度か僕のほうを向き、グランサムは不機嫌を隠そうともしなかった。十分ほどたつと、ロビンは自分の車に戻り、グランサムは斜面をあがって僕が乗っている自分の車に近づいた。彼は僕の側のドアをあけた。

「降りろ」

僕はシートの上で腰をずらし、濡れた芝に足を下ろした。

「うしろを向け」彼は指でまわれ右の合図をした。うしろを向くと手錠をはずされた。

「ひとつ訊きたいことがある、チェイスさん。きみは実家の農場から所有者利益を受け取っているのか?」

僕は手首をさすった。「農場は家族で共有している。僕は権利の十パーセントを保有していた」

「していた、というと?」

「父に買い上げられました」

グランサムはうなずいた。「この土地を離れたときにか?」

「勘当されたときにです」

「では、土地を売っても、きみは一セントももらえないわけだ」

「そうです」

「ほかに権利を所有しているのは?」

「ジェイミーとミリアムと養子縁組したときに、それぞれ十パーセントずつ分けあたえています」

「十パーセントというといくらに相当する？」

「膨大な額ですよ」

「膨大とは具体的に？」

「わずかじゃないということです」そう言うと、相手はそれ以上突っこんでこなかった。

「義理のおふくろさんは？　彼女にも権利はあるのか？」

「いいえ、母にはありません」

「なるほど」

僕は相手をしげしげとながめた。表情はまったく読めず、黒い靴は無惨なありさまだ。

「質問はおしまいですか？」

彼はロビンの車を指さした。「きみのほうで訊きたいことがあれば、彼女に訊いてほしい」

「ダニー・フェイスはどうなったんです？　父親のほうは？」

「アレグザンダー刑事に訊け」

グランサムは僕が乗っていた側のドアを閉め、運転席に向かった。車をUターンさせ、雑木林のなかに消えた。わだちで底をする音がし、僕はロビンと話そうと歩きだした。彼女は降りてこず、僕が助手席に乗りこんだ。ダッシュボードに固定したショットガンに膝が触れた。ロビンは疲れた表情で、服はゆうべのままだった。声に力がなかった。

「あのあとずっと病院につめてたわ」

「グレイスの様子はどうだ？」

「少しずつ話すようになった」

僕はうなずいた。

「犯人はあなたじゃないと言ってる」

「意外だったか？」

「いいえ。でも彼女は相手の顔を見ていない。グランサム刑事の言い方を借りるなら、それだけじゃなんとも言えない」

僕はキャビンに目を向けた。「ダニーは見つかったのか？」

「影も形もなしよ」彼女は僕を見つめた。視線を戻した僕は、彼女の口から言葉が出るよりはやく、なにを言うつもりかぴんときた。「ここに来たのはまずかったわね、アダム」

僕は肩をすくめた。

「誰も死ななかったからいいようなものの」彼女は明らかに苛立った様子で、ウィンドウの外をうかがった。「まったくもう。あなたはこうなると変なことばかり考えるんだから」

「こんな事態は望んでなかったが、起こってしまったことはしかたない。手をこまねいてるわけにはいかなかったんだ。グレイスがあんな目に遭ったんだぞ！　見も知らぬ他人じゃなく」

「危害をくわえるつもりでここに来たの？」

どこかで落ち葉にまみれているはずのドルフの拳銃が頭をよぎった。「ちがうと言ったら信じてくれるのか？」

「たぶん信じないでしょうね」

「ならどうしてわざわざ訊くんだ？　もう終わったことじゃないか」

僕たちはふたりともすべてを剝ぎ取られ、神経がむきだしの状態だった。ロビンは警官という仮面をかぶっていた。僕はだんだんそれを見抜くのがうまくなっていた。「グランサムはなぜ僕を放免したんだろう？　思うぞんぶん地獄の苦しみを味わわせることだってできたのに」

ロビンはちょっと考えてから、黒い灰の山を指さした。「ゼブロン・フェイスは納屋でメタンフェタミンの密造をおこなってたの。それで得たお金を、買った土地の返済に当てていたんでしょうね。彼は納屋が燃えるよう仕掛けをしてたの。警察が来ることを知ってたにちがいないわ。そのうち、それを裏づけるものが見つかると思う。道路に仕掛けたモーション・センサー。ここに来るまでに通り過ぎたトレーラーの一台からの電話。ゼブロン・フェイスに逃げろと警告したものがきっとあるはず。証拠はあまり残ってないけど」

「足りるのか？」

「起訴に持ちこめるほどあるかということ？　たぶんね。陪審は気まぐれだから」

「で、フェイスは？」

「忽然と消えたわ。密造所と彼を結びつける証拠はどれも情況証拠ばかり」ロビンはシート上で体の向きをくるりと変えた。「裁判になったら、ゼブロン・フェイスが現場にいたことを証言してもらうため、グランサムはあなたを呼ばなければならない。そのへんを勘案して、しょっぴかない判断を下したんだと思う」

「それでも意外だよ」

「メタンフェタミンはゆゆしき事件よ。有罪を勝ち取ればうまく利用できる。保安官は政治家だもの」

「だけど、グランサムは僕がグレイスのレイプに関与してると考えてるんだろ？　彼女に泣き寝入りさせようっていうのか？」

ロビンは一瞬ためらった。「あなたはグレイス襲撃に無関係だとする根拠があるのよ」

彼女の顔にあらたな緊張が走った。彼女のことはよくわかっている。「あらたな展開があったんだな」

彼女が考えをめぐらせるあいだ、僕は辛抱強く待った。けっきょく彼女は折れた。

「グレイスを襲った犯人は現場に紙切れを残していってる。メッセージを」

冷たいものが全身を満たした。「きみもはじめから知ってたのか？」

「ええ」平然と言い放つ。

「なんて書いてあったんだ？」

「〝あのじじいに売れと言え〟」

僕は信じられない思いでロビンを見つめた。

「そう書いてあったの」

僕は頭に血がのぼり、車を降りて歩きだした。

あいつを殺してやればよかった。

「アダム」肩にロビンの手がかかった。「犯人がゼブロン・フェイスとはかぎらないわ。あるいはダニーとも。大勢の住民はお父さんが売ってくれればと思ってる。脅迫したのもひとりじゃない。指輪はたんなる偶然かもしれないんだし」

「そうは思えないな」

「こっちを見て」その声に僕は振り返った。彼女は地面が少しえぐれたところに立っていたから、頭が僕の胸までも届かなかった。「きょうは運がよかっただけよ。わかってる？死人が出たかもしれないのよ。あなたか。フェイスか。もっと悪い結果に終わってもおかしくなかった。事件のことはわたしたちにまかせて」

「約束はできないよ」

とたんにロビンは気分を害し、口をゆがめた。「約束しようとしまいと同じくせに。あなたにとって約束がどんなものか、よくわかってる」

それだけ言うと彼女は身をひるがえした。彼女が木の下の暗がりから出ると、その肩に陽の光が重りのように射した。彼女は車のなかに消えた。方向転換する車のリア・タイヤから土埃が舞いあがった。僕はあとを追って道に出ると、荒っぽく走り去る彼女の車のテールライトが赤く光るのを見ていた。

三十分ほどドルフの銃はどこかと捜しまわり、ようやく黒い物体を発見した。わきに細い道があるのに気づき、柔らかい地面に足音を吸収されながら、川に沿って進んだ。川はいつものように流れていたが、音はほとんど聞こえず、やがて耳に届かなくなった。僕は荒ぶる気持ちを捨て、心の平安を、単なる放心状態ではない静謐《せいひつ》さを求めた。森がそれを後押ししてくれた。かつてのロビンや裁判沙汰になる前の父、さらには光を失う前の母との思い出のように。ごつごつした樹皮をさわりながらゆっくりと歩いていった。カーブを曲がったところで足を止めた。

十五フィート前方で白い鹿が、首をのばして水を飲んでいた。つやつやの毛皮は夜露でまだ濡れている。肩のあたりが震えているのは、太い首と幅五フィートにもおよぶ枝角の重みを支えているからだ。僕は息をのんだ。そのとき鹿が頭をあげて僕がいるほうを向いた。大きな黒い瞳がはっきり見えた。

すべてが静止した。

鹿の鼻のまわりに滴《しずく》がたまっていた。

鹿が荒い鼻息を吐いたとたん、僕の胸のなかで奇妙な感覚がわき起こった。痛みに満ちた安らぎとでも言おうか。自分でもよくわからなかったが、とにかくそう感じた。まるで体を引き裂かれるような感覚だった。鹿とにらみ合ったまま数秒が過ぎ、僕の頭は以前に出会った白い鹿と、怒りで痛みを忘れることを覚えた九歳のときの自分へとタイムスリップした。手をのばしたが、遠すぎて届かないのはわかっていた。あの日に戻るには、あまりに多くの年月が過ぎていた。近づいていくと、鹿は小首をかしげ、一本の木に枝角をこすりつけた。そのとき以外は身じろぎもせずに立ち、こっちの様子をうかがっていた。

そのとき、一発の銃声が森に響きわたった。狙われたわけでもないのに、鹿は首をのばした。音がしたのはかなり遠く、おそらく二マイルほど離れたところだろう。それからいきおいよく飛びあがって川の上で弧を描こうとしたものの、枝角の重みで頭が引っ張られた。そのまま落下すると、猛烈ないきおいで川を渡りはじめ、対岸が迫ってきたところでのびあがった。滑る泥を這いあがり、のぼりきったところで足を止め、振り返った。鹿は一瞬だけ、興奮を帯びた黒い目を見せ、音もなく暗がりに姿を消した。ところどころ灰色に見える白いものがちらちら動くだけになった。どうしてだかわからないが、僕は急に胸が苦しくなった。湿って冷たい地面に腰をおろすと、過去がなだれこんできた。

母が死んだ日のことがよみがえった。


僕はなにかを殺すなんてまっぴらと思っていた。昔からずっと。それは母から受け継いだものだ。知っていれば父はそう説明しただろう。しかし、母がどう反論しようが、死と血は少年が大人になるために避けては通れない要素だ。何度となく言い合う声を聞いた。深夜の押し殺した声は、子育ての方針をめぐって言い争う両親のものだった。当時僕は八歳で、六十ヤード離れたところから瓶のフタに穴をあけることができた。しかし練習はしょせん練習でしかない。その先に踏みだすことがどういうことか、僕も両親もわかっていた。

父がはじめて鹿を殺したのは八歳のときで、そのときの様子を、その日、自分の父親に生暖かい血で額に線を描かれたときのことを語る父の目には、表情というものがなかった。これは一種の洗礼だと父は言った。生涯にわたってつらぬかれるものだと。当日の朝、目覚めた僕は寒気と恐怖と吐き気に襲われた。それでも僕は仕度をし、まだ暗いなか、おもてで待っていたドルフと父に合流した。ふたりに心の準備はできているかと訊かれ、できていると答えた。僕はふたりにはさまれる恰好でフェンスをよじのぼり、鹿がいる秘密の森に向かって出発した。

四時間後、僕たちは家に戻っていた。僕のライフルは焦げた火薬のにおいがしたが、額に血はつけられていなかった。父もドルフも恥ずかしがることはないと言ってくれたが、とても本心からそう言っているようには聞こえなかった。

父が母の様子を見に家のなかにはいっていったとき、僕は父のトラックのテールゲートにすわっていた。父が重い足取りで戻ってきた。

「母さんの具合はどうだった？」そう尋ねたものの、答えはわかっていた。

「あいかわらずだ」ぶっきらぼうな声だったが、憂いの色が透けて見えた。

「母さんに話した？」撃ち損じたことで母もめずらしく喜んでくれただろうかと思いながら尋ねた。

父はそれを聞き流し、ライフルの分解を始めた。「コーヒーを持ってきてほしいと言っていた。おまえ、持っていってくれるか？」

僕は母の病気がなんなのか知らず、ただ、母のなかの光が消えてしまったことしかわからなかった。母はどんなときも心のやさしい、楽しい人で、父が農場で働きづめのときのよき遊び相手だった。ゲームをしたり、話をしたりした。笑いが絶えなかった。やがてなにかが変わった。母はふさぎこむようになった。母の泣く声が聞こえたことは数知れず、声をかけてもうつろな目が無言で見つめ返すことが何度もつづき、僕はしだいに怖くなった。痩せ衰え、骨と皮ばかりとなった母の姿に、そのうち、母がカーテンのかかっていない窓の前を通りすぎるときには、骨が透けて見えるのではないかとさえ思った。

おぞましい空想だが、ばかばかしいとも思っていた。

ひっそりと静まり返った家にはいると、母の好きなコーヒーの香りがした。カップに注ぎ、そろそろと階段をあがった。一滴もこぼさなかった。

母の部屋のドアをあけるまでは。

すでに母はこめかみに銃を押しあてていた。はおっていた薄紅色の部屋着の上の顔は絶望し、蒼白だった。

ドアが大きくあいた瞬間、母は引き金を引いた。

僕と父がその件で話し合ったことはない。僕たちは大切な女性を埋葬したわけだが、思っていたとおりだった。死と血は少年が大人になるために避けては通れない要素なのだ。

その後、僕は何頭も鹿を殺した。

10

ドルフはポーチで煙草を巻いていた。「おはよう」僕は声をかけると手すりにもたれ、ドルフのたくみな手さばきをながめた。ドルフは僕の顔を見ながら巻紙を舐め、仕上げに煙草を指ではさんでしごいた。シャツのポケットからマッチを出し、親指の爪で擦った。彼の目が、僕のベルトにたくしこまれた拳銃で止まった。彼はマッチを吹き消した。

「そいつはわしのか？」

僕は拳銃を抜いてテーブルに置いた。腰をかがめたとき、煙草のかぐわしいにおいに囲まれ、ドルフの顔がまぶしい光に照らされくっきりと見えた。「悪かった」

彼は銃を手に取ると、銃身のにおいを嗅ぎ、もとの場所に戻した。「壊れてはいないようだ」彼が椅子に背中を預けると、重みで椅子がぎしぎしと音を立てた。「五年は長いな」彼はさりげなく言った。

「そうだね」

「帰ってきたのにはなにか理由があるんだろう。わしに話してみるか？」

「いや、いい」

「力になれるかもしれんぞ」

ありがたい申し出だった。彼の本心から出た言葉だった。「またべつの機会に」

ドルフは川下をしめした。「なにか燃えてるにおいがしたぞ。火も見えたような気がする」

彼がその話をしたがるのは当然だ。

「騒々しい音が川向こうから聞こえてくる」彼はそこで煙草をひと吸いした。「おまえさんは煙くさい」

僕はドルフの隣の揺り椅子に腰をおろし、手すりに足をのせた。もう一度、銃を見つめ、ドルフのコーヒーカップに視線を移した。母と白い鹿が頭に浮かんだ。

「誰かがうちの敷地で狩りをしてるみたいだ」

ドルフはゆっくりと椅子を揺らした。「親父さんだ」

「また狩りを始めたのか？　二度とやらないと言ってたはずなのに」

「そうだったんだがな」

「どういうことなんだ？」

「最近、野犬がうろつきはじめてな。一頭めの牛が殺されてから現われるようになった。あいつらは何マイル離れたところからでも血のにおいを嗅ぎつける。夜でも死骸を見つけられる。いまではすっかり味をしめおった。いくら追い払っても埒《らち》があかん。そこで親父さんが、最後の一頭まで残らず殺してやると息巻いてるというわけだ。いわば、あらたな信仰だな」

「牛が殺されたのは一度だけのはずだろ」

「保安官に通報したのはそれだけだ。すでに七、八回やられてる」

「犬の種類はなんだ？」

「そんなこと知るか。ばかでかいの、ちっこいの、いろいろだ。こそこそうろつく卑怯なやつらだよ。たちが悪いことおびただしい。だがボス犬ってのが、なかなかのくせ者でな。ジャーマン・シェパードとドーベルマンのミックスらしい。おそらく百ポンドはあるな。黒くて、敏捷で、小憎らしいほど頭がいい。親父さんがどっちから近づこうが、どれだけ足音をしのばせようが、その黒いやつは真っ先に気がつく。で、ドロンだ。引き金を引くこともできやしない。きっと悪魔の化身にちがいないと親父さんは言っている」

「群れには何匹ぐらいいるんだ？」

「最初は十二匹ほどだった。親父さんが二、三匹殺した。いまは五、六匹というところだ」

「誰がほかのを殺したんだ？」

「さっき言った黒いやつだとわしはにらんでる。どれも喉を食いちぎられた状態で見つかった。全部オスだ。ボス争いの相手だったんだろう」

「ひどいな」

「ああ」

「なぜ牛殺しを通報しない？」

「保安官が役立たずだからさ。やつは五年前も役立たずで、どうやらその姿勢を改める理由がないらしい。最初に通報したとき、やつは死骸のまわりをぐるっと一周してこう言いやがった。親父さんが売りさえすればみんなのためになるとな。それで親父さんもわしもあきらめたというわけだ」

「病院には誰か付き添ってるのか？」

「いっこうに会わせてもらえないから、残っていてもしょうがないと思ってな。数時間前に引きあげてきた」

僕は立ちあがり、ポーチの隅まで歩いた。太陽が木のてっぺんから顔を出しはじめていた。ドルフにどこまで話すべきか悩んだ末、全部話すことに決めた。「ゼブロン・フェイスの仕業だ」と告げた。「あるいはダニーか。ふたりのうちどっちかが犯人だ」

ドルフは長いこと黙っていた。またもや椅子がきしむ音が聞こえ、古い床板に彼の足音が響いた。彼は僕の隣に立つと両手を手すりに置き、川面から靄《もや》が立ちのぼる様子に目をこらした。

「ゼブロン・フェイスじゃない」と彼は言った。

僕はどういうことかと振り向いた。ドルフが舌についた煙草の屑をつまむのを見ながら、理由を話してくれるのを待った。彼はゆっくり時間をかけた。

「たしかにあの野郎はそれくらいやりかねない男だが、三年前、前立腺ガンを患った」そう言って僕に顔を向けた。「だから勃つものも勃たない。不能なんだ。やつの鉛筆にはわずかな芯も残ってない」

「なんでそんなことを知ってる?」

ドルフはため息をつき、川を見つめたまま答えた。「わしも同じ医者にかかってたからだ。同じ時期に診断を受け、一緒に治療を受けた。べつに友人でもなんでもないが、一、二度くらいは言葉をかわしたこともある」彼は肩をすくめた。「よくある話だ」

「たしかなんだな?」

「ああ、まちがいない」

僕がなんのつながりもない遠く離れた土地で生き甲斐を模索していたときに、ドルフはガンと闘っていたのだ。「悪かった、ドルフ」

彼はまたも煙草の屑を吐き出すと、肩をすくめ、僕の同情の言葉を受け流した。「あの父子のうちどっちかだと思う根拠はなんだ?」

僕は知っていることをすべて話した。ダニーの指輪、火事、ゼブロン・フェイスとの悶着。

「殺さなくてよかったのかもな」ドルフは言った。

「殺してやりたかった」

「その気持ちはわかる」

「犯人はダニーかもしれない」

ドルフはしばし考えてから、重い口をひらいた。「人はたいてい邪悪な面を持っているものだ。ダニーは概して悪いやつじゃないが、普通の人間より邪悪な面がおもてに出やすい」

「どういう意味だ？」

彼は僕の顔をのぞきこんだ。「わしは何年も、荒れるおまえさんを見てきた。なんにでも食ってかかるおまえさんをな。まったく手がつけられなかった。そういうおまえさんを見ると心が痛んだが、気持ちは理解できた。子どもが見るには酷《こく》なものを見せられたんだからな」彼は言葉を切り、僕は顔をそむけた。「血だらけになって帰ってきたとき、あるいは親父さんとわしとで保釈してやったときのおまえさんは、いつも悲しそうで沈んでいた。まったく、魂が抜けたような顔をしていたよ。こんなことを言うのはつらいが、とにかくそういうことだ。だが、ダニーはちがった。あいつは楽しくてしょうがないという顔をしていた。あいつが喧嘩沙汰に巻きこまれるのは、それが楽しいからだ。おまえさんとは全然ちがう」

僕は反論しなかった。いろいろな意味で、ダニーの粗暴な面が僕たちの友情の基礎となっているからだ。彼との出会いは母の自殺から半年後のことだった。すでに僕は荒れて、学校もさぼりがちだった。友人だった連中からは距離をおかれていた。みんな、どう接したらいいのかも、母親がみずからの手で頭を吹き飛ばした息子にどう言葉をかければいいのかもわからなかったからだ。そのことで僕はよけいに傷ついたが、ぐじぐじ思い悩んだりはしなかった。自分の殻にいっそう引きこもって、他人との接触を断った。そんなとき、ダニーがきょうだいのように僕の人生に現われた。彼は貧乏で、成績は悪く、父親から暴力をふるわれていた。二年間、母親の顔を見ておらず、まともな食事にもありついていなかった。

ダニーにとって結果はなんの意味もなさなかった。大失敗しても気にかけなかった。僕は彼のような根性の持ち主になりたいと思った。

僕たちはウマが合った。僕が喧嘩をすれば、ダニーが加勢した。逆の立場のときは僕が加勢した。相手が年上だろうが同い年だろうが関係なかった。一度、八年生のときに校長の車を盗み、州間高速道路わきのマッサージ・パーラーの目につく場所に駐めてやったことがある。ダニーは捕まって二週間の停学処分を受け、非行歴がついた。彼は僕の名前を最後まで出さなかった。

しかし彼は成長し、父親は大金を手にする一歩手前まできている。ダニーがどこまで凶悪になれるのか気になるところだ。

何百万ドルという金だとロビンは言っていた。

そうとう凶悪になってもおかしくない。

「あいつにできると思うか？　グレイスを襲うことが」

ドルフはすぐには答えなかった。「できるかもしれんが、想像がつかんな。あいつもいろいろ悪さをしてきたが、そこまで悪いやつじゃないと思う。警察はあいつを捜しているのか？」

「うん」

　彼はうなずいた。「なら、いずれはっきりするさ」

「襲われる前、グレイスは女性と会っていた」

「どんな女性だ？」

「青いカヌーに乗っていた。最近じゃまず見かけない、古い木のカヌーだった。髪は真っ白だったが、そのわりには顔が若かった。ふたりでなにやらしゃべっていた」

「しゃべっていた？」ドルフの両の眉根が寄った。

「その女性を知ってるのか？」

「知っている」

「何者なんだ？」

「警察にはその女の話をしたのか？」

「ああ」

　彼は手すりごしに唾を吐いた。「サラ・イェーツだ。だが、わしから聞いたとは言うな」

「何者なんだ？」

「サラとはしばらく話してない。川向こうに住んでいる」

「もう少しくわしく聞かせてくれ」

「わしから話せるのはそれだけだ、アダム。ついてきな。見せたいものがある」

僕はあえて異議をとなえず、彼のあとからポーチを下りて庭に出た。彼は先に立って納屋にはいると、中央のブロックに鎮座している旧型MGに手を置いた。「グレイスがなにかをせがんだのはこの車がはじめてだ。隙間風がはいると文句を言う頃には、ズボンの尻が擦り切れちまってるだろうよ」そう言って車のフェンダーを撫でた。「こいつは探したなかでいちばん安いコンバーティブルだ。あくは強いし、むらはあるが、あの娘は絶対に手放さんだろう」彼はふたたび僕の顔をのぞきこんだ。「いまの言葉は、ここにあるほかのものにも当てはまると思わんか？　あくが強く、むらがある」

彼の言いたいことはわかっていた。

「あの娘はおまえさんを愛してるんだ、アダム。おまえさんがいなくなったあとも。おまえさんがいなくなって死ぬほど苦しんだにもかかわらず。あの娘にとっておまえさんはかけがえのない存在なんだ」

「なぜそんな話を聞かせる？」

「これからはいままで以上におまえさんが必要だ」彼は僕の肩に手を置き、ぎゅっと握った。「二度と姿を消すんじゃないぞ。わしからも頼む」

僕は彼の手をどかそうと一歩うしろに下がった。彼のふしくれだった手がぴくぴくと動いた。「僕には荷が重すぎるよ、ドルフ」

「親父さんはいい人間だが、間違いもいろいろと犯した。それだけのことだ。おまえさんもそうだ。わしもそうだ」

「なら、ゆうべのことはどういうことだ？　ぼくを殺すと脅したんだぞ」

「前にも言ったろう。荒っぽくて、無鉄砲なだけだ。さすが親子だ。よく似ている」

「似てないよ」

ドルフは背筋をのばすと、口角をあげ、これまで見たなかでもっとも不自然な笑顔をつくろった。「いまのは忘れてくれ。おまえさんの頭のなかはおまえさんがいちばんよく知っているはずだからな。さあ、朝めしを食おう」彼は踵を返して歩きだした。

「この十二時間で親父についてあんたから講義を受けたのは二度目だ。親父はあんたの助けを借りずに戦いたいはずだ」

「戦いなんて言い方はふさわしくない」彼は足を止めずに言った。

僕は空を見あげ、次に納屋に目を向けたが、けっきょくほかに行くあてはないと悟った。ふたりで家に戻ると、僕はキッチン・テーブルについて、ドルフがコーヒーを注ぎ、冷蔵庫からベーコンと卵を出すのを見ていた。彼はボウルに卵を六個割り入れて牛乳を少しくわえ、フォークでかき混ぜた。ボウルをわきに置き、ベーコンの包みをあけた。

僕も彼も頭が冷えるまでに数分かかった。

「ドルフ」さんざん悩んだ末に僕は口をひらいた。「ひとつ訊いてもいいか？」

「言ってみろ」彼の声は落ち着きはらっていた。

「鹿でもっとも長生きなのはどれくらいだ？」

「オジロジカか？」

「そう」

ドルフはベーコンの片面を下にしてフライパンに落とした。「野生では十年、飼育されてるやつだともう少し長い」

「二十年生きた例を聞いたことはあるか？」

ドルフがフライパンをコンロにかけると、ベーコンの脂が跳ね、ジュージューと音を立てはじめた。「並みのやつにそんなのはいない」

陽の光が窓から射しこみ、ほとんど黒光りしている床をうっすらと四角く照らした。顔をあげると、ドルフが好奇心を隠そうともせずにこっちを見ていた。「最後に僕が親父に連れられて狩りに出かけたときのことを覚えてるか？　白い鹿を狙ったけどはずしたときのことだ」

「その話なら親父さんからよく聞かされた。森のなかでふたりの気持ちが通じ合ったそうだな。暗黙の了解という言い方をしていた。死が暗い影を落とすなかで、生きる決意をあらたにしたとか、そんなことを言っていた。ずいぶん気取った言い方をするもんだと、わしはいつも思ってたよ」

父がずっと書斎に飾っていた写真に、白い鹿に遭遇した日に撮った写真に思いをめぐらせた。深い森から長い道のりを無言で歩いて戻ったあと、邸内路で撮ったものだ。父はあの一件をあらたな出発と考えた。僕は泣くまいと必死だっただけだ。

「親父の勘違いだ。あらたな決意なんかなかった」

「どういう意味だ？」

「僕はあの鹿を仕留めたかった」

「よくわからないんだが……」

ドルフを見あげると、さっき雑木林で感じたのと同じ、押しつぶされるような感情がわき起こった。安堵。痛み。「親父は、あの鹿は象徴だと言った。おふくろを象徴していると」

「アダム――」

「だからこそ苦しめてやりたかった」両手を強く握りしめると、骨が鳴り、痛みが走った。

「だから殺してやりたかったんだ。僕はむかついていた。むしょうに腹が立っていた」

「しかし、またどうして？」

「終わったのがわかったからさ」

「なにが終わったんだ？」

僕は彼の目をまともに見られなかった。「善なるものすべてが」

ドルフはなにも言わなかったが、それも当然だ。彼になにが言えるというのだ？　母は僕を捨てた。理由も告げずに。

「けさ、鹿を見た」と僕は言った。「白い鹿を」

ドルフがテーブルをはさんだ正面に腰をおろした。「あのときの鹿かもしれないと思ってるんだな？」

僕は肩をすくめた。「さあ、どうかな。昔は例の鹿の夢をよく見た」

「同じ鹿であってほしいのか？」

僕は遠まわしに答えた。「何年か前、白い鹿について調べたことがある。白い鹿にまつわる伝説を。千年前までさかのぼると、いろいろ見つかったよ。白い鹿はかなりめずらしいようだ」

「どんな伝説だね？」

「キリスト教では、枝角にキリスト像をのせた白い雄鹿の話が有名だ。救済が近いことをしめすと言われているらしい」

「けっこうじゃないか」

「もっと古い伝説もある。古代ケルト人はそれとはまったく異なる話を信じていた。彼らの伝説によれば、白い鹿は旅人を森のなかの秘密の場所へと連れていくらしい。白い鹿は人間をあらたな世界へと導くものと考えられていたんだ」

「それも悪くはない」

僕は顔をあげた。「死者の使いという意味なんだ」

11

僕たちは無言で食事をすませた。ドルフは出かけ、僕は身なりをさっぱりさせた。鏡に映る僕はげっそりとし、目だけが異様に老けていた。ジーンズと麻のシャツに着替えておもてに出ると、ロビンがピクニック・テーブルのところでキャブレターの部品を手に取っていた。彼女は僕に気づいて立ちあがった。僕はポーチで足を止めた。

「ノックしたけど誰も出てこなかった。水が流れる音がしたから、待ってたの」

「ここでなにをしてる？」

「謝りたくて」

「さっきのことなら――」

「ちがう」

「なら、なんだ？」

彼女の顔に影がよぎった。「グランサムの指示だったのよ」彼女はうつむき、肩を落とした。「でも、そんなのは言い訳にならない。度を越してまでやらせるべきじゃなかった」

「いったいなんの話をしてる？」

「事件が起こったのが大都市か、人の多い場所だったら、彼だってあんな手を使おうなんて気には――」

「ロビン」

彼女は罰を受けるかのように直立した。「彼女はレイプされていなかった」

言葉が出てこなかった。

「襲われたのは事実だけど、レイプはされなかった。グランサムはあなたたちの反応を見極めるまで、その事実を伏せておくことを望んだ」

レイプされていなかった。

僕はざらついた声を出した。「誰のどういう反応を見極めるんだ？」

「あなた。ジェイミー。あなたのお父さん。犯人の可能性がある男性全員よ。グランサムはあなたに目をつけていた」

「どうして？」

「性的暴行は必ずしもレイプで終わるわけじゃないから。一般の人が思うほど、手当たりしだいの犯行じゃないから。それに犯行現場があそこだったから。通りすがりの犯行である可能性はかぎりなく低い」

「それに、僕がそういうことをやりかねない人物だからか」

「たいていの人間は嘘をつくのが下手よ。レイプがなかったと知ってれば、それが顔に出るはず。グランサムはそれを確認したかったの」

「そしてきみはやつに歩調を合わせたわけだ」

ロビンはひどくうちひしがれていた。「情報を伏せるのはよくある手だもの。わたしにはどうしようもなかった」

「ふざけるな」

「感情的にならないで」

「なぜ本当のことを打ち明ける気になったんだ?」

彼女は応援を求めるように、あたりを見まわした。低くかかった太陽の光をとらえようとするように、てのひらを上向けた。「ひと晩あけたら、物事がちがって見えたからよ。間違いだったとわかったからよ」

「ゼブロン・フェイスはインポだった。レイプまでいたらなかったのはそのせいかもしれない」

「事件のことは話したくない。話したいのはわたしたちのこと。わたしがなぜああいうことをしたのか、わかってもらいたかったの」

「よくわかったよ」

「わかってるとは思えないわ」

僕はあとずさり、あけっぱなしのドアのふちを手探りした。僕がそれを閉めてふたりのあいだを隔てるつもりだと察したようだ。彼女はすかさずこう言った。「あなたに言っておかなきゃならないことがある」

「なんだ？」

ロビンは顔をあげた。「グレイスの男性関係は派手じゃなかった」

「だけど彼女は僕に――」

「ドクターが確認したのよ、アダム。あなたにはそう言ったかもしれないけど、彼女がボーイフレンドをとっかえひっかえしていなかったことはたしかだわ」

「なら、なぜ彼女はあんなことを？」

「あなたが自分で言ったじゃないの、アダム」

「え？」

「あなたを傷つけたかったんだと思う」


父の家までの道は干上がり、歩くたびに赤い土埃が靴に舞い降りた。道は北にカーブしたのち東に曲がり、ゆるやかな上り坂のもっとも高い地点に出た。このまま行けば、あとは川のほうに下っていくだけだ。家と、その前に駐まっている車を見おろした。車は数台あったが、そのうちの一台に心当たりがあった。車そのものではなく、J‐19Cというナンバープレートに。Jで始まるのは現職判事に発給されるナンバーだ。

坂を下り、車の横に立った。袋菓子のトゥインキーズの包みがシートに落ちていた。こいつのことなら知っている。

ギルバート・T・ラスバーン。

G判事。

ギリー・ラット。

表玄関のドアが大きくあき、僕は車から離れた。判事が犬につめ寄られているかのようにうしろ向きで現われた。片手で書類の束を抱え、もう片方の手をベルトにかけている。縦にも横にも大きく、精巧なつくりのかつらをかぶり、眼鏡がまるい赤ら顔の上で小さく金色に光っていた。金をかけたスーツがかなり体型をごまかしてくれているが、それでもネクタイが細く見えた。彼につづいて父が姿を現わした。

「考えなおしたほうがいい、ジェイコブ」判事が言った。「それが世の中のためだ。もう少しくわしく説明させてもらえれば――」

「わたしの言葉が聞き取りづらかったのか？」判事はいささか気勢をそがれ、それを察知した父は彼から目をそらし、邸内路に立っている僕に気がついた。父の顔を驚きの表情がよぎり、彼は僕を指さし、少し声を落とした。「書斎で話そう」そして判事に向きなおった。「この件でドルフに話をしても無駄だぞ。あいつもわたしと同意見だ」父は返事を待たずに背を向け、家のなかに引きあげた。

父がなかにはいるとスクリーンドアが音高く閉まり、判事は首を左右に振って、くるりと向きを変えた。ペカンの木陰に立っている僕と目が合った。彼は眼鏡の縁ごしに僕をじろじろながめまわした。首の贅肉が襟の外にまではみ出していた。僕と彼はかなり長いつき合いだ。僕が若く、彼が下級裁判所の判事だった頃、彼の法廷にも一度か二度出廷した。どれも容疑はさほど深刻ではなく、酔ったうえでの喧嘩がほとんどだった。大事件というほどのものはひとつもなかった。五年前、判事がグレイ・ウィルソン殺害容疑の逮捕令状に署名するまでは。判事は目に浮かんだ侮蔑の色を隠そうともしなかった。「なんともまずい決断をしたものだな。ローワン郡にのこのこ帰ってくるとは」

「〝有罪が証明されるまでは無罪〟の原則はどうした、このでぶ判事」

判事は間合いをつめ、僕よりゆうに四インチうわまわる上背を誇示した。顔にも髪の毛にも側頭部にも玉のような汗が浮いている。「あの若者はこの農場で殺され、きみが現場から逃げてきたときみの母親が証言したのだぞ」

「継母だ」僕は相手のけわしいまなざしに対抗した。

「きみは被害者の血をたっぷり浴びていた」

「目撃者はたったひとりだ」

「信頼できる証人だ」

「話にならない」僕はうんざりして言った。

判事はにやりと笑った。

「ここになにしに来たんだ、ラスバーン？」

「誰も忘れてはおらんぞ。有罪判決などなくとも、住民はけっして忘れない」

僕は取り合わないことにした。

「自分の身は自分で守る」判事の言葉に、僕はスクリーンドアをあけたところで振り返った。彼の指が僕をさし、パン生地のような手首で時計がまぶしく光った。「それがわが郡のやり方だ」

「自分の支持者の身を守るということだろ」

太った男の首に濃い赤みが差した。ラスバーンはエリート意識の強い偽善者だ。金持ちの白人が相手のときは、たいてい理想的な判事になる。選挙資金集めでよく父のもとを訪れていたが、なんの収穫もなく帰っていくのが常だった。彼がきょう訪ねてきたのは、川沿いの土地が生むはずの金が目当てにちがいない。この男もなんらかの形で一枚嚙んでいるのだろう。

判事は言い返す言葉を探したが、なにも浮かばないとわかると車に巨体を押しこんだ。父の芝地でUターンすると、土埃を巻き上げながら坂をのぼっていった。僕は彼の車が見えなくなるまで待ち、それからドアを閉めてなかにはいった。

居間で足を止めると、二階の床がきしんだ。ジャニスだろうと思い、そのまま本がぎっしり並ぶ父の書斎へと向かった。ドアはあいていたが、昔からの習慣でドア枠をノックした。なかにはいった。父はデスクの前で僕に背中を向け、両手に全体重をかけて立っていた。頭を胸にくっつくほど伏せていたので、首全体と日焼けでできたしわがよく見えた。

その姿を目にしたとたん、子どもの時分、デスクにもぐりこんで遊んだ記憶や、家全体が笑いと愛にひたっていた日々の記憶がよみがえった。

母の手の感触がよみがえった。いまも生きているかのようにまざまざと。

僕は咳払いをした。父の指は濃い色調の木に強く押しつけていたせいで白くなっていた。振り返った父は目が真っ赤で、顔が青ざめ、その様子に僕は啞然となった。僕たちは長いことそうして立っていた。こんなふうに素の自分を見せ合うのは、僕にとっても父にとってもはじめてのような気がする。

次の瞬間、父の表情が崩れたかと思うと、なにか決意を固めたかのように、すぐにまた引き締まった。彼はデスクから身を起こし、擦り切れた敷物の上を歩いてきた。僕の両肩に手を置き、きつく抱き寄せた。父は筋肉質でたくましく、農場と数々の思い出のにおいがした。僕は頭がくらくらし、せりあがってきた怒りを必死の思いでこらえた。僕が抱き返さないでいると、父は僕の肩に手を置いたまま一歩さがった。その目には、やはり生々しいまでの落胆の色が浮かんでいた。ドアのほうから衣擦れの音が聞こえ、素っ頓狂な声があがり、父は手を放した。

「あら、ごめんなさい」

ドアのところにミリアムが立っていた。僕とも父とも目を合わせようとしないのは、なにか言いにくいことがあるからだろう。

「どうした、ミリアム？」

「アダムがいるとは知らなかったの」

「あとにしてくれないか」父が言った。

「ママが呼んでる」

父はさもいまいましそうにため息をついた。「どこにいるんだ？」

「寝室」

父は僕に目を向けた。「帰るんじゃないぞ」

父がいなくなっても、ミリアムはドアのところに立っていた。彼女は裁判に足を運び、いつも最前列にひっそりとすわっていたが、そのあと顔を見たのは一度だけ、僕が車のトランクにつめられるだけの荷物をつめ、あわただしくさよならを言ったときだった。彼女の最後の言葉はいまも覚えている。〝どこに行くの？〟と訊いたのだった。僕は〝正直言ってわからないんだ〟と答えるしかなかった。

「やあ、ミリアム」

彼女は片手をあげた。「なんて言葉をかけていいかわかんない」

「なら、なにも言わなくていい」

ミリアムの頭頂部が見えた。「大変だったんでしょ」

「たいしたことじゃない」

「本当に？」

正体不明のなにかが彼女のなかを駆け抜けた。公判中、彼女はまともに僕の顔を見られず、検察官が拡大した解剖写真をイーゼルにのせて陪審に見せたときは法廷を飛び出してしまった。明るい光のもと、解像度の高いカメラで撮った写真はどれも傷の生々しさを伝えていた。最初の写真は高さ三フィート、血と泥で固まった髪の毛や骨のかけら、それにぐしゃぐしゃになった脳みそが写っていた。検察官はそれを陪審に見える位置に置いたが、ミリアムはほんの数フィートと離れていない最前列にすわっていた。彼女は手で口を覆い、中央通路を駆けだした。僕はずっと、彼女が歩道わきの芝生で胃のなかのものをもどすところを想像していた。そばについていてやりたかった。父でさえ目をそむけざるをえなかったのだ。ミリアムにとって見るに堪えないものだったのは想像にかたくない。被害者とは年来の友人だったのだから。

「たいしたことじゃない」僕は繰り返した。

ミリアムはうなずいたが、いまにも泣きだしそうな顔だった。「いつまでこっちにいるの？」

「さあ」

彼女はゆったりした服のさらに奥へともぐりこみ、ドア枠にもたれた。まだ一度も僕と目を合わせていない。「なんだか変な感じ」

「そんなことはない」

彼女はすでにかぶりを振っていた。「でもそうなんだもの」

「ミリアム――」

「行かなくちゃ」そう言うと、フローリング敷きの長い廊下を小さな足音を立てていなくなった。静かになった室内に二階の声が響いた。言い争うような声と、しだいに甲高くなっていく継母の声。下りてきた父は顔をこわばらせていた。「ジャニスはなんの用だったんだ？」僕はそう尋ねたが、答えはわかっていた。

「おまえが今夜は夕食を食べていくのか訊いてきてほしいと言われた」

「嘘はやめてくれ」

父は上を見あげた。「聞こえたのか？」

「僕を追い出せと言われたんだろ」

「母さんだってつらいんだ」

僕は感情が爆発しそうになるのを必死にこらえた。「彼女に迷惑をかけるつもりはないよ」

「むしゃくしゃする。ちょっと出かけよう」

父は書斎の奥の、おもてに出るドアに顔を向けた。隅に立てかけてあったライフルに手をかけた。父の手がドアをあけ放つと、朝の陽光が一気に射しこんだ。僕は父を追って外に出た。二十フィート向こうに父のトラックが駐まっている。父はライフルをガンラックに掛けた。「やかましい犬どもを撃ちに行くぞ。さあ、乗れ」

トラックは古く、埃と藁《わら》のにおいがした。父はゆっくりと車を出し、川の上流に向かった。トウモロコシ畑、大豆畑、それに新顔のテーダマツの林を突っ切り、自生林にはいったところで、父がふたたび口をひらいた。「ミリアムとは話ができたか？」

「あまり話したくなさそうだった」

手を振った父の顔に、一瞬苛立ちの表情がよぎった。「あの娘は神経質なんだ」

「そんな言い方じゃ足りないよ」まっすぐ前を見ていても、父の視線が注がれているのがわかった。次に父の口から出てきたのは、被害者の話だった。

「あの若者はミリアムの友人だったんだ、アダム」

僕はかっとなった。抑えられなかった。「僕がそれを知らないとでも思ってるのか！もう覚えてないとでも思ってるのか！」

「時が解決するさ」父は力なく言った。

「自分はどうなんだ？ 背中を軽く叩いたくらいですべてまるくおさまるもんか」

父は口をひらきかけたが、そのまま閉じた。トラックは家が見晴らせる丘の頂上にたどり着いた。父は車を停めてエンジンを切った。静かだった。

「わたしはやるべきと思ったことをやったまでだ。おまえが家にいたのでは、誰も前に進めない状態だったんだ。ジャニスはノイローゼ寸前だった。ジェイミーとミリアムはまいっていた。わたしもだ。あまりに疑問が多すぎた」

「答えようにも僕には答えられないよ。誰かが彼を殺した。僕じゃないと父さんに言った。それで充分なはずだろ」

「そういうわけにはいかなかった。おまえが無罪放免になったところで、ジャニスが目撃した事実は消えなかったんだからな」

僕はシートにすわったまま向きを変え、父の顔をしげしげと見た。「また蒸し返すのか？」

「いいや、そうじゃない」僕は床に目を落とした。藁くずや泥、ちぎれた枯れ葉。「おまえの母さんが恋しいよ」父はぽつりとひとこと言った。

「僕もだ」

射しこむ陽を浴びながら、僕たちはしばらく無言ですわっていた。「わたしだって理解していた」

「なにを？」

父は少し間を置いた。「母さんが死んで、おまえがどれだけのものを失ったかを」

「やめてくれ」

またも無言の時間が流れた。その大半は、母のこと、それに親子三人で楽しく暮らした日々を思い出すことに費やされた。

「父さんは、僕が人殺しをするような人間だと頭のどこかで思ってるんだ」

父は両手で顔をこすり、タコのできたてのひらを目に押しつけた。爪に泥がはいりこんでいる。口をひらいたときの父は率直そのものだった。「母さんが死んだあと、おまえはすっかり変わった。以前は本当にいい子だった。理想的な子どもで、目に入れても痛くなかった。しかし母さんが死んで、おまえは変わった。ふさぎこみ、不信感の塊になった。荒れて、無愛想になった。時がたてば目が覚めると思っていた。だが、やがて学校で暴れはじめた。先生に口答えもした。しじゅう腹を立てていた。ガンのようだと思ったものだ。

おまえのいいところを全部食いつくすガンだと」

父はまた顔をぬぐった。こわばった皮膚でしわがこすれた。「いずれ自分で決着をつける時が来ると思っていた。なにかの拍子に目が覚めるだろうと。しかしあんな形で終わるとは予想もしていなかった。立木に車をぶつけるとか、喧嘩で大怪我をするくらいのことは予想していたがな。あの若者が殺されたとき、おまえの仕業とはこれっぽちも思わなかった。だが、ジャニスがおまえを見たと断言した」父はため息をついた。「ついにおまえも堕ちるところまで堕ちたかと思ったよ」

「母さんが死んだせいで？」父は僕のなかの冷たいものには気づかなかった。父がうなずくと、僕の胸のなかで荒ぶる気持ちがのたうちまわった。僕は無実の罪を着せられ、殺人罪で起訴され、この土地を追われた。父はそれが母の死に原因があると言う。「そんなに手のつけようがなかったなら、どうして誰かに助けを求めなかったんだ？」

「精神科医にということか？」

「ああ。ほかにもいろいろあるだろ」

「肝腎なのは、足に地をつけることだ。そのくらい、わたしたちでやってやれると思った。ドルフとわたしでな」

「なるほど、父さんに好都合にことが運んだわけだ」

「わたしを非難するつもりか」

「母さんにも同じ手を使ったんだろ？」

父が口をひらく前から顎の筋肉が浮き出した。「いいか、その小賢しい口を閉じるんだ。なにもわかっちゃいないくせに」

「うるさい」僕はトラックのドアをあけた。道を歩いていくとうしろで父がドアを乱暴に閉める音がした。

「逃げるのは許さんぞ」

父の手が肩にかかったのを感じ、僕は反射的に振り返って父の顔を殴った。父は地面に倒れ、僕はその姿を見おろした。目の前で色がぱっとはじけ、母の最期の瞬間が見えた。そしてこの数年間、ずっと僕の頭を悩ませてきた考えを口にした。

「父さんのはずだったんだ」

父の鼻からあふれた血が口の右横へと垂れていた。地面に転がったやけに小さいその姿を見るうち、母が決行した日のことがよみがえった。生命の抜けた手から銃が落ちた瞬間。カップを落としたときにコーヒーで指を火傷《やけど》したこと。しかし、ドアが大きくあいた瞬間、母はある表情を見せた。驚き、だったと思う。あるいは無念か。これまでずっと、僕は自分の目の錯覚だと思っていた。

しかしいまはちがう。

「僕らは一緒に帰宅した。森から帰ったあと、父さんは母さんの様子を見に行った。母さんは父さんにコーヒーを持ってきてほしいと頼んだ」

「なんの話だ？」父は顔についた血をぬぐったが、立ちあがるそぶりは見せなかった。聞かなくともわかっていたからだ。

「僕がドアをあけたとき、母さんは頭に銃を押しあてていた。父さんに死ぬところを見せたかったからだ」

父の顔から血の気が引いた。

「僕じゃなく」

僕は背中を向けて歩きだした。

今度は父も引き留めないとわかっていた。

12

道路からそれ、まだ覚えていた踏み分け道と隘路《あいろ》を通ってドルフの家に戻った。家には誰もおらず、部屋の隅にぐったりとすわりこんだ姿も、いまにも泣きだしそうな顔も見られずにすんだ。気を取り直そうとする様子も、車に荷物を運びこむ姿も見られずにすんだ。しかし、出発しかけたところでドルフの車が戻ってきた。車を停めたのは、彼があげた片手に対する礼儀と、あけたウィンドウごしに僕の意図を察した彼があからさまに驚愕の表情を浮かべたからだ。

ドルフはトラックを降りて、僕の車の屋根に両手を置いた。頭をウィンドウから差し入れ、後部座席のバッグに見入った。僕の顔をまじまじと見てから口をひらいた。

「こんなことをしてなんになる、アダム。親父さんからなにを言われたか知らないが、ここで逃げてもなんの解決にもならんぞ」

しかしドルフのほうがまちがっている。なにひとつ変わってないではないか。どこへ行っても疑惑の目を向けられ、いまだに僕には悲しむか腹を立てることしか許されない。あるいは第三の選択肢として無気力状態に陥るか。

「会えてよかったよ、ドルフ。だけど、こうするしかないんだ。グレイスに愛していると伝えてほしい」車を出すと、彼が邸内路から僕の車を見送る姿が見えた。片手をあげ、なにか言っているが聞こえなかった。もうどうでもいい。ロビンは僕の敵にまわった。父との縁も切れた。

もうおしまいだ。

終わったのだ。

川に向かって細い道をたどり、ローワン郡の境界線にまたがる橋まで戻った。前に駐めたのと同じ場所に車を駐め、川岸まで歩いた。あいかわらずプラスチックのボトルが浮いているのを見て、父が復活を夢に見たかつての僕を思い、複雑なことと言ってもナイフの鞘にオイルを引いたりナマズを釣り糸からはずしたりする程度のことだった時代を思った。少年時代の僕はいまもわずかなりとも残っているのだろうか。それとも、本当にガンに食いつくされてしまったのか？　どんな感じだったかはよく覚えている。といっても特定の一日のことだけだ。僕は七歳で、異常で陰鬱《いんうつ》な冬が母からぬくもりを搾《しぼ》り取る一年以上も前の出来事だ。

僕たちは川にいた。

泳いでいた。

お母さんのこと、信頼してる？　母がそう訊いた。

うん。

じゃあ、いらっしゃい、と母は言った。

僕たちは栈橋《さんばし》のへりにつかまっていた。高くのぼった太陽のもと、母は茶目っ気たっぷりの笑みを浮かべていた。青い瞳のなかに黄色い斑点がぽつぽつと浮いていて、まるでなにかが燃えているように見えた。行くわよ。母はそう言って水にもぐった。脚が二度、はさみのように開閉したかと思うと、母の姿は栈橋の下に消えた。

どうしていいかわからずにいると、母の手がにゅっと現われた。僕はその手をつかむと息を止め、引きずられるようにして栈橋の下にもぐった。目の前が真っ暗になったと思った次の瞬間、栈橋の下の空間に母と並んで顔を出していた。そこは静かで、森のようにあざやかな緑色をしていた。板と板の隙間から光が射しこんでいた。母の目が愉快そうに動き、そこに光が当たると炎のように輝いた。その場所は人目につかず、物音ひとつしなかった。この栈橋にはそれこそ百回は来ていたが、下にもぐったことはなかった。まるで秘密の場所だった。まるで……。

母は目もとにしわを刻み、僕の顔に触れた。

魔法は本当に存在するのよ。

まさしくそれだった。

まるで魔法のようだった。

そんなことをつらつら思い出しているところへ、ドルフのトラックが上の道路をゆるゆると走ってきて停まった。彼は年寄りらしい足取りで土手を下った。

「どうしてここにいるとわかったんだ?」

「山勘だ」彼は石ころをひとつかみすると、川面を切るように投げはじめた。

「そこの橋を渡ったら、もう後戻りはできない」

「そうだな」

「だから車を停めたんだ」

ドルフは次の石を投げた。二度跳ねて沈んだ。

「あまりうまくないんだな」と僕は言った。

「関節炎のせいだ。かなり痛む」彼はまた投げた。今度は一度も跳ねずに沈んだ。「帰ってきた本当の理由を聞かせてくれないか」彼は言い、また石で水面を切った。「なんでも力になるぞ。おまえさんを助けるためなら」

僕は石を四個拾った。最初の一個は六回跳ねた。「あんただって手一杯じゃないか、ドルフ」

「そうかもしれんが、そうでないかもしれん。この際そんなのは問題じゃない。さっきの申し出はまだ有効だぞ」

僕はいびつな彼の顔をながめた。「ダニーから電話があったんだ。三週間前」

「本当か?」

「力を貸してほしいことがあると言うんだ。帰ってきてほしいと」

ドルフは腰をかがめ、さらに石を拾った。「おまえさんはなんと答えた?」

「どんな用事かと訊いたが、くわしいことはなにも教えてくれなかった。人生を立て直す道がわかったが、それには僕の力が必要だと言うばかりだ。こっちに帰ってきたら、一対一で話すと」ドルフは僕が最後まで言うのを待った。「それは無理だと断った」

「あいつはなんと言った?」

「しつこく食い下がって、そのうち怒りだした。どうしても僕の助けが必要だ、おれがおまえの立場なら頼みを聞いてやると言ってたよ」

「それでも、くわしい話はしようとしなかったんだな?」

「そうなんだ」

「土地のことで親父さんと話をしてほしかったとは思わんか? 売るように説得してほしかったんじゃないのか?」

「金はトラブルのもとだ」

ドルフは僕の答えをじっくり考えていた。「それで、どうして帰ってきたんだ?」

「僕は何度となく窮地に陥って、そのたびにダニーに見捨てられてもしかたないと思ったのに、あいつは背を向けなかった。ただの一度も。ダニーと僕の関係は、あんたと親父にそっくりなんだ。堅い絆で結ばれた、持ちつ持たれつの関係。あいつをがっかりさせたみたいで、気が咎《とが》めてきたんだ」

「友情はときにやっかいなものだ」

「それに壊れることもある」僕はかぶりを振った。「なんであいつにすげない態度を取ったのか、自分でもよくわからない。どうしても金の話に戻ってしまう」僕はまた石を投げ、グレイスを思った。「まともじゃない」

僕たちは押し黙り、川の流れを見ていた。

「帰ってきた理由はそれだけじゃない」

ドルフは僕の声音が変化したのを察知し、顔を輝かせた。「もうひとつの理由とはなんだ?」

僕は彼を見おろした。「察しはつくだろう?」

彼はぴんときたようだ。「親父さんと仲直りするためだな?」

「僕はこの土地を葬り去ったんだ。ひたすら前だけを見て生きてきた。いくつか仕事をかわり、わずかばかりの友人もできた。ふだん、この土地を思い出すことはほとんどなかった。いつしか思い出を封印できるようになっていた。だけど、ダニーと話したことで頭が動きだした。いろんなことを考えはじめた。記憶がよみがえった。夢も見た。頭を整理するのにしばらくかかったが、そろそろいいんじゃないかと思ったんだ」

ドルフはベルトに指を引っかけたまま、僕の顔を見ようとしなかった。「なのに、まだこんなところで川に石を投げ、どっちの道を行こうか迷ってる。あっちか」彼は北を指した。「それとも家か」

僕は肩をすくめた。「あんたはどう思う?」

「おまえさんはこの地を長く離れすぎてたと思う」僕は黙っていた。「親父さんも同じ気持ちだろう。おまえさんになにを言ったか知らないが」

僕はまた石を投げたが、うまく跳ねなかった。

「グレイスのことはどうするんだ？」ドルフが尋ねた。

「こんなときに彼女を置いて出て行くのは気がすすまない」

「ならむずかしく考えることではあるまい」

「そうだな」

僕は四個目の石をポケットに入れ、橋をあとにした。


ドルフのあとについて農場まで戻ると、いくつか見せたいものがあると言われ、彼のトラックに乗りこんだ。牛小屋を通り過ぎたところで、ロビンとグランサムの姿が見えた。ふたりとも着替えていたが、それでもくたびれた様子で、僕は彼らの粘り強さに感心した。ふたりは作業員の何人かから話を聞き、らせん綴じのノートにメモを取っていた。

「見せたいものはあれじゃないからな」ドルフが言った。

通り過ぎしな、僕はロビンに目をやった。彼女も顔をあげてこっちを見た。「あのふたりはいつからここに？」

「一時間前から、だな。全員から話を聞くつもりらしい」

僕たちの車はその場を遠ざかった。「通訳がいなかったぞ」と僕は言った。

「ロビンはスペイン語ができる」

「初耳だ」僕が言うと、ドルフは鼻を鳴らした。

トラックは農場の中心部を突っ切り、敷地の北東の端へとつづく砂利道にはいった。丘をのぼりきったところでドルフは車を停めた。

「たまげたな」僕はみずみずしい緑色をしたブドウの列が眼下の谷間を埋めつくしているのに見入った。「広さはどのくらいあるんだ？」

「作付面積は四百エーカーだ。まったく大変な仕事だったよ」彼はうなずき、フロントガラスごしに指でしめした。「あっちは百エーカーちょっとだな」

「なんでまた？」

ドルフはおかしそうに笑った。「あらたな換金作物だよ。ノース・カロライナ農業の将来を担う……という触れ込みだ。だが、コストは安くない。あのブドウ畑は三年前からやってるが、少なく見積もってもあと二年は収益が見込めん。へたをすれば四年かもしれんな。それさえなんの保証もない。だが、大豆市場が伸び悩み、牛肉は下落、おまけにテーダマツはこっちの思うように成長してくれないときてる。いまはトウモロコシを輪作してる。携帯電話のアンテナ用に土地を貸しているが、それはけっこういい金になる。だが、親父さんは今後を心配してるんだ」彼はブドウ畑を指さした。「で、あれが救世主というわけだ」

「あんたが思いついたのか？」

「ジェイミーだ。二年がかりで親父さんを説き伏せた。しかもそうとう金がかかってる」

「いくらだか訊いてもいいか？」

「ブドウを植えるだけでひと財産かかったし、生産作物を犠牲にもした。農場は多額のキャッシュフローを失った」ドルフは肩をすくめた。「どうなることやら」

「経営はかんばしくないのか？」

ドルフは僕に目を向けた。「親父さんはおまえさんの十パーセントにいくら払った？」

「三百万だ」

「そのくらいだと思ってたよ。親父さんは大丈夫だと言っているが、金に関してはなんにも教えちゃくれない。だが、かなり窮しているのはたしかだ」

「それが全部ジェイミーの肩にかかってるのか？」

「そうだ」

「なんてことだ」僕は言った。リスクが大きすぎる。

「さしずめ、いちかばちかの大勝負ってとこだな」

僕はドルフの顔をのぞきこんだ。この農場は彼の生き甲斐だ。「あんたはそれでいいのか？」

「わしは来月で六十三になる」彼は僕を横目で見るとうなずいた。「だが、親父さんにはこれまで一度もがっかりさせられたことはないし、これからもないと思っている」

「だけど、ジェイミーは？　あいつにもがっかりさせられたことはないのか？」

「そこだよ、アダム。だから、どうなることやらと言ったんだ」

僕たちはしばらく黙りこんだ。

「親父は電力会社に売るつもりなのか？」

その問いに答えた彼の声にはとげがあった。「たなぼたにありつけないいんじゃないかと心配なのか？」

「ひどい言い方をするんだな」

「そうだな、アダム。ひどい言い方だ。だがな、わしはこの界隈の人間が金でどうなったか、さんざん見てきたんだ」彼は遠い目でフロントガラスの向こうをにらんだ。「誘惑、そいつが人を狂わせる」

「つまり、親父は売ると思ってるんだな？」

ドルフのまなざしの奥でなにかが揺れ動き、彼は僕から目をそむけ、希望の光であるびっしり植わったブドウの木を見おろした。「ここがレッド・ウォーター農場と呼ばれるようになった由来を親父さんから聞いてるか？」

「川床の土の色に由来するものとばかり思ってたよ」

「そうじゃないらしい」ドルフはエンジンをかけ、方向転換した。

「今度はどこへ行くんだ？」

「円丘だ」

「どうして？」

「行けばわかる」

円丘は農場でもっとも標高の高い地点で、花崗岩主体の大きく盛りあがった地形はちょっとした山と言っても通る。大半は木の茂る斜面だが、頂上は表土が極端に少ないためほとんどなにも生えず、荒涼としている。北から流れこむ川が一望でき、敷地内でもっとも行きにくい場所である。

円丘のふもとまで来るとドルフはようやく話を始めた。車は頂上へとつづく荒れた道をガタガタ進み、それにつれて彼の声もしだいに大きくなっていった。「以前、ここはサポナ族の土地だった。この近辺、おそらく農場の敷地内らしいが、そこに集落があった。もっとも、正確な場所はわかってない。インディアンはえてしてそうだったが、サポナ族も自分たちの土地をおとなしく引き渡すことをよしとしなかった」彼は前方の道をしめした。「最後の戦いがあそこでおこなわれた」

車は林を抜けて平坦な場所に出た。表面をうっすらと草が覆っている。北端に目をやると、地表に盛りあがった花崗岩が高さ三十フィート、幅四分の一マイルにおよぶごつごつの壁をつくっている。露出した岩は、いたるところにひびや深い亀裂がはいっていた。ドルフはそのわきに駐めて車を降りた。僕もあとにつづいた。

「集落には最大で三百人が住んでいたが、最後には全員がここまで逃げてきた。女も子どもも。とにかく全員がだ」ドルフは石ころだらけの地面から草の葉をむしり取り、指で揉んでぐしゃぐしゃにしながら、僕がいまの説明を理解するのを待った。やがて彼は、石壁沿いに歩きだした。「ここは高さがある」彼は草の汁が染みた指で岩壁をしめした。「最後に残された砦だ。ここからなら数マイル四方が見渡せる」

ドルフは言葉を切り、石壁と地面の境にある間口の狭い裂け目を指さした。その裂け目のことは知っている。そこには近づくなと、父からさんざん釘を刺されていたからだ。かなりの深さがある。

「戦いが終わると」ドルフは説明をつづけた。「死体はここから投げ捨てられた。男はもちろん射殺されていたが、女と子どもの大半はまだ生きていた。敵は生きてるほうを先に投げ落とし、その上に死体を積み上げていった。一説によれば、大量の血が地下に染みこみ、その後数日にわたって湧き水が赤く染まったそうだ。それが名前の由来だ」

僕は体のぬくもりが失われていくのを感じた。「どこでそんな話を聞いたんだ？」

「六〇年代後半に、ワシントンから来た考古学者がここを発掘した。そのときわしも立ち会った。親父さんもな」

「聞いた記憶がないな」

ドルフは肩をすくめた。「時代がちがったからな。誰もたいして興味を持たなかった。とりたてて大騒ぎするようなことじゃなかった。しかもおまえさんのじいさんは、おおっぴらにしないという条件で発掘に同意していた。ばかな酔っぱらいが次々に押しかけ、矢尻探しでもして命を落とすような事態を避けたかったんだ。それに関する書類がどこかで埃をかぶってるはずだ。チャペル・ヒルの大学かワシントンのどこかでな。とにかく、大騒ぎするような話じゃなかった。いまとちがって」

「親父はなぜ教えてくれなかったんだろう？」

「幼いおまえさんを怖がらせたくなかったからだ。幽霊かなにかが出るとか、もっと言うなら人間の本性に怯えるようなことになってほしくなかったんだろう。おまえさんが大きくなっても、ジェイミーとミリアムはまだ幼かった。三人が大人になったときには、話すタイミングがなかっただけだと思うね。べつに謎でもなんでもない」

僕はむきだしの花崗岩の上をすり足で移動し、じりじりと穴に近寄った。身を乗り出したが、距離がありすぎて裂け目の底はのぞけなかった。僕はドルフを振り返った。

「これと、親父が土地を売らないことになんの関係があるんだ？」

「親父さんとサポナ族には相通じるものがある。世の中には人を殺してでも守るべきものがあるというのが親父さんの立場だ」僕はドルフをにらみつけた。「あるいは自分が死んででも」

「そうかな？」

「親父さんは絶対に売らないだろうよ」

「ジェイミーのブドウ畑が原因で農場が破産してもか？」

ドルフはむっつりとした。「そんなことにはならん」

「なら、賭けるか？」

ドルフは答えなかった。僕は穴にさらに近づいて、不気味にあいた口のほうへ身を乗りだし、なかをのぞいた。穴は深く、硬い石がところどころ鋭く突き出ていたが、陽は射しこんでいた。底になにか見えるようだ。

「考古学者は遺体をどうしたんだ?」

「印をつけて、引きあげた。箱にはいって、どこかで眠ってると思うが」

「本当に?」

「ああ。なぜだ?」

僕はさらに身を乗りだして、薄暗がりに目をこらした。ぬくもった石の上で腹這いになり、へりからのぞきこんだ。白っぽいなめらかな曲線が見え、その下に空洞があり、小さな白い物体が、糸に通した真珠のように点々と並んでいる。それに、汚れてぼろぼろになった布とおぼしきものが、不気味な山をなしていた。

「あれはなにに見える?」

ドルフも横で腹這いになった。彼はたっぷり一分間のぞきこむと、鼻にしわを寄せた。それを見て僕は、彼もこのにおいに気づいたのだとわかった。かすかにただよう、腐ったようなにおいに。「信じられん」彼は言った。

「トラックにロープを積んでいないか?」

ドルフが体を横に転がし、ジーンズのリベットが岩にこすれて耳障りな音を立てた。

「本気か?」

「ほかにもっといい考えがあるならべつだ」

「信じられん」ドルフはまた言うと、体を起こしてトラックに向かった。

ロープを巻き結びでくくりつけ、結んでいないほうをへりから垂らした。ロープは岩に軽くぶつかりながら下りていった。

「ひょっとして懐中電灯はあるか？」

ドルフはトラックから出してよこした。「なにもおまえさんがやらなくても」

「底に見えるあれがなんだかはっきりわからないじゃないか。あんたはどう思う？」

「火を見るより明らかだと思うが」

「絶対と言い切れるか？」

ドルフが答えないのを見て、僕は穴に背を向けて立ち、ロープをしっかりと握った。彼の手が僕の肩をつかんだ。「よすんだ、アダム。そんな必要はない」

僕はにっこりほほえんで見せた。「僕をここに置いていかないでくれよ」

ドルフは〝まったく強情なガキだ〟というようなことをつぶやいた。

腹這いになって脚をへりから下へと滑らせた。足を壁面につき、そこにできるだけ体重をかけ、残りをロープにかけた。ドルフと目を合わせてから、穴のなかにはいった。頭上で裂け目が閉じそうな錯覚をおぼえた。

冷気が忍び寄り、空気がよどんだ。岩の層を下りるにつれ、暖かく明るい外界がしだいに遠のいていく。太陽が見えなくなると、死んだ三百人の存在が、生きながら突き落とされた者もいるという三百人の存在が急に身近に感じられた。一瞬、魂が肉体から遊離した。

銃弾が岩に当たる音や、弾を節約するために生きながら落とされた女たちの甲高い悲鳴が聞こえるほど生々しかった。しかしそれは何世紀も前のことで、大昔から存在する岩にとってはわずかな振動でしかない。

足が滑って、僕の全体重をかけられたロープがうめくような音を立てた。壁から足が離れた瞬間、穴に吸いこまれそうになったが、それでもひたすら下りていった。十フィートほど進んだところでにおいが急に強くなった。息を止めてはみたが、悪臭はあまりにきつかった。死体に明かりを当てると、ねじれた棒のような脚が見え、明かりを上に移動させた。光のなかに額の骨の曲面が浮かびあがった。上から見たときにはひっくり返したボウルのように見えたものの正体だ。くぼんだ眼窩、朽ちかけた体、そして歯。

それだけではなかった。

さらに目をこらすと、黒く変色したデニムと、かつては白かったが滲み出た汚水と腐敗でナス色に変色したTシャツが見えた。僕は思わず吐きそうになったが、色やにおいのせいではなかった。

何千という虫のせいだ。それが布の下を這いまわっていた。

そいつらがかかしのダンスを踊っていた。

四時間後、澄みきった美しい空のもと、ダニー・フェイスが引き上げられた。見ていて気持ちのいいものではなかった。警察は死体袋を持って穴にはいり、保安官事務所のトラックでウィンチを作動させた。巻き上げる音はやかましかったが、ビニールの袋がこすれる音や骨が岩にぶつかる遠慮がちな音がはっきりと聞こえた。

死体につづいて三人があがってきた。グランサム、ロビン、それに監察医。三人ともガスマスクを着けているが、それでもいまにも倒れそうで、灰と化した紙のような顔色をしていた。ロビンは僕と目を合わせようとしなかった。

僕以外の誰も、死体はダニーだと断言していないが、あれは絶対にダニーだ。体格は同じだし、あの髪は見まちがいようがない。赤くてちりちりのあんな髪の毛は、ローワン郡ではめったにお目にかかれない。

保安官は、死体がまだ穴のなかにあるうちに現われた。十分ほど部下と話をし、次にドルフと父から話を聞いた。お互いに激しい敵意を、不信感と嫌悪感をむき出しにしていた。保安官は一度だけ僕に口をきいたが、そのときもさも憎々しげだった。「帰ってくるのは止めようがないが、穴に下りなくてもいいだろうが」彼はそれだけ言うと、唯一の大事な用件はすんだ、こんなところで時間をつぶしている暇はないとばかりに帰っていった。

僕は無意識のうちに両手を腿にこすりつけていた。そうすれば湿った岩のにおいや記憶がこそげ落ちるとでもいうように。父に見られているのに気づいて、両手をポケットに突っこんだ。父も同じようにショックを受けているらしく、グランサムがあらたな質問をしようと近づくたび、少しずつ僕ににじり寄った。ダニーの遺体がついに円丘から運び出されたときには、父と僕の距離は五フィート足らずにまで縮まっていた。保安官事務所のトラックの荷台にどうしても仰向けになってくれない不恰好な死体袋がそばにあるあいだは、お互いへのわだかまりが小さくなったように思えた。

しかし死体は永遠にこの場にいるわけではなかった。トラックが去り、ふたたびあたりは静寂に包まれた。僕たちは岩のそばに立っていた。三人がほぼ一列に並び、ドルフは帽子を手に持って。

ダニー・フェイスは死んで三週間ほどだった。しかし変な言い方になるが、僕には彼がよみがえったように思えた。グレイスが襲われた事実は変わらないが、ダニーは無関係だったのだ。憎しみがすうっと引いていくのがわかった。代わりにほろ苦い安堵《あんど》、無念さ、そして少なからぬやましい思いがこみあげた。

「わたしの車に乗っていくか？」父が尋ねた。

父の髪が風になびいていた。父のことは大切に思っているが、わだかまる思いの向こうにある道が見えなかった。それどころか、いまの僕にその道を探すだけの気力があるかどうかすら自信がない。僕たちがなにか言えば、必ず代償がともなうのだ。父の鼻は僕が殴ったせいで腫れていた。「どうして？　まだなにか話があるのか？」

「出て行かないでほしいだけだ」

僕はドルフに目を向けた。「しゃべったのか？」

「あんたらふたりが大人になるのを待つのは、いいかげん疲れた」ドルフは言った。「二度と息子に会えなくなるところだったことを親父さんに知らせておきたかったんだ。人生はあまりに短い」

　僕は父に言った。「ここに残るのはグレイスのためだ。父さんのためでもなんでもない。グレイスのためだ」

「そろそろ矛をおさめることにしないか、え？　これからのことを考えようじゃないか」

　父の言葉に僕は考えこんだ。ダニーがいなくなったいま、まだ言うべきことが残っているような気がした。ドルフはそれを察し、なにも言わずに背を向けた。「家で会おう」その背中に向かって父は声をかけた。「みんなで酒でも飲もうじゃないか」ドルフのトラックは一度咳きこむような音を立ててから始動した。

「矛をおさめるだって？　まだなにも解決してないのに」

「そうだな」父は言った。「本当にあれはダニーなのか？」

「まちがいない」

　僕たちは長いこと、真っ暗な穴をのぞきこんでいた。ダニーの死の真相や、彼の死によってわきあがった疑問のせいではない。僕たち親子のあいだのわだかまりはあいかわらず、というよりもさらに大きくなり、ふたりともそれに正面から向き合うのを渋っていた。地面にあいた暗い裂け目やうっすらと生えた雑草を突風が地面に押しつける様子を観察しているほうがずっと楽だったのだ。ようやく父が口をひらく気になったが、それは母の自殺と僕が投げつけた言葉に対する反論だった。

「あいつは自分でなにをしているかわかってなかったんだ、アダム。おまえでもわたしでもどっちでもよかった。わたしたちには理解できない理由によって、最期のときを迎えたんだ。誰かに恨みをぶつけようなんて思ってもいなかった。わたしはそう信じている」

僕は顔から血の気が引くのを感じた。「いまはそんな話をする時じゃないと思う」

「アダム──」

「なぜ母さんはあんなことをしたんだ？」思わず疑問が口をついて出た。

「鬱病は精神をおかしくする」僕は父の視線を感じた。「母さんはやけになっていたんだよ」

「医者に診せればよかったじゃないか」

「診せたさ」父の答えに僕ははっとなった。「その年はずっとセラピストのところに通っていた。よかれと思ってな。セラピストはじょじょに回復していると言った。そう言われた一週間後、母さんは引き金を引いた」

「そんなこと、知らなかった」

「知らなくて当然だ。母親がそんなだったことを子どもが知る必要はない。笑顔をつくろうだけでもひと苦労だったなどとはな」父はいまいましそうに手を振った。「おまえを精神科医に診せなかったのはそういうわけだ」父はため息をついた。「おまえはタフだ。絶対に大丈夫だと信じていた」

「大丈夫だって？　本気で言ってるのか？　母さんは僕の目の前でやったんだぞ。しかも、父さんは僕ひとりを屋敷に残した」

「遺体のそばに付き添う人間が必要だったんだ」

「僕は壁についた母さんの脳みそをこすり落としたんだぞ」

父は愕然とした表情を浮かべた。「あれはおまえだったのか」

「八歳だったんだぞ」

父は僕と距離をおくかに見えた。「つらかったろうな」

「母さんはなぜ鬱になったんだ？　記憶にある母さんはいつも幸せそうだった。よく覚えてるよ。いつも元気いっぱいだったのに、突然、心が死んだようになった。そのわけを知りたい」

父は穴に目を落とした。こんな苦悩の色濃い父の顔を見るのははじめてだった。「もうよせ。いまさらどうにもならない」

「父さん――」

「母さんを安らかに眠らせてやれ、アダム。いま話し合うべきはわたしとおまえの問題だ」

僕は目を閉じた。目をあけると父が目の前に立っていた。彼はまた僕の肩に手を置いた。書斎で会ったときと同じように。

「おまえをアダムと名づけたのは、おまえ以上に愛せる存在はないと思ったからだ。おまえが生まれた日、みずから創造したアダムを見おろす神のような誇らしい気持ちになったからだ。おまえは母さんの唯一の形見であり、わたしの息子でもある。これから先もずっと息子であることにかわりはない」

父の目をのぞきこみながら、僕の心のなかにはみずからを滅ぼしかねない荒々しいものがあると気づいた。

「アダムは神に追放された」と僕は言った。「そして二度と楽園に戻れなかった」

踵を返し、父のトラックに乗りこんだ。あけたウィンドウから父を見やる。「酒でも飲む話はどうなったんだ？」

13

僕たちは書斎でバーボンを飲んだ。ドルフと父は水と砂糖をくわえて。僕はストレートで。あんなことがあったにもかかわらず、三人ともなにを言えばいいかわからなかった。いろいろなことがありすぎた。グレイス、ダニー、僕の帰郷が引き起こした波紋。いたるところに悪感情がひそんでいるように思え、僕たちはへたにしゃべれば状況はいっそう悪化するとばかりに、口数も極端に少なかった。まるで空気が腐っているかのようで、バーボンが注がれて十分後に現われたジェイミーまでもが、なにかにおうと言いたげに鼻をひくつかせた。

僕はさんざん悩んだあげく、ロビンから仕入れたグレイスに関する情報を三人に伝えた。二度繰り返さなくてはならなかった。「グレイスはレイプされていなかった」もう一度言い、グランサムが労した小細工の内容を説明した。部屋に投下された僕の言葉には、足もとの床に穴があくほどの重みがあった。父のグラスが暖炉のなかに砕け散った。ドルフは顔を覆った。ジェイミーは身をこわばらせた。

次に脅迫めいたメモのことも話した。〝あのじじいに売れと言え〟

とたんに部屋の空気が抜けた。

「もう我慢ならん」父が言った。「どれもこれも。なにからなにまで。これはいったいどういうことだ?」

この時点では、その質問に対する答えはひとつもなく、僕は不快なまでの沈黙のなか、もう一杯注ごうとサイドボードまでグラスを持っていった。ツー・フィンガー分を注いで、ジェイミーの肩を軽く叩いた。「飲んでるか、ジェイミー?」

「おれにも一杯頼む」彼は言った。彼のグラスを満たし、自分の席に戻りかけると、ミリアムがドアのところに現われた。

「ロビン・アレグザンダーが来てるわ。アダムに話があるって」

父が口をひらいた。「そいつはいい。わたしもあの女に話がある」その声は明らかに鋼鉄のような怒りを含んでいた。

「外でアダムと話したいんだって。警察の用事だそうよ」

ロビンは庭にいた。ぞろぞろと連れだってきた僕たちを見て困ったような顔をした。かつては彼女も、いろいろな意味でこの一員だった。

「ロビン」僕はポーチのへりで足を止めた。

「ふたりだけで話せない?」

僕が口をひらくより先に父が答えた。「アダムに言いたいことがあるなら、わたしら全員の前で言いたまえ。今度は、嘘はつかないでくれるとありがたい」

ロビンは僕がしゃべったのだと察した。差し迫った脅威を分析するような目で僕たちを見たことから、それは明らかだった。「ふたりだけで話したほうが都合がいいの」

「グランサムはどこにいる？」僕は尋ねた。

彼女は自分の車をしめした。たしかに男のシルエットが見える。「わたしひとりで訪ねるほうがうまくいくと思ったから」

父が僕のわきをすり抜けて芝生に下り、ロビンを見おろすように立った。「グレイス・シェパード、あるいはわたしの土地で起こった出来事に関して言いたいことがあるなら、わたしの前で言ってもらおう。きみとは長いつき合いだが、はっきり言おう、きみにはまったく失望させられた。ご両親もきっと情けない思いでいることだろう」

ロビンは平然と父を見返しただけで、顔色ひとつ変えなかった。「両親はしばらく前に亡くなっています、チェイスさん」

「話ならここですればいいだろ」僕は言った。

誰も動かず、誰も口をきかなかった。ロビンの用件は察しがついていた。

そのとき車のドアが乱暴に閉められ、グランサムがロビンのそばまでやって来た。「もうたくさんだ。署で話を聞くことにしよう」

「僕を逮捕するのか？」

「そういう処置を取ることも選択肢にはいっている」グランサムは言った。

「なにを根拠に？」ドルフが息巻いたが、父が片手をあげて黙らせた。

「いったいどういうことだ？」父は尋ねた。

「あなたの息子さんはおれに嘘をついたんですよ、チェイスさん。おれは嘘も嘘つきも嫌いです。その件で話を聞きたいだけです」

「さあ、アダム」ロビンが言った。「署に行きましょう。いくつか質問するだけだから。いくつか辻褄《つじつま》の合わない点があるの。長くはかからない」

僕はほかの連中を頭から締め出した。グランサムが消え、父も消えた。完全に、ロビンと僕のやりとりだけになった。ロビンもそれを察知した。「もう一度言う。ここで話せ」

ロビンの決意は一瞬揺らいだが、すぐにまた固まった。「車に乗りなさい」

それだけだった。

これで僕たちはもうだめだという思いに胸が張り裂けそうになりながら、僕は車に乗りこんだ。

グランサムが車をUターンさせるあいだ、僕は家族に目をこらしていた。驚きと動揺が伝わってくる。そこへ継母のジャニスが現われた。彼女がポーチに降り立つと同時に、車が土埃を舞いあげて発進した。

彼女は老けて見えた。この五年間で二十歳も年をとったようだった。陽射しに手をかざしていたが、遠くからでもその手が震えているのがよくわかった。

14

　僕を乗せた車は市街地にはいり、地元の大学や周辺の店の前を過ぎた。やがて弁護士事務所や裁判所、それにコーヒー・ショップがひしめく大通りに出た。ロビンのアパートが流れるようにうしろに消えた。頭上には淡紅色の空が広がり、影が長くなりはじめていた。なにも変わっていない。この五年間で。きっと百年たっても変わらないにちがいない。前世紀からつづく店舗、一族の五代目が経営する会社。それにもうひとつ、変わっていないものがある——容疑者アダム・チェイス。

「どういうことか説明してくれないのか?」僕は言った。

「わかっているはずだろう」グランサムが答えた。

　ロビンは黙っていた。僕が「アレグザンダー刑事?」と呼びかけると、顎をこわばらせた。

　車は脇道にはいり、貧困地区と富裕地区の境界に通じる路地にはいった。ソールズベリ警察はふたつ目のブロック、新築二階建ての煉瓦造りの建物で、駐車場には警察車両が並び、ポールには旗が掲揚されていた。グランサムは車を駐め、僕はふたりの先導で正面玄関からなかにはいった。ずいぶんと手厚い扱いだ。手錠なし。拘置監房なし。グランサムがドアを押さえてくれた。

「郡の管轄のはずじゃなかったのか」と僕は言った。「なぜ保安官事務所じゃないんだ？」

保安官事務所はここから四ブロック先の、刑務所の地下にある。

グランサムが答えた。「あそこの取調室は避けたいんじゃないかと思ってね……前にああいうことがあったことだし」

彼が言っているのは五年前の事件のことだ。川に足を突っこんで、ぬるぬるした黒い木の根に靴があたるコツコツという音をさせていたグレイ・ウィルソンの死体を父が発見した四時間後、僕は連行された。ジャニスが警察に情報提供した場に父も同席していたかどうかはさだかでない。訊く機会もなかったし、手錠を見せられたときに父も僕と同じように驚いていたと思いたかったからだ。僕は保安官事務所のパトロールカーに乗せられた。シートはあちこちほころびていた。仕切りガラスには顔をくっつけた跡や乾いた唾が残っていた。刑務所の下の部屋に入れられ、三日間、一度に何時間にもわたる厳しい取り調べを受けた。否定しても聞き入れてもらえないと悟った僕は口を閉ざした。そのあとはひとことも口をきかなかったが、コンクリートと鉄筋でできた頭上の階の圧迫感はいまも記憶に残っている。おそらく全部で千トンはあっただろう。コンクリートから水分を染み出させるのに充分な重さだ。

「ずいぶんと気がきくんですね」僕は自分で言っておきながら、いまのは嫌味だろうかと自問した。

「わたしの考えよ」ロビンはまだ僕を見ようとしなかった。

入れられたのは金属のテーブルとマジックミラーがある狭い部屋だった。建物はちがうかもしれないが、雰囲気は同じだ。狭く、正方形で、一秒ごとに縮んでいる。大きく息を吸ってみる。空気まで同じだ。生暖かくて湿っぽい。僕はグランサムに指示された椅子に腰をおろした。彼の顔に浮かんだ表情が気にくわなかった。マジックミラーの透けて見えない側で、ボルトで固定されたテーブルの警官がすわる側に腰をおろすときには、いつもそんな顔をするのだろう。ロビンは彼の隣にすわり、灰色のスチールデスクの上で両手をきつく握り合わせた。

「まず最初に断っておく、チェイスさん。きみは逮捕されていないし、拘置されているわけでもない。これはあくまで参考人として話を聞くだけだ」

「弁護士を呼んでもいいですか?」僕は訊いた。

「弁護士の同席が必要だと思うなら、いつでも呼んでもらってかまわない」グランサムは微動だにせず待った。「弁護士を呼びたいのか?」

僕はロビンを、アレグザンダー刑事を見た。まばゆい光が髪と、顔にくっきり刻まれたしわとを容赦なく照らしている。「さっさとこの茶番を終わりにしてください」と僕は言った。

「けっこうだ」グランサムはテープレコーダーのスイッチを入れ、日付、時刻、および同席している全員の名を吹きこんだ。それが終わると椅子の背にもたれたきり、黙りこくった。張りつめたような沈黙がつづいた。僕は相手の出方を待った。グランサムが根負けし、僕に顔を近づけた。「われわれがきみからはじめて話を聞いたのは、グレイス・シェパードが襲われた晩、病院でのことだった。そうだな？」

「そうです」

「その日はそれより前に、ミズ・シェパードと会ってるな？」

「ええ」

「桟橋で？」

「そうです」

「そこできみは彼女にキスした」

「彼女がキスしてきたんです」

「そしたら彼女は踏み分け道を南に逃げたわけだな？」

グランサムの目的はわかっている。協力パターンの構築だ。僕をそれに慣らしているのだ。繰り返し。少し進んではまた戻る。すでにわかっている事項の再確認。たわいのない事項。単なる世間話。

「さっさと本題にはいってくれませんか？」

リズムを崩されたグランサムは唇をきつく引き結び、それから肩をすくめた。「いいだろう。ミズ・シェパードがきみから逃げたことは話してくれたが、あとを追ったのかと質問したところ、きみは追わなかったと答えた」

「いまのは質問ですか？」

「逃げるミズ・シェパードのあとを追いかけたのか？」

僕はロビンに目をやった。硬い椅子にすわった彼女が小さく見える。「僕はグレイス・シェパードを襲っていません」

「親父さんの農場で働く労働者全員から話を聞いた。そのうちのひとりが、桟橋から走り去るミズ・シェパードをきみが追いかけたと断言できると言っている。見間違いではないそうだ。彼女が逃げ、きみは追いかけた。なぜそんな嘘をついたのか教えてもらいたい」

その質問は意外でもなんでもなかった。誰かに見られたかもしれないとは思っていた。

「嘘なんかついていません。彼女を追いかけたのかと訊かれたから、追いかけてほしくて逃げたようには見えなかったと答えたんです。そっちが勝手に想像をめぐらせただけでしょう」

「言葉遊びにつき合う余裕はない」

僕は肩をすくめた。「話があんなふうに終わったのが納得できなかったんです。彼女はひどく取り乱してました。それでもっとちゃんと話し合いたいと思ったんです。雑木林にはいって百フィートほどのところで追いつきました」

「どうしてそのことを言ってくれなかったの？」ロビンがはじめて発した質問だった。

僕は彼女の目を見つめた。「そうしたら、話の内容まで訊かれるからさ」グレイスから投げつけられた最後の言葉を、低い枝の陰で震えていた彼女を思い出した。「とても立ち入った内容なんだ」

「話してもらおう」グランサムが言った。

「僕と彼女以外には関係ない話です」

「きみはわれわれに嘘をついた」グランサムはすっかり腹を立てていた。「なにをしゃべったのか話してもらいたい」

彼がひとことも聞き漏らさぬよう、僕はゆっくりと言った。「お断りだ」

グランサムが椅子から腰を浮かせた。「ミズ・シェパードはそこから半マイルのところで襲われたというのに、きみはそのときの自分の行動に関して嘘の供述をした。帰郷以来きみはふたりの男を病院送りにし、間接的ではあるが、放火、メタンフェタミン製造、および発砲に関与した。親父さんの農場から遺体を回収したが、なんと発見者はきみだった。そういうことは、ここローワン郡ではまず起こらない。きみに関心を持っているというのはかなり控え目な言い方なんだ、チェイスさん。かなり控え目な言い方なんだよ」

「さっき、僕は拘留されてるわけじゃないと言いましたね。本当にそうなんですか？」

「そのとおりだ」

「ならこれが僕の答えです」僕は片手をあげ、中指を立てた。

グランサムはまた椅子に腰をおろした。「ニューヨークではどんな仕事をしてるんだ、チェイスさん」

「あんたには関係ないでしょう」

「ニューヨークの当局に連絡を取った暁には、どんな話が聞けるか楽しみだな」

僕は顔をそむけた。

「なぜローワン郡に帰ってきた?」

「あんたの知ったことじゃない」僕は言った。「〝タクシーを呼んでやろうか〟以外の質問をいくらしたって、〝あんたの知ったことじゃない〟としか答えられません」

「自分で自分の首を絞めることになるぞ、チェイスさん」

「父に土地の売却を迫ってる連中や脅迫してる連中を調べたほうがいいんじゃないですか? グレイスが襲われた原因もそのあたりにあるはずです。まったくどうして、僕なんかのために時間を無駄にするんですか?」

グランサムは横目でロビンをちらちらと見た。口をへの字に曲げている。「その話を知っているとは思わなかったな」

ロビンが早口でまくしたてた。「わたしが話したの。彼らには知る権利があるわ」

グランサムは例の生気のない目でロビンを睨《ね》めつけた。明らかに憤慨している。ロビンは越権行為をしたことになるが、悪びれた様子は見せなかった。しっかり前を向き、まぶたひとつ動かさない。グランサムは僕に目を戻したものの、この問題はまだ尾を引きそうだった。「その話は全員が知ってると見ていいのか?」と彼は訊いた。

「好きなように見ればいいじゃないですか」

僕たちがにらみ合っているところへ、ロビンが割ってはいった。彼女は穏やかな声で言った。「アダム、話しておきたいことがあるなら、いましかないわ」

帰郷の理由とグレイスに投げつけられた言葉が頭をかけめぐった。つづいてロビンと、ほんの何時間か前に味わった情熱も。ほの暗いなかで見あげた彼女の顔、深い意味はないと言った声に感じた嘘。農場に現われたときの彼女がよみがえった。車に乗りなさいと命じた彼女、ふたりの思い出を心の奥底に押しこんで、警官という鎧に身をかためた彼女。

「父の言うとおりだ」と僕は言った。「きみは恥を知るべきだ」

僕は腰をあげた。

「アダム……」

その声を無視して僕は立ち去った。歩いて病院に向かった。ナース・ステーションの前を過ぎ、グレイスの病室の前まで行った。ここにいるべきでないのはわかっていたが、やるべきことが直感的にわかることもある。そこで、薄くあいた暗い病室のドアをすり抜け、ベッドのそばに椅子を引き寄せた。手を握ると彼女は目をあけ、同じように握り返した。僕は彼女の額にキスし、今夜はずっと付き添うと告げた。ふたたび睡魔に身を委ねた彼女の顔に、うっすらと安堵の表情が浮かんだ。

15

　五時に目覚めると、グレイスの目に光が宿っていた。彼女はほほえもうとしたが、かなりつらそうだった。「じっとしてろ」僕は言い、顔を近づけた。彼女の片方の目から涙がひと粒こぼれ落ちた。「泣かなくていい」

　彼女は首を左右に振った。それとわからぬほど小さく。声がかすれていた。「悲しくて泣いてるんじゃないの。てっきりひとりかと思ってたから」

「ひとりじゃないよ」

「泣いたのは怖かったからなの」シーツにくるまれた体がこわばった。「ひとりが怖いなんて、一度も思ったことなかったのに」

「グレイス……」

「怖いの、アダム」

　立ちあがって、両腕で彼女を抱き締めた。消毒薬と病院の洗剤と恐怖のにおいがした。背中の筋肉が引き締まって長く堅いひもと化し、腕の力は意外なほど強かった。シーツに覆われた彼女はとても小さく見えた。

「もう大丈夫」しばらくしてグレイスは言った。

「本当に？」

「うん」

僕は腰をおろした。「なにか持ってこようか？」

「話をしてくれるだけでいい」

「なにがあったか思い出せるかい？」

彼女は枕の上で頭をずらした。「木の陰から人が出てきた気配がしたの。そしたら顔になにかがぶつかってきて――板か棒か、とにかく木でできたものだった。茂みに倒れこんで、地面にひっくり返ったのは覚えてる。人影が上から見おろしてた。なにかのお面をかぶってた。そしたらまた板かなにかがぶつかってきた」グレイスは両腕をあげ、顔をかばう仕種をした。両の前腕に同じような内出血の痕が見えた。防御創だ。

「ほかに覚えてることは？」

「自宅に運ばれたことはぼんやりと覚えてる。それに玄関の明かりに浮かびあがったドルフの顔と彼の声。すごく寒かった。病院のこともちょっとだけ。あなたがそこに見えた」声がしだいに弱々しくなった。彼女の心がどこをさまよっているのか、僕にはよくわかる。「いい話を聞かせて、アダム」

「もう終わったよ」僕が言うと、グレイスは首を横に振った。

「悪いものがなくなっただけだわ」

なにを言えばいいのだろう。僕が帰郷してからというもの、いい話などあったろうか？

「僕はきみのそばにいる。なんでもするよ」

「ほかの話をして。なんでもいいから」

僕は一瞬ためらった。「きのうの朝、鹿を見たんだ」

「それっていいこと？」

その鹿のことは一日じゅう頭を離れなかった。白い鹿はどこにでもいるものではなく、めったにお目にかかれない。二頭も見る確率はどのくらいだろう。同じ白い鹿を二度見る確率は？

「どうかな」と僕は言った。

「うんと大きな鹿を見たことがあるわ。裁判のあとのことよ。夜、部屋の窓から外を見たら、庭に立ってたの」

「白い鹿だったか？」

「白い鹿？」

「いいんだ、忘れてくれ」僕は拍子抜けしたものの、すぐ気を取り直した。「裁判を傍聴しにきてくれたことは感謝してるよ」当時グレイスは色褪せた服を着た日焼けした少女だったが、毎日傍聴に訪れた。最初のうち、父は彼女の傍聴にいい顔をしなかった。好ましくないという理由で。そこでグレイスは歩いて通った。十三マイルの距離を。その結果、父が折れた。

「行かずにいられなかったんだもの」また涙がこぼれた。「もっといい話をして」

僕はかけるべき言葉を探した。「すっかり大人になったな」さんざん考えた末にそう言った。「きれいになった」

「いまさらそんなことを言って」怒ったようなその言い方でわかった。川でのあの出来事を、桟橋から彼女が駆けだしたあとのことを責めているのだと。あのときの彼女の言葉がいまも耳に残っている。**あたしはあなたが思ってるほど子どもじゃないわ。**

「びっくりさせられただけだ」

「男の子って本当にばかなんだから」

「僕はいい大人だ、グレイス」

「なら、あたしだってもう子どもじゃない」その気になれば、僕を刺せるほど尖った声だった。

「それは知らなかったな」

彼女は体を横に向け、僕に背中を見せた。僕は自分がしくじったことをまたも思い知らされたのだった。

グレイスが雑木林に駆けこんですぐ、僕はあとを追わなくてはと思った。グレイスは僕の心の一画を占めているが、いつからか僕はそこには近づくのをやめていた。錠をおろして閉ざしていた。なぜか？　僕が彼女を残して去ったからだ。それがどれほど傷つけることになるかを知りながら。遠く離れた場所から手紙を送った。

むなしい言葉の羅列。

しかしいま、僕はここにいる。彼女はいまも苦しんでいる。

だからあとを追った。数秒間、彼女は飛ぶように走りつづけた。茶色とピンクにまたたいていた足の裏が、下り坂でぬかるみに突っこんだせいで赤黒く変わった。彼女の足が止まったのは突然だった。すぐわきが川までつづく急斜面で、一瞬、川に飛びこむかに見えた。左に動いてそのまま落下するかと思われた。しかしそうはせず、追われた動物のような表情が一瞬にして顔から消えた。

「どうしてほしいの？」

「ぼくを嫌わないでほしい」

「そう。嫌ってないわ」

「まじめに言ってくれよ」

グレイスに大笑いされて僕は傷つき、立ち去ろうと向きを変えた彼女の肩に、思わず手をかけていた。有無を言わせぬ熱い手の感触に、彼女の足が止まった。彼女は身をすくめたかと思うと、くるりと向きを変え、あなたのものよといわんばかりに僕の胸に飛びこんだ。僕の後頭部に手をまわし、荒々しく唇を押しつけ、体をぐいぐい押しつけた。水着はまだ乾ききっておらず、生地に残った水分があたたまっていた。それが僕の着ているものに染みこんでくるのがわかった。

僕は彼女の肩をつかんで押し返した。彼女の顔には挑発と、それとはべつの感情が浮かんでいた。

「あたしはあなたが思ってるほど子どもじゃないわ」

僕はまたもわれを忘れた。「歳は関係ないんだ」

「絶対帰ってきてくれると思ってた。あたしがいっぱい愛したら帰ってきてくれるって」

「きみの気持ちは愛じゃないよ、グレイス。そんなんじゃない」

「昔からずっとあなたを愛してた。いままでは言う勇気がなかっただけ。でも、いまは怖くなんかない。なんにも怖くない」

「グレイス――」

彼女の手が僕のベルトにかかった。

「証明してみせるわ、アダム」

僕は彼女の両手首をつかんだ。きつくつかんで振りほどいた。それが大きな間違いだった。彼女がなにか言い、拒絶されたとわかって表情を変えた。再度こころみたが、僕はまたも押しとどめた。彼女はうしろによろけた。表情がゆがむ。片手をあげ、僕に背を向けて駆けだした。足の裏が、割れたガラスの上を走っているように赤かった。

グレイスの声はか細かった。自分の肩を越えるのがやっとだった。「誰かにしゃべった？」

「しゃべるわけないだろ」

「あたしのこと、ばかな娘と思ってるでしょ」

「グレイス、きみのことは世界の誰よりも愛している。愛の形なんか関係ないだろ?」

「いまはひとりにさせて」

「そういう態度はやめてくれ、グレイス」

「疲れてるの。あとでまた会いに来て」

僕は腰をあげた。もう一度抱き締めようかとも思ったが、グレイスは自分の殻に閉じこもっていた。しかたなく彼女の腕を軽く叩いた。内出血も包帯も、皮膚に刺した針もない場所を。

「少し休め」僕が言うと、彼女は目を閉じた。しかし廊下に出て病室を振り返ると、彼女は洗いざらしたシーツの上で両手をきつく握り、天井をにらんでいた。


あらたな一日の始まりを告げるしらじらとした空のもとに足を踏み出した。車はないが、さほど遠くないところに朝食を出す店がある。開店は六時で、あくのを待ちはじめて数分もすると、数台の車が裏にはいってきた。金属のドアがシンダーブロックの壁に乱暴にぶつかる音につづき、蹴ったガラス瓶がコンクリートの床を転がる派手な音がした。明かりがつき、ソーセージのような指が〝準備中〟の札をひっくり返し〝営業中〟にした。

僕は窓際のボックス席について、コーヒーのにおいがするのを待った。一分後にやって来たウェイトレスの顔から営業用の笑みがさっと引いた。

僕を覚えていたのだ。

彼女は注文を取り、僕は彼女が着ているポリエステルの格子柄シャツの袖にじっと目を向けていた。そのほうがお互い、気が楽だった。肉づきのいい指をした年配の男も僕に気がついたようだった。ふたりがレジのところでひそひそ話をしているのを見れば、疑われることと有罪が同義語であることは明らかだ。あれから五年もたっているというのに。

食事をしているあいだに店はいっぱいになった。ブルーカラー、ホワイトカラー、その他大勢。ほとんどが僕に気づいた。声をかけてくる者はひとりもない。何割が父の頑《かたく》なさをめぐる複雑な思いが原因で、何割が僕をモンスターかなにかのように思う気持ちが原因なのだろうか。携帯電話をチェックすると、ロビンからの電話を三本も受けそこねていた。

ウェイトレスがぎこちない足取りで近づき、露骨になりすぎない程度に距離をおいて立った。「ほかになにかご注文は?」僕はなにもないと答えた。「お勘定になります」彼女は言うと、伝票をテーブルのへりに置いた。それを中指で押してよこした。

「ありがとう」僕は嫌がらせなど受けていないようにふるまった。

「どういたしまして」

さらに粘って、残ったコーヒーをちびちび飲んでいると、警察のパトロールカーが縁石に停まるのが目にはいった。ジョージ・トールマンが降りてきた。彼は新聞販売機に小銭を何枚か投入すると、顔をあげ、ガラスごしに僕の姿を認めた。僕は手を振った。彼はうなずき、携帯電話で電話をかけた。それから店にはいると、僕がいるボックス席にするりと腰をおろし、テーブルに新聞を置いた。彼が差し出してきた手を僕は握った。

「誰に電話したんだ？」

「あんたの親父さんだ。よく目を光らせてろと言われてるんだよ」彼は片手をあげてウェイトレスを呼んだ。ボリュームたっぷりの朝食を注文し、空になった僕のコーヒーカップをしめした。「おかわりは？」

「もらおう」

「じゃあ、コーヒーのおかわりも」彼が言うと、ウェイトレスは目をまるくした。

僕は制服姿のジョージを観察した。金色の飾りやジャラジャラうるさい金属がむやみやたらとついた濃紺のジャンプスーツ。窓の外に目をやると、彼の車の後部座席に大型犬がおすわりの姿勢ですわっていた。

「おまえ、警察犬の指導もやってるのか？」

彼はにやけた笑いを浮かべた。「子どもに受けるんだよ。ときどき一緒に連れてくんだ」

朝食が運ばれてきた。

「親父とはうまくやってるみたいだな？」

ジョージはパンケーキをきれいな四角に切り分け、ナイフとフォークを皿の汚れていないへりにていねいに置いた。「おれの経歴は知ってるだろ、アダム。どうしようもない家の生まれだ。甲斐性のない父親。不在がちな母親。これから先も金や地位に恵まれることはないだろうが、チェイスさんはそんなおれを見下さず、娘にふさわしい男じゃないなんて態度も見せたことがない。あんたの親父さんのためならなんだってできる。それをまず頭に入れておいてくれ」

「で、ミリアムとのことは？」

「世間はおれが金目当てでミリアムに取り入ってると思ってる」

「金はずっとついてまわるぞ」

「愛する相手を選別するなんてことはできないだろ」

「なら、本当にあいつを愛してるんだな？」

「ハイスクールの頃から愛してた。ひょっとしたら、もっと前からかもな。ミリアムのためならなんだってするよ」突如としてジョージの目に自信がみなぎった。「それに彼女はおれを必要としてくれてる。いままで一度だって人から必要とされたことのないおれを」

「万事順調でよかった」

「いや、万事順調とまでは言えないな。ミリアムは……なんと言うか、傷つきやすい女だが、質のいい磁器みたいなもんだ。わかるだろ。壊れやすいがゆえに美しい」ジョージはテーブルからがっしりした両手をあげ、ティーカップの華奢《きゃしゃ》な持ち手をつまむような手つきをした。「だからていねいに扱わないとならないんだ」彼は想像上のカップをテーブルにおろし、今度は指をひらいて両手をあげた。そしてにやっと笑って見せた。「ま、楽しんでるけどな」

「自分のことのようにうれしいよ」

「あんたの義理のおふくろさんは、なかなかうんと言ってくれなかったけどな」ジョージが声をひそめたせいで、次の言葉がよく聞こえなかった。「おれを働きバチだと思ってるんだ」

「なんだって？」

「ミリアムに言ったらしいんだ。働きバチとデートするのはいいけど結婚はだめだとな」

僕はコーヒーに口をつけ、ジョージはフォークを手に取った。その表情はなにかを待っているようだった。「あんたはうんと言ってくれるか？」

僕はコーヒーを下に置いた。「本気で言ってるのか？」彼がうなずいたのを見て、申し訳ない気持ちになった。「僕には意見を言う資格なんかないよ、ジョージ。ずっと家を離れてたんだぞ。疑いを晴らせないまま出て行ったんだ。おまえだって警官なんだから、そのくらいわかるだろう」

「ミリアムはあんたが帰ってきて喜んでる」

僕は首を左右に振っていた。「ミリアムが僕にどんな感情を抱いているか、わかってないな」

「なら、葛藤していると言い換えよう」

「ぜんぜんちがうじゃないか」そう指摘すると、ジョージは気まずそうな顔を見せた。

「おれは昔からあんたに一目置いてたんだ、アダム。うんと言ってくれるとありがたい」

「だったら、ふたりに神のご加護があることを祈るよ」

僕は彼がふたたび差し出した手を握った。彼の顔は輝いていた。「恩に着るよ、アダム」彼は朝食を片づけにかかり、僕は料理が消えていくのを黙って見ていた。

「ゼブロン・フェイスからなにか連絡はあったか？」と僕は訊いた。

「どうやら、どこかに潜伏しちまったみたいだ。だが、いずれ見つかるさ。総出で捜してるんだからな」

「ダニーの件はどうなんだ？　なにがあったと思う？」

「ひでえところで最期を迎えたもんだが、意外とは思わなかったな」

「どうして？」

ジョージは顎についたシロップをぬぐい、椅子の背にもたれた。「あんたとダニーはダチだったよな。怒らないで聞いてくれよ」

「おまえも仲間だったじゃないか」

彼は首を振った。「まあ、昔はな。けど、あんたがいなくなってからというもの、ダニーはえらく態度がでかくなった。ある日突然、女という女がやつにまとわりつきだした。誰よりもイカしてた。好き嫌いが激しかった。おれが警官になってからは、それがさらにエスカレートした」ジョージは窓の外に目をやり、口を尖らせた。「ダニーはおれをクズと言った。クズとなんかつき合うなとミリアムに説教したんだ」

「あいつの頭にあったのは、昔のジョージ・トールマンだったのさ」

「ふざけるんじゃねえ。そう言ってやりたいよ」

「あいつは死んだんだ、ジョージ。それを聞いて意外と思わなかったのはなぜなんだ?」

「ダニーは無類の女好きだった。女のほうもあいつが好きだった。独身もいれば亭主持ちもいた。頭にきた亭主に息の根を止められたっておかしくない。それにダニーはギャンブル好きだった。水曜の夜にポーカーを楽しむ程度の話じゃないぞ。そうとうのめりこんでた。ノミ屋。借金。もうなんでもござれだ。だが、この話はあんたの弟に聞いたほうがいいかもな」

「ジェイミーに?」

ジョージは不愉快そうに口を引き結んだ。「ああ、ジェイミーにだ」

「なぜだ? ジェイミーのギャンブル熱はもう冷めてるはずだろ。何年も前に足を洗ったんだからな」

ジョージは言いにくそうだった。「いいからやつに聞けよ」

「おまえが話してくれたっていいじゃないか」

「あのな、あんたが出て行く前のジェイミーのことは知らないんだ。おれには関係なかったからな。だからいまのあいつしかわからない。ジェイミーはダニーのような遊び人に憧れてるんだ。だが困ったことに、ダニーの半分も魅力がなく、二倍もポーカーが下手ときてる。ああ、そうとも、あいつはまだギャンブルをやってる。おれが聞いた話じゃ、どっぷりと浸かってるらしいぞ。だが、おれはこれ以上自分の問題を増やす気はない。知りたければ、おまえが自分で訊くんだな。だが、おれの名前は出すなよ」

錆の浮いたピックアップ・トラックが駐車場にはいってくると、泥だらけのブーツに脂じみたファームキャップ姿の男三人を吐き出した。男たちはカウンターにすわり、角の折れたメニューをもてあそんだ。そのうちのひとりが僕に目をこらし、いまにも床に唾を吐きそうに顔をゆがめた。

「おまえとロビンはあまりウマが合わないようだな」と僕は言った。

ジョージはかぶりを振って、目をしばたたかせた。「あんたらがワケありなのは知ってるが、遠回しにものを言うのはおれの主義じゃない。だからとりあえずこう言っておく。あの女はきつすぎる。スーパー警官だよ」

「彼女もおまえを嫌ってるんだな？」

「おれがのんきだからさ、アダム。おれは警官の制服が好きなんだ。ガキ相手に仕事するのも、犬を乗せて車で走りまわるのも好きだ。そういうお気楽男なんだよ。アレグザンダーはガチガチの警官だけどな」

僕はカチンときたが、表情には出さなかった。「彼女もずいぶん変わったぞ」

「へえ、そうかな」

この頃になるとカウンター客全員が一丸となって僕をじろじろ見るようになっていた。こてんぱんにぶちのめしてやるという目で。それもうなずける。殺された若者は人気者だった。僕が手でしめし、ジョージがその方向を向いた。「見えるか?」

彼は一団を睨めつけた。いかにも警官らしい威圧的な態度に、僕は舌を巻いた。彼は相手が目をそむけるまでにらみつづけた。視線を戻したとたん、表情をゆるめた。「あほうどもめが」

外でクラクションが響き、農耕車が一台、駐車場にはいってきた。ジェイミーだった。彼はもう一度、クラクションを鳴らした。

「お迎えが来たぞ」ジョージが言った。

「あいつが迎えに来るとは思っていなかったな」僕は立ちあがり、テーブルに札を何枚か置いた。「会えてよかったよ、ジョージ」

ジョージはジェイミーをしめした。「さっきの話を忘れるなよ。これ以上あんたの弟が面倒なことになるのはごめんだぜ。おれたちはじき、家族になるんだからな」

「まかせておけ」

「助かるよ」

僕は背中を向けようとして、思いなおした。「ひとつ訊いていいか、ジョージ」

「なんだ?」

「さっき言ってたノミ屋だけどな、そいつらはかなり危険なのか? つまり、借りた金を返さない相手を殺すほど危険なのか?」

ジョージは口もとをぬぐった。「それは借金の額によるだろうな」

僕はテーブルをあとにし、振り返らなかった。おもてに出ると、きょうも高い空が広がっていた。広大で穏やかな青空は作り物かと思うほどだ。トラックに乗りこむと、ジェイミーは顔色が悪く、むくんでいた。目の下に隈ができている。瓶ビールをがっしりした脚のあいだにはさんでいた。彼は僕の視線に気づいた。

「言っておくが、早朝から飲んでるわけじゃないぞ。ゆうべからずっと起きてるだけだ」

「僕が運転しようか？」

「ああ、頼む」

僕たちは座席を替わった。シートを少し前に出すと、空のビール瓶が足もとに転がり出た。僕はそれをうしろの席に放った。ジェイミーはてのひらで顔をぬぐい、サンバイザーのミラーに顔を映した。「うへえ、ひどいざまだ」

「大丈夫なのか？」

ジェイミーは窓の向こうにいるジョージに目をやった。「出ようぜ」彼は言った。僕はギヤをドライブに入れ、すいている道路に出た。彼の視線を痛いほど感じた。

「さあ、いいぞ」と僕は言った。

「なにがいいんだ？」

「訊きたいことがあるんだろ」

ジェイミーの声が大きくなった。「なにがあったんだ、アダム？　警察は兄貴からなにを探り出すつもりだったんだ？」

「家のなかはその話でもちきりだったみたいだな」

「茶化すなよ。この前、兄貴が警察に連行されたときのことはみんな忘れちゃいないんだ。親父は全員に落ち着けと呼びかけたが、そう簡単にいくかよ。べつに兄貴に含むところがあって言うんじゃないぜ。みんな動揺してるんだ」

こういう話になるのは予想していたから、癇癪を起こすことなく説明できた。ジェイミーは首をかしげた。

「警察に言えないようなことって、グレイスといったいなにを話してたんだよ？」

「おまえにも関係ないことだ」僕は言って、横を向いた。ジェイミーはむっとして腕を組んだ。「ひと晩じゅう飲んでたのはそれが原因なんだな？　また兄貴のことで気を揉んでたんだろ？　もしかしたらと疑ってたんだな？」

「ちがうよ」

「なら、なんだ？」

「大半はダニーのことさ。いいやつだったからな。てっきりフロリダの海でごろごろしてるんだと思ってた。なのにずっと、あの穴のなかにいたなんてな」彼はビールを飲みほした。

「嘘はやめろ、ジェイミー」

「嘘じゃない」彼はそう言ったが、それも真実ではなかった。僕はそれ以上問いつめないことにした。

「ダニーはガールフレンドと喧嘩になって、相手を殴ったそうだな。それでフロリダに行った。おまえ、その件でなにか知らないか？　ガールフレンドの名前はわかるか？」

「さあ。たくさんいたからな」

「あいつのギャンブル癖はどうだ？」そう尋ね、ジェイミーの表情をうかがった。「それが事件と関係あると思うか？　ダニーはよからぬ連中から金を借りてたんじゃないのか」

ジェイミーはばつの悪そうな表情になった。「知ってたのか？」

「どのくらい深刻だったんだ？」

「そうとうひどいときもあったけど、いつもってわけじゃない。あれがどういうものか、兄貴だってわかるだろ。ツキまくったかと思えば、次はさっぱりだ」彼は大声で笑ったが、どこかぎごちなかった。「猫の目のようにくるくる変わる。だが、あいつはちゃんとコントロールできてた。すかんぴんになるほど入れこんじゃいなかった」

「あいつが使ってたノミ屋に心当たりはないか？」

「なんでおれがそんなこと知ってなきゃいけないんだよ」むきになっている。

もっと問いつめたかったが、ひとまず切りあげた。ふたりとも黙りこくった。車は市街地を抜け、小川を渡り、がらんとした道路を猛スピードで走った。タイヤが路面を拾い、トラックがガタガタ揺れる。ジェイミーはあきらかに、さっきの質問で神経質になっていた。顎をこわばらせ、シートに深く沈みこんでいる。彼は僕のほうを見ずに口をひらいた。

「あれは本気じゃなかった」

「なにが？」

「彼女をものにしてやりたいって話さ。本気で言ったわけじゃない」

グレイスの話をしているのだ。

「三階に望遠鏡を置いていると聞いたぞ」

ジェイミーはかぶりを振った。「あの女がばらしたのか？　畜生！　一度、双眼鏡でグレイスをのぞいてるところをミリアムに見つかったんだ。一度だけだ、本当に。だいいち、それのどこがいけない？　彼女はセクシーなんだ。それを見てただけじゃないか」彼はそこでふとひらめいたというように、びくっと身を震わせた。「この話、警察も知ってるのか？」

「さあな。だが、連中はグレイスから話を聞くはずだ。彼女にはおまえに有利な話をする義理はないと思うな」

「くそ」

「まったくだ。その言葉、何度か使ってるな」

「車をわきに寄せて停めろ」ジェイミーは言った。

「なぜだ？」

「いいから、車をわきに寄せて停めろ」

速度をゆるめて未舗装の路肩に寄せ、トラックを停めた。エンジンを切った。

ジェイミーは腰を浮かせ、僕に向きなおった。「ちょっと行かないか？」

「なんだって？」

「車を降りて、二、三杯引っかけようじゃないか。そうしたほうがよさそうだ」

僕は彼と目を合わせた。「おまえはへべれけじゃないか」

「おれは五年間、兄貴の肩を持ってきた。兄貴をあしざまに言われると、たとえば兄貴のことを冷酷非道な人殺しだとかなんとか言うやつがいれば、その汚い口を閉じてろと言ってやった。おれはずっと兄貴の味方だったんだ。それがきょうだいってもんだろ。だから、そんなふうに黙ってるのはよしてくれ。冗談じゃない。この車に乗ってから、ずっと探りを入れるようなことばかり言ってるよな。はっきり言えよ。言いたいことを。おれがグレイスの事件に関わってると思うのか、え？　あるいはダニーの件に。ひさしぶりの故郷が昔と同じ、なにも変わらないままだとでも思ってたのか？　また農場を切り盛りしたいのか？　そうなのか？　はっきり言えよ」

ジェイミーがむきになる理由はわかっている。ギャンブル問題はきのうきょう始まったことではなく——過去にもあった——ダニーのことを訊かれたせいで頭に血がのぼったのだ。正しい答えを知っていることが嫌になるときがある。

「おまえはいくら損したんだ？」あてずっぽうだったが、図星らしい。ジェイミーが身をこわばらせたのがわかった。「また親父に尻ぬぐいしてもらったんだな？　今度はいくらだ？」

ジェイミーは突然、子どものようにおどおどしはじめ、またもやシートにぐったりと身を沈めた。彼はハイスクールの最終学年のときにも、のっぴきならない状況に陥ったことがある。シャーロットのノミ屋に引っかかって、NFLのプレーオフの試合に多額の金を賭けたのだ。冷えはじめたエンジンがカチカチと音を立てた。「三万ドルをちょっと超える程度だ」

「ちょっと超える？」

「正直に言う。五万ドルだ」

「嘘だろ、ジェイミー」

彼はさらに深く沈みこんだ。さっきまでの憎々しげな表情はすっかり影をひそめていた。

「今度もフットボールか？」

「パンサーズが勝ち抜けると思ったんだよ。賭け金を吊り上げすぎたんだ。あんな結果になるはずじゃなかった」

「それを父さんが補塡したんだな」

「三年も前のことだよ、アダム」ジェイミーは片手をあげた。「それ以来、ギャンブルには手を出してない」

「しかし、ダニーはそうじゃなかったんだな？」

ジェイミーはうなずいた。

「まだ、引っかけにいく気はあるか？」僕は訊いた。

「いや」

「なら、僕に喧嘩をふっかけるのはやめろ、ジェイミー。嫌な夜を過ごしたのはおまえひとりじゃないんだ」

トラックのエンジンをかけ、道路に戻った。「ダニーのノミ屋の名前が知りたい」

ジェイミーの声はか細かった。「ひとりじゃないぞ」

「全員の名前を知りたい」

「探してみるよ。どこかにメモしてあるはずだ」

そのあと一マイルほど、無言で車を走らせていると、前方にコンビニエンス・ストアが現われた。「あそこで停めてくれ」ジェイミーが言った。僕は店の前で車を停めた。「ちょっと待っててくれ」

ジェイミーは店にはいった。出てきたときは六本パックのビールを手にしていた。

16

車を農場に向かって走らせ、ドルフの家があるほうに曲がった。車が何台か駐まっていた。ドルフの家のポーチにジャニスの姿があった。僕はドライブウェイに車を停めた。

「どういうことだ、これは？」ジェイミーに訊いたが彼は肩をすくめるだけだった。「おまえも降りるだろ？」

「そこまで酔っぱらってないよ」

僕が車を降りると、ジェイミーはシートづたいに運転席に移った。僕は両手を窓枠にかけた。「僕はダニーを誤解していた。その彼が死んだ。警察にノミ屋を調べさせる必要がある。そこに手がかりがある気がするんだ」

「警察に？」

「ノミ屋の名前が知りたい」

「調べてみる」ジェイミーはそう言うと、母親に一度だけ手を振り、トラックをUターンさせた。

僕はゆっくりと歩いていった。

継母はそれをじっと見ていた。若いうちに父と結婚したので、まだ五十代にもなっていないはずだ。しかし、ポーチにひとりぽつんとすわる彼女はひどく老けて見えた。かなり痩せたようだ。つややかだった髪は褪せ、パサついた黄色に変色していた。頬がこけてやつれて見えた。僕の足が玄関ステップの最下段にかかると、彼女はロッキングチェアから立ちあがった。僕はステップ半ばで足を止めたが、行く手を阻むようにドアの前に立ちはだかられ、しかたなく彼女に歩み寄った。

「アダム」ジャニスは決心したように、僕ににじり寄った。以前は駆け寄るなり、頬に乾いた唇を軽く押しあててきたものだが、このときはちがった。いまの彼女はまるで異国の海岸のように遠く、冷ややかだった。「お帰りなさい」

「ジャニス」この瞬間を千回は思い描いてきた。僕の無罪放免後、はじめてふたりで話をする瞬間を。彼女が謝る場合もあった。あるいは僕を殴るか、恐ろしさのあまり悲鳴をあげる場面もあった。現実はそのどれとも異なっていた。気まずくて、神経がすり減りそうな瞬間だった。ジャニスは感情をひたすら抑え、いまにもくるりと背を向けて立ち去りそうに見えた。僕はかけるべき言葉が見つからなかった。「父さんはどこ？」

「お父様からここで待ってるよう言われたの。そうすれば、おたがい少しは歩み寄れるだろうからって」

「僕なんかと歩み寄りたいとは意外だな」

「わたしはあなたのお父様を愛しているのよ」彼女は無表情に言った。

「でも僕のことは愛してない」なんだかんだ言っても、僕たちはかれこれ二十年近くも家族だったはずだ。思わず胸がうずいた。ジャニスの顔にも正体不明の心の痛みが、ほんの一瞬だけ顔を出した。

「あなたは無罪になった。つまり、わたしが嘘つきということになるわね」彼女は自嘲気味に笑うと腰をおろした。「うちの家族が犯した過ちについて、今後いっさい口にしないよう、お父様から厳命が下ったわ。わたしはその意思を尊重する」

「それが本心だと思いたいね」

彼女の目にかつての鋼鉄の光が宿った。「あなたと同じ空気を吸い、口を慎むと言っているの。わたしの家に、嘘つきで人殺しの人間を入れるのを黙認すると言っているの。早とちりしないでもらいたいわね。それ以上の意味はありません。絶対に」彼女はしばらく僕と視線を合わせていたが、やがて横のテーブルにあったパックから煙草を一本出した。震える手で火をつけ、唇をゆがめてわきに煙を吐き出した。「わたしが言いつけを守ったとお父様に伝えてちょうだい」

僕は最後にもう一度彼女を見てから、なかにはいった。ドルフがいたので、背後の閉じたドアを親指でしめした。「ジャニスがいた」

ドルフはうなずいた。「おまえさんが戻ってから、ほとんど眠ってないようだ」

「ひどいありさまだった」

彼の片方の眉がさっとあがった。「彼女は亭主の息子が人を殺したと証言したんだぞ。

あの夫婦はそれで、おまえさんには想像もつかないほど苦しんだんだ」

その言葉に僕は虚を突かれた。裁判が夫婦関係に影響をおよぼしたとは、これまで一度も考えたことがなかった。ずっと、なにも変わっていないものと思っていた。

「だが、親父さんはおふくろさんに申し渡した。おまえさんに不愉快な思いをさせるようなことをしたら、夫婦関係は想像を絶する危機に直面するとな」

「たしかに彼女なりに努力していたよ。ところでなにかあったのか？」

「ついてきな」僕はドルフのあとについてキッチンを抜け、居間にはいった。父が、はじめて見る顔の男と一緒に待っていた。男は六十代で、高級スーツに白髪頭をのせていた。

僕たちがはいっていくと、ふたりは同時に立ちあがった。父が片手を差し出した。僕はしばしためらい、その手を握った。父なりに努力しているのだ。それは認めてやらなくてはいけない。

「アダム、戻れてよかったよ。どんな具合だった？　保安官事務所に出向いたが、会えなくてね」

「心配いらないよ。ゆうべはグレイスに付き添ってたんだ」

「だが警察の話では……まあ、いいか。おまえが付き添ってくれてよかったよ。こちらはわたしの弁護士のパークス・テンプルトンだ」

僕たちは握手をかわし、テンプルトンは重要な決定がなされたというようにうなずいた。

「やあ、アダム。昨夜はすぐに駆けつけられなくて申し訳ない。きみがグランサム刑事と署に向かうと同時に、お父上から電話をもらったが、なにしろシャーロットからここまで一時間はかかる。それから保安官事務所に向かったというわけだ。そこに行けば会えると思ったのだが」

「気を遣ってソールズベリ警察にしてくれたんです。五年前のことがあるので」

「一概にそうとは言えないと思うがね」

「おっしゃる意味がわかりません」

「わたしがきみに会えなかったおかげで、警察はきみとさしで話をする時間が稼げた。常套手段だ」僕は取調室でのことを、ロビンが最初に言った言葉を思い返した。

わたしの考えよ。

「警察はあなたが来るのを知ってたんでしょうか？」

「わたしじゃなくとも、似たような人間がね。きみが農場内から出るよりはやく、お父上はわたしに電話をかけてきたんだ」

「弁護士は必要ありません」僕は言った。

「ばかを言うんじゃない」父が言った。「必要あるに決まっている。だいいち、彼に来てもらったのは、わが家を守るためでもある」

テンプルトンが説明した。「死体は農場の敷地内で見つかっているんだ、アダム。それも、知っている者のかぎられた奥まった場所で。警察は家族全員を取り調べるだろう。それも徹底的に。なかにはこの機に乗じて、お父上に圧力をかける輩も出てくるかもしれん」

「本気でそんなことを思ってるんですか？」

「冷却塔が六基もある発電所だし、今年は選挙の年だ。いろいろと動いている勢力は、きみの想像を絶するものが——」

父が割ってはいった。「話が大げさすぎるぞ、パークス」

「そうかね？　脅迫はかなりどぎついものだったが、きのうまではどれもあくまで脅迫にすぎなかった。グレイス・シェパードが襲われた。若者が死体で見つかった。なのにわれわれには動機がさっぱりわからないときている。現実に目をつぶったところで、危険はなくならないぞ」

「きみは、そういう違法行為がこの郡にはびこっていると思わせたいようだが、その意見は承服しがたい」

「この郡だけでものを言うな、ジェイコブ。シャーロット。ローリー。ワシントン。どこを探したって、こんなことは何十年も起こっていない」

父が弁護士の意見を手を振ってはねつけると、ドルフが口をひらいた。「だから、パークスに連絡したんだろう？　疑う仕事は彼にまかせればいい」

「捜査がおこなわれることになる」とテンプルトンは言った。「いわば、ここに火のついたマッチを落とすようなものだ。しだいに熱くなる。大勢の記者が押しかけてくる」

「記者だって？」僕は聞き返した。

「母屋にふたりやって来た」父が言った。「だからこっちに逃げてきた」

「門のところに人を置いたほうがいい」僕は言った。

「そのとおりだ」テンプルトンは言った。「白人がいい。移民はだめだ。人あしらいがうまく、礼儀をわきまえながらも有無を言わさぬようなやつがいい。ニュースに出る場合を考えれば、典型的な中部アメリカ人の顔がにらみつけているほうが絵になる」

「やれやれ」ドルフがうんざりした顔で腰をおろした。

「警察にしろ誰にしろ、話が聞きたいと言われたら、わたしに通すように。そのためにわたしはいるのだからな。そのために金を払ってもらうのだからな」

父はドルフに目を向けた。「言われたようにするんだぞ」

テンプルトンは窓のそばのカードテーブルにあった椅子を一脚選び、敷物の上を引きずった。僕と向かい合わせにすわった。「さてと、ゆうべのことを聞かせてくれたまえ。警察になにを訊かれたのか、そしてきみはどう答えたのかを知っておきたい」

僕は説明し、ほかの三人が耳を傾けた。弁護士は川でのことやグレイスのことを質問した。彼は僕とグレイスがかわした会話の内容を知りたがった。僕は警察に言った言葉を繰り返した。「事件に関係ないことです」

「それを判断するのはわたしだ」彼は言い、僕の答えを待った。

ささいなことだとわかっていたが、グレイスにとってはそうじゃない。だから僕は窓の外に目を向けた。

「非協力的だな」弁護士は言った。

僕は肩をすくめた。

グレイスになにかお見舞いを買おうと車で街に出たが、市境を越える頃には気が変わっていた。ダニーはグレイスを襲った犯人ではなかった。その事実がようやくのみこめてきた。つまり、犯人はまだ大手を振って歩いている。ゼブロン・フェイスかもしれないし、別人かもしれない。だが、買い物をしたところで答えには近づけない。

青いカヌーに乗った女性を思い出した。あの女性は襲撃の少し前までグレイスと会っていた。彼女は川にいた。ひょっとしたらなにか見ているかもしれない。どんなことでもいい。

名前はなんだったか？

サラ・イェーツだ。

最初に目についた公衆電話で車を停めた。電話帳の表紙はずたずたで、なかのページもかなり破り取られていたが、イェーツの項は残っていた。一ページ分もなかった。サラ・イェーツで探したが記載はなかった。もう一度、ゆっくり目を通す。二列目にマーガレット・サラ・イェーツの名があった。電話をするつもりはなかった。

歴史地区まで車で行き、樹齢百年の街路樹の陰に駐めた。目的の家は高い柱、黒いよろい戸、僕の手首ほどもあるフジの蔓《つる》が印象的だった。ドアは塗って二百年になる鉛系ペンキで守られ、白鳥の頭の形をした真鍮のノッカーがついていた。ドアがあいたときには、壁が動いたのかと思った。やがて現われ、のちに広がった隙間は、少なくとも十二フィートの高さがあった。そこに立つ女性はせいぜい五フィートほど。オレンジピールの香りが僕のほうに流れてきた。

「なにかご用?」女性は寄る年波で背中が曲がっていたが、目鼻立ちはくっきりしていた。薄化粧とつやのある白髪の下から黒い瞳が僕を品定めした。七十五歳、と僕は踏んだ。あつらえたスーツをきちんと着こなしている。両耳と喉もとでダイヤモンドが光り、背後では、アンティークのシルクの細いテーブル掛けが、半端でない金がうなっていることをさりげなくしめしていた。

「お邪魔します、奥さん。アダム・チェイスという者です」

「あなたのことは存じあげてますよ、チェイスさん。あなたのお父様がこの土地を欲と近視眼的なものの見方から守るべく戦う姿には、本当に頭がさがります。ああいう方がここにはもっと必要ですね」

この女性の自然体な対応に僕は虚を突かれた。殺人罪で起訴された過去を持つ赤の他人と平然とおしゃべりできる女性はそう多くない。「お邪魔してすみませんが、サラ・イェーツという名前の女性と連絡を取りたいんです。ここにお住まいかと思いまして」

女性の顔からにこやかさが一瞬にして消えた。黒い目がこわばり、歯が引っこんだ。手がドアに向かって動いた。「そんな名前の人はいません」

「しかしあなたのお名前は――」

「わたしの名前はマーガレット・イェーツです」女性はそこで言葉を切り、まぶたがぴくぴくと動いた。「サラはわたしの娘です」

「彼女はいまどこ――」

「サラとは二十年以上音信不通です」

女性がドアにいくらか体重をかけた。「お願いします。お嬢さんはいまどこにいるかご存知ですか？　とても大事なことなんです」

ドアの動きが止まった。ミセス・イェーツは乾いた唇を突き出した。「なぜ娘に会いたいのです？」

「僕が大切に思っている人が襲われました。サラさんが犯人発見につながるなにかを目撃した可能性があるんです」

ミセス・イェーツは考えこみ、それからあいまいに片手を振った。「最後に聞いたときはデイヴィッドソン郡にいました。川向こうの」

レッド・ウォーター農場から矢を放てば、川向こうのデイヴィッドソン郡に届くほど近い。しかし、デイヴィッドソン郡と言っても広い。「どこらへんか、心当たりはありませんか？　本当に大事なことなんです」

「この家の玄関が世の中の輝ける中心地だとしたら、チェイスさん、サラはそれとは正反対の場所を選ぶでしょうね」僕は口をひらきかけたが、阻まれた。「もっとも暗く、正反対の場所にいます」ミセス・イェーツは一歩うしろに下がった。「お嬢さんが見つかったとしたらですが」

「なにかお伝えすることはありますか?」と僕は訊いた。

小さな体から力が抜け、蛾の羽ばたきのように軽く素早く、感情が顔にあらわれた。しかしすぐに背筋はのび、ぱっとひらいた目は冷ややかでけわしかった。紙のような皮膚の下で青い静脈が膨らみ、枯れた芝が燃えるように言葉がはぜた。「いまからでも遅くないから、悔い改めなさい。そう伝えてちょうだい」

彼女につめ寄られ、僕は後退した。彼女は指を立て、目を異様にぎらぎらさせて僕を追い立てた。

「イエス・キリストに赦しを乞いなさいと伝えてちょうだい」

僕の足が玄関ステップを探りあてた。

「必ず伝えてちょうだい。地獄の業火は永遠に燃えつづけると」

彼女は得体の知れない感情を満面にみなぎらせ、僕の右目を指さした。そのとき、ふたたび声に炎が宿り、すぐに消えた。「必ず伝えるのよ」

彼女は大きな口をあけたドアに向きなおった。そのなかにのみこまれたときの彼女は、ぐんと老けこんでいた。

街路樹が影を落とす路地を通り、堅牢な壁をあとにした。貧しい地区にはいると、密生する芝は雑草と土にとって代わった。家々はしだいに低く、狭くなり、剝げた塗装が目立つようになっていったが、そこを抜けると今度は田園地帯をひた走る直線道路に出た。橋をガタガタいわせながらディヴィッドソン郡に渡った。ゆるゆると流れる茶色い川が見え、川岸では太った男が上半身裸でビールを飲んでいた。唇を真っ黒にした子どもがふたり、道路わきの茂みでブラックベリーを摘んでいた。

釣餌店で車を停め、電話帳でS・イェーツを探して住所を調べた。最寄りの信号から鬱蒼とした森を八マイルほど奥に分け入った。曲がり角で曲がると、まっすぐな長い下り坂が川までつづいていた。雑木林を抜けると、節くれ立ったオークの木の下にバスが一台、ブロックにのせて置いてあるのが目にはいった。側面には淡い紫の地に色褪せた花模様が描かれている。バスの前に広がる十五エーカーほどの土地は耕して、作物が植えられていた。

僕は車を降りた。

なかで人の動きがあり、バスが揺れた。男がひとり、地べたに降り立った。年は六十代、上半身裸でカットオフ・ジーンズにひもを結んでいないブーツという恰好だ。日に焼けて引き締まった体、白いものの混じった胸毛、タコだらけの小さな手、汚れた爪。湿っているのか洗っていないのか判然としない長い白髪混じりの髪が、しわの寄った浅黒い顔を縁取っている。男は片腕を曲げ、大きく笑いながら横に移動した。

「やあ、にいさん。なんか用か?」男はそう言って僕のほうに歩いてきた。マリファナのにおいがまつわりついていた。

「アダム・チェイスと言います」僕は片手を差し出した。

「ケン・ミラーだ」

僕たちは握手をかわした。これだけそばに寄られると、体臭がかなりきつい。土と汗、そしてマリファナの混じったにおいだ。男の目は赤く、歯は大きくて黄ばんでいたが歯並びは完璧だった。彼は僕から車へと視線を移動した。ボンネットに彫られた文字を読んでいるのだとわかった。男は指さした。「ひでえな」

「サラ・イェーツに会いたいんですが」僕はバスをしめした。「いますか？」

男が笑いだした。「冗談きついぜ、にいさん」笑いが彼のなかでしだいに膨れあがった。片方の手がてのひらを上向けてあがり、もう片方が腹を押さえた。体をくの字に折り、笑いながらも必死にしゃべろうとしている。「にいさん、そりゃとんでもない勘違いだ。サラが住んでるのはこの奥の、でかい家だぜ」男はどうにか笑いをおさめ、すぐそばの雑木林を指さした。「おれはここに住まわせてもらってるだけだ。庭の手入れをしたり、必要なときに彼女の手伝いをしてる。それで金を少しもらって、住まわせてもらってるというわけだ」

僕は一面緑の畑を見まわした。「バスで寝泊まりするのはきついでしょう？」

「いや、最高だぜ。電話もなし、やっかいな手続きもなし。気楽なもんさ。だが、おれがここにいる本当の理由は教育を受けるためだ」

僕は問い質すような目を男に向けた。

「サラは薬草医《ハーバリスト》だ」

「え？」

「治療師さ」男は畑にずらりと植わった植物にさっと腕を振ってみせた。「タンポポ、カモミール、タイム、セージ、キャットニップ」

「なるほど」

「ホリスティック医療ってやつだよ、にいさん」

僕は林間地の向こうを指さした。「この奥ですね？」

「でかい家だ。掛け値なしのな」


でかい家というのは広さおよそ千五百平方フィート、ログハウス風で緑のトタン屋根のへりのところどころからオレンジ色がのぞいていた。丸太はすっかり古びて白茶け、チンキング材はまるで川底のような色をしていた。〝女神の祝福を〟の文字が躍るバンパーステッカーを後部に貼ったバンのうしろに車を駐めた。

ポーチ全体が影に包まれ、ドアまで歩くあいだに体がすっかり冷えた。ノックしたが、不在のようだ。家には人の気配がなく、栈橋にカヌーがなかった。僕はいまいる場所のおおよその位置を把握しようと、川に目を向けた。うちの農場より北だろう。距離にして二マイルほどか。僕は栈橋へと歩いていった。

そこにあった車椅子に思わず見入った。ひどく場違いな感じがした。僕は桟橋に腰をおろして待った。およそ二十分ほど待っただろうか。例の女性が北の湾曲部をゆっくりまわって現われた。船首を本流に向け、アウト側に流されかける船尾を落ち着いたパドル操作で安定させながら。

僕は立ちあがった。どこかで見たような気がしてしかたなかった。魅力的な女性で、年齢を感じさせない肌とひたむきなまなざしをしていた。あと十フィートというところで、そのまなざしが僕をとらえ、そのままずっと見つめた。カヌーを桟橋のへりに寄せるときもそうしていた。

僕は彼女の手からロープを受け取って、クリートに結びつけた。彼女はパドルを置くと僕を品定めするようにながめまわした。「こんにちは、アダム」

「前にお会いしましたっけ？」

彼女は小さな歯を見せた。「いいえ」そう言うと手をひらひらさせた。「さあ、そこをどいて」彼女は桟橋に両手をついて体を浮かせ、へりに腰かけるように向きを変えた。上半身につづいて両脚がくるりと向きを変えた。着古してところどころ砂色に変色したダボダボのジーンズに包まれた、細くだらりとした二本の棒きれ。骨と皮のようなかかとがちらりとのぞいた。

「お手伝いしましょうか？」僕は申し出た。

「いいえ、けっこうよ」怒りが声にはじけると、母親そっくりだ。彼女がうしろに体をずらせると、それに引きずられるように脚が力なく移動した。車椅子の肘掛けをつかんで、体を座面まで引きあげる。片方の脚に手をのばしかけたところで、ランプの明かりのような目が僕をとらえた。「そんなじろじろ見ないでちょうだい」

「すみません」僕は謝り、川向こうになにかおもしろいものはないかと目をこらした。うしろで彼女が、足を所定の場所に置こうと奮闘している様子が雰囲気で伝わってくる。

「べつに悪気はないのはわかってる。あまり人と会うことがないものだから、どこかに目を向けなきゃいけないことをうっかり忘れてしまうのよ」

「カヌーの扱いは並の人間よりずっとお上手です」

「それくらいしかできる運動がないもの。さて、これでよしと」僕は振り返った。彼女の体は車椅子におさまっていた。「家に戻るわよ」彼女はハンドリムをつかむと、僕の返事を待たずに方向を変えた。力強く黙々と腕を動かし、上り坂を漕いでいく。キャビンに戻ると裏にまわった。「スロープが裏にあるの」なかにはいると、車椅子を操って冷蔵庫に近づき、ピッチャーを出した。「お茶でもどう？」

「いただきます」

　彼女が無駄のない動きでその作業をこなすのを、僕は黙って見ていた。低い戸棚に並ぶグラス類。専用フリーザーから出す氷。室内を見まわした。部屋の真ん中に、自然石の暖炉が鎮座している。石の色が茶色く、形がまちまちなところを見ると、林の奥の土地から切り出してきたにちがいない。全体的に質素できれいに片づいていた。彼女がグラスを差し出した。「うちには砂糖がないの」

「かまいません」

彼女は玄関ドアまで車椅子で移動し、肩ごしに尋ねた。「来る途中でケンに会った？」

ふたりで外に出た。僕は椅子にすわり、ストレートで苦い紅茶をちびちび口に運んだ。

「変わった人でした」

「あの人はその昔、信じられないほどのお金を稼いでたのよ。一年に七桁という年もあった。だけど彼のなかでなにかが変わった。子どもたちに財産をすべてあたえると、しばらくあそこに住まわせてくれないかと言ってきたの。それが六年前のこと。カヌーを勧めてくれたのは彼なの」

「住む場所としてはかなり風変わりですね」

「わたしがここを買ったときからあったものよ。このログハウスができるまでは、わたしが住んでた」彼女はシャツのポケットからマリファナを一本出した。安物のライターで火をつけ、深々とひと吸いすると、淡いピンクの唇から煙が立ちのぼった。僕も勧められたが断った。「ま、いいけど」彼女は僕が見ている前で、またひと吸いした。小さく数回に分けて吸い、顎をぐっと引き締めてから煙を吐き出した。

彼女は車椅子に深々とすわると、満足そうな様子でまぶしい外の世界を見まわした。

「ところで、グレイスをご存知ですね？」と僕は訊いた。

「とてもいい娘《こ》よ。ときどきおしゃべりするの」

「彼女にマリファナを売ってるんでしょう？」

「まさか。あの娘には絶対に売らないわよ。百万年たってもね」彼女はまたマリファナを吸った。次に口をひらくと、ぽつりと言った。「ただであげてるの」その顔はいまにも笑いだしそうだった。「あら、そんな怖い顔しないでよ。もう自分のことはちゃんとわかる年齢だもの」

「グレイスが先日、襲われたことはご存知ですね。あなたと最後に会った直後に」

「襲われたですって？」

「ひどく殴られました。襲われたのは桟橋から半マイル南に下ったところです。ひょっとしてなにか目撃していませんか。ボートに乗った男とか、踏み分け道に誰かいるところを。なんでもいいんです」

笑いが消え、その場所に悲痛な表情がおさまった。「あの娘は大丈夫なの？」

「いまはまだ。入院しています」

「わたしは北に向かったから、いつもとちがうものはなにも見てないわ」

「ケン・ミラーさんはグレイスをご存知でしょうか？」

「ええ」

「あなたは彼をどのくらいご存知なんですか？」

彼女は手を振った。「あの人は無害よ」

彼女はまたマリファナを吸った。肺から出た煙と一緒に、彼女の活力の大半も吐き出された。「すてきな車ね」彼女は言ったが、べつになんらかの意図があって言ったわけではなかった。車がたまたま視野にはいっただけだ。

「どうして僕をご存知なんです？」彼女は鋭い視線を僕に向けたが、答えてはくれなかった。

「それより、どうやってわたしを見つけたの」

「お母さんから、このあたりにいると言われて」

「そう」その一音に暗い過去がこめられていた。

僕は彼女と向かい合うよう、椅子の向きを変えた。「どうして僕をご存知なんです、サラ？」

しかし彼女は押し黙って、澄んだ目をぼんやりとさせているだけだった。僕には見えないなにかを見ているのだろう。言葉もはっきりしなくなった。「世の中にはどうしてもしゃべっちゃいけないことがあるの。約束したんだもの、約束……」

「おっしゃる意味がよく……」

彼女はマリファナを乱暴に揉み消すと、掃除をしていないテーブルに落とした。目を伏せたが、淡い緑の瞳の奥でなにか生あるものが動いた。すばしこくて奔放なその動きに、僕は彼女がなにを見たのだろうといぶかった。彼女が指を曲げる仕種をして、顔をぐっと近づけた。両手で僕の顔をはさみこみ、唇にキスをした。彼女の唇は柔らかく、ややひらき気味で、さっきまで吸っていたマリファナの味がした。つつましいキスではなかったが、極端になまめかしいものでもなかった。彼女は手を引っこめながら、悲しみに沈んだ笑顔を見せた。僕はそこに癒しがたい喪失感を感じ取った。

「あなたはかわいい子だったわ」

17

彼女はそのあとひとことも言わず、車椅子を漕いで家にはいるとドアを閉めた。僕は車で林を抜けながら、母親からのメッセージを伝えそこねたことに気がついた。あの母娘の関係は完全に崩壊し、ふたりのあいだには血の一滴すら通わなくなっている。だからこそ親しみをおぼえたのだろう。かつては命より大切だった絆が、焼けて薄灰色の無に帰したことに共感をおぼえたのだろう。

物陰からケン・ミラーが飛び出し、停まるよう合図したのを見てスピードを落とした。彼は窓ごしに顔を近づけた。「どうだった？　彼女からなにか用事を言いつかってないか？」

その表情は実直そのものだったが、それだけではなんとも言えない。人は相手に合わせて芝居をするものだからだ。「グレイス・シェパードを知ってますか？」と訊いてみた。「彼女のことなら知っている」彼は木立の向こうにうなずいた。「サラから話を聞いてるよ」

僕は男の顔に目をこらした。「彼女は何者かに襲われて、あやうく死ぬところだったんです。事件のことでなにかご存知ありませんか？」

彼の反応は思いがけないものだった。「それは気の毒に。話からすると、とてもいい娘さんらしいじゃないか」彼は本当になにも知らないらしく、心を痛めている様子だった。

「警察がサラに話を聞きにくるかもしれません」案じるような表情が彼の顔をさっとよぎった。彼の目が、左にある細長い紫色のバスに向けられたのを僕は見逃さなかった。そこにマリファナを隠し持っているのだろう。「お教えしておいたほうがいいと思って」

「すまないな」

ソールズベリまで戻ったところで携帯電話のスイッチを入れた。待っていたように電話が鳴った。ロビンからだった。「いまきみと話していいものかどうか」

「つまらないこと言わないで、アダム。あなたはわたしたちに嘘をついたのよ。あの質問はしなくてはならないものだった。わたしが同席したからよかったものの」

「保安官事務所でなくソールズベリ警察に連れていったのは、僕のためを思ってのことだと言っただろ。本心からそう思ってたのか？」

「あたりまえでしょ。ほかにどんな理由があるっていうの？」彼女の声に真実を感じ取り、僕はなんとなくほっとした。「わたしは危ない橋を渡っているのよ、アダム。自分でもわかってる。それでも、正しいことをしたいの」

「用件はなんだ？」と僕は訊いた。

「いまどこにいるの？」

た」

「車のなかだ」

「少し会えないかしら。一分でいい」僕は返事をためらった。「お願い」

僕たちはバプテスト教会の駐車場で待ち合わせた。尖塔が青い空にそびえ、その白亜の針を見ていると、僕たちなど取るに足らない存在に思えてくる。ロビンはいきなり用件を切りだした。

「あなたが怒るのも無理ないわ。事情聴取はもう少しうまくやるべきだっ

「もっとずっとうまくだ」

彼女の信念が声という形になって現われた。「あなたはわたしたちを欺くようなまねをしたのよ、アダム。だから、えらそうな口をきくのはやめて。わたしはあくまで警察の人間なの。任務というものがある」

「そもそもこの事件に関わったのが間違いだったんだ」

「言わせてもらうけど、あなたがわたしの許《もと》を去ったの。覚えてる？　あなたが……わたしの許を……去ったの。わたしには仕事だけが残された。この五年間、それがわたしのすべてだった。だから、死にもの狂いで働いた。この十年で刑事に昇進した女性警官が何人いるか知ってる？　三人よ。たったの三人。しかもわたしは、うちの署始まって以来の若さでなれた。あなたなんか、戻ってきてほんの数日じゃないの。そうでしょ？　わたしがこうなったのは、あなたがいなくなったからよ。これがわたしの生き方なの。スイッチを切るみたいに簡単にやめられないし、そんなこと期待されても困る。それも、こうなる原

因を作った張本人のあなたからね」

彼女は憤慨すると同時にカリカリしていた。彼女の言い分を頭のなかで咀嚼《そしやく》する。「きみの言うとおりだ」僕は本心から言った。「悪いことが重なりすぎた」

「これからはあまり悩まずにすむかもしれないわ」

「どうして？」

「グランサムがわたしを事件からはずしたがってるのよ。かなり頭にきてるみたい」

一羽の大きなカラスが尖塔のてっぺんに舞い降りた。カラスは一度翼を広げたが、あとはぴくりとも動かなくなった。「グレイスの件で事実を僕に告げたからか？」

「わたしではあなたやあなたの家族に対して公平な立場を取れないというのが彼の言い分よ」

「ややこしいことだな」

「だったら、もっとややこしくしてあげる。聞き込みの結果、グレイスにはつき合ってる人がいたとわかったの」

「誰なんだ？」

「わからない。話を聞いた女の子はなにも知らないも同然だった。なにか理由があって伏せてたらしいけど、問題があったみたい。グレイスを落ちこませる問題が」

「その話を誰から？」

「シャーロット・プレストン。グレイスと同級生だった人。いまはドラッグストアに勤めてる」

「その話をグレイスにぶつけたのか？」

「否定されたわ」

「ダニーの指輪はどういうことだ？　それにあのメモは？　むしゃくしゃした恋人説とは合わないぞ」

「そっちはグランサムが調べてるはず」

「なぜ僕に話すんだ？」

「わたしだって怒ってるからよ。あなたのことだし、どうしていいかわからないからよ」

「ほかにもなにか教えてくれることがあるのか？」

「例の死体はダニー・フェイスだった。歯型で裏付けがとれた」

「それはもうわかってた」

「ダニーがあなたの自宅に電話したことは知ってる？」彼女は言葉に鋭いとげを含ませ、必死の形相で迫った。「携帯電話の通話履歴に残ってた。いましがたわかったのよ。ダニーと話したのね？」

彼女としては否定してもらいたいところだろう。これはのっぴきならない不利な証拠であり、彼女の立場からすれば簡単な説明ですまされる問題ではない。タイミングが悪すぎる。僕が口を濁していると、ロビンがつめ寄った。警官魂のようなものが波のように盛りあがった。「三週間前に話した」と僕は言った。

「鑑識の見立てだと、彼が死んだのは三週間前だそうよ」

「なるほど、不思議な話だ」

「なんの話だったの、アダム？　どういうことなの？」

「頼みがあると言われたんだ」

「頼みって？」

「帰ってきてほしいと言われたんだ。会って直接話したいことがあると。僕は帰らないと断った。あいつはヘソを曲げてたよ」

「だったら、どうして帰ってきたの？」

「個人的な理由からだ」その言葉に嘘はなかった。僕は自分の人生を取り戻したかった。そこには当然ロビンも含まれていたが、彼女自身がネックだった。彼女はまず警察の人間であり、わかっているつもりでもその事実はやはりこたえる。

「わたしには話してくれないと、アダム」

「ロビン、話してくれたことには感謝するけど、まだお互いの立場がよくわからない。それがはっきりするまで、僕は僕なりのやり方でやる」

「アダム――」

「グレイスが襲われ、ダニーが殺され、郡内の全警官が僕と家族に疑いの目を向けている。五年前の出来事がどの程度影響してるのかはわからないが、これだけは確実に言える。僕は大切な人たちを守るためならどんなことでもする。この土地のことはいまもわかってるし、住んでる人のこともわかってる。警察がレッド・ウォーター農場以外に目を向けないなら、僕が自分でやるまでだ」

「それはとんでもない間違いだわ」

「僕は一度濡れ衣を着せられた。二度とあんな目に遭うのはごめんだ。僕であれ、家族の誰であれ」

携帯電話が鳴り、僕は指を一本立てた。ジェイミーからで、ひどくまいった様子だった。

「警察だ」彼は言った。

「警察がどうした？」

「ドルフの家を捜索してるんだよ！」僕はジェイミーの怒鳴り声を聞きながら、ロビンに目をやった。「家宅捜索だとよ、兄貴！」

ゆっくりと電話を閉じ、ロビンの顔をうかがった。「グランサムがドルフの自宅を捜索してるそうだ」不快感が声に滲んだ。どういうことかはっきりわかった。「知ってたんだな？」

「知ってたわよ」彼女は平然と答えた。

「そのために電話してきたのか？　僕がグランサムの邪魔をしないように？」

「彼が家宅捜索をおこなうときに、あなたがいないほうがいいだろうとは思ったわ。だから、答えはイエスよ」

けじゃなく」


「どうして?」

「あなたとグランサムがまた角突き合わせたってなんにもならないからよ」

「つまり、ぼくにばかなまねをさせないよう嘘をついたわけだ。グランサムに協力したわけじゃなく」

　彼女は悪びれもせずに肩をすくめた。「一石二鳥という言葉もあるでしょ」

　間合いをつめると、彼女がとても小さく見えた。「そういう場合もあるだろう。だけど、これから先いつもいつも一石二鳥とはいかないぞ。いずれ、選択せざるをえなくなる。僕と仕事、自分にとって大事なのはどっちかを」

「あなたの言うとおりかもしれない、アダム。だけどさっきも言ったでしょ。あなたはわたしの許を去った。それからの五年間は、これがわたしの人生だった。知りつくしてるし、満足もしてる。いずれ選択しなきゃいけないのだろうけど、きょうはまだそんな決定を下す心の準備ができてない」

　彼女の表情がやわらぐ気配はなかった。僕は息を吐き出した。「もうよそう、ロビン」

　僕は階段を一段下りて振り返った。なにかを殴りたい気分だった。「警察はなにを捜してるんだ?」

「ダニーに使われた凶器は三八口径だった。レッド・ウォーター農場の関係者の名で唯一登録されている銃が、ドルフ・シェパードの三八口径だとわかったの。グランサムが捜してるのはそれよ」

「だとしたら、ひとつまずいことがある」

「なにがまずいの？」

僕はためらった。「その拳銃には僕の指紋がべたべたついてる」

ロビンは長いこと僕を見つめた。見あげたことに、どうしてとは訊かなかった。「あなたの指紋は記録に残ってる。すぐにわかるわ」

僕は自分の車のドアをあけた。

「どこに行くつもり？」

「ドルフのところだ」

ロビンは自分の車に駆け寄った。「わたしも一緒に行く」

「グランサムになにか言われるんじゃないのか？」

「わたしはグランサムの子分じゃないわ」


四台の警察車両で邸内路がふさがれていたので、牧草地に車を乗り入れ、あとは歩いた。ロビンはすぐうしろをついてきた。キャトル・ガードのスチール製の桟《さん》をまたいだとき、靴が乾いた泥を踏みしだいた。グランサムの姿が見えないのは、家のなかにいるからだろう。制服姿の保安官助手がひとり、ポーチの警備にあたり、べつのひとりが車のそばで身をかがめていた。玄関のドアはあいていて、ロッキングチェアをかませてある。ドルフ、ジェイミー、それに父の三人がドルフのトラックの横に固まって立っていた。年配のふたりは憤慨していた。爪を噛んでいたジェイミーが、僕に気づいてうなずいた。パークス・テンプルトンはどこかと探すと、車体の長い高級車のなかにいた。携帯電話を耳にあて、あいたドアから片脚をだらりと出している。彼は僕たちに気づくなり、はっとなって電話を切った。僕と彼は同時に父に歩み寄った。

テンプルトンはロビンを指さした。「まさか彼女と話をしたわけじゃないだろうね」

「自分のやってることくらいちゃんとわかってます」

「いいや、そんなことはない」

「あとで話そう」僕はロビンに言った。彼女はくるりと背を向け、ポーチにつづく階段をのぼった。僕はパークスに向きなおった。「なにか手を打ったらどうなんです？」家をしめして言った。

「打とうとしたとも」父が言った。「令状になんら違法な点はなかった」

「連中はいつからここに？」

「二十分ほど前だ」

僕はテンプルトンに言った。「令状の内容を教えてください」

「そんな必要は――」

「話してやれ」父が言った。

テンプルトンは居住まいを正した。「捜索対象はかなり限定されている。それはよしとしよう。令状は、敷地内にあるすべての拳銃および拳銃用の弾を押収する権限をあたえるものだった」

「それだけですか？」僕は訊いた。

「そうだ」

「なら二分もあれば終わるはずです。警察が捜しているのは三八口径で、ちゃんと銃保管庫にあるんですから」

弁護士は唇に指を持っていき、一度だけ軽く叩いた。「連中の捜しているのが三八口径だという情報をなぜ知っている？」

「ダニーに使われた凶器だからです。彼女から聞きました」僕は家のほうをしめし、弁護士をにらみつけた。相手はうなずかざるをえなかった。意味ある情報だった。「とっくに押収しているはずです。もう引きあげていいはずです」

一瞬、全員が口をつぐんだ。そのままつぐんでいてくれればよかったのにと思う。

「おれが隠した」ドルフが意を決したように言った。

「なんだと？」ジェイミーがトラックのボンネットから滑り降りた。激しい怒りをつのらせていた。「隠しただって？　やましいことがなきゃ、隠すことないじゃないか」

ドルフの顔から不安が引っこみ、代わりにうんざりしたようなあきらめの表情が現われた。ジェイミーがつめ寄った。「おれはいつだってあんたの質問には答えてるだろ。あれこれ指図されたって黙ってる。なのになんでおれの質問には答えない？　銃を隠した理由はひとつしかない。火を見るより明らかだよ。さっさと白状したらどうなんだ？」

「なんの話だ?」父が割ってはいった。

厚ぼったいまぶたの下からジェイミーを仰ぎ見たドルフの目には、後悔の色が浮かんでいた。「ダニーは必ずしも悪いやつじゃなかったし、おまえさんがあいつを慕ってたのは知ってるよ、ぼうず——」

「やめろ」ジェイミーは言った。「おれを〝ぼうず〟と呼ぶな。いいから説明しろ。銃を隠した理由はひとつしかない。だから、警察が捜しにくることもわかってたんだ」

「おまえさんは酔っぱらっている」ドルフは言った。「それにいまのは言いがかりだ」

テンプルトンが割ってはいった。その張りのある声に、ジェイミーも思わず黙りこんだ。

「くわしく話してくれたまえ」テンプルトンはドルフに言った。

ドルフは父の顔を見た。父がうなずくと、ドルフは地面に唾を吐き、両の親指をベルトにかけた。彼はまずテンプルトンと目を合わせ、次にジェイミーに視線を移した。「銃を隠す理由はひとつじゃないぞ、ジェイミー。この早とちり野郎が。人に使わせたくないから隠すことだってある。利口な男にばかなまねをさせないためにな」

ドルフの目がすばやく僕に向けられた。僕が保管庫から銃を盗み出し、あやうくゼブロン・フェイスを殺すところだった一件を念頭に置いているのだ。彼は僕に使わせないために隠したのだった。

「ドルフの言うとおりだ」僕はほっとして言った。「それだって充分な理由だ」

「きみから説明してもらえないか?」テンプルトンが僕に言った。

僕より先に父が口をひらいた。「息子に説明する義務はない。説明なら五年前にした。同じことを繰り返させるつもりはない。ここでは。これから先も」

父のまなざしと、いまの言葉にこめられた思いがひしひしと伝わってきた。血まみれの僕を見たとジャニスが告げて以来、父が味方になってくれたのはこれがはじめてだ。テンプルトンは身をこわばらせ、顔を赤くした。「それではわたしがいる意味がないではないか、ジェイコブ」

「時間単価を三百ドルにするから、こうしてもらいたい。アダムは知らせるべきと判断したことだけを話す。息子が取り調べられるような事態は二度とごめんだ」

テンプルトンは父をにらみ返そうとしたものの、ほんの数秒で緊張に耐えきれなくなった。腕を振りあげ、大股でその場をあとにした。「勝手にしたまえ」と捨て台詞を残して。僕は車へと引きあげていく彼の背中を見送った。とたんに父は、僕を擁護したのが気恥ずかしくなったのか、照れたような顔になった。父はドルフの肩を軽く叩き、ジェイミーをにらんだ。

「酔ってるな」

ジェイミーの怒りはまだおさまっていなかった。誰の目にも明らかだった。「ちがう」と彼は言った。「二日酔いさ」

「だったら、もっとしゃんとしろ、ぼうず」

ジェイミーは自分のトラックに乗りこむと、シートにどっかりと腰を沈め、煙草に火をつけた。これで年配の男ふたりと僕だけになった。父は僕とドルフを連れて数歩移動した。申し訳なさそうな顔をしていた。「いつものあいつらしくない」そう言うと、ドルフに目を向けた。「気を悪くしたか？」

「あのくらいじゃ、おれの一日を台無しにはできんよ」

「銃はどこに隠したんだ？」僕は訊いた。

「キッチンのコーヒー缶のなかだ」

「そのうち見つかるよ」

「だろうな」

ドルフの表情を観察した。「あの銃がダニーの死に関係してる可能性はあると思うか？」

「ありえんよ」

「父さんも拳銃を持ってるのか？」僕は父に尋ねた。

父はかぶりを振り、どこか遠くの一点に目をやった。母は父が所有していた拳銃で自殺したのだ。愚かで無神経な質問だったが、口をひらいた父の顔は岩のごとく揺るがなかった。「なにがなんだかさっぱりわからん」

まったくだ。いったいなにがどうなっているのか。殺人と判明したダニーの死。グレイスへの暴行。ゼブロン・フェイス。発電所。その他もろもろ。招かれざる客であふれるドルフの家に目をやった。事態は大きく動きだしたが、いい方向に向かっているとはとても思えない。

「出かけてくる」僕は言った。

父は老けこんで見えた。

僕は家に顎をしゃくった。「テンプルトンはひとつ正しいことを言った。警察はダニー殺害の罪を誰かに着せようとしている。そして理由はさだかでないが、グランサムは僕たち家族に照準をさだめている。とりわけ、僕に目をつけている」誰も反論しなかった。

「話を聞かなきゃならない人がいる」

「誰だ?」

「ちょっと思いついたことがあるんだ。たいしたことじゃないかもしれないけど、確認だけはしておきたい」

「具体的に話してもらえんのか?」ドルフが言った。

僕は考えこんだ。ダニーの死体があの穴で発見されるまで、誰もが彼はフロリダにいるものと思いこんでいた。父親もジェイミーも。それには根拠があるはずで、〈フェイスフル・モーテル〉に行けばわかるのではないかと考えたのだ。とにかくそこから始めるのが筋だ。「あとで説明するよ。得るものがあれば」二歩進んだところで足を止め、父を振り返った。その顔は暗く、悲しみに満ちていた。僕は本心から言った。「さっきテンプルトンにああ言ってくれたこと、うれしかったよ」

父はうなずいた。「おまえはわたしの息子だからな」

僕はドルフに目を向けた。「銃を隠した理由を父さんに説明してやってほしい。僕たちだけの秘密にしておく必要はない」

「わかった」


僕は車に乗りこんだ。この僕があやうくゼブロン・フェイスを殺すところだったとドルフから聞かされたら、父はどう思うだろうか。僕たちのグレイスへの思いを考えれば、わかってもらえる気もする。こんなのは僕たちにとってたいした問題ではない。

農場を出発し、凹凸のない黒いアスファルト道路に出た。路面はすっかり熱くなっていた。太陽にあぶられ、陽炎がたちのぼっていた。〈フェイスフル・モーテル〉を訪ねると、受付にはマニーがいた。「マニーだね？」

「エマニュエルだ」

「ボスはいるかい？」

「いない」

僕はうなずいた。「前に来たとき、ダニーのことを話してくれたろ。ガールフレンドと喧嘩《シ》になって、逮捕状が出たからフロリダに逃げたという話をさ」

「ああ」

「その女性の名前はわからないかな？」

「わからない。でも、いまはここのところに傷がある」彼は右頬に指で線を引いた。

「見た目はどんな感じだ？」

「白人。小太り。安っぽい」彼は肩をすくめた。「ダニーはどんな女とでも寝る」

「喧嘩の原因はなんだったんだ？」

「ダニーが女と手を切ろうした」

そのときふいにぴんときた。「警察を呼んだのはきみだね。僕が最初に来た日に」

しわだらけの浅黒い顔に笑みが刻まれた。「そう《シ》だ」

「きみは僕の命の恩人かもしれない」

彼は肩をすくめた。「この仕事がなくなると困る。ボスのことは嫌いだ。人生なんてこんなもの」

「警察はここも捜索したのかい？」僕はドラッグを念頭に置いて尋ねた。

「捜索した。なにも見つからなかった。警察はミスタ・フェイスを捜してた。なにも見つからなかった」

僕はつづきを待ったが、話はそこで終わりだった。「前にダニーはフロリダにいると言ったね。なぜそれを知ってるんだ？」

「葉書が来た」ためらいも、嘘をついている様子もなかった。

「まだその葉書はある？」

「たぶん」彼は奥にはいって、戻ってくると一枚の葉書を差し出した。僕はへりを持った。

青い空と白い砂の写真だった。右上隅にリゾート地の名前があり、下にはピンクの文字でうたい文句が書いてある。〝**たまにはこんなのもいい**〟「掲示板に貼ってあった」エマニュエルは言った。

裏を返した。活字体で〝楽しんでるぜ。ダニー〟とある。

「いつ送られてきたんだ？」

エマニュエルは頬を掻いた。「女と喧嘩して、それからいなくなった。たぶん、それから四日してからだ。二週間前。二週間半前。そのくらいだ」

「彼は荷造りしていったんだろうか？」

「あいつが女を殴ったあとは一度も見かけてない」

さらにいくつか質問したが、成果はなかった。ダニー・フェイスが死んだことを教えようか迷ったが、やめておいた。どうせじきに新聞に出るはずだ。

「なあ、エマニュエル。ミスタ・フェイスは警察に見つかったら、しばらくここには帰ってこれないだろう」僕はそこで言葉を切り、彼が話についてきているか確認した。「ほかの仕事を探したほうがいいかもしれないな」

「だけどダニーが――」

「ダニーはこのモーテルを経営しない。おそらく閉鎖になる」

彼はひどく困惑した顔になった。「いまの話、本当か？」

「ああ」

彼はうなずいたきり、いつまでも受付カウンターをにらんでいた。二度と顔をあげないのではないかと僕は不安になった。「警察はどこもかしこも捜索した」彼はようやく口をひらいた。「だけど貸倉庫が残ってる。州間高速道路沿いの、ドアが青いやつだ。そこにマリアという女の使用人がいた。いまはいない。彼女は無理やり書類にサインさせられた。彼女の名前で借りてる。三十六番だ」

僕はいまの話を理解しようとつとめた。「その貸倉庫になにがあるか知ってるのか？」

年上の男はやましそうな顔をした。「ドラッグだ」

「量はどのくらい？」

「いっぱい、だと思う」

「きみとマリアはつき合ってたんだね？」

「ああ。少しのあいだ」

「なぜ彼女はいなくなったんだ？」

エマニュエルの顔が不快感でゆがんだ。「ミスタ・フェイスのせいだ。書類にサインさせたとたん、彼女を脅した」

「移民帰化局に通報すると脅したんだな」

「倉庫のことをひとことでも漏らしたら通報すると。彼女は不法移民だったから、死ぬほど縮みあがった。いまはジョージア州にいる」

僕は葉書を掲げた。

「これを預からせてくれないか」

エマニュエルは肩をすくめた。

駐車場からロビンに電話をかけた。彼女の誠意にはまだ疑問を持っているが、彼女は僕が必要とする情報を持っているし、こっちにも取引できるネタがある。「まだドルフの家にいるのか？」

「グランサムにあっという間に追い出された。彼はかんかんだったわ」

「州間高速道路わきに貸倉庫があるのを知ってるか？　七十六番出口の南にある側道沿いだ」

「知ってる」

「そこで落ち合おう」

「三十分後に」

車で市街地まで戻り、広場から二ブロック行ったところにあるコピーショップに寄った。葉書の表と裏をコピーし、店員の女性に袋はないかと訊いた。彼女が紙袋を持ってきたので、ビニールのものはないかと尋ねた。彼女はデスクの抽斗からジップロック・バッグを出してくれた。僕はコピーをたたんで尻ポケットにおさめ、葉書を袋に入れてチャックを閉めた。陽射しを受けた砂がビニールの向こうで真っ白に輝き、思わずロゴに目が行った。

たまにはこんなのもいい。

貸倉庫に向かって車を走らせ、側道の未舗装の路肩に駐めた。車を降り、ボンネットに腰をおろした。頭上の州間高速道路を車が次々と猛スピードで走っていく。大型トラックが轟音をあげ、絶叫する。貸倉庫群を見やった。陽射しを受けて光る、ずんぐりした建物の列。それが、州間高速道路わきの窪地に寄り添うように建っていた。帯のようにのびる建物の正面のところどころに、青く塗った金属のドアがぽつんぽつんと見える。金網塀沿いの雑草がずいぶんのびていた。金網塀の上に鉄条網が迫り出していた。

きょうという日がじわじわと夕方になだれこんでいく様子をながめながら、ロビンを待った。一時間かかった。彼女が車を降りると、髪が風に吹かれて顔に張りつき、指で払わなくてはならなかった。その仕種に僕は思いがけずはっとなった。七年前、川のほとりで過ごした風の強い日のことを思い出したのだ。僕たちは愛し合ったばかりで、彼女は毛布の上で膝立ちになっていた。そこへ川面を渡ってきた風が突然吹きつけ、彼女の髪が目にはいった。僕はその髪を払い、彼女を引き寄せた。彼女の唇は柔らかく、笑顔は穏やかだった。

しかしはるか昔のことだ。

「ごめん。いろいろあって」

「いろいろ?」僕はボンネットから滑り降りた。

「ソールズベリ警察と保安官事務所は同じ鑑識を使ってるの。いま鑑識はダニー・フェイスを殺した銃弾を調べてる。ちなみに、撃たれたのは胸部よ。いまは比較するサンプルが届くのを待ってる状態」彼女の目はまじろぎもしなかった。「それももうじきだと思うけど」

「というと?」

「ドルフ・シェパードの三八口径が見つかったわ」

いずれ見つかるだろうと覚悟していたが、みぞおちにぽっかりと穴があいた。僕は話のつづきを待った。黄色い蛾が一匹、のびきった雑草の上を飛んでいた。

「弾道検査担当の友だちは力になってくれそうか?」僕はたまりかねて訊いた。

「わたしに借りがあるもの」

「わかったら僕にも教えてもらえるのか?」

「結果の内容によるわね」

「ゼブロン・フェイスを差し出せると思うんだ」そう言うと、ロビンはぎょっとなった。

「皿にのせて差し出してやれる」

「こっちの情報を教えればってこと?」

「グランサムがなにをつかんでるのか知りたい」

「軽々しく約束するわけにはいかないわ、アダム」

「どうしても知らなきゃならないんだ。あまり時間がない。あの銃にはぼくの指紋がついている」

「凶器かどうかもわからない銃でしょ」

「グランサムは、死ぬ少し前にダニーが僕と話したことをつかんでる。それだけでも逮捕令状を取るに充分だ。僕は連行され、徹底的に追及される。五年前のように」

「ダニーが殺されたとき、あなたはニューヨークにいたのよ。だったらアリバイがあるはずでしょう。死亡推定時刻には向こうにいたと証言してくれる証人がいるはずよ」

僕は首を横に振った。

「なによ、それ、どういうこと?」

「アリバイはないんだ。証人はいない」

「どうしてよ?」

「あれから五年になるんだ、ロビン。まずそこをわかってもらわないと。僕はこの土地を二度と見なくてすむよう、心の深くに葬り去った。そうやって、なんとか毎日を乗り切ってきたんだ。忘れようとした。忘れるすべを身につけた。ダニーからの電話でそれが一変した。頭のなかに悪魔を解き放たれた感じだったよ。そいつはいっときもおとなしくしてくれなかった。故郷に帰れとささやくんだ。そろそろいいだろうと。ほかのことを考えようとすると声が聞こえる。目を閉じると、この土地が見える。頭がどうかなりそうだったよ、ロビン。来る日も来る日も。いろんなことが頭を駆けめぐった。きみのことや父のこと。グレイスのこと、裁判のこと。それに死んだ青年のことや、この町が僕を寄ってたかってつぶしたこと。

やがて突然、自分の人生が嫌になった。むなしく、嘘で塗り固めた人生が。ダニーの声を聞いたとたん、これまで築いてきたすべてがご破算になった。仕事に行かなくなった。

友だちに会うのもやめた。家に引きこもった。そうやって悶々としたあげく、ふと気づいたら故郷に向かって車を走らせていた」

僕は両手をあげ、同時におろした。「僕を見た人はひとりもいないんだ、ロビン」

「頭のなかに悪魔を放たれたとか、アリバイがないなんて話は口が裂けても言っちゃだめよ。グランサムはすでにニューヨーク市警に問い合わせてる。向こうはあなたの行動を洗うはずよ。それも徹底的に。勤務先が突きとめられ、辞めたことも辞めた日も突きとめられる。本当にアリバイがないのか、よく考えて。グランサムは、あなたがここまで車で来てダニーを殺したんじゃないのかと考えるようになる。なんとしてもあなたを吐かせようとする。その気になれば徹底的に追いつめる」

僕は彼女と目を合わせた。「僕は誰も殺してない」

「なぜ帰ってきたの、アダム」

頭のなかに答えが聞こえた。〝僕の愛するものすべてがここにあるからだ。きみが一緒に来てくれなかったからだ〟

しかし、口には出さなかった。まぶしく光るアルミの建物を指さし、ゼブロン・フェイスとドラッグの関係についてエマニュエルから聞いた話を説明した。「三十六番の倉庫だ。彼に訊けば合理的な理由がすべてそろうはずだ」

ロビンの声がうつろに響いた。「ありがたい情報だわ」

「べつの場所に荷物を移動させてしまったかもしれない。時間は充分にあった」

「かもね」彼女は横を向いた。風で道路に土埃が舞っている。視線を戻した彼女の顔からは角がすっかり取れていた。「もうひとつ、言っておかなきゃいけないことがあるの。大事な話よ」

「なんだ？」

「電話の件は不利だわ。タイミングが悪すぎる。銃には指紋。暴力沙汰に多すぎる偶然。アリバイの不在……」ロビンは声をつまらせ、いまにも倒れそうな顔になった。「あなたの言うとおり、令状を取るのに充分……」

「先をつづけて」

「あなたは言ったわね、どっちかを選べと。あなたか仕事か」風がまた彼女の髪をそよがせた。彼女はぎこちない表情を浮かべ、蚊の鳴くような声で言った。「この事件からはずしてもらったの。いままで捜査を投げ出したことはなかった。ただの一度も」

「グランサムが僕を挙げようとしてるからか？」

「どっちかを選べというあなたの意見が正しいと思ったからよ」一瞬、彼女は誇らしそうな顔をしたものの、その表情はすぐに崩れた。なにかが起ころうとしているのはわかっていたが、僕は鈍いうえに頭が混乱していた。彼女の背中が丸まったかと思うと、滴《しずく》のようなものが顔を伝い落ちた。顔をあげた彼女の目が銀色に輝いているのを見て、ようやく泣いているのだとわかった。声が嗚咽に変わった。「ずっとあなたに会いたかった、アダム」

道路わきで泣き崩れる彼女の姿に、僕はようやく彼女がどれほど葛藤したかを理解した。彼女にとって大事なものはふたつ――いまの自分と、失ったと思っていたもの。警官の職と僕たちの関係だ。彼女はその両方を手放すまいとし、ふたつを切り離して行動してきたが、ここへきて現実を突きつけられた。いずれどちらかを選ばなくてはならないという現実を。

だから彼女は選択した。

僕を選んだのだ。

いまの彼女は寒いなか、裸で震えているも同然だった。僕がなんらかの意思表示をしないかぎり、もうひとことも言うつもりはなさそうだ。僕に迷いはなかった。ほんの一瞬も。僕が両腕を広げると、彼女はそこに身を寄せてきた。いままでずっと寄り添っていたかのように。

僕の運転で彼女の家まで戻ったが、この前とは様子が一変していた。たとえて言うなら、部屋が小さすぎて僕たちはおさまりきらなかった。僕たちは部屋から部屋へと移動しながら、着ているものを一枚、また一枚と床に落とし、荒々しくドアをくぐっては壁に体を押しつけるを繰り返した。昔の情熱が体をほてらせ、あらたな情熱に火をつけた。

それに、過去千回もの記憶にも。

彼女を壁に押しつけると、両脚が腰に巻きついてきた。激しいキスの嵐に死ぬかと思ったが、それでもかまわなかった。彼女が僕の髪をつかんで顔をのけぞらせた。腫れぼったくなった彼女の唇が目にはいり、万華鏡のような目をのぞきこんだ。彼女は息をあえがせ、体をわななかせた。言葉が熱っぽい押し殺した声となってこぼれた。

「前に言ったこと、もう終わったとか、ふっきったとかいう話だけど……」彼女は僕の胸に目を落とし、すぐにまた顔を仰向けた。「あれはみんな嘘」

「わかってる」

「これは夢じゃないって言って」

僕はその要望に応えた。ようやくベッドまでたどり着いたが、床の上でもキッチンのテーブルでも同じことだった。仰向けになって指をシーツにからめる彼女を見て、また泣きだしたのがわかった。

「やめないで」彼女は言った。

「いいのか？」

「忘れさせて」

孤独を忘れたいと言っているのだ。五年間におよぶ空疎な日々を忘れたいと言っているのだ。膝立ちになって彼女の全身に視線を這わせる。すらりと引き締まったボディは手負いの戦士を思わせた。濡れた頬にキスをし、両手でボディラインをなぞるうち、ぐったりした彼女の体が反応を始めた。両腕は持ちあがったもののすっかり力が抜け、切なくうずく部分を反映するかのように軽く熱を帯びている。僕は彼女の腰のくびれの下に片腕を差し入れ、思いきり手荒く扱えば悪魔を追い払えるかのように、自分の体に強く押しつけた。彼女は小柄で軽いが、次第にリズムをつかんでいき、そんな力がどこにあったのか、僕に組み敷かれながら半身を起こした。

18

ロビンの頭を胸に引き寄せた恰好で、僕は眠りに落ちた。昔に戻ったようなぬくもりと心地よさを感じると同時に、怖くて震え上がりそうだった。もう二度と彼女を手放したくない。だから、ほかの女性の夢を見たのだろう。僕は窓辺に立って、サラ・イェーツと月光に照らされた芝生を見おろしていた。彼女は靴を手に持って歩いていた。白いドレスを脚にまつわりつかせながら。彼女が一度だけ顔をあげ、てのひらに一ペニー硬貨をのせているかのように片手をあげたとき、肌が銀色の光を放った。

目覚めると、あたりは灰色の静寂に包まれていた。「起きてるのかい?」僕は小声で尋ねた。

ロビンの頭が枕の上で動いた。「考えてたの」

「なにを?」

「グランサムのこと」

僕は夢を振り払った。「あいつは僕を疑っているんだろ?」

「あなたはなにも悪いことはしていない」彼女はそれで一件落着と自分に言い聞かせるよ

うに言ったが、ふたりともそれを信じるほどうぶではない。無実の人間が陥れられるのはよくある話だ。

「法律は金持ちに甘いなんて誰も思いたくないが、実際にはみんながそう思ってる。だから報いを受ければいいと思ってるんだ」

「そんなことにはならないわよ」

「僕は恰好の標的だ」

ロビンが隣で体の向きを変え、引き締まった太腿を押しつけた。今度は反論しなかった。彼女の言葉がふたりを隔てる空間にそっと忍びこんだ。「わたしのことを考えてた？　ニューヨークで暮らしてたときに」

僕は迷ったあげく、残酷な事実を告げた。「最初のうちはしじゅう考えてたよ。やがて考えまいと努力した。しばらくかかった。前にも言ったけど、僕はこの土地を葬り去った。つまり、きみのことも忘れなきゃならなかった。そうするしかなかったんだ」

「電話くらいくれてもよかったのに。もしかしたら考えなおして、あなたのもとに駆けつけたかもしれない」彼女は横向きになって体を起こした。上掛けが肩から滑り落ちた。

「ロビン……」

「まだわたしを愛してる？」

「うん」

「だったら、愛して」

彼女は僕の首筋に唇を押しつけ、そのまま少しずつ下にずれていった。手がそっと触れてきたのがわかった。さっきの言葉と、そろそろ白みはじめた灰色の空に見守られながら、僕たちはゆっくりと一から始めた。

十時、僕はロビンを彼女の車まで送っていった。彼女は僕と指をからませ、体を強く押しつけてきた。いつになく弱気な様子を見せていたが、実際もそうだったのだろう。

「中途半端な態度をとるつもりはないわ、アダム。これだけ大事なことに関しては。わたしたちにかかわる問題に関しては。あなたに関しては」彼女は僕の顔にてのひらを押しあてた。「わたしはあなたの味方よ。どんな犠牲を払うことになっても」

「逮捕されるわけにはいかないんだ、ロビン。父とのことに決着がつくまでは。父との関係を正したいんだ。方法はわからないけど」

彼女は僕にキスをした。「わたしの決断はもう変わらないから。この先どうなろうと」

「これから病院に行ってくる」僕はそう言うと、彼女を見送った。

待合エリアに行くとミリアムがいた。彼女はひとり、目を閉じていた。かすかな身じろぎに合わせて衣擦れの音がした。僕が腰をおろすと、彼女は身をこわばらせ、顔の半分だけを見せた。

「大丈夫か？」僕は声をかけた。

彼女はうなずいた。「兄さんは？」

ミリアムは美しい女性に成長していたが、注意して見なければそれとわからない。彼女はいろいろな意味で実際よりも小さく見える。しかしそれも当然だと思う。一部の人間にとって、生きていくことはなによりもつらいのだ。

「会えてうれしいよ」僕は言った。ミリアムはうなずき、髪が前に揺れた。「本当に大丈夫なのか？」

「大丈夫そうに見えない？」

「元気そうに見えるよ。誰かグレイスに付き添ってるのか？」

「パパが。あたしが来れば励みになるんじゃないかって考えたの。あたしはもうなかにはいってきた」

「グレイスはどんな様子だ？」

「眠ってるときに悲鳴をあげてた」

「父さんはどうだ？」

「女の人みたいにしてる」

どう反応していいかわからなかった。

「ねえ、アダム。いままであまり話ができなくてごめんなさい。話したかったけど、なんかこう……」

「いいんだ。怖じ気づいてたんだろ」

彼女は腿に両手をこすりつけ、体を起こした。疑問符のように丸まっていた背中が少しのびた。「また会えてうれしいわ。ジョージから聞いた話だと、あたしが喜んでないと思ってるみたいだけど。そんなふうに思われるのはつらいわ」

「やつはいい男になったな」

ミリアムは両肩をあげ、爪に嚙み痕のある指で廊下をしめした。「彼女、元気になるかな？」

「そう願ってる」

「あたしも」

僕が彼女の前腕に手を置くと、彼女はびくっと体を震わせて乱暴に振り払い、すぐにばつが悪そうな顔になった。

「ごめんなさい。びっくりしちゃって」

「大丈夫か？」僕は訊いた。

「うちの家族はもうめちゃくちゃだわ」彼女は目を閉じた。「そこらじゅうひび割れだらけ」

父はグレイスの病室から出てくると、ゆっくり近づき、僕にうなずいて腰をおろした。

「やあ、アダム」そこでミリアムに顔を向けた。「しばらくグレイスについていてやってくれるか？」

ミリアムは僕をちらりと見ると、廊下を歩いていった。父は僕の膝を軽く叩いた。

「顔を出してくれたんだな」

「ドルフはどこに？」

「あいつと交互に付き添ってるんだ」

僕たちは壁にもたれかかった。僕はミリアムが歩いていったほうをしめした。「あいつは本当に大丈夫なのかな。なんだか様子が……」

「陰気だろ」

「え？」

「陰気なんだ。グレイ・ウィルソンが死んでからずっとあんな様子だ。あの若者はいくぶん年上で、いくぶん荒っぽかったが、ふたりは仲がよくて、学校でつき合う仲間も同じだった。おまえが殺人罪で起訴されると、仲間はミリアムをのけ者にした。以来ずっと孤立していた。大学でもやっていけなかった。一学期だけでハーヴァードを退学した。だが、それがよけいにいけなかった。ときどきグレイスが励まそうとしていた。いや、われわれみんなが手をつくした。それでもあの娘は……」

「陰気だった」

「そして沈んでいた」

看護師が僕たちの前を通りすぎた。長身の男がストレッチャーを押して廊下を歩いていった。

「父さんは、ダニーを殺した犯人に心当たりはある？」

「あいつはギャンブルにどっぷり浸かってた。しかも父親はドラッグを売っていた」

「見当もつかん」

「その線で考えたくはないな」

「サラ・イェーツとは何者なんだ？」

父は身をこわばらせた。それからゆっくりとした調子で言葉を繰り出した。「なぜそんなことを訊く？」

「グレイスは襲われる直前、その女性と話をしてた。ずいぶんと親しそうな様子だったよ」

父はわずかに緊張を解いた。「親しそうだった？　それはありえんな」

「父さんは彼女を知ってるんだろ？」

「サラ・イェーツを本当に知っている者などおらん」

「ずいぶんまわりくどい言い方をするんだな」

「あの女は気分屋だ。昔からずっと。優しく接してくると思えば、次にはヘビのように陰険になる。わたしの知るかぎり、サラ・イェーツが愛情を注ぐものなどめったにない」

「やっぱり知ってたんだ」

父は口を一文字に結び、僕に目を向けた。「あの女の話をしたくないことだけはたしかだ」

「彼女に、かわいい子だったと言われたよ」父が椅子の上で体の向きを変え、肩を怒らせた。「僕も会ったことがあるんだろうか？」

「あの女に近づくんじゃない」

「どういう意味だ？」

「あの女のそばには絶対に寄るなと言っているんだ」


僕はグレイスになにか買おうと出かけた。花、本、それに雑誌を買った。どれもしっくりこなかった。あれこれ臆測をめぐらすしかなく、ここでもまた、現実を突きつけられる結果となった。グレイスはもう、僕の知っている彼女ではないという現実を。気持ちが落ち着かず、しばらく街を流した。どの道路にも思い出が積もっており、過去が具体的な形となってよみがえってくる。これもまた、故郷ならではの現象だ。

病院まであと少しのところで携帯電話が鳴った。ロビンからだった。「いまどこだ？」と僕は訊いた。

「ミラーをのぞいて」言われるままにのぞくと、二十フィート後方に彼女の車が見えた。

「わきに寄せて停めて。話があるの」

左に折れ、七〇年代初期に開発された閑静な住宅街にはいった。家はどれも低く、窓が小さい。庭はきちんと手入れされている。二ブロック先で子どもが自転車に乗って遊んでいた。黄色いズボンの子どもが赤いボールを蹴った。ロビンはすっかり事務的な態度だった。

「午前中、あちこちにそれとなく探りを入れてみたの。信頼できる人に連絡を取って。なにかあったら教えてと頼んでおいた。いまさっき、知り合いの刑事から電話があって、証言するために最高裁に出向いたら、グランサムが現われて判事に声をかけたそうよ」

「ラスバーン判事か？」

「そう。ラスバーンは休廷を宣言して、グランサムを連れて判事室にはいった。十分後、審理は延期になった」ロビンはそこで言葉を切った。

「きみはその理由を知ってるんだろ？」

「事務官のひとりから聞いた話だから、まず確実よ。グランサムは判事に逮捕令状の裏づけとなる宣誓供述書を提出した。判事はそれに署名した」

「誰の逮捕を認める令状なんだ？」

「それは不明だけど、これまでわかったことから想像するに、あなたの名前があるような気がする」遊びに夢中の子どもが発するキンキンした笑い声が耳に飛びこんだ。ロビンの目が不安の色をたたえていた。「例の弁護士さんに連絡したほうがいいと思う」

病院に戻るとグレイスは眠っていた。ミリアムは引きあげたあとで、父が病室で目を閉じていた。僕はベッドのそばに花を飾り、雑誌をテーブルに置いた。それから長いこと立ったままグレイスを見つめ、ロビンから伝えられた話を振り返っていた。ついに来るものが来た。「どうした？」父の声がした。寝起きで目が赤かった。僕はドアを指さして外に出ると、父もあとについてきた。彼は手で顔を強くこすった。

「おまえが戻るのを待っていた」父は言った。「今夜は全員が夕食の席に顔をそろえるようジャニスに伝えた。おまえにも来てもらいたい」

「ジャニスは嫌がると思うけど」

「家族の集まりだ。あいつだってわかっている」

僕は腕時計に目をやった。まもなく午後になる。「パークス・テンプルトンと話さなきゃならなくなった」

父はただならぬ気配を察知し、顔をゆがめた。「なにがあった？」

「ロビンの話では、グランサムが僕の名前を記載した逮捕令状を取ったらしい」

父は即座に事情を察した。「ドルフの銃からおまえの指紋が見つかったからか」

僕はうなずいた。

「逃げたほうがいい」

「逃げるってどこに？　いや、もう逃げない」

「なら、どうするつもりだ？」

僕はもう一度腕時計に目をやった。「一緒に一杯やろう。ポーチで。昔のように」

「パークスには車から電話する」

「できるだけ早く来るよう言ってほしい」

僕たちは病院を出て駐車場に向かった。「もうひとつ、父さんにやってもらいたいことがある」

「なんだ？」

僕が足を止めると、父も止まった。「ジャニスと話がしたい。一対一で。その段取りをつけてほしいんだ」

「理由を聞かせてくれないか」

「彼女は公開の法廷で僕に不利な証言をした。その件で僕らは一度も話し合ったことがない。いいかげん、それにけりをつけなきゃいけないと思うんだ。だけど、ジャニスはその話をしたがらない」

「あいつはおまえが怖いんだ」

例の怒りがこみあげた。「そう言われるたびに僕がどんな思いでいるか、わからないのか？」

車に戻り、ビニール袋に密封しておいた絵葉書を出した。ダニーはフロリダまで行っていない。それは絶対にたしかだ。葉書の写真に目をこらす。砂は本物とは思えないほど白く、透明な海は罪をも洗い流してくれそうだ。

たまにはこんなのもいい。

ダニー・フェイスを殺した犯人は、犯行を隠そうとしてこの葉書を投函した。指紋がついている可能性は高い。もう何十回になるかわからないが、これをロビンに告げようかとまたも迷った。まだやめておこう。そのほうが彼女のためだからだ。しかし、もっと大きな理由がある。何者かが、動機はわからないものの、ダニー・フェイスを殺した。彼に銃を突きつけ、引き金を引いた。死体を運び、あの深くて暗い穴に捨てた。

警察に話す前に、犯人が誰かを知っておきたい。

それが、僕にとって大切な人である場合にそなえて。


全員がポーチに集まった。酒は高いものだったが、僕たちがかわす肯定的な言葉のように薄くて嘘くさかった。いずれすべて正常に戻るなどという戯言《ざれごと》を信じる者はひとりもおらず、座がしらけるたび——それはしょっちゅうだったが——僕は沈みゆく太陽の強烈な光に無防備にさらされた顔を観察した。

ドルフが火をつけた煙草から、葉がほぐれてシャツに落ちた。彼は湿り気を帯びた細片をぞんざいに払った。あいかわらず、ブーツを履くのと同じ感覚でただならぬ懸念をまとっている。それがなければどうしていいかわからないというように。その点では父も似たり寄ったりだった。ふたりともひとまわり小さくなり、あくが抜けていた。

ジョージ・トールマンは、僕の妹に目を光らせていた。まるでいつ何時、彼女の一部が剝がれ落ちるかもしれず、それがぶつかって壊れる前にキャッチするには、集中力と瞬発力が必要なのだといわんばかりだった。片腕を彼女に押しつけ、彼女がなにか言うたびに上体をかがめている。彼はときおり父に目を向けたが、その表情は尊敬の念にあふれていた。

ジェイミーは空のボトルを横に並べ、むっつりとすわっていた。口をへの字に曲げ、目全体が暗い影に閉ざされている。ときおり、なにやらぶつぶつと低くつぶやいていた。「卑怯なやり方だ」とぽつりと言ったのは、おそらくグレイスが襲われたことをさしているのだろう。しかし僕が問い質すと、彼は首を横に振り、中身はなんだかわからないが輸入ものの茶色いボトルを傾けた。

ジャニスもまた苦しんでいる様子だった。爪は噛んでぼろぼろ、隈が目立ち、目はうつろだ。この数日で一気に容色が衰えていた。無理をしてあれこれ言葉をかけてはいるが、彼女自身と同じくつっけんどんなものばかりだった。彼女は夫から強要された役割、すなわちもてなし役を演じていたわけだが、それなりにがんばってはいたと思う。見ていて痛々しいほどだったが、父の目は非情そのものだった。ジャニスは父から僕の要望を伝えられたが、それが不満なのだろう。体全体からその気持ちが伝わってくる。

僕は長い邸内路を見つめ、まばゆく光る金属の向こうに土埃が舞い上がるときを待っていた。弁護士が先に到着するよう願っていたが、いつグランサムが部下を引き連れてやって来てもおかしくないとも思っていた。弁護士をやっている友人がこんなことを言っていた。弁護士を嫌うのは簡単だが、それも弁護士が必要になるまでのことだ、と。そのときは、いいかげんなことを言う男だと思ったが、いまはちがう。

たしかに鋭い指摘だ。

陽が沈み、会話は次第にとぎれがちになった。言葉には危険が、甚大な被害をあたえかねない罠や盲点がひそんでいる。現実の殺人は頭で考えているようなものではないからだ。身近な人間から生気が奪われ、ぐっしょり濡れた屍《しかばね》と化すことなのだ。疑問が何度となく浮かび、誰もが頭のなかであれこれ仮説を立てるが、話題には一度ものぼらない。彼は、僕の家族が日々の暮らしを営むこの場所で殺された。その不安だけでも充分だが、グレイスのことがある。

それに僕のことも。

誰もが僕を持てあましていた。

ジャニスが僕に話しかけたが、声が大きすぎ、目は僕の肩のずっとうしろを見ていた。「で、どうしたいの、アダム？」噛んで爪が白くなった手が持つ上質なクリスタルのなかで、氷が軽やかな音を立て、ようやくお互いの目が合い、ふたりの距離が急速に縮まった。まるで無数のワイヤが張りめぐらされ、それが一斉に空電音を発しはじめたようだった。

「一対一で話がしたい」僕は挑発するような言い方にならぬよう気をつけた。

彼女の顔から笑みが消え、同時に血の気も引いた。夫に目を向けたかっただろうと思うが、そうはしなかった。「そう」感情を排した抑揚のない声だった。彼女はスカートのしわを直し、見えない力に持ち上げられたかのように椅子から立ちあがった。きっと、頭に本を何冊かのせたまま、父の頬にキスをしようと身をかがめることさえできるにちがいない。ドアの手前で振り返った彼女は、それまでよりずいぶんと落ち着いて見えた。「客間に席を移しましょう」

彼女のあとについてひんやりとした家にはいり、長い廊下を歩いた。彼女は自分用の客間に通じるドアをあけ、先にはいるよう僕をうながした。パステルカラーと高級布地が目に飛びこみ、母なら〝気絶用カウチ〟と呼びそうなカウチの上に、やりかけのニードルポイント刺繍を入れたバッグが一個置いてあった。僕が三歩なかにはいって振り返ると、彼女は静かにドアを閉めるところだった。ほっそりとした指を濃色の木の扉にあてていたかと思うと、次の瞬間、向きなおって僕を平手打ちした。マッチの頭が燃えるように痛みが一瞬にして広がった。

僕たちのあいだに彼女の指がぬっと現われ、剝がれかけたマニキュアが光った。彼女の声は震えていた。「いまのは、お父様をけしかけて、わたしに家族の意味をお説教させた罰です」彼女は指をポーチのほうに突き出した。「この屋敷のなかでわたしを侮辱した罰です」僕は口をひらきかけたが、彼女はそれを制して話をつづけた。

「言うことを聞かない子どもかなにかみたいに、このわたしを家族の前で呼びつけた罰です」彼女は手をおろし、淡黄色のシルク・ジャケットの腰のあたりを引っ張ったが、ふいに体を震わせた。枯れかけた花から花びらが落ちるように、次の言葉が部屋にぽたりと落ちた。

「わたしはなにがあっても脅しには屈しないし、いいように操られるつもりもありません。相手があなただろうと、あなたのお父様だろうと。金輪際《こんりんざい》。さて、二階にあがって少し休ませてもらうわ。わたしにぶたれたことをお父様に告げ口しても、否定しますからね」

かすかなカチリという音とともにドアが閉まり、僕はあとを追わなくてはと思ったものの、実行に移せなかった。最初の一歩を踏みだすと同時に、ポケットのなかで携帯電話が震えたからだ。ロビンの番号だった。息がはずんでいた。

「さっき、グランサムが部下を三人連れて出て行ったわ。令状を執行するつもりよ」

「ここに向かってるのか?」

「そう聞いてる」

「いつ頃そっちを出た?」

「十五分前。まもなくそっちに着く」

僕は大きく息をついた。まただ。「わたしもこれから向かうわ」ロビンが言った。

「心遣いには感謝するけど、ロビン、どういうことになるにせよ、きみが到着する頃にはすべて終わってるよ」

「弁護士はそこにいる?」

「まだ到着してない」

「ひとつだけお願い、アダム」僕はなにも言わずに待った。「ばかなことだけはしないで」

「ばかなこと?」

一瞬の間。「抵抗しないで」

「しないよ」

「冗談で言ってるんじゃないわ。彼を怒らせたらだめよ」

「わかってる」

「じゃ、いまから向かうから」

電話をたたみ、サイドテーブルにのった花瓶をカタカタいわせながら、廊下を戻った。なかとは打って変わった暖かい夕空の下に出たところ、パークス・テンプルトンが玄関ステップをあがってくるのが見えた。僕は彼、次に父を指さした。「ふたりともなかにはいってほしい。いますぐ」

「母さんはどうした？」父が訊いた。

「継母だ」僕は反射的に言った。「彼女の話じゃない」

「じゃあ、なんの話だね？」テンプルトンが尋ねた。

僕はポーチを見まわした。全部の目が僕に向けられているのを見て、秘密にしても意味はないと判断した。まもなく、しかもここでおこなわれることなのだ。いま一度、地平線に目をやると、あとほんの数秒しか残されていないのがわかった。

車三台で向かってきているようだ。ライトをつけ、サイレンは鳴らしていない。

弁護士と目を合わせた。「きょうは僕から金をせびり取れるぞ」そう言うと、相手がきょとんとしたので、僕は指さした。周囲が暗さを増したなか、さっきよりもライトが明るく見える。かなり近くまで来ている。あと二百ヤードほどか。僕たちがいる場所までエンジン音が届きはじめた。音はしだいに大きくなり、家族全員が僕を囲みはじめた。そこへ、石が金属にあたるような、ガチャンとかゴトンといった鈍い音が響いた。砂利道でスピードを出し過ぎた車がよく立てる音だ。あと十秒もすれば、先頭車両はライトを消す。うしろの二台もそれにならうだろう。「あの連中は令状を執行するために来たんです」

「たしかかね？」

「ええ」

「話はわたしに一任してくれたまえ」弁護士はそう言ったが、彼ではほとんど用をなさないだろう。グランサムは細かいことにこだわるタイプではない。令状を取ったのだから、それで充分だ。肩に手が置かれた。父だった。彼はその手に力をこめたが、僕は振り返らなかった。父の唇からは単語ひとつ漏れなかった。「大丈夫だよ」僕が言うと、肩に置いた手にますます力がこもった。

グランサムが僕たちの前に現われたのはそういう状態――すなわち一致団結した状態だった。彼は両手を腰にあてて立ち、両側を部下が固めた。茶色のポリエステル地と、片側に傾いた黒いベルトの壁。

テンプルトンが庭に降り、僕もあとにつづいた。ドルフと父も合流した。弁護士が口火を切った。「ご用件はなんでしょうか、グランサム刑事」

グランサムは顎を胸につけ、眼鏡の上辺ごしにのぞいた。「どうも、テンプルトンさん」彼はわずかに体の向きを変えた。「それにチェイスさんも」

「用件はなんだね？」父が訊いた。

グランサムを見やると、例の汚れた分厚いレンズの向こうの目に意欲をみなぎらせていた。全部で四人いたが、どの顔にも表情というものがなく、それを見た瞬間、僕はもう止めようがないのを悟った。

「法が定める理由でうかがいました、チェイスさん。令状もあります」グランサムは僕を探しあてると、手の指を大きく広げた。「面倒はかけさせないでいただきたい」

「令状を見せたまえ」テンプルトンが言った。

「しばしお待ちを」グランサムの目はまだ僕に向けられていた。一度もそらしていない。

「やめさせられんのか？」父が低い声で弁護士に訊いた。

「無理だな」

「なんとかしろ、パークス」声が大きくなった。

「悪いときはいつまでもつづかないよ、ジェイコブ。いまは我慢だ」そう言うと、弁護士はグランサムに向きなおった。「令状は一分の隙もないようだ」

「でしょうね」

僕は一歩前に進み出た。「ならさっさとすませようじゃないか」

「よかろう」グランサムは言うと、僕の左を向いて手錠を取り出した。「ドルフ・シェパード、おまえをダニー・フェイス殺害容疑で逮捕する」

きらりと光った鋼鉄の手錠が腕に留められた瞬間、老人はその重みに耐えられないとばかりに腰を曲げた。

ありえない。この三十年というもの、僕はドルフが怒って手をあげたところも、声を荒らげたところも見たことがなかった。彼のそばに行こうとすると保安官助手に押し戻された。ドルフの名前を呼ぶと、今度は警棒が現われた。僕の名を呼ぶ声がした。父が冷静になれ、警察に口実をあたえるなと叫んでいる。父の分厚く染みだらけの手がようやく僕の肩をつかんだ。僕は抵抗もせず、黙って引き戻された。そのとき、ドルフが警察車両に乗せられる場面が見えた。

ドアが大きな音を立てて閉まり、ライトが屋根を震わせると、突然の轟音で頭のなかが真っ白になり、僕は目を閉じた。

轟音がやんだときには、ドルフはすでにいなくなっていた。

彼は一度も目をあげなかった。

19

車からロビンに電話をかけ、事の次第を説明した。彼女は自分も拘置所に向かうと言ったが、僕はよせと言った。彼女はもう、この件に必要以上にどっぷり浸かっている。それでも彼女は食い下がったが、激しくやり合えばやり合うほど僕の決意は固くなった。彼女は〝僕〟を選んだ。そのせいで彼女の立場があやうくなるのは避けたかった。明日、くわしい事情がわかったら会うことで決着がついた。

テンプルトン、父、僕の三人でダウンタウンにあるローワン郡拘置所に向かった。ジェイミーは耐えられそうにないからと断ったが、彼の本心はわかっていた。牢。におい。存在そのもの。誰も説得をこころみなかった。彼は昼からずっとふさぎこんでいたし、もともとドルフとの仲もよくなかった。夜のとばりが降りはじめた空に、拘置所の建物がぼうっと浮かびあがった。僕たちは車の流れに逆らって無理に通りを渡り、幅の広いステップをのぼって、セキュリティ・チェックを通過した。はいってすぐの部屋は熱した接着剤と床用クリーナーのにおいがした。背後で金属がぶつかり合うけたたましい音を立ててドアが閉まり、生暖かい風が天井の通気孔から吹きつけた。壁際に並んだオレンジ色のプラスチック椅子に四人がすわっていた。ひと目でその四人を把握した。草で汚れた服のヒスパニックがふたりと高級な靴を履いた年配女性、それに爪を嚙みすぎて血が出ている若者。

テンプルトンは自慢のスーツで決めていたが、誰も目をまるくしなかった。とりわけ、傷だらけの防弾ガラスの向こうにいる巡査部長は。テンプルトンは颯爽と立ちあがると弁護士の特権を振りかざし、ドルフ・シェパードに面会させろと要求した。

「できません」にべもない答えが、長年の経験からくる面倒くさそうな口調で返ってきた。

「どういうことだね？」弁護士はいかにもカチンときた顔をした。

「尋問中です。誰も会えません」

「しかし、わたしは彼の弁護士だぞ」

巡査部長はずらりと並んだプラスチック成型の椅子をしめした。「そこにかけて待っててください。まだ当分かかります」

「いますぐ、依頼人に会わせたまえ」

巡査部長は椅子の背にもたれて腕を組んだ。重ねた年齢が体にあらわれていた。眉間に深く刻まれたしわに、スーツケースのような腹。「今度、おれに向かって大声を出したら、おれの一存でここから叩き出しますよ」と巡査部長は言った。「連絡がないかぎり、誰もドルフ・シェパードには会わせられません。保安官じきじきの命令なんです。すわるか、出て行くか、お好きなように」

弁護士は呆気にとられたが、辛辣《しんらつ》な物言いは健在だった。「これで終わりにはしないぞ」

「いいえ、終わりです」巡査部長は椅子から腰をあげると、部屋の奥まで歩いていって、コーヒーを注いだ。彼はカウンターに寄りかかり、防弾ガラスの向こうから僕たちをにらみつけた。父が弁護士の肩に手を置いた。

「すわっていろ、パークス」

弁護士が大股で奥の隅まで歩いていくと、父はガラスをコツコツと叩いた。巡査部長はコーヒーをおろして近づいた。父にはずいぶんと礼儀正しかった。「なんですか、チェイスさん」

「保安官と話がしたいんだが」

相手の表情がやわらいだ。ここ数年いろいろあったとはいえ、父はいまもこの郡の有力者であり、大勢から尊敬される存在なのだ。「おいでになったことを保安官に伝えます」と巡査部長は言った。「ですが、なんの約束もできません」

「それでけっこうだ」

父が離れていくと、巡査部長は受話器を取った。唇を小さく動かしていたかと思うと、電話を切った。彼は父に目を向けた。「保安官においでになったことを知らせました」

僕たちは隅に固まった。テンプルトンが声をひそめて言った。「こいつは我慢ならんぞ、ジェイコブ。弁護士を依頼人に会わせないなどという暴挙が許されるはずがない。保安官もそれくらい承知のはずだ」

「なにかおかしい」と僕は言った。

「なにがおかしいのだね？」

弁護士の目に苛立ちの色が浮かんでいた。彼は父から時間三百ドルももらいながら、まだ受付すら突破できていないのだ。

「僕たちはなにか見落としてるんじゃないだろうか」

テンプルトンの顔が青ざめた。「それだけではなんとも言えんよ、アダム」

「しかし……」

「なにを見落としていると思うんだ？」父が訊いた。

父に目を向けると、精神的にかなり追いつめられている様子がうかがえた。父にとってドルフは血を分けた兄弟と言ってもいい存在なのだ。

「わからない。ドルフはテンプルトンさんが来てることを知ってるはずだ。それにテンプルトンさんの言うとおり、弁護士がロビーでしびれを切らしているのを知りながら、容疑者を尋問するほど保安官だってばかじゃない」僕はそこで弁護士に顔を向けた。「ほかに取れる手だてはありますか？　なにかできることは？」

テンプルトンは腰をおろし、腕時計に目をやった。「もう定時を過ぎたから、裁判所に救済をあおぐのは無理だ。もともとなにもできないだろうがね。令状には問題がない。保安官はわたしを締め出してはいるが、それ以外に逸脱行為は認められない」

「令状の内容を話してもらえますか？」

「かいつまんでかね？　ドルフ所有の三八口径がダニー・フェイスを殺した凶器だった。警察は家宅捜索でその銃を押収した。弾道検査の結果、凶器であると断定された。令状によれば、ドルフの指紋がついていたそうだ」

「ドルフの指紋が？」僕は思わず聞き返した。

僕のではなく？

「ドルフの指紋だ」弁護士は断言した。そこで僕はぴんときた。ドルフは几帳面な男だ。保管庫に戻す前に銃をきれいに拭ったのだろう。僕の指紋を拭い、彼のだけが残った。

「凶器だけで立件は無理でしょう」僕は言った。「裁判に持ちこむなら、ほかにもなにかないと。動機。それに機会も」

「機会に関しては簡単に説明がつく」テンプルトンは言った。「ダニーはきみのお父上の農場でアルバイトとして働いていた。千四百エーカーの土地でな。ドルフにはいくらでも彼を殺すチャンスがあった。動機はまた別の問題だ。令状はその点を明らかにしていない」

「で、どうなるんだ？」父が訊いた。「このままじっとすわってなきゃいかんのか？」

「いくつか電話してみる」テンプルトンは言った。

父が僕に目を向けた。「待とう」と僕は言った。「保安官から話を聞くんだ」

何時間も待たされた。テンプルトンは自宅にいた助手のひとりを呼び出し、弁護士が同席しない状態で得た証拠は却下するよう求める申請の素案作りを指示した。彼にできるのはそれくらいだったが、なにもしないよりはましだ。九時十五分、保安官がセキュリティ・ドアを抜けて現われた。銃を持った部下を従えて。保安官は片手をあげ、テンプルトンが弁舌をまくしたてるより先に口をひらいた。

「議論を闘わせるために顔を出したわけじゃない。そっちの言いたいことは充分、承知している」

「ならば、わたしの同席なしに依頼人を尋問したことが、憲法でさだめられた権利を侵害していることはよくご存知なわけですな」

保安官は顔を赤くし、弁護士を上からにらみつけた。「あんたに話すことはなにもない」そう言い、しばし間をおいた。「見当違いもはなはだしいぞ」彼は父に向かって言った。「カッカする前にわたしの話を聞け。ドルフ・シェパードにはダニー・フェイス殺害の容疑がかかっている。彼は弁護士をつける権利があると説明を受けたが、それを放棄したんだ」保安官はテンプルトンに目を向けてほほえんだ。「あんたは彼の弁護士ではないんだ、テンプルトンさん。つまり、憲法でさだめられた権利の侵害もない。あんたはこのロビーより奥にはいれないんだよ」

父が息せき切って大声で尋ねた。「弁護士は必要ないと言ったのか?」

制服の上で笑みが広がった。「誰かさんとちがい、ミスタ・シェパードは弁護士や彼らが弄する策の陰に隠れることをよしとしないようだ」保安官の目が僕のところで止まった。

胃にむかつきをおぼえた。前にも経験した感覚だ。

「なんだと？」テンプルトンが食ってかかった。「彼が自白したと言うのか？」

「あんたに話してるんじゃない」保安官は言った。「さっきはっきりとそう言ったはずだが」

「どういうことだ？」父がつめ寄った。

保安官は父の目をひたと見すえ、それからゆっくりと僕に顔を向けた。笑顔が少しずつ消滅していく。表情がまったく読めない。「彼はきみに会いたいそうだ」と言った。

「僕に？」

「そうだ」

テンプルトンが割ってはいった。「そんな要求を認めるのか？」

保安官は弁護士を無視した。「きみさえよければすぐにでも奥に案内する」

「ちょっと待ちたまえ、アダム」テンプルトンが言った。「きみの言うとおりだ。どうも筋が通らない」

保安官は肩をすくめた。「会うのか、会わないのか？」

テンプルトンが僕の腕をつかんで引き寄せた。耳もとで声をひそめる。「ドルフが拘留されて、どのくらいだ？　まだ三時間か四時間じゃないか。弁護士をつける権利は放棄したのに、きみには会いたいと言う。ひかえめに言っても普通じゃない。それ以上に、保安官が彼の要求をあっさりのんだことが気にかかる」彼はそこで一拍置いた。かなり不安な様子だ。「絶対なにか変だ」

「なにが変なんです?」

彼はかぶりを振った。「わからん」

「そんなことで考えなおせと言われても無理です。断るわけにはいきません」

「しかし断るべきだ。法律家の立場から言わせてもらえば、それでなにか得られるとも思えん」

「法がすべてじゃありません」

「わたしは反対だ」

「父さん?」

「あいつはおまえに会いたがっている」父は両手をポケットに深く突っこんだ。いわんとすることが顔にはっきりと書いてある。拒否するのは論外だ。

僕は保安官のもとに戻り、なにかヒントはないかとその顔をじっくりと観察した。空振りだった。表情を消した目と真一文字に結んだ口。「わかりました。行きましょう」

保安官が向きを変えると、わきにひかえていた部下の顔をなにかがよぎった。僕は父を振り返った。父が片手をあげ、テンプルトンが僕に顔を近づけた。「保安官の話に聞き耳を立ててるんだ、アダム。だが、きみはしっかり口を閉じていろ。奥にはいったら味方はひとりもいないと思え。ドルフでさえもだ」

「なにが言いたいんです?」

「殺人容疑が友人を寝返らせる道具として使われることは知られている。よく使う手だ。

先に取引すればそれだけ早く出られる。この郡のすべての地区検事がこの駆け引きをやる。どの保安官もそれを知っている」

僕は毅然とした声で言い返した。「ドルフはそんな人間じゃない」

「わたしは、きみにはとうてい信じられないようなことをさんざん見てきたんだ」

「今度のはそうじゃない」

「とにかく用心するんだ、アダム。きみはこの郡始まって以来もっとも重大な殺人の容疑を逃れた。それがこの五年間、保安官を悩ませてきた。彼は政治的にダメージを負ったし、そのせいで夜も眠れない日々を過ごしたにちがいない。あの男はいまもきみの首を狙っている。それが人間の性《さが》だ。だから心しておけ。わたしが同席していなければ、きみが話す内容には弁護士と依頼人間の守秘義務は適用されない。会話が盗み聴きされたり、場合によっては録音されるかもしれないことを頭に入れておくんだ。向こうはそんなことはしないと言うだろうがね」

そんなことは言われなくてもわかっている。僕は前にもあの扉の向こうにはいったことがあるのだ。幻想は抱いていない。マジックミラー、マイク、厳しい取り調べ。よく覚えている。保安官がドアの前で足を止めた。ブザーが鳴り響く。カチッという音とともに錠がはずれた。

「なつかしいだろう?」保安官が尋ねた。

僕は彼の薄ら笑いを頭から締め出し、ドアをくぐった。五年という歳月をへて、またここに戻ってきたことになる。

この場所で長時間を過ごしたから、自分の家のようによくわかっている。におい、見通しのきかない角、常に警棒をかまえた気の短い看守たち。嘔吐物と消毒剤と黒カビのにおいはあいかわらずだ。

ローワン郡には二度と戻らないと誓ったはずだが、けっきょく舞い戻った。しかもいまいるのは、あのトラ箱のなかだ。だが、今度はドルフのためで、僕が身柄を拘束されたわけではない。まったくちがう。

つなぎ服とサンダル履きの収監者のそばを通り過ぎた。自由に動きまわっている者もいれば、手錠をかけられ見張り付きで廊下を移動中の者もいた。そのほとんどが目を伏せていたが、なかには挑発するようににらんでくる者もいた。僕もにらみ返した。ここでどうふるまうべきかという行動基準は心得ている。危険人物の見分け方は身についている。僕は初日に洗礼を受けた。金持ちで白人であるうえ、目を伏せようとしなかったからだ。それだけそろえば充分で、連中は即座に、僕に目に物見せてやる決断を下したのだった。

最初の週で三回襲われた。序列の順位が決まるまでに、手の骨を一本折り、脳震盪を起こさなくてはならなかった。最上位ではなかったし、二番手、三番手でもなかったが、それなりの判断が下った。

放っておいてもらえる程度にはタフだという判断が。

そう、いまもしっかり覚えている。

保安官の案内でいちばん広い尋問室へと連れていかれ、入り口のところで足を止めた。小さなガラス窓からドルフの一部がのぞいていたが、保安官が視界をふさいだ。「こうしようじゃないか」と彼は言った。「五分間やるから、ひとりではいれ。わたしは外で待つ。弁護士先生から妙な話を吹きこまれたかもしれないが、ふたりだけにしてやる」

「本当ですか？」

ぐっと顔を近づけた保安官の顔に汗が浮かび、丸刈りに近い灰色の髪とその下の日焼けした頭皮がはっきりと見えた。「ああ、本当だとも。こんなことで嘘をついてもしょうがない。たとえ相手がきみでもな」

僕は左に体を傾け、ガラス窓をのぞいた。ドルフはうなだれ、テーブルをじっと見つめている。「なにか魂胆があるんじゃないですか？」

保安官は唇をゆがめ、厚ぼったいまぶたを伏せた。向きを変え、幅広の錠に鍵を差しこみ、慣れた手つきでひねった。ドアが大きくあいた。「五分だぞ」彼は言うと、わきに寄った。ドルフは目をあげなかった。

尋問室に足を踏み入れた瞬間、肌が粟立ったが、ドアが大きな金属音とともに閉まると火がついたように熱くなった。この部屋で僕は三日間にわたり尋問を受けた。いまでもきのうのことのように思い出す。

ドルフの向かいの椅子に腰をおろした。警官がすわるほうだ。椅子を引くと、コンクリートの床でこすれて耳障りな音がした。ドルフは身じろぎもせずにすわっていた。つなぎ服はぶかぶかだったが、手首はあいかわらずがっしりとしていたし、手は肉厚で力がありそうに見える。室内の照明がほかにくらべて明るいのは、なにかを隠されるのを警察が嫌うからだが、それでも色がおかしく、ドルフの肌は外のリノリウムの床のように黄色く見えた。うなだれているので、鼻の頭と白い眉毛しか見えない。煙草とアルミの灰皿がテーブルに置いてあった。

呼びかけると、ようやく彼は顔をあげた。さしたる根拠はないものの、彼が他人行儀に振る舞うのではないか、ふたりのあいだに壁のようなものが立ちはだかっているのではないかと思いこんでいたが、そんなことはまったくなかった。ぬくもりと思慮深さが伝わってきた。彼が苦笑いしたのには驚かされた。

「ひどい場所だな、え?」彼は両手を動かして言った。マジックミラーをのぞきこみ、首をまわした。煙草のパックを探しあて、一本振り出す。マッチで火をつけ、椅子の背にもたれ、片手で部屋をしめした。「おまえさんのときもこんなだったのか?」

「だいたいね」

彼はうなずき、鏡を指さした。「あの向こうには何人いると思う?」

「気になるのかい?」

今度はほほえまなかった。「いや、べつに。親父さんも来てるのか?」

「ああ」

「泡を食ってるんじゃないか？」

「泡を食ってるのはテンプルトンだ。親父は憔悴しきってる。なにしろいちばんの親友だ。あんたのことが心配なんだ」そこで言葉を切り、ドルフが僕と話したい理由をにおわせるものはないかと様子をうかがった。「なぜ僕が呼ばれたのかさっぱりわからない。話があるならテンプルトンにするべきだ。州でも一、二を争う弁護士がここまで来てるんだぞ」

ドルフは煙草をとりとめもなく動かし、細い煙を踊らせた。「弁護士ね」心ここにあらずといった様子だった。

「彼にいてもらうべきだ」

ドルフは僕の提案を手を振って断り、椅子に背をもたせかけた。「おかしなものだな」

「おかしい？」

「人生がだ」

「というと？」

彼はそれには答えず、安物のアルミの灰皿で煙草を揉み消した。それから目を輝かせ、ぐっと身を乗り出した。「わしがこれまでの人生でもっとも感服した出来事を教えてやろうか？」

「大丈夫か、ドルフ。言ってることが……なんと言うか……めちゃくちゃだ」

「わしは正気だ」彼は言った。「もっとも感服した出来事だぞ。聞きたいだろう？」

「もちろんだ」

「おまえさんも目撃したことだ。もっとも、当時は充分に理解してなかったろうがな」

「え？」

「親父さんがグレイスを助けようと川に飛びこんだ日さ」

僕の顔にどんな表情が浮かんだのか、いまもってわからない。虚脱。驚愕。まったく意外な答えだった。ドルフはうなずいた。

「誰だって同じことをしたさ」僕は言った。

「それはない」

「どういうことだ？」

「あの日以外、親父さんが川なりプールなりで泳ぐのを見たことはあるか？　海でもいい」

「いったいなんの話だ、ドルフ？」

「親父さんは泳げないんだ、アダム。初耳だと思うが」

僕は唖然とした。「全然知らなかった」

「あの人は水が苦手だった、というより恐れていた。ガキの頃からずっとな。なのに、ためらうことなく飛びこんだ。増水して土手からあふれそうなゴミだらけの川に、頭から飛びこんだ。ふたりとも溺れなかったのは奇跡としか言いようがない」彼はそこで言葉を切り、いま一度うなずいた。「それがわしの人生でもっとも感服した出来事だ。盲目的で、純粋な行為だった」

「なぜ僕にその話を？」

ドルフは身を乗り出して僕の腕をつかんだ。「おまえさんが親父さんそっくりだからだ、アダム。それに折り入って頼みがあるからだ」

「頼みって？」

彼の目が赤々と燃えあがった。「もう放っておいてくれ」

「なにを放っておくんだ？」

「わしのこと。事件。とにかく全部だ」彼の言葉にあらたな勢力がくわわった。信念という勢力が。「わしを救おうとするな。調べてまわろうとするな。首を突っこむな」突然、腕から手を離され、僕はのけぞった。「とにかく放っておいてくれ」

そこでドルフは立ちあがり、急ぎ足でマジックミラーに歩み寄った。振り返った彼の瞳はあいかわらず赤々と燃え、声がうわずっていた。「それから、グレイスをよろしく頼む」突然、涙が顔のしわを伝い落ちた。「あの娘にはおまえさんが必要だ」

ドルフは鏡を軽く叩き、顔を床にうつむけた。僕は足もとに目を落として、かける言葉を探したが失敗に終わった。大きな金属音とともにドアがあいた。保安官が現われ、そのうしろを保安官助手が固めた。僕は片手をあげた。「ちょっと待ってください」

保安官が感情を高ぶらせた。顔が一気に赤くなる。彼の肩の向こうにグランサムが顔をのぞかせた。保安官にくらべ血の気がなく、心ここにあらずという様子だった。

「終わりだ」保安官は言った。「さあ、出て行け」

ドルフの様子をうかがった。ぴんとのばした背筋とうなだれた首。突然、激しく咳きこみ、オレンジ色の袖で口もとをぬぐう姿。彼は鏡に手を突くと、顔をあげ、そこに映る僕の姿をのぞきこんだ。唇が動いたが、発した言葉は聞き取りづらかった。

「いいから行け」彼は言った。

「さっさと出ろ、チェイス」保安官が引っぱり出そうとするように手をのばしてきた。

疑問は山ほどあるが、答えはひとつも得られなかった。ドルフの訴えが頭のなかでこだまする。

プラスチックのカタカタいう音に振り返ると、保安官助手ふたりが三脚にビデオ・レコーダーをのせて運んできた。

「なにをするつもりだ？」僕は訊いた。

保安官が僕の腕をつかんで、ドアの外に引っぱり出した。ドアが大きな金属音を立てて閉まると、腕にかかった力がゆるんだ。僕は保安官の手を振りほどいた。部下がカメラの位置を調整する様子を、僕は細い窓からのぞいていたが、保安官からはなんの文句も出なかった。ドルフはテーブルに移動すると、一度だけ僕がいるほうに目を向けて、腰をおろした。彼がカメラに顔を向けたところで、保安官は鍵をまわし、掛け金をかけた。

「なんなんだ、これは？」僕は訊いた。

保安官は僕が目を向けるまで黙っていた。「自白だ」

「まさか」

「これからやつは、ダニー・フェイス殺害を認める供述をする」保安官は充分な効果を狙って一拍おいた。「やつの口から直接きみに語りかけてもらう」

僕は目を見張った。

「そういう条件だったんだ」

そういうことだったのか。僕にとってドルフがいかに大切な存在か、保安官はよくわかっている。だから彼は見せようと言うのだ。カメラ、その前にすわるドルフ、精も根も尽き果てた体に突如みなぎった自己満足。テンプルトンの言ったとおりだ。

「この悪党め」

保安官は笑みを浮かべてにじり寄った。「よくもローワン郡に舞い戻ってきたな、この人殺しのごくつぶし」

20

僕たちは拘置所を出ると、遠くで降る雨のにおいを含んだ風に吹かれて立っていた。稲妻が音もなく光ると、一瞬あたりは闇に包まれ、雷が機関砲のごとく上空で鳴り響いた。ドルフの様子を知りたがるふたりに、僕は声を押し殺してほぼすべてを伝えた。彼から頼まれたことには触れなかった。というのも、ドルフ・シェパードをあのまま見捨てるわけにはいかないからだ。絶対に。最後に見たのはビデオ・カメラの前にすわるドルフの姿だったことを話した。

「筋が通らない」父が重い口をひらいた。「あの円丘におまえを連れていったのはドルフだ。あいつはただロープを握っていただけじゃないか。あいつのおかげで死体が見つかったようなものなんだぞ」

「お父上の意見はもっともだ」テンプルトンはそう言い、しばし間をおいた。「しかし、ドルフが死体の発見を望んだとも考えられる」

「ばかなことを！」父は大声をあげた。

「罪悪感から人間がおかしな行動を取るのはよくあることだ、ジェイコブ。わたしはそういう事例をいくつも見てきた。大量殺人を犯した犯人が突然、自供する。レイプ魔が裁判所に去勢を願い出る。二十年間、清廉潔白で通してきた人物が、ある日突然、何十年も昔に嫉妬に狂って配偶者を殺したことを自白する。よくあることなんだ」

僕の頭のなかでドルフの声が響いた。病院で言われた言葉が。〝罪深き者はその罪をつぐなわねばならない〟

「話にならん」父が言うと、弁護士は肩をすくめた。

風がさらにいきおいを増し、僕が手を差し出すと同時に、雨粒がぱらぱらと落ちはじめた。冷たく強い雨が、指を鳴らすときのパチンという音をさせて階段に落ちた。雨足はまたたく間にはやくなり、コンクリートが騒々しい音を立てはじめた。

父が声をかけた。「もう帰っていいぞ、パークス。またあとで話そう」

「用があったら、ホテルに連絡をくれ」弁護士は自分の車めがけて走りだし、僕たちはその背中を見送った。うしろに屋根のある場所があったので、そこで雨宿りをした。嵐はいまが山場だった。雨が激しく叩きつけ、屋根の下まで冷たい飛沫が飛んでくる。

「誰だってひとつやふたつ、身に覚えがあるものだ」僕が言うと、父が顔を向けた。「でも、ドルフにダニーを殺せるはずがない」

父はそこにメッセージがこめられているかのように雨に目をこらしていた。「パークスは帰ったぞ」そう言って僕に向きなおった。「言わなかったことを話したらどうだ？」

「もう全部話したさ」

父は両手で髪を撫でつけ、顔についた滴を拭い取った。「あいつがおまえと話したがったのには理由があるはずだ。これまでのところ、その理由についておまえはひとことも触れていない。パークスがいたときはそれも理解できる。だがやつはもういない。だから話せ」

胸にしまっておきたい気持ちもあったが、もしかしたら父がなにかヒントをあたえてくれるかもしれないとも思った。「ドルフは放っておいてくれと言ったんだ」

「どういう意味だ?」

「首を突っこむなということさ。僕が事件の真相を突きとめようとするのを案じてるようだった。どんな理由があろうと、絶対にやめてくれという態度だった」

父は顔をそむけ、三歩進んで、屋根のきわに立った。あと一歩踏み出せば、雨にのみこまれてしまう。僕は背筋をのばし、父がこっちを向くのを待っていた。父の表情を確認しておきたかった。雷が夜の闇にとどろき、僕は声を張りあげた。「ダニーの死体が見つかったとき、僕はこの目でドルフの顔を見てる。彼は犯人じゃない」雷が弱まった。「彼は誰かをかばってるんだと思う」

そうでなければ筋が通らない。

父は僕に背を向けたまま口をひらいた。父が投げつけた言葉は石も同然だった。「あいつは死にかけている」そう言って僕に顔を向けた。「ガンに冒されているんだ」

話がよくのみこめなかった。たしか、前立腺ガンを患った話は本人から聞いた気がする。

「何年も前の話だろ」

「それは始まりにすぎん。いまは全身に転移している。肺。骨。脾臓。もう半年ももたんだろう」

激しい悲しみが痛みとともに襲ってきた。「だったら病院で治療を受けなきゃだめじゃないか」

「なんのために？　一カ月長く生きるためにか？　あいつはもう治らないんだ、アダム。どの医者に訊いても答えは同じだ。わたしが病気と闘えと言ったら、大騒ぎしたって無駄だという答えが返ってきた。神のご意志のまま、威厳を持って死ぬ。それがあいつの望みだ」

「そんなばかな。グレイスは知ってるのか？」

父は首を横に振った。「知らないはずだ」

僕はこみあげてくる思いを心の奥底に押しこんだ。頭をはっきりさせる必要があったが、そう簡単にはいかなかった。そのとき、ふと頭にひらめいた。「わかってたんだろ」と僕は言った。「ドルフが自供したと僕が話したとたん、そんなことをした理由が父さんにはわかったんだ」

「それはちがう。わたしもおまえと同じことしか知らん。つまり、ドルフ・シェパードは人を殺せる人間じゃないという事実だけだ。あいつが誰をかばっているのか、見当もつかん。だがこれだけは言える。あいつが大切に思っている誰かだ」父はそこで言葉を切ったが、僕は先をうながした。

「だから？」

父が距離をつめた。「だから、あいつの願いを聞いてやるべきかもしれんな。このままそっとしておくべきかもしれん」

「刑務所で死ぬのは威厳を持って死ぬこととはちがう」

「そうとは言い切れん。どういう理由でやるかでちがってくる」

「ドルフをあんなところに入れておけないよ」

「最期の日々をどう過ごすか、おまえが指図できるものでは——」

「あんな穴蔵で死なせるわけにはいかないんだ！」

父は苦しそうな顔を浮かべた。

「ドルフのことだけじゃないんだ」と僕は言った。「ほかにも理由がある」

「ほかの理由？」

「ダニーから電話をもらったんだ」

闇のなかで父の姿はほとんど見えず、淡い色の袖の先端に黒い手があるのがわかるだけだった。

「どういうことだ？」

「あいつは僕がニューヨークにいることを突きとめた。三週間前、電話がかかってきた」

「あいつが死んだのも三週間前だぞ」

「妙な話だろ？　まったく唐突に、夜中に電話のベルが鳴った。興奮してるような、やけに浮かれた声だった。人生の再スタートを切る道が見つかったと言っていた。あっと驚くような話だが、それにはぼくの力が必要だと。だから、帰ってきてくれないかと頼まれた。それで言い争いになったんだ」

「なぜおまえの助けが必要だったんだ？」

「頑として言おうとしなかった。直接会って頼みたいの一点張りで」

「しかし――」

「僕は二度と帰らないと答えた。ふるさとは僕にとってないも同然だと」

「そんなことはありえん」父が言った。

「そうかな？」

父は目を伏せた。

「僕は力を貸してほしいと頼まれたのに、断った」

「そんなふうに考えるのはよせ」

「僕は断り、あいつは死んだ」

「物事は必ずしもそう単純なものではない」父は言ったが、僕は説得されるつもりはなかった。

「僕が頼みを聞いてたら、戻ってきて力になってたら、あいつは殺されなかったかもしれない。僕はあいつに借りがあるんだ」そこで言葉を切った。「それにドルフにも」

「それでどうするつもりだ?」

僕は降りしきる雨を見つめ、目の前の空間から真実をつかみとろうとするように手をのばした。

「いくつか石をひっくり返してみるつもりだ」

21

農場まで戻る車のなかで、僕は古いトラックのワイパーがせわしなく作動する音に耳を傾けていた。父がエンジンを切っても、僕たちは邸内路に駐めた車を降りなかった。屋根を叩く雨粒が霧となってただよっていた。「おまえ、さっきのあれは本気か？」

その質問には答えなかった。ダニーのことを考えていた。僕は彼の頼みを断っただけでなく、彼を疑うという愚行まで犯した。きっかけは、グレイスのそばに落ちていた指輪だった。それですべてすっきりと説明がついたからだ。ダニーは人が変わり、金のためなら手段をいとわない男になった。彼の父親は僕の父に土地の売却を迫り、ダニーも同意見だった。情けない。そんなたわごとをあっさり信じてしまうとは。彼が味方してくれた日々を忘れ、彼がどんな人間だったかを忘れるとは。これほどひどいおこないは、あとにも先にもはじめてだ。しかし彼はもうこの世にいない。生きている者のことを考えなくてはいけない。

「今度のことでグレイスはどうかなってしまうかもしれない」と僕は言った。

「あの娘は強い」

「そこまで強い人間なんかいないよ。病院に電話したほうがいい。いずれ新聞に載る。彼女の耳に入れないようにしてもらわなきゃ。せめて一日か二日だけでも。僕らの口から告げるべきだ」

父は決めかねていた。「もう少し具合がよくなるまでそうしてもらうか」そこでうなずいた。「一日か二日」

「そろそろ帰るよ」すると、父が僕の腕に手を置いて引き留めた。僕の側のドアはあけっぱなしで、雨が車内に吹きこんだ。父は意に介さなかった。

「ドルフはわたしのいちばんの親友だ。おまえが生まれる前からのな。おまえの母さんと出会うより前、幼い頃からのつき合いだ。わたしだって心を痛めてないわけじゃない」

「だったら、ぼくと同じ気持ちになってもいいじゃないか。彼をあそこから出してやろうよ」

「友情は信頼と同義語だ」

僕はしばらく黙りこんだ。「それを言うなら家族もだ」

「アダム……」

車を降り、背中に雨を受けながら車内に顔を突っこんだ。「父さんは僕がグレイ・ウィルソンを殺したと思ってるのか？　いまも、この瞬間も……僕が犯人と思ってるのか？」

身を乗り出してきた父の顔を車内灯が照らした。「いいや。おまえがやったとは思っておらん」

胸のなかでなにかがぽきりと折れ、ぴんと張っていたものが緩んだ。「いまの言葉だけで僕が許すと思ったら大間違いだ。まだまだ時間が必要だ、僕にも、父さんにも」

「ああ、そうだな」

そのとき、予想外の言葉が飛び出した。まるでこぼれるように、僕の口をついて出た。「うちに帰りたい。それが戻ってきた本当の理由だ」父は目をまるくしたが、僕はそれ以上言うべきことを持ち合わせていなかった。ドアを乱暴に閉め、はねをあげながらぬかるみを駆け抜け、自分の車に身を滑りこませた。父は自宅のポーチにあがって、僕を振り返った。雨を含んだ服が体にまとわりついている。滴が顔を伝い落ちる。翳りを帯びた目に片手をかざし、僕が車を出すまでそうしていた。

僕はドルフの家に戻った。がらんと薄暗かった。濡れた服を脱ぎ、倒れこむようにカウチに腰をおろした。頭のなかをいくつもの考えが渦巻いていた。臆測、推論、絶望。ドルフはここから十五マイル離れた場所で、固くて狭い寝台に横たわっている。まんじりともせずに。不安を抱え。ガン細胞はいずれ彼を食いつくし、とどめを刺すことだろう。それまであとどれくらいあるのか。六カ月？　二カ月？　一カ月？　見当もつかない。しかし母の死後、父は長いあいだ悲しみに暮れ、僕にとってはいないも同然の存在で、その穴を埋めてくれたのがドルフ・シェパードだった。肩に置かれた彼のどっしりした手の頼もしさは、いまもはっきりと覚えている。長かった歳月。つらかった歳月。それを乗り越えられたのはドルフ・シェパードのおかげだった。

ならば死ぬにしても、せめて太陽の光を顔に受けて死なせてやりたい。

グローブボックスに入れたままの絵葉書が頭に浮かんだ。僕がにらんだとおり、ドルフがダニー殺害の犯人でないなら、あの絵葉書で彼は自由の身になれるはずだ。しかし、それで疑いをかけられるのは誰か。ダニーの死を望む動機を持つ者。円丘のてっぺんにある穴に死体を隠せるだけの力を持つ者。いいかげん、絵葉書をロビンに預けるべきなのだろう。しかし、父の意見にも一理ある。ドルフには彼なりのわけがあるはずだが、それがなんなのか、僕たちは見当もついていないのだ。目を閉じて、テンプルトンの言葉を頭から締め出そうとした。〝ドルフが死体の発見を望んだとも考えられる〟そこへまたもドルフの声が響く。〝罪深き者はその罪をつぐなわねばならない〟雷鳴とともにどす黒い考えがひらめいた。ドルフがダニーを殺したのなら、納得のいく理由があったにちがいないと思う。しかし本当にそうだろうか？　絶対にそうだと言い切れるのだろうか？　僕はしばらくこの土地を離れていた。五年で世の中はどれだけ変わるのだろう？　そして人間は？

そんなことをつらつら考えるうち、僕はいつしか眠りに落ちていた。このときは、母の夢も血の夢も見なかった。代わりに夢に出てきたのは歯であり、善良な男を食い殺すガン細胞だった。

六時前に目覚めたが、まったく眠った気がしなかった。戸棚にコーヒーがあったので、コーヒーメーカーをセットし、雨模様の灰色の空のもとに出た。夜明けまであと三十分、しんと静まり返っている。黒い滴の重みで葉がたわみ、芝が地面にぺったりと張りついている。邸内路のそこかしこで光る水たまりは黒くつややかで、まるでオイルを流したようだ。

申し分のない穏やかな朝だった。そのとき、あれが聞こえた。追い立てられた犬たちがあげる悲痛な大合唱。群れが発する遠吠え。本能が発するその叫びに思わず鳥肌が立った。鳴き声は丘の上までのぼってきたが、やがて聞こえなくなった。のぼっては下る。不可解な祈りを唱える狂人のようだ。数発の銃声がたてつづけに響きわたり、それを聞いて僕は、父もまたじっとしていられないのだとわかった。

さらに一分間、耳を澄ましたが、犬の声は跡形もなく消え、銃声が響くこともなかった。僕は家に引きあげた。

シャワーを浴びに向かう途中、グレイスの部屋をのぞいた。なにも変わっていないのを確認し、ドアを閉めた。廊下を進み、水栓をひねった。無駄のない動きでてきぱきと体を洗い、タオルで拭った。湯気を引き連れて居間に戻ると、僕がベッドがわりに使った場所にロビンが腰かけ、枕に指を広げていた。立ちあがった彼女は小さくて顔色が悪く、警察官ではなく僕の恋人らしく見えた。「またシャワーを浴びてるところにお邪魔しちゃったわね」

「次はきみもはいるといい」僕はにやりと笑ってみせたが、きょうのような重苦しい日に軽口はふさわしくなかった。両腕を広げると彼女が冷たい頬を胸に押しつけてきた。「話があるの」

「服を着てくる」

居間に戻ると、ロビンがコーヒーを淹れておいてくれた。僕たちはキッチン・テーブルをはさんですわった。森を包んでいた霧が消え、太陽が鋭い指を木々の合間にのばしている。「ドルフが自供したと聞いたわ」

「あんなのはでたらめだ」意図した以上にきつい言い方になった。

「どうしてそう言い切れるの？」

「彼をよく知ってるからさ」

「それだけじゃだめよ、アダム――」

自制心が消し飛んだ。「生まれたときから知ってるんだ！　僕を育ててくれた人なんだぞ！」

ロビンは冷静さを失わなかった。「わたしの話を最後まで聞いて。彼の力になるだけじゃだめなの。彼の自供に穴を見つけなきゃ。切り崩せそうな箇所はないかとね」

僕はロビンの表情をうかがった。腹に一物《いちもつ》ある様子は微塵《みじん》もない。「悪かった」

「わたしたちになにができるか話し合いましょう」

彼女は力になろうとしているが、僕の手もとには物証が、しかもこれをきっかけにいろいろなことが明らかになると思われる物証がある。「僕たち、じゃない。僕になにができるかだ」

「なにを言いだすの？」

「ドルフをあそこから出すためなら、僕はなんでもする覚悟だ。どういうことかわかるかい？　どんなことでもするんだぞ。僕に手を貸せば、きみの経歴が危ない。危ないのは経歴だけじゃないかもしれない。僕がやるべきことをやるんだ」いわんとすることを察してもらおうと、僕はそこで間をおいた。法を遵守することはこの際、二の次、三の次だ。「わかってくれるね？」

ロビンは唾をのみこんだ。「それでもかまわない」

「きみはぼくを選んだのであって、ドルフを選んだわけじゃない。迷惑をかけたくないんだ。きみはドルフになんの義理もないんだから」

「あなたの問題はわたしの問題でもあるわ」

「じゃあ、こうしよう。リスクを負わない範囲で力になってくれ」

ロビンは考えこんだ。「たとえば？」

「情報収集とか」

「わたしはもう担当をはずれたのよ、忘れたの？　情報なんてないにひとしい」

「動機についてはどうだ？　グランサムはそれについてなんらかの仮説を立ててるはずだ。なにか聞いてないか？」

彼女は両の肩をひょいとあげた。「雑談程度よ。ドルフは取り調べで動機を明らかにしていない。グランサムたちはなんとか特定しようとがんばったけど、ドルフは具体的に語ろうとしなかった。現時点でふたつの仮説がある。ひとつはごく単純。ドルフとダニーが一緒に作業していたときに、喧嘩になった。口論がオーバーヒートした。よくある話だわ。もうひとつは金銭がらみ」

「というと?」

「家畜を殺し、納屋に火をつけたのはドルフだったのかもしれない。現場を押さえたダニーはそのせいで殺された。ありえない話だけど、陪審は耳を傾けるでしょうね」

僕は首を振った。「いずれにせよ、そんなことをしたってドルフには得るものがない」

ロビンは当惑して、表情をゆがめた。「もちろん、得るものはあるわ。あなたのお父さんと同じよ。ゼブロン・フェイスとも」

「ここは父の所有だ。家も、土地も。なにもかも」

ロビンは椅子の背にもたれ、両手をテーブルのへりにかけた。「そうじゃないわ、アダム」彼女はまだわけがわからないというように、小首をかしげた。「ドルフは二百エーカーの土地を所有してる。いまわたしたちがいるこの家も含めて」

僕は口をひらいたが、言葉はなにも出てこなかった。ロビンは、のみこみの悪い人間を相手にするように、ゆっくりゆっくり言った。「最近の価格で計算すれば六百万ドルにはなる。あなたのお父さんに圧力をかけ、売るように仕向けたとしてもおかしくない」

「そんなことはありえない」

「だったら調べてごらんなさいよ」

僕はすぐには言い返さず、やがて首を振った。「そもそも、ドルフがこの農場の一部を所有しているわけがない。父がそんなことをするはずがないんだ。それに――」僕は思わず顔をそむけた。「――それに、ドルフは死にかけている。金なんかどうでもいいはずだ」

それだけ言うのがどんなにつらいか、ロビンにも伝わっていたが、発言は撤回されなかった。「グレイスのためにやったのかもしれないわ」彼女は僕の手に自分の手を重ねた。「どうせ死ぬなら、ここから遠く離れたビーチで死にたいと思ったのかも」

ひとりになって考えたいとロビンに告げた。彼女は柔らかい唇を僕の顔に押しあて、あとで電話してと言った。彼女があげた仮説はおよそ筋が通らない。父は自分の命と同じくらいこの土地を大切にしている。それを守ること、すなわち一族のため、次世代のために土地を残すことは父の使命と言っていい。この十五年で、子どもに一部の所有権を譲渡してきたが、あくまで資産計画の一環だ。そこからあがる利益は一族内で分配されている。手綱は父が握っており、ほんの一エーカーの土地でも手放すはずがない。たとえ相手がドルフでも。

八時になり、父に真偽を問い質そうと母屋に出向いたが、父のトラックはなかった。まだ野犬狩りから戻っていないのだろう。ジェイミーのトラックはあるかと探したが、それも出払っていた。ドアをあけ、礼拝堂のような静けさのなかに足を踏み入れ、父の書斎に通じる廊下を進んだ。ロビンの話を否定できる材料がほしかった。不動産譲渡証書、不動産権原保険証書、なんでもいい。ファイル・キャビネットの最上段の抽斗を引いたところ、鍵がかかっていた。抽斗は全部、鍵がかかっていた。

ひと呼吸入れて考えこんでいると、窓の外を色がさっとよぎり、思わず目を奪われた。窓のところに行くと、庭にミリアムがいた。長袖にハイネックの真っ黒な服を着て、母親の剪定ばさみで花を切っている。彼女が湿った芝に膝をついた。何度もそうしたらしく、服が濡れていた。茎にはさみがはいり、朝焼け色のバラが芝の上に落ちた。ミリアムはそれを拾いあげて、花束にくわえた。立ちあがった彼女の顔に、ささやかながら満足そうな笑みが浮かんだ。

ミリアムは髪をアップにまとめていた。それがドレスの上でゆらゆら揺れている様子は、べつの時代からタイムスリップしてきたと言ってもおかしくなかった。彼女の流れるような動きは、ガラスのこちら側まで音が届かないこともあいまって、さながら幽霊を見ているようだった。

ミリアムはべつの植え込みに移動し、そこでも膝をついて、舞い落ちる雪のように白く半透明のバラを一輪、摘んだ。

窓から離れようとしたとき、二階から、なにかが落ちたような物音が聞こえた。ジャニスだろう。それ以外に考えられない。

理由ははっきりしないものの、もう少し彼女と話したいと思った。まだ決着がついていないように感じたからだ。階段をのぼる僕の足音を厚い絨毯が吸収する。二階の廊下は大きな窓から射しこむ朝の光に包まれていた。眼下に農場が広がり、茶色い邸内路がそれを突っ切るように通っている。壁に飾られたいくつもの油彩画。どこまでものびているえんじ色の絨毯。ミリアムの部屋のドアがあいていた。隙間からのぞくと、なかにジャニスの姿があった。抽斗という抽斗が引っぱり出され、彼女は両手を腰にあてて室内をながめわしていた。すると彼女はベッドに向かって歩きだした。マットレスを持ちあげたときの表情から、探し物が見つかったのだとわかった。片手でマットレスを支え、隠してあったものを拾いあげた彼女が、小さな声を漏らした。マットレスをおろし、てのひらにのせたものに目をこらす。鏡の破片のようにまぶしく光るものだ。

僕は声をかけてドアをくぐった。「やあ、ジャニス」

ジャニスはくるりと振り返って僕に気づき、反射的に手を閉じた。その手をうしろにまわしたとたん、さも痛そうに唇を噛んだ。

「なにをしてるんだ？」僕は訊いた。

「なんでもないわ」うしろめたさゆえの嘘。

「その手に隠してるのはなんだ？」

「あなたには関係ないでしょう、アダム」彼女は表情をこわばらせ、すっくと立ちあがった。「出て行ってちょうだい」

僕はジャニスの顔から床に目を落とした。足のうしろの硬材の床に血がしたたり落ちていた。

彼女のなかでなにかが崩れ落ちた。彼女はへたりこみ、背中にまわした手を前に持ってきた。痛いはずなのに、まだ関節のところが白くなるほどきつく握りしめている。思ったとおり、指のあいだに血の筋がついていた。

「ひどく怪我したんじゃないのか？」

「どうして気にかけるの？」

「かなり深いのか？」

ジャニスの頭がほんのわずかに動いた。「わからない」

「見せてごらん」

僕の顔で止まった彼女の目に力がみなぎっていた。「このことはあの娘に言わないでちょうだい」彼女はそう言って手をひらいた。てのひらにのっていたのは、両刃タイプの剃刀だった。ジャニスの血でてかっている。てのひらがざっくりと切れ、両側の刃とぴったり符合する傷から血がほとばしり出ている。僕は剃刀を取りあげ、ベッドわきのテーブルに置いた。ジャニスの手を取り、自分の手をカップの形にしてしたたる血を受けとめた。

「浴室に行こう。血を洗い流してから傷口を調べる」

傷口を冷たい水で洗い、きれいなタオルを手に巻きつけた。ジャニスは手当てされるあいだずっと目をつぶり、全身をこわばらせて立っていた。「ぎゅっと握って」彼女は言われたとおりにした。顔からさらに血の気がなくなっていた。「縫わないとだめかもしれないな」

目をあけたジャニスは、ぎりぎりまで追いつめられた表情をしていた。「お父様には黙っていて。絶対にわかってもらえないし、あの娘につらい思いをさせたくない。主人に知られたら、状況はいっそう悪くなるだけだわ」

「なにをわかってもらえないと言うんだ？　娘に自殺癖があることをか？」

「自殺癖なんかじゃないわ。そういう話じゃないの」

「ならどういう話なんだ？」

ジャニスは首を横に振った。「あなたは事情を知る立場にないし、わたしも説明する立場にない。あの娘には救いの手が差しのべられている。それだけわかっててくれればいいの」

「どうも納得がいかないな。とにかく、下の部屋に行こう。そっちで話そう」ジャニスは不承不承従った。大きな窓の前を通ったとき、ミリアムが車で出かけていくのが見えた。

「彼女はどこへ行くんだろう？」

ジャニスは足を止めた。「本当はどうでもいいと思っているくせに。そうなんでしょ？」

僕は彼女の顔を観察した。引き締めた顎、新しく刻まれたしわ、たるんだ肌。あいかわらず、僕に不信感を抱いている。「ミリアムが妹であることに変わりはない」

ジャニスが自嘲するような笑い声をあげた。「そんなに知りたいの。なら教えてあげます。あの娘はグレイ・ウィルソンのお墓に花を供えに行ってるのよ。毎月欠かさず」そこでまた、神経質な声が漏れた。「皮肉じゃないこと?」答えようがなかったので、僕は口をつぐみ、ジャニスに付き添って階段を下りた。「そこの客間にお願い」客間に連れていくと、彼女はカウチのへりに腰かけた。「もうひとつ頼まれてちょうだい。キッチンから氷と、タオルをもう一枚取ってきてほしいの」

キッチンに向かう途中で客間のドアがバタンと閉まった。頑丈そうな錠がおりる音がしたときもまだ、僕は呆然と突っ立っていた。

二回ノックしたが、応答はなかった。

号泣とおぼしき甲高い声が響き渡った。

ミリアムはジャニスから聞いたとおりの場所にいた。膝をつき、体をふたつに折っていたせいで、遠目には、墓に舞い降りた巨大なカラスに見えた。年代をへた石のあいだを風が吹き抜け、ミリアムの服を揺らした。これでつややかな羽と物悲しい鳴き声があれば、まさにカラスだ。僕は彼女の動きを見守った。慣れた手が雑草を探りあて、地面から引き抜く。花束をていねいに置く。ミリアムは僕に気づいて顔をあげた。涙が肌を滑り落ちていた。

「やあ、ミリアム」

「どうしてここがわかったの?」

「お母さんから聞いた」

彼女はまた雑草を抜き、風に飛ばした。「ママから聞いたの？」

「意外だったかい？」

彼女は顔を伏せて涙を拭った。片方の目の下に、黒い土の跡がついた。「ママはあたしがここに来るのをよく思ってないの。どうかしてるって言うのよ」

僕はしゃがんだ。「おそらくお母さんにとっては、現在がなによりも大事なんだと思う。現在と未来が。過去じゃなく」どんより曇った空を見あげていたミリアムは、空に押しつぶされそうな顔をしていた。涙はもう止まっていたが、顔はまだ暗く、ふさいでいる様子だ。かたわらに、あでやかでみずみずしい花束が置かれていた。死んだ若者の名を刻んだ墓石に立てかけてある。「僕がいると迷惑か？」

突然、ミリアムはぴくりともしなくなった。「兄さんが彼を殺したなんて思ったことないわ」そう言うと、僕の脚におずおずと手を置いた。安心させようとしてのことだろう。

「迷惑なんかじゃないわ」

僕はそこに自分の手を重ねようとしたが、土壇場になって前腕に手をかけた。ミリアムはのけぞり、唇から小さく苦悩の叫びを漏らした。そのとき不吉な確信が僕を満たした。前に病院で腕に触れたとき、同じことがあった。そのときはびっくりしたからと言い訳していた。いま思えば、あれは嘘だったのだ。

ミリアムは視線を斜め下に向け、また僕に手をのばされるのを恐れるかのように、腕を体にぴったりつけていた。彼女は僕に背中を向けた。怯えているのだ。僕はやさしく話しかけた。「見てもかまわないか？」

「なにを見るの？」びくついている。身をすくめている。

僕はため息をついた。「お母さんがきみの部屋を調べてるところを、偶然見てしまったんだ。剃刀が見つかったよ」ミリアムは両の肩をまるめ、身を縮めた。考えてみれば、彼女はいつも長袖にすそを引きずるほどのスカートか、長いズボン姿だった。絶対に肌を見せなかった。これまではなんとも思っていなかったが、剃刀を見たとたん、すべてがちがって見えた。

「ママだからって、そんなの許せない。プライバシーの侵害だわ」

「きみのことが心配でしょうがないんだと思うよ」僕はいったん言葉を切り、もう一度同じことを訊いた。「見てもかまわないか？」

彼女は嫌とは言わなかったが、か細い声でこう言った。「パパには言わないで」

僕はてのひらを上に向けて差し出した。「心配しなくていい」

「しょっちゅうやるわけじゃないのよ」彼女は悲しみと不安の色を目に浮かべたが、腕を軽く曲げて差し出した。握った手は熱っぽく、湿っていた。僕ができるだけそっと袖を押しあげるあいだ、彼女は手をぎゅっと握りしめていた。僕は歯のあいだから息を漏らした。生々しい切り傷に治りかけた切り傷の数々。うっすらと白く残る醜い傷痕もあった。

「ヘルス・スパに行ってたわけじゃないんだろ？」

ミリアムは消え入りそうなほど身を縮めた。「十八日間の入院治療を受けてたの。コロラドにある施設で。ものすごくいいという話だったから」

「父さんには言ってないんだね？」

ミリアムはうなずいた。「ひとりで治したかったの。あたしとママとで。パパに知られたら、ややこしいことになるだけだもの」

「父さんに言わないのはよくないよ、ミリアム。隠したからって、誰の得にもならないと思うな」

彼女は頭をさらに深くさげた。「パパには知られたくない」

「どうして？」

「それでなくても、あたしのこと、おかしいと思ってるから」

「そんなことはないさ」

「パパはあたしを神経質だと思ってる」ミリアムの言うとおりだ。たしか父はその表現を使っていた。

僕は、単純な答えは返ってくるまいと思いながらも、核心に迫る質問をぶつけた。「どうしてなんだ、ミリアム？」

「つらいのを忘れられるから」

はっきりした答えが知りたかった。「なんのつらさを？」

彼女は墓石を見つめ、くっきりと彫られたグレイ・ウィルソンの名を撫でた。「彼を心から愛してた」

その答えは僕の意表を突いた。「本気で言ってるのか？」

「秘密にしてたの」

「ただの友だちだと思ってた。誰もがそう思ってた」

ミリアムはかぶりを振った。「あたしたち、愛し合ってた」

僕の口が大きくあいた。

「彼にプロポーズされてたの」

22

ミリアムは本人の言うとおり、父が望むタイプの娘ではなかった。肌が透けるように白くて線が細い彼女はたしかに美しいが、おとなしすぎるきらいがあり、部屋にいることさえ忘れられがちだった。その性格は幼い頃から変わらなかった。感じやすくひかえめ、いつも目立たない。ほかの家族が外向的すぎるということもある。彼女が引っ込み思案なのは、母親ひとりの責任とは言い切れまい。一種の集団効果もあったはずだ。悪気はなかったにせよ、それが容赦ない影響をおよぼしたにちがいない。そのうえ、弱さは時とともに増幅していく。十二歳の頃、彼女は学校で何人かの女子からいじめられていた。いじめの具体的な内容はわからないが、あの年頃の女の子なら誰でもやりそうなことだろう。なにをされたにせよ、ミリアムは三週間、誰とも口をきかなかった。父も最初のうちは気長にかまえていたが、しだいに苛立ちはじめた。最後には怒りを爆発させ、心の傷となって残りそうな暴言も吐いた。ミリアムは涙ぐみ、自室に逃げこんだ。その晩のうちに父が謝ったが、状況を好転させるにはいたらなかった。

父は激しく後悔したが、もともと女性あしらいがうまいわけではなかった。ぶっきらぼうで、口をひらけばつい本音が出てしまう。おまけに気遣いというものに欠けていた。幼いミリアムにそれを理解しろと言うほうが無理だ。その後彼女は年を追うごとに口数が減り、周囲にめぐらした壁を高くしていき、足もとには塩をまいた。母親と、おそらくジェイミーには胸の内を明かしていたと思う。しかし父と、当然のことながら僕にはなんの話もなかった。ささいなことがきっかけの小さな悲しみが、気づかぬうちに大きく膨れあがっていった。

物静かな娘。それがミリアムだった。

彼女にとってグレイ・ウィルソンとの関係は、視力を奪われた人にとっての夕焼けの記憶に匹敵するほどかけがえのないものだったにちがいない。彼女があの青年に惹かれた理由はよくわかる。饒舌で豪胆な彼は、ミリアムとは正反対だった。ふたりが交際を秘密にしていた理由も見当がつく。父がいい顔をしないとわかっていたからだ。それにジャニスも。グレイが殺されたとき、ミリアムは十八になったばかりだった。彼女はハーヴァードへの進学をひかえ、彼のほうは郡をひとつはさんだところにあるトラック工場で働きはじめてまだ三カ月だった。しかし、ふたりが惹かれ合うのもわかる気がする。グレイは気さくで人好きがし、がっしりタイプの男前だった。両極端だからこそ惹きつけられるというのは本当なのだろう。彼は大柄で無骨で貧しかった。ミリアムは小柄で繊細で、金持ちにふさわしく生まれついていた。

気の毒なことだ。

墓地をあとにする前、もう少し一緒にいようかと声をかけたが、断られた。〃彼とふたりだけになりたいことがあるの。彼の思い出に浸りたいの〃
僕も彼女もジョージ・トールマンのことは話題にしなかったが、彼は厳然として存在している。大きくて生々しく、どうしようもないほど退屈な男として。ジョージは昔からミリアムに夢中だったが、ミリアムのほうはまったくの無視を決めこんでいた。彼は恋い焦がれ、思いつめ、ときに涙した。そんなだったから、見ているこっちがつらくなることもあった。ミリアムは折り合いをつけたのだ、といまになってようやくわかった。ひとり残され、安易な道を選んだのだ。もちろん彼女はそうとは認めないだろう。自分自身に対しても。しかしこれは、頭上に空があるように、否定しようのない事実だ。もしもジョージがいまの彼女を、黒い服に身を包み、五年間地中に眠るライバルの墓で涙にくれている彼女の姿を見たなら、なんと言うだろうか。
僕たちはぎこちない抱擁をかわし、ここで聞いた話は口外しないと約束して別れた。しかし僕は心配だった。いや、心配というより恐れていた。自傷癖があるのは、みずからの血で洗い流すしかないほどの苦しみを抱えているからだ。自傷行為はどのくらいの頻度でおこなわれているのだろう。一時間に一回？　一日に二回？　それとも特定のパターンはなく、嫌なことがあるたびに反射的に切りつけるのだろうか。ミリアムはか弱く繊細で、彼女が墓にたむけた花びらのように、いつ散ってもおかしくない。彼女にこの状況を打開できる力があるとは思えないが、母親であるジャニスは必要な対策を講じているのだろうか。父に内緒にしているのは、ミリアムを守るためなのか、それともほかに理由があってのことなのか。さらにもうひとつ、僕は自分に問いかけた。そうせずにはいられなかったから。

口外しないという約束を僕は守れるだろうか？

ミリアムをひとり残してその場をあとにすると、たまらなくグレイスに会いたくなった。頭で考えたのではなく、自然にわきあがった感情だった。ふたりはまったくちがっていた。同じ土地で、兄弟同然のふたりの男に育てられたにもかかわらず、正反対の性格だった。ミリアムはおとなしく三月の雨のように物静かだが、グレイスには八月の暑気のようなぎらぎらしたところがある。

しかし見舞いはやめにした。やるべきことが多すぎるし、いまのドルフはこれまでになく僕を必要としているはずだ。だから病院の前を通りすぎ、そのまま市街地にはいった。ローワン郡庁舎の駐車場に車を駐め、階段で二階にあがった。グランサムはドルフに動機があると考えている。それを確認しなくてはならない。

租税査定課は右手にあった。

ガラスの扉をくぐった。受付エリアの横幅いっぱいにしつらえられた長いカウンターには七人の女性がついていたが、壁に貼ったローワン郡の特大サイズの地図に見入る僕に、一瞬でも目を向けた者は皆無だった。僕はまず、ヤドキン川を探し、指でたどってレッド・ウォーター農場がある長い湾曲部を見つけた。参照番号がわかると、もっと小さな地図がある場所まで行き、探していたものを手に入れた。それを大きなテーブルに広げた。父名義の千四百十五エーカーの土地しかないと思っていた。しかし、実際はちがった。

地図上の農場は線引きされていた。**ジェイコブ・アラン・チェイス・ファミリー合資会社。千二百十五エーカー。**

農場の南側の一部、湾曲する側を底辺とする三角形の土地が分割されていた。**アドルフアス・ブーン・シェパード。二百エーカー。**

ロビンの言ったとおりだ。ドルフはあの家を含む二百エーカーの土地を所有していた。最近の価格で計算すれば六百万ドルになる、と彼女は言っていた。

だからなんなんだ？

登記簿とページ番号をメモ用紙に書きつけ、地図をラックに戻した。カウンターに行き、係の女性に声をかけた。肉づきのいい中年女性だった。眉の下のくぼみにブルーのシャドウをたっぷりとのせていた。「この土地の登記の記録を閲覧したいのですが」僕は言って、さっきのメモ用紙をふたりを隔てるカウンターに滑らせた。相手は目を落としもしなかった。

「それは登記所じゃないとわかりませんよ」

係の女性に礼を言って登記所に出向き、ここでもカウンターにいた女性に声をかけた。数字を伝え、用件を告げた。女性はいちばん端のカウンターを指さした。「あちらへどうぞ。一分ほどお待ちください」

戻ってきた女性は大きな本をわきに抱えていた。彼女はそれをカウンターにどさりと置き、ページのあいだに肉づきのいい指を滑りこませ、本をひらいた。ページを繰っていって目当ての箇所を見つけると、本を僕のほうにくるりとまわした。「お探しのものはこれでしょうか？」

十八年前におこなわれた譲渡の記録だった。文章を斜め読みした。単純明快だった。父は二百エーカーの土地をドルフに譲渡していた。

「あら、おかしいわね」係の女性が言った。

「なにがですか？」

女性は肉づきのいい指で登記簿をしめした。「印紙が貼ってないわ」

「どういうことでしょう？」

彼女はいまの僕の質問が重くのしかかったかのように、ため息をついた。それから何ページかめくってべつの登記をひらいた。上隅にカラフルな切手のようなものが何枚も貼付されている。彼女は指でしめした。「これが印紙。土地を購入すると税金を払うの。そうすると登記簿に印紙が貼られます」彼女は登記簿をめくり、チェイスの土地のうち二百エーカーをドルフ・シェパードに譲渡した記録に戻った。上隅を指さす。「印紙がないでしょ」

「どうしてなんでしょうか？」

係の女性は顔を近づけ、登記簿に記載された名前を読んだ。「アドルファス・シェパードはこの土地を買ったんじゃないということですね」僕は質問しようと口をひらきかけたが、女性は片手をあげ、煙草くさい息を吐いてそれを制した。彼女はもう一度登記簿に顔を近づけると、もうひとつの名前を読み取った。

「ジェイコブ・チェイスから無償で譲られているんです」

庁舎を出ると、炎暑に押しつぶされそうになった。顔をあげ、次のブロックに目をやった。灼熱の太陽のもと、裁判所の建物が時代を超越し、ぽつんと建っている。ラスバーン判事から話を聞かなくてはならない。先だって農場で、父に向かって必死になにか訴えかけていた。そのときにドルフの名前も出た。父はなんと言っていたんだったか。僕は歩道で足を止め、そうすれば求める言葉がよく聞こえるとでもいうように首をかしげた。**この件でドルフに話をするのはよすんだな。あいつもわたしと同意見だ。**

そんな意味のことだった。

僕は一歩一歩踏みしめるようにして、拘置所の方向に歩道を進んだ。女性の顔ほどの幅しかない窓のついた、いかめしく殺風景な建物がそびえていた。あのなかでやつれていくドルフがちらりと頭に浮かんだ。拘置所の前を過ぎ、裁判所の階段をのぼった。判事室は二階にある。前もって行くとは伝えていなかったし、警備についていた廷吏は僕が誰かよく知っていた。僕は三回も金属探知機のチェックを受けさせられ、下着にペーパークリップを隠し持ってはいることすらできないほど、しつこくボディチェックされた。僕はこんなことは日常茶飯事だという顔でチェックを受けた。これだけ調べても、相手はまだ渋っていたが、裁判所は公共施設だ。彼らに僕を締め出す権限はなかった。

しかし判事室となると話はべつだ。見つけるのはたやすい――階段をのぼり、地区検事局の先にある――が、なかにはいるのはそう簡単にはいかない。判事室には公共施設の論理は通用しない。判事が入室を許可してはじめてなかにはいれるのだ。扉はスチールと防弾ガラスでできている。この建物には二十五人ほどの廷吏が警備についているが、判事が命令しさえすれば、僕はそのうちの誰かにつまみ出されてしまう。

僕はがらんとした廊下を見まわした。ガラスの向こうをのぞくと、小柄な女性がひとり、デスクについていた。紅茶色の顔、黄色の髪、厳めしそうな目。僕がブザーを押すと、女性はタイプの手を止めた。目をすがめ、指を一本立てると、でっぷりした脚が動くかぎり素早く部屋をあとにした。

判事に来訪者が何者かを伝えに行ったのだろう。

ラスバーンはこの前とちがうスーツを着ていたが、見た目はほとんど同じだった。先日よりは汗がわずかに少ない程度だ。ガラスごしにこっちを見ている様子から、なにやら考えをめぐらせているのがわかる。数秒後、彼が秘書になにやら耳打ちすると、秘書は電話に手をかけた。判事がドアをあけた。「なんだね？」

「一分だけ時間をください」

「どういう用件かね？」判事の眼鏡がきらりと光り、彼は唾をのみこんだ。評決がどうであれ、彼は僕を人殺しと思っている。彼は前に進み出ると、ドアの隙間をふさいだ。「面倒を起こすつもりか？」

「先日、父に会いに来たのはなぜですか？　それを訊きにきました」

「一分だけだぞ」判事は言った。

僕は判事のあとから、いかめしい目をした小柄な女性の前を通りすぎ、判事のデスクの前に立った。判事はドアをほんのわずかあけておいた。「なにか口実があれば、秘書がすぐ廷吏を呼ぶからな。そうならないよう注意することだ」

判事が腰をおろし、僕もそれにならった。彼の上唇にうっすらと汗がにじんでいた。

「なにを言い合っていたんですか？　あなたと父は」

判事は椅子に背中を預けると、指でかつらを掻いた。「最初にひとつ、はっきり言っておく。法は法であり、過去は過去だ。きみはいまわたしの執務室にいて、わたしは判事だ。わたしは執務室で個人的な用件には応じない。きみがその一線を越えたなら、きみには想像もつかない速さで廷吏をここに呼びよせる」

「あなたは僕を殺人の容疑で拘束した。そして今度はドルフだ。個人的な用件にならざるをえないじゃないですか」

「なら、いますぐ立ち去りたまえ。わたしはきみになんの義理もない」

僕は冷静になろうとつとめた。理由があってここに来たんじゃないかと自分に言い聞かせた。

判事の顔が赤黒くなった。どこかの部屋で椅子がきしんだ。僕は胸をそらせ、大きく息を吸って吐いた。判事がにやりとしたのを見て、胸が悪くなった。「そうそう、それでいい。チェイス家の人間にも分別というものが少しはあると思っていたよ」彼はそう言うと、手入れの行き届いた白い手をデスクに広げた。「同じように分別を持つよう、お父上を説得してもらえると助かるのだがね」

「父に土地を売れということですか？」

「この郡全体のためを思ってもらいたいと言っているのだ」

「それを言うためにに父に会いに行ったんですか？」

判事は身を乗り出すと、大きな宝石を捧げ持つように両のてのひらをカップ状にした。

「これはひとつのチャンスだ。きみにとっても、わたしにとっても。お父上を説得してくれさえすれば……」

「父の考えは変わりませんよ」

「しかし、きみは息子だ。きみの言うことなら耳を傾けるのではないかね」

「だから僕を部屋に入れたんですか？　僕から父を説得させようとして？」

判事の表情がこわばり、笑みが消えた。「あの男には道理を諭してやる必要がある」

「道理、ですか」

「さよう」判事はいま一度ほほえもうとしたが、うまくいかなかった。「状況はきみの家族にとって〝悪い〟から〝より悪い〟へと変化した。いまこそ、きみたちがよりよい方向に舵を切る絶好の機会だと思うがね。いくばくかの金を得て、地域社会に貢献し……」

しかし僕はまったく聞いていなかった。頭が思考停止していた。「〝悪い〟から〝より悪い〟へと変化……」僕は判事の言葉を繰り返した。

「そうだ」

「どういう意味です？」

判事は両手をひらき、右のてのひらを上に向けてあげた。「悪い」と言い、次に左手をあげた。「より悪い」

僕は相手の右手を指さした。判事が僕の声に張りつめた怒りを感じ取ったのがわかった。それを楽しんでいることも。「まず〝悪い〟を説明してください」

「〝より悪い〟から先に説明しよう」判事は左手を軽く揺すった。「またひとり、家族同然の人間が殺人容疑で逮捕された。あの土地で死人や怪我人が続出した。住民はいきり立ち……」

「全員がそう思っているわけじゃありません」僕は話をさえぎった。

判事は小首をかしげ、声を張りあげた。「危険をはらんだ経営判断」

「危険をはらんだ経営判断とはどういうことです？」

判事は片方の口角を引き攣らせた。「お父上は借金を抱えている。返済できそうにない額の借金だ」

「そんなのは嘘だ」

「ここは小さな町だ、アダム。わたしには大勢の知り合いがいる」

「それで、〝悪い〟のほうは？」僕は訊いた。

判事は両手をおろし、つらそうな表情を浮かべたが、いかにも嘘くさかった。「わざわざ説明する必要があるのかね？」

僕は唇を強く嚙んだ。

「きみのご母堂は美しい女性だった……」

判事は古傷をえぐって喜んでいるのだ。僕は挑発に乗ってはいけないと自分に言い聞かせた。腰をあげ、指を一本立てると、背中を向けて立ち去った。判事は控えの間まで追いかけてきた。背後に彼の気配を感じながら、秘書のデスクの前を通り過ぎた。「〝悪い〟から〝より悪い〟へだ」その声に僕は振り返り、判事に向きなおった。僕の表情を秘書がどう解釈したかわからないが、僕が部屋を出てドアを閉めたとたん、彼女は電話をかけはじめた。

23

父は酔っぱらっていた。家でひとり飲んだくれていた。そうだと気づくのに三秒ほどかかった。そんな父を見るのははじめてだったのが、おもな理由だ。めいっぱい働き、それ以外のことはほどほどにというのが父の信条だったから、僕が正体をなくすほど酔って帰ってきたりすると、不快感を聖なる炎のように燃えあがらせたものだ。しかし目の前のこの光景は……あまりに唐突で醜悪だった。顔は締まりがなく憔悴し、目がうるんでいた。放り投げられたような恰好で椅子におさまっていた。ボトルはふたをはずしたままで、中身はほとんどなくなっていたし、グラスのほうも指半分程度しか残っていなかった。父は手のなかのなにかをじっと見つめていたが、奇妙な感情が心をよぎったのか、いくつもの表情が顔をかすめていった。怒り、後悔、思い出し笑い。それらすべてが五月雨式《さみだれしき》に浮かんでは消え、その姿はまるで、魂が抜けたとしか思えなかった。僕はしばらくドアのところに立っていたが、その間父は一度もまばたきをしなかったように思う。いまここで目を閉じれば、淡黄色がわずかに混じった灰色の世界が見えるだろう。粉々になった時の断片にたたずむ老人の姿が。僕はどんな言葉をかければいいのか、わからなかった。

「けさも犬を殺したのかい？」

父は咳払いして、目をひらいた。デスクの抽斗をあけ、手に持っていたものをしまった。それから壊れ物でも扱うように抽斗を閉め、首を横に振った。「ハイエナどもについて、ひとつ忠告しておく。あいつらがもっと大胆になるのは時間の問題だ」

ハイエナどもというのが野犬のことなのか、ゼブロン・フェイスやギリー・ラットのような、父に土地の売却を迫っている連中のことなのか、判断がつかなかった。また悩みの種が増えたのだろうか。暴行に殺人。ドルフの逮捕。返済が滞りつつある借金。今度はどんな陰謀が父に対しておこなわれたのか。訊いたら父は答えてくれるだろうか？　それともますます事態をややこしくするだけだろうか？　父は足を床につき、バランスを取った。ズボンはしわだらけで、折り返しに泥がついていた。シャツのすそが片方だけベルトの外にはみ出ている。バーボンのボトルに栓をして、壁にしつらえたバー・カウンターまで持っていった。腰があらたに一日分曲がり、歩みには三十年という歳月がにじんでいた。ボトルを置き、首の部分をつかんだ。「ドルフが不憫で飲まずにはいられんのだ」

「なにか連絡は？」

「警察のやつらめ、わたしをドルフに会わせようとせん。パークスはシャーロットに帰った。ドルフが雇うと言わない以上、やつにできることはなにもないからな」壁にしつらえたバーの前に立つ父の白っぽい頬ひげが小さな黄色い光を百パーセント受け、それがこの世に唯一残された色に思えた。

「状況が変わったのか？」

父は首を振った。「人間の心とは不思議なものだな、アダム。人ひとりを破滅させるだけのパワーがある。それだけは確信を持って言える」

「ドルフのことを言ってるのかい？」

父は平静を取り戻そうとしていた。「単なる世間話だ」そう言うと顔をあげ、壁の額入り写真をまっすぐにかけなおした。父とドルフとグレイスが写っている写真だ。グレイスは七歳くらいだろうか、歯が顔にくらべてやけに大きく、全身で笑っている。父が彼女に目をこらすのを見て、僕はぴんときた。

「グレイスに話したんだね？」

父の口からため息が漏れた。「どうせ聞くなら、あの娘を愛している人間から聞くほうがいいからな」

その瞬間、絶望感が僕を襲った。グレイスにはドルフしかいない。それに大人ぶってはいても、まだ子どもだ。「どんな様子だった？」

父は洟《はな》をすすり、首を振った。「わたしの知るグレイスとは別人のようだったよ」

父はカウンターに手を置こうとしたが、狙いがはずれた。倒れるのだけはなんとかまぬがれた。僕の頭にふとミリアムが浮かんだ。彼女もどこか暗い場所にあるへりから落ちそうになっているのではないだろうか。「ミリアムとは話をしたのか？」

父は手をひらひらさせた。「ミリアムと話をするのは無理だ。ずいぶん努力したが、わたしとあの娘はちがいすぎる」

「彼女のことが心配だ」

「おまえは本当になにもわかっておらんな、アダム。あれから五年になるのだぞ」

「そんな父さんを見るのははじめてだってことくらいわかってる」

突然、父の体の節々にエネルギーが注入された。プライドと言ってもいいかもしれない。それが父を立ちあがらせ、顔を赤銅色に染めあげた。「いまのわたしの心境をおまえに説明する気はない。これっぽちもな」

「本気で言ってるのか？」

「そうだ」

今度は僕のほうが怒りを爆発させた。不公平感からくる生々しい怒りを。「この土地は二世紀以上にわたってうちの一族のものだった」

「よくわかっているじゃないか」

「親から子へと受け継がれてきた」

「そのとおりだ」

「なら、どうしてドルフに二百エーカーを譲ったんだ？　説明してほしい」

「知っていたのか？」

「ドルフがダニーを殺した原因はそこにあると警察は見ている」

「どういうことだ？」

「土地の一部を所有している以上、ドルフが父さんに売却を迫ったとしてもおかしくない。父さんが売れば、彼も売ることができる。グランサムは、家畜殺しや放火はドルフの仕業とにらんでる。脅迫状を書いたのも彼かもしれない。彼にはそういうことをする動機が六百万もある。ダニーはうちの農場で働いていた。彼にたくらみを勘づかれたとすれば、ドルフには彼を殺す動機があったことになる。警察はその線でも調べてる」

父は呂律《ろれつ》のまわらない口で言った。「ばかばかしい」

「僕だってそう思ってるさ。だけどそれはどうでもいい。土地の一部をドルフにあたえた理由が知りたいんだ」

父に突如としてみなぎった勇ましさがかき消えた。「あいつがわたしの親友で、財産らしいものがなにもないからだ。あんないいやつが無一文なんておかしいじゃないか。それ以上のことを知りたいのか?」父はグラスを手にすると、残っていたバーボンを一気にあおった。「少し横になる」

「まだ話は終わってない」

父はそれに答えず、部屋をあとにした。僕はドアのところに立って父の背中が遠ざかっていくのを見つめていた。やがて、父が最下段に足をついたことをしめす振動が、静まり返った屋敷に伝わった。父がどれほど悲嘆に暮れていようとそれはあくまで父の問題であり、平常時であれば僕も詮索しようとは思わなかったろう。しかしいまは平常時とはほど遠い。父のデスクにつき、古い木の表面を両手で撫でた。もともとイギリスから持ちこまれたこのデスクは、八代にわたってわが家が所有している。僕は最上段の抽斗をあけた。

いろいろなものが雑然と放りこんであった。郵便物、ホチキスの針、その他もろもろ。探しているのは、大柄な男性のてのひらにおさまる大きさのものだ。ふたつ見つかった。ひとつはベージュ色の付箋紙。ごちゃごちゃしたものの上にのっていた。男の名前が記されていた――ジェイコブ・ターバトゥン。よくは知らないが、たしかどこかの銀行の幹部だ。名前の下に書かれた数字がなければ、これが父を悩ませている原因とは思わなかっただろう。六十九万ドル。その下に第一回の返済日が走り書きしてあったが、すでに一週間近く期日を過ぎていた。僕ははっと思い当たり、急激な吐き気に襲われた。ラスバーン判事の話は本当だった。父は負債を抱えていた。僕を農場から追い出した際、父は有無を言わさず土地の所有権を買い取ったが、それを思い出してうしろめたい気持ちになった。家を出た翌週には、ニューヨークの口座に三百万ドルが振り込まれていた。思いはジェイミーのブドウ園と、ドルフから聞いた話に飛んだ。ブドウの植え付けに何百万もの金がかかったと言っていた。父はそのために収穫の一部を犠牲にしたのだ。

ようやく納得がいったが、そのときもうひとつのものが見つかった。いちばん奥の、隅に隠れていた。指がそれに触れたのは、ほとんど偶然だった。四角くて、四隅が尖っており、生糸のような手ざわりがした。引っ張り出してみると、一枚の写真だった。古いもので、裏を厚紙で補強してあり、へりが反り返っていた。日に焼けて、褪色している。僕が子どもだった頃のこの家の前で撮った集合写真だった。昔の家。もっと小さかった家。それが、数人の男女のうしろの空間におさまっている。その素朴なたたずまいに僕の目は吸い寄せられた。僕は家から視線をはずし、前に並ぶ顔ぶれに目をこらした。何色ともつかない服を着た母は顔色がよくなかった。こぶしに握った両手を腰に当て、カメラに横顔を見せて写っている。指でその頬に触れてみた。とても若く見える。亡くなる直前に撮ったものにちがいない。

父は母の隣に立っていた。三、四十代の頃だろうか、ふくよかでいかにも健康そうだ。人当たりのよい顔だちに計算されつくした笑みを浮かべ、帽子をうしろにずらしている。抱き寄せようというのか、それとも写真からはみ出ないようにという配慮か、母の肩に手をまわしていた。父の隣はドルフだった。両手を尻に当て、屈託のない笑みを浮かべている。まさに喜色満面といったところだ。そのうしろに女性が写っているが、ドルフの肩で顔が少し隠れていた。二十歳前後とかなり若い。髪は淡い色で、顔は一部しか見えないが、それでも美人なのはたしかだ。

まずぴんときたのは、その目だった。

サラ・イェーツだ。

自分の足で立っている。

抽斗に写真を戻し、父を探しに二階にあがった。部屋のドアが閉まっていたので、ノックした。返事がなく、取っ手をためした。鍵がかかっていた。ドアは高さ九フィートあり、頑丈だった。さっきより強くノックしたところ、およそ感情というもののない声が返ってきた。「あっちへ行ってろ、アダム」

「話したいことがあるんだ」僕は言った。

「もう充分話した」

「父さん――」

「ひとりにしてくれ」

父は〝頼むから《プリーズ》〟と言わなかったが、気持ちは伝わってきた。父はなにかに苦しんでいる。それがグレイスのことなのか、借金なのか、あるいはドルフの苦境なのかは、この際どうでもいい。父は孤立無援なのだ。僕はそっとしておくことにして、階段に向かいかけた。ふたつ目の窓の前を通り過ぎたとき、例の車がはいってくるのが見えた。邸内路で待っていると、グランサムが車を降りた。

「ゼブロン・フェイスが見つかったと伝えに来たんですか？」僕は訊いた。

グランサムは自分の車の屋根に手を置いた。きょうはブルージーンズに埃にまみれたカウボーイブーツ、汗染みのできたシャツという恰好だった。薄い髪が風にそよいでいる。前にも見たバッジをベルトからさげていた。「まだ捜索中だ」

「もっとしっかり捜してもらいたいものですね」

「言われなくてもちゃんと捜している」グランサムは車に寄りかかった。「きみのファイルを調べた。これまでずいぶんたくさんの人を怪我させてきたらしいな。病院送りにした者もいる。なぜか見落としていたようだ」彼は僕に目を振り向けた。「お母さんの身に起こったことについても報告書を読んだ。大切な人を失えば、なんと言うか、頭がおかしくなるのも道理だ。怒りは次々とわき起こるが、それをぶつける先がないんだからな」彼はそこで言葉を切った。「お母さんがなぜあんなことをしたか、心当たりはあるのか？」

「あんたには関係ない」

「人によっては、悲しみは一生終わらない。怒りもまたしかりだ」

　血がたぎるのを感じ、血管を熱いものが流れていった。グランサムはそれを見て、そうだったのかと言うようにほほえんだ。「申し訳ない。心からお詫びする」表情だけ見ると本心から言っているようだが、かまをかけられたのはわかっている。彼は僕の気性に探りを入れたのだ。これでわかったはずだ。

「用件はなんですか、グランサム刑事？」

「午前中、登記所に出向いたそうだな。理由を訊かせてもらえないか」

　僕は答えなかった。動機に関するグランサムの仮説を調べていたのを知っているなら、どこで情報を得たかも知っているはずだ。

「チェイスさん？」

「地図を見ていただけです。土地を買おうかと思って」

「きみがなにを調べてたかはすべてお見通しだ、チェイスさん。すでにその件でソールズベリ警察署長と協議もした。今後、ロビン・アレグザンダーは本件の捜査のいずれの段階にもタッチしないから、安心していい」

「彼女はもう捜査からはずれてるじゃないですか」

「彼女は一線を越えた。おれは停職に処すよう要求した」

「わざわざそれを言うために訪ねてきたんですか？」

グランサムは眼鏡をはずし、鼻梁をつまんだ。鉄条網の向こうの野原に生える丈の高い草に突風が吹きつけた。風は木をたわませると、突然やんだ。暑気が襲来した。

「おれは理性的な人間だ、チェイスさん。物事にはたいてい、筋道というものがあると信じている。その筋道がどういうものかを解明しさえすればいいんだ。丹念に、かつ正しい場所を調べさえすれば、異常者にも異常者なりの筋道があることがわかる。保安官はミスタ・シェパード逮捕に満足している。彼の自白に満足している」

グランサムは肩をすくめ、その先は言わなかった。代わりに僕が締めくくった。

「しかし、あんたは満足していない」

「保安官はきみのすべてを嫌悪している。どうやらそれは、五年前の事件に起因しているようだが、おれにはどうでもいい。現時点でわかっているのは、ミスタ・シェパードが説得力ある動機をいまだに述べていないということだけだ」

「ドルフは殺してないからです」僕は言った。「ダニーの別れた恋人からは話を聞いたんですか？　彼女はあいつを暴行容疑で訴えてる。彼女から話を聞くのは理の当然でしょう」

「きみはミスタ・シェパードの銃が凶器として使われた点を忘れている」

「ドルフは自宅に鍵をかけません」

グランサムは、以前にも見せた情け容赦のない表情を向けた。そして話題を変えた。

「ラスバーン判事から保安官に電話があった。きみが判事のオフィスを出た直後に。脅迫されたように感じたとのことだった」

「なるほど」

「保安官からそう連絡があった」

「判事に近づくなと忠告するために、わざわざ出向いてきたんですか?」

「判事を脅迫したのは事実か?」

「ちがう」

「お父さんは在宅しているか?」唐突な話題の変化に、僕はとまどった。

「いまは会わせられません」

グランサムの目が父のトラックを舐めるようにながめ、次に屋敷へと移動した。「ちょっと調べさせてもらっていいか?」彼がドアに向かいかけたのを見て、絶望し途方に暮れた父の姿が目に浮かんだ。僕が守らなくてはという責任感が頭をもたげた。心の奥底でベルが鳴りはじめた。

「いや、だめだ」僕は言い、グランサムの前に立ちはだかった。「いろいろあって心労がたまってるんです。いまは遠慮してください」

グランサムは足を止め、口をきつく引き結んだ。「ふたりは親しいそうだな。きみの親父さんとミスタ・シェパードは」

「実の兄弟のように」

「つまり、彼はきみの親父さんのためならなんでもするわけだ」

なるほど、そういう話に持っていきたかったのか。僕の声に冷気がこもった。「父は人殺しじゃありません」

グランサムはなにも言わず、例の生気のない目で僕を穴があくほど見つめた。

「父にダニー・フェイスを殺すどんな動機があるというんです？」

「さあな。きみならどんな動機を考える？」

「なにもないに決まってるでしょう」

「そうかな？」グランサムは間を置いたが、僕は黙っていた。「あんたの親父さんとゼブロン・フェイスのあいだには何十年にもわたる因縁がある。ふたりともこの地域に土地を所有している。ふたりとも屈強で、暴力も厭わないように思う。一方は用地買収を進めようとしている。もう一方はそれに反対の立場だ。ダニー・フェイスはあんたの親父さんのところで働いていた。それで板挟みになった。ささくれだった心。目の前にぽんと置かれた金。なにがあってもおかしくない」

「でたらめだ」

「きみの親父さんは拳銃を所持していないが、ミスタ・シェパードの家に自由に出入りできる」

僕は彼をにらみつけた。

「ミスタ・シェパードはポリグラフ検査を拒否している。殺人を自供しておきながら、供述を裏づけるための簡単な検査を拒否するのは変じゃないか。そこでおれは彼の供述にもう一度目を通した。その結果、ほかの可能性も視野に入れるべきだという結論に達した」

僕は彼につめ寄った。「父は人殺しじゃありません」

グランサムは空を見あげ、次に遠くの木立に目を移した。「ミスタ・シェパードはガンだ」彼は僕に視線を戻した。「知っていたかね？」

「なにが言いたいんですか？」

グランサムは僕の問いかけを無視した。「おれはシャーロットで二十年間、殺人課の刑事をやってきた。最後のほうは事件が多すぎて、ひとつひとつの事件をまともに把握できない状態だった。信じられないかもしれんが、ベッドわきのテーブルにまで殺人事件の調書を積んでいた。理不尽な死があまりに多く、処理が追いつかなかったんだ。捜査に集中するのもむずかしくなっていった。そうこうするうち、おれは大きな間違いを犯し、無実の人間を刑務所送りにしてしまった。そいつは真犯人が自供する三日前、刑務所内で刺されて死んだ」彼はそこで間を置き、僕に目を向けた。「ここに移り住んだのは、ローワン郡では殺人事件がさほど頻繁でないからだ。被害者のために時間が割ける。余裕があるから、正しい判断がくだせる」

彼は眼鏡をはずし、顔をぐっと近づけた。「おれはこの仕事に真剣に取り組んでいる。

だから上司の意見なんか、いちいち気にしちゃいられない」

「だからなんなんです？」

「息子の罪をかぶった父親もいたし、女房をかばって自首した亭主もいた。その逆のケースもだ。友人の代わりに殺人犯だと名乗り出た例は記憶にないが、固い友情で結ばれているなら、そういうことがあってもおかしくない」

「もうたくさんだ」僕は言った。

「罪をかぶったほうがガンで余命いくばくもなく、失うものなどなにもないとあってはなおさらだ」

「もう帰ってくれ」

グランサムは車のドアをあけた。「最後にあとひとつだけ。けさからドルフ・シェパードには自殺監視体制が敷かれることになった」

「なんですって？」

「やつは死にかけている。真相を解明する前に自殺されちゃかなわないからな」彼はまた眼鏡をかけた。「親父さんに伝えろ、具合がよくなったら訊きたいことがあると」

そう言うと彼は背中を向けて車に乗りこみ、高い雲の黄色と風のない空の濃い青が映りこむウィンドウの向こうに消えた。彼の車を見送りながら、僕は父の動揺ぶりと、決然と言い放った言葉に思いを馳せた。

人間の心は不思議なものだ、アダム。人ひとりを破滅させるだけのパワーがある。それ

だけは確信を持って言える。

父がなにを伝えたかったかはいまもってわからないが、僕は急に不安をおぼえた。グランサムの車の後部から二階の父の部屋の窓へと視線を移した。窓がかすかに、ほんの一インチ程度、上にあがっていた。最初はそれだけだったが、カーテンが心持ち動いた。風に吹かれたかのように。

僕は自分に言い聞かせた。

風のしわざだと。

24

ドルフと話をしなくてはならない。どうしても。筋が通らない。ドルフの自供もグランサムの仮説も。ドルフ・シェパードがダニーを殺すなどありえないが、それに輪をかけてありえないのが、僕の父が犯人だとする説だ。拘置所に出向いたが、面会はできないと告げられた。面会そのものは可能だが、さだめられた時間にかぎられるうえ、面会者リストに名前がなければならず、僕の名前はリストになかった。収監者の判断にゆだねられているのだと教えられた。

「ドルフ・シェパードの面会者リストには誰の名前が載っていますか？」と訊いてみた。

グレイスの名前だけだった。

いったん出口に向かいかけたが、足を止めた。看守はうんざりした様子を隠さなかった。

「抜け道があるはずです」

相手は無表情に僕を見つめた。「ありません」

むしゃくしゃした思いで病院に向かった。父がグレイスにドルフの件を話したいま、彼女がどんな思いでいるのかは考えるまでもない。病室にはいると、寝乱れたベッドときょうの新聞が目にはいった。ドルフ逮捕が一面で報じられていた。彼の写真の上にこんな見出しが躍っている——**レッド・ウォーター農場でふたたび殺人事件発生**。

ダニーの死をめぐる事実関係は少し触れられているだけだったが、死体の描写は生々しかった。**晴天の青空のもと、一部白骨化した遺体が深い穴から引き揚げられた**。ドルフの供述はもっと具体的だった。保安官による記者会見は翌日に予定されているが、たしかな情報筋とやらが取材に応じたのだろう。さまざまな臆測が乱れ飛んでいた。**同農場では五年前にも若者が殺害されている**。

二面に僕の写真があった。

父が飲んだくれていたのも無理はない。

病室を出てドアを閉め、ナース・ステーションはどこかと探した。カウンターにいた美しい女性が、グレイスは一時間足らず前に退院したと早口で教えてくれた。

「誰が許可したんですか？」僕は尋ねた。

「患者さんがご自分で決めたことです」

「まだ退院できる状態じゃないはずです。主治医と話をさせてください」

「もっと声を落としてくださらないと。退院できるほど回復していないとドクターが判断すれば、退院許可はおりません。ドクターとお話しするのはかまいませんが、答えは同じだと思います」

「ちくしょう！」僕はそう言い捨て、病院をあとにした。グレイスは拘置所の外の縁石に、膝のところで布バッグを握りしめ、うなだれてすわっていた。髪が顔にはらりとかかり、体を軽く前後に揺らしている。五フィートと離れていないところを車が行き交っていた。僕はできるだけ近くに車を駐めて降りた。グレイスは顔をあげなかった。僕が隣に腰をおろしてもまだうなだれていた。僕はしかたなく空を見あげ、車の往来を見ていた。僕はほんの一時間足らず前にここを訪れている。どうやら行き違いになったようだ。

「会わせてもらえないの」と彼女は言った。

「きみはリストに名前がある。ドルフが唯一会いたがっているのがきみなんだ」

グレイスは首を横に振り、ほとんど消え入りそうな声で言った。「自殺監視房に入れられてるんだって」

「グレイス……」

「自殺監視房よ」声はそこでつき果て、グレイスはふたたび体を前後に揺らしはじめた。

もう何十回目かわからないが、僕はあらためてグランサムを罵った。グレイスもドルフも互いに会いたいと思っている。僕は無理でも、グレイスならいろいろ質問できる。なのに、グランサムはドルフを自殺監視房に入れた。面会はいっさい許可されない。グランサムの判断は、ドルフを死なせないと同時に孤立させることが目的だったのかもしれない。うまいやり方だ。それに非情でもある。

人でなし。

グレイスの手を取った。力がなく、かさついていた。手首のところがつるつるするので見ると、病院の腕輪をはめたままだった。顔の腫れは引いており、痣も周辺が黄色に変わっていた。「ドルフがガンを患ってることは知ってたかい？」

グレイスは顔をしかめた。「はっきりと言われたわけじゃないけど、それとなくほのめかしてはいたわ。まるで家のなかに赤の他人がはいりこんだ感じだった。きっとあたしに心の準備をさせようとしてたんだと思う」

それを聞いて僕はぴんときた。「だから大学に進学しなかったのか」

涙がこみあげ、グレイスはあふれ出る前に手ですばやく目もとを覆った。

「さあ、行こう」僕は言った。「家まで送るよ」

「帰りたくない。なにかしたいの。なんでもいいから」

「ここにいたってしょうがない」グレイスが顔をあげ、僕はそこに深い悲しみを見てとった。「できることはなにもないんだ」

グレイスを乗せてドルフの家に戻った。その間ずっと、彼女は心の奥の奥が凍ってしまったかのように自分の体を抱き締めていた。そしてときおり、身震いした。僕は一度だけ話しかけようとしたが、グレイスに黙らされた。「いいから放っておいて、アダム。あなたにどうこうできることじゃないから」

父に殺してやると脅されたとき、僕がドルフに言ったのとまったく同じ台詞だった。

グレイスは僕の言うがままに家にはいり、ベッドのへりに腰をおろした。手に持っていたバッグが床に落ち、手はてのひらを上に向けて体のわきに垂れた。僕はスタンドのスイッチを入れ、彼女の横にすわった。日焼けが褪せ、まぶたが重そうだった。引き結んだかさかさの唇に縫った痕がひどく生々しい。「水を持ってこようか？」

グレイスが首を横に振ったとき、髪の毛が一部、白くなっているのに気がついた。長い髪がまっすぐのばした針金のように光っている。僕は彼女の肩に腕をまわし、頭に唇をつけた。

「あなたのお父さんにひどいこと言っちゃった。病院に来て、話してくれたときに。あの知らせを告げたあと、このまま付き添うと言ってくれたの。まだ退院しちゃだめだって。そんなことは絶対にだめだって。あたし、ひどい言葉をたくさんぶつけちゃったわ」

「気にするな。親父だってわかってる」

「どうすれば白紙に戻せるかしら？」

僕はかぶりを振った。「ドルフがなぜ自供したのか、さっぱりわからないんだ、グレイス。とにかく、きみは少し休んだほうがいい」

グレイスは立ちあがった。「ベッドに寝てたら、なんの役にも立てない。なにかできることがあるはずよ」彼女はすばやく三度、室内で方向転換し、足を止め、そのまま動かなくなった。「できることはなにもないわ」と打ちのめされた表情で言った。

僕はグレイスの手を引き、ベッドに戻した。「ダニー・フェイスを殺したいと思う人物に心あたりはないか？　なんでもいいんだ。僕が調べる」

顔をあげた彼女の目は、深い悲しみに満ちていた。「わかってないのね」

「なにをわかってないんだ？」

僕の手を握る彼女の手に力がこもり、目がふたたび鏡面のような輝きを帯びた。「たぶん、ドルフが殺したのよ」

「なんだって？」

グレイスは出し抜けに立ちあがると、乱暴に部屋の隅まで歩いていった。「こんなこと言うべきじゃなかった。いまのは忘れて。うっかり口走っただけだから」

「グレイス、僕を信用してくれ。どういうことなんだ？」

振り向いた彼女の口は、決然と真一文字に結ばれていた。「もうわからないの、アダム。あなたを信用していいものかどうか」

僕も立ちあがって口をひらきかけたが、グレイスのほうが一歩早かった。

「だってあなたは警官とつき合ってるもの」

「そんなことは――」

「否定しないで！」

「否定しようとしたんじゃない。そんなことは関係ないと言おうとしたんだ。僕はドルフを窮地に立たせるようなまねは絶対にしない」グレイスが部屋の奥へと後退した。首の大切な部分を守るかのように肩を怒らせている。彼女は両手をこぶしに握った。「僕はきみの敵じゃないよ、グレイス。それにドルフの敵でもない。どういうことか教えてほしい。力になれるかもしれないだろ」

「言えないわ」

　僕は彼女のほうに足を踏み出した。

「動かないで！」彼女はいつ神経がまいってもおかしくない状態だった。「あたしが自分で突きとめたいの。自分で考えたいのよ」

「わかった。とにかく落ち着いて。話し合おう」

　彼女が両手をおろすと、肩から力が抜けた。彼女の体内に決意がみなぎった。「出てって」

「グレイス――」

「出てってよ、アダム」

「まだ話が終わってない」

「出てって！」

　僕はドアまで行ったところで足を止め、ドア枠に手をかけた。「考えなおしてくれ、グレイス。ここにいるのはこの僕だ。僕だってドルフを大切に思ってる」

「あなたはあたしの力になれないわ、アダム。ドルフの力にも」

　出て行きたくはなかった。まだ言わなければならないことがたくさんある。しかし、鼻先でドアを乱暴に閉められ、僕は薄っぺらな青い塗装を見つめる恰好になった。ドアを叩き壊したかった。怯えて頭が混乱した娘に分別を叩きこんでやりたかった。しかし、彼女は目の前のこの塗装と同じ、ところどころ薄く、その下の無垢《むく》の木が透けて見えた。ドアに手を這わせると、塗装が剝がれ落ちた。僕は指先についたかけらを吹いて飛ばした。

事態が僕の理解を超えた動きを見せはじめた。世の中は変わり、人々も変わる。父はひとつだけ正しいことを言った。

五年という歳月は長く、僕はなにひとつわかっていないのだ。


ロビンに電話をかけた。彼女は家庭内騒動の現場に出ており、長くは話せないと言った。背後で女性が卑猥《ひわい》な言葉をわめきちらすのが聞こえ、男のほうは〝黙れ〟と何度も何度も繰り返している。「ドルフのことは聞いたか？」

「ええ。残念だわ。それなりの理由がなければ、収監者を自殺監視房に入れることはないはずなのに。なんて言ったらいいか」

グランサムの言葉が頭をよぎった――**〝真相を解明する前に自殺されちゃかなわないからな〟**

あいつはまちがっている。

すべてにおいて。

「いいんだ、それは。電話したのはその件じゃない。さっきグランサムに会った。きみの上司にきみの停職処分を要求するつもりらしい。それを知らせておきたかった」

「もうすでに要求してきたわよ。上司はばかを言うなとはねつけたわ」

「ならいいんだ」

「ところで、教えてもらった貸倉庫の情報は大当たりだった。うちの署でゆうべ捜索したところ、三十万ドル相当の結晶メタンフェタミンを押収した。ゼブロン・フェイスはわたしたちが考えていたより大物だったようね。おまけに、シャーロット空港近くの流通センターから盗まれたとおぼしき風邪薬もひと箱分見つかった」

「風邪薬?」

「ええ。そのなかの成分を使ってメタンフェタミンを作るのよ。話せば長くなるわ。そうそう、もうひとつ話しておかなきゃならないことがあって――」そこで会話が途切れた。ロビンの声が大きくなった。僕に話しているのではなかった。「すわってください。そこにすわってくださいと言っているんです。そう、そのまま動かないように」

「もう切らなきゃ、アダム。記憶にとめておいてほしいんだけど、うちで押収した品を検分しに麻薬取締局から捜査官が来るの。あなたからも話を聞くことになるかもしれない。ならないかもしれない。どっちとも言えないわ。じゃあ、またあとで」

「待ってくれ」

「手短にお願い」

「ダニー・フェイスから暴行を受けたと告訴した女性の名前が知りたい」

ロビンは黙りこんだ。さっきの男の声がふたたび聞こえた。「黙れ、黙れ、黙れ」すると、おそらく男の妻とおぼしき女性がわめいた。「あたしに向かって黙れなんて言うんじゃないよ。この大嘘つきの女たらしが!」

「どうして？」ロビンが訊いた。

「僕の知るかぎり、生きているダニーを見たのはその女性が最後だ。彼女から話を聞く必要がある。グランサムがその手間を惜しむなら、僕がやるしかない」

「グランサムの邪魔はしないほうがいいわ、アダム。前にも忠告したでしょ。あの人はそういうのに我慢がならないたちよ。彼に知れたら痛い目に遭わされる」

「教える気はあるのか？」

ロビンがふうっと息を吐くのが聞こえた。「女性の名前はキャンディス・ケインよ。通称キャンディ」

「たしかなんだな？」

ロビンの背後の声が大きくなった。頭に血がのぼった夫婦は、いつ相手にかぶりついてもおかしくない状況だった。「もう切るわ。番号は電話帳に載ってる」

柔らかなレザー仕様の車は慣れ親しんだにおいがして、エンジン音はあまりに静かではとんど聞こえなかった。ウィンドウを下げてこもった熱気を追い出し、果てしなく広がる大地を感じとった。しばらくはそれがいい気分転換になったが、長くはつづかなかった。なんとしても父と話す必要があった。

ドルフの家の邸内路を出て、父の家に向かった。父のトラックはなかったが、ポーチのブランコにミリアムの姿があった。僕は車を降り、ポーチにあがった。ミリアムは顔をあげたが、その目からはなにも伝わってこなかった。鋭い刃物とずたずたの心が頭に浮かんだ。

「元気か？」

「うん」

「ここでなにをしてるんだ？」

「おうちにはいる前に、ほんのちょっと、ひと休みしたいと思うことはない？　ドアの向こうで待ちかまえてるものに突っこんでいく前に、最後に大きく息をするみたいに」

「あるかもしれないな」

「その最後の呼吸をしてるところ」

「いろいろあったからな」

ミリアムはうなずいた。アップにした髪に差した櫛《くし》から髪の毛がはらりと落ちた。黒いロングヘアーが衿に広がった。「なんだか怖い」

ひどく不憫《ふびん》な感じがして、そっと手を触れ、腕をまわしてやりたくなったが、やめておいた。傷つけるか、驚かせてしまいそうだったからだ。この数日間は誰にとっても苛酷だったが、ミリアムはいまにも消えてなくなりそうに見えた。「父さんは留守みたいだな」

「トラックがないもの。ママしかいないんじゃないかな。あたし、しばらく前からここにいたの」

「ミリアム」と僕は切り出した。「ダニーを殺す動機がある人間に心当たりはないか？」

彼女は首を振ったが、すぐにやめ、顎を斜め上に向けた。「どうした？」と僕は訊いた。

「うん、四カ月くらい前だったかな、ダニーが袋叩きに遭ったの。彼はくわしく話してくれなかったけど、ジョージがシャーロットのノミ屋の仕業じゃないかって」

「本当か？　ジョージはノミ屋の名前も知ってたか？」

「どうかな。当然の報いを受けたんだとは言ってたけど。どういう意味って訊いたら、身の丈以上に派手な暮らしをしてきたけど、ついにそのバチが当たったたんだって」

「ジョージがそう言ったのか？」

「うん」

「いまジェイミーがどこにいるかわかるか？」

「ううん」

「ちょっと待ってろ」僕は携帯電話でジェイミーの番号にかけた。呼び出し音が四回鳴って留守番電話サービスに切り替わった。「ジェイミー、アダムだ。前にも訊いたが、ノミ屋の名前が知りたい。このメッセージを聞いたらすぐ電話をくれ」携帯電話をたたみ、わきの椅子に置いた。ミリアムはあまりに弱々しく、いまにも倒れそうな様子だった。「時が解決してくれるよ」

「わかってる。ただつらいだけ。パパはとても悲しそうだし、ママはパニックになってる。グレイスは……」

僕たちは一瞬、黙りこんだ。「ドルフにダニーが殺せたと思うか？」

「そんなこと訊かれても、アダム、あたしは全然わからない。ドルフとはそんな親しくないし、ダニーのこともあまり知らないし。あたしより年上で、うちの手伝いだもの。つき合いはなかった」

そのときふと思い出した。ミリアムによれば、ジョージは袋叩きに遭ったダニーを自業自得と切り捨てている。ずいぶん厳しい言い方だと思うと同時に、先日の朝食の席で、ダニーの話になったときにジョージが見せた怒りが頭によみがえった。

ダニーはおれをクズと言った。クズとなんかつき合うなとミリアムに説教したんだ。

それを聞いて僕は、昔のジョージ・トールマンが頭にあったんだろうとなだめた。

ふざけるんじゃねえ。そう言ってやりたいよ。

僕はミリアムを見つめた。不必要に彼女を動揺させたくなかった。僕の知るかぎり、ジョージ・トールマンは粗暴な性格ではないが、いちおう訊いておく必要がある。「ミリアム、ジョージとダニーはなにか揉めてなかったか？　トラブルとかそんなことはなかったか？」

「さあ、とくには。昔はいい友だちだった。友だちづき合いは終わった。片方は大人になり、もう片方はならなかった。それ以上の問題はないと思うけど」

僕はうなずいた。ミリアムの言うとおりだ。ダニーは他人を怒らせる才能に長けている。それは彼のプライドのなせるわざであり、それ以上の意味はない。

「父さんとダニーはどうだ？　ふたりのあいだにトラブルはなかったか？」

「なんでそんなこと訊くの？」

「警察はドルフの自供に疑いを抱いてる。父さんをかばって嘘をついてる可能性があると考えてるらしい」

ミリアムは肩をすくめた。「まさか」

「サラ・イェーツという名前に心当たりはあるかい？」

「ううん」

「なら、ケン・ミラーはどうだ？」

彼女は首を横に振った。「心当たりがなくちゃだめなの？」


ミリアムをポーチのブランコにひとり残して引きあげたものの、彼女がどこかに刃物を隠し持っているのではないかと気になってしかたなかった。〝最後に大きく息をする〟という台詞は単なる言葉の綾なのだろうか。

車を市街地に向け、番号案内に電話してキャンディス・ケインの電話番号と住所を教わった。よく知っている場所だった。大学近くにある団地だ。教わった番号にかけ、呼び出し音が十回鳴ったところで電話を切った。またあとでかければいい。三叉路の手前で車を砂利の路肩に寄せて停めた。警察は、ダニー殺害の捜査の手を僕の家族以外に広げようとしない。それには納得がいかない。僕はいま、脈のありそうなふたつの手がかり、すなわちダニー・フェイスと暴力でつながっていた人物をつかんでいる。ひとりは暴行で告訴したキャンディス・ケイン、もうひとりは四カ月前にダニーを袋叩きにした人物。キャンディは不在でジェイミーも電話をかけてこない。これでは埒があかない。焦りから背中にしこりが生まれた。なにかべつの手段があるはずだ。

しかし、そんなものはなかった。ゼブロン・フェイスの行方は探知できていない。ドルフは口を閉ざしている。父は不在だ。

八方塞《ふさ》がりだ。

そのうち、僕の頭を悩ませているもうひとつの問題に意識が向いた。ささいなことで急を要するものでもないが、それでも気になってしょうがなかった。サラ・イェーツに見覚えがあるのはなぜなのか？　彼女はどうして僕を知っていたのか？　僕は車のギヤを入れ、二股に分かれた道を左に折れた。デイヴィッドソン郡は左方向だ。

サラ・イェーツも。

なぜ彼女を知っている気がしてしょうがないのかあれこれ考えるうち、車は川を渡り、雑木林にはいっていった。本道をはずれ、川沿いに建つ彼女の家へとつづく狭い通路に乗り入れた。雑木林を抜けると、ケン・ミラーが紫色のバスのそばでローン・チェアに寝そべっていた。ジーンズ姿で裸足の足を地面にのばし、顔に陽射しを受けようと頭をそらしている。車の音が聞こえると立ちあがって、目に手をかざし、通路に出て僕の行く手を阻んだ。十字架にかけられたように両腕を横にのばし、わざとらしく渋面《じゅうめん》をつくった。

僕が車を停めると、彼はなかをのぞくように腰をかがめ、運転席のウィンドウに歩み寄った。彼の言葉は怒りで尖っていた。

「あんたら、きょうはもう充分だろうが?」彼の手が窓枠をつかんだ。首が泥で汚れ、白髪混じりの髪がシャツの衿から突き出ている。片方の目が腫れあがっていた。肌が黒光りしていた。

「あんたらとは誰のことだ?」

「あんたの親父だよ。それがあんたらだ」

僕は彼の目を指さした。「父にやられたのか?」

「帰ってくれ」彼はさらに顔を近づけた。「いますぐ」

「サラと話がしたいんだ」僕は車のギヤを入れた。

「家のなかには銃があるぞ」

僕は相手の顔に目をこらした。顎のこわばり、こめかみで激しく脈打つ血管。彼は腹を立てていると同時に怯えてもいた。よくない組み合わせだ。「どうしたんだ、ケン?」

「銃を取ってきてもらいたいのか?」

アスファルト道路で車を停めた。道はがらがらだった。真っ黒な道はこの先、二マイルにわたってカーブがつづいている。橋がある左に折れ、ウィンドウを下ろした。騒音レベルが一気に上昇した。時速五十マイルでカーブを走り抜けた。もっとスピードを出していたら、あやうく見逃すところだった。

サラのバンを。

それは、〈ハード・ウォーター・タヴァーン〉というバイク乗りのたまり場であるバーの裏の片隅に駐まっていた。錆の浮いた大型ごみ収集容器の隣に頭から突っこんであった。どこにでもある車だが、サラのものにまちがいない。同じえび茶色のボディカラーに同じスモーク・ウィンドウ。僕はスピードをゆるめ、Uターンする場所を探した。一マイル走ったところで砂利敷きのドライブウェイに突っこんでバックで出ると、エンジンを吹かした。サラのバンの隣に駐めて車を降りた。僕がいる場所からドアまで、ハーレーが十六台、ずらりと並んでいた。クロムめっきが太陽の光を反射している。黒革のサドルバッグに打った鋲がきらりと光る。どのバイクも軍隊のように整然と斜めに駐めてあった。

なかは暗く、悪趣味だった。ビリヤード台の上が煙り、左にあるジュークボックスから音楽ががんがん響いてくる。僕はカウンターに行き、六十歳に見えるが本当は僕とさしてちがわない歳とおぼしきやつれた女性にビールをオーダーした。彼女はロングネック瓶のキャップをはずし、口から泡が飛び出すほどいきおいよく瓶を置いた。僕は合皮の回転式スツールに腰をおろし、目が慣れるのを待った。さほど時間はかからなかった。緑色のフェルトの上に光がたまっていた。ドアのふちから強烈な光が漏れていた。

僕はビールをあおり、水染みだらけのカウンターに置いた。

店はワンフロアにテーブル三台の酒場で、酒、嘔吐物、あるいは血を洗い流すのに便利なように床はコンクリートで排水溝もついている。十フィート向こうで短パン姿の太った女がカウンターに頭をもたせて眠っていた。ビリヤード台のうち二台はプレイ中で、真っ黒でつやつやしたひげをたくわえた男たちがまわりを取り囲んでいた。彼らは慣れた手つきで悠然とキューをあやつり、ワンショットごとに僕のほうをちらちらと見た。

サラ・イェーツは奥の片隅の小さなテーブルにいた。車椅子のままテーブルにつけるよう、椅子がわきに寄せてあった。ふたりのバイク乗りが同じテーブルを囲んでいた。テーブルにはビールがはいったピッチャー、ジョッキ三個、それにおよそ十五個ほどの空のショットグラスがのっていた。見ていると、さっきのバーテンダーが店内を縫うように歩いていき、茶色い液体がはいったショットグラスを三個運んだ。三人はグラスを触れ合わせ、僕には聞こえなかったがなにやら言うと、一気に飲みほした。バイク乗りが空のグラスを叩きつけるように置いた。サラは自分のを形のいい指二本のあいだに下ろした。

そして、僕に目を向けた。

彼女は驚いた様子を見せなかった。指を曲げ、こっちへ来いと合図した。バイク乗りたちは僕が通れるようスペースをあけてくれたが、充分とは言えなかった。固いキューが肩にぶつかり、煙が目のなかではじけた。左目のきわに涙形のタトゥーを入れた男がいた。僕がサラのテーブルにたどり着き、ビリヤードが再開した。サラと同席していた男たちは、ほかのバイク乗りの大半より年配だった。がっしりした腕に入れた刑務所タトゥーは色が褪せ、薄灰色になっている。顎ひげに白いものが混じり、顔にはいくつものしわが刻まれていた。ごつい指輪をはめ、がっしりしたブーツを履いているが、怖い感じはしない。サラから指示が飛べばどんなことにでも従いそうだ。彼女は三十秒ほど僕を観察した。それから、よく通る声で言った。

「あなたは信じないかもしれないけど、わたしが命令すれば、このふたりのどっちかがあなたの頭をかち割るわよ」

「あなたにヤクを売ってもらってるからですか？」

サラは顔をしかめ、隣にいるバイク乗りふたりもそれにならった。「友だちだからよ」

僕はかぶりを振った。「信じましょう」

「さっきああ言ったのは、あなたのお父さんがほざいた話を蒸し返されたくないからよ。もうたくさん」

「父がなにをほざいたんです？」

「それが知りたくて来たわけ？」

「それもあります」

サラはふたりのバイク乗りに顔を向けた。「大丈夫よ」煙草の煙と酒と日に焼けた革のにおいをぷんぷんさせた大男ふたりは腰をあげた。ひとりがカウンターを指さすと、サラはうなずいた。「おすわりなさい」彼女は僕に言った。「ビールをもう一杯どう？」

「いただきます」

彼女はバーテンダーと目を合わせてピッチャーを持ち上げ、僕を指さした。バーテンダーが持ってきたきれいなグラスに、サラがビールを注いだ。「普段は昼間から飲まないの」と彼女は言った。「だけどあなたのお父さんのおかげで、きょうはルールを曲げることにしたわ」

僕は店内を見まわした。「ここにはよく来るのですか？」

彼女は声をあげて笑った。「以前は、そうだったかも」そう言うと指を一本立て、それで店内全体をぐるっとしめした。「わたしみたいに生活圏が十平方マイルしかなければ、ほぼ全員と知り合いになるものよ」

さっきまでサラと飲んでいた巨漢ふたりの様子をうかがった。カウンターに背中を向けてすわり、いつでも駆け寄れるよう、足をしっかり床につけている。ほかの客とちがい、ふたりとも僕たちの様子を注意深く観察していた。「あのふたりはあなたのことが心配みたいだ」

サラは自分のビールに口をつけた。「あの人たちとはものの考え方が同じなの。古くからのつき合いよ」

「話を聞かせてもらっていいですか？」

「さっきのヤクを売ってるとかいう発言を取り消せばね。わたしは売人じゃないわ」

「では取り消します」

「なにを聞きたいの？」

空のグラスがたくさん並んでいるが、サラは酔っているように見えなかった。ふっくらした顔にはしわひとつないが、その下には冷徹な心がひそんでおり、笑顔にとげとげしさを添える金属的な輝きが隠れていた。彼女は生活苦や修羅場を経験している。値踏みするようなまなざしや、カウンターにいるふたりとの淡泊なつき合いからそれが見てとれる。ふたりは息をつめてこっちの様子をうかがっていた。

「ふたつ教えてほしいことがあります」と僕は言った。「どうして僕を知っているのか、それから父の要求はなんだったのか」

彼女は体を起こし、椅子にすわったまま居住まいを正した。手が空《から》のショットグラスを探りあて、テーブルの上でゆっくりとまわしはじめた。「あなたのお父さんは」と彼女は言った。グラスが彼女の長い指にからめ取られた。「石頭で独善的なろくでなしよ。誰からも好かれないけど、誰からも感謝される」彼女は小さな歯を見せた。「世界一の大ばか野郎のように振る舞うときでさえ。

あの人はあなたとは話すなと言いに来たの。そんなことを言うために、けさ、わたしに会いに来たわけ。イエス・キリストの再来みたいに現われたわ。不機嫌で、冷酷で。自分にはその権利があると言わんばかりに、いきなりまくし立てた。そういう態度に、わたしは我慢ならないの。そのうち会話がちょっとばかり白熱してきた。そしたらケンが、ばかみたいに、わざわざ割ってはいったの。黙ってればいいのに。第一にそんなことしてもらう必要はなかったし、第二にあなたのお父さんは他人からとやかく言われるのが我慢ならない性分なんだもの」

「父がケンを殴ったんですか？」

「別の日だったら殺してたかもね」

「どうしてそんなに腹を立てたんでしょう？」

「わたしがあなたと話したからでしょ」

「グレイスとはいつも話してるじゃないですか」

「それは別」

「どうして？」

「あなたは息子だもの」

僕はむしゃくしゃしてふんぞり返った。「どうして僕を知ってるんですか？　なぜ父は僕とあなたが話すことに神経を尖らすんです？」

「昔、あの人と約束したからよ」

「父のデスクにあなたの写真がありました。ずいぶん昔に撮ったものです。ドルフや僕の両親と一緒に写ってました」

サラは力なくほほえんだ。「覚えてるわ」

「どういうことか教えてください、サラ」

彼女はため息をつき、天井を見あげた。「あなたのお母さんが原因よ」と言った。「すべてあなたのお母さんが原因なの」

心のどこかで痛みがはじけた。「母がどうしたんです？」

サラの目が薄暗い店内でまばゆいほどに光った。ショットグラスから離れた手が、テーブルにぱたりと落ちた。「お母さんはとても美しい女性だった」サラは言った。「わたしとはちがいすぎたから、彼女のすべてがすばらしいとは思えなかったけど、彼女が持ってたものは例外。たとえばあなたとか。あんなにすばらしくて、子どもを深く愛する母親は彼女以外に知らないわ。そういう意味で言えば、あの人は母親になるべくして生まれてきたと言える。ほかの点では、ちがったけど」

「どういう意味ですか？」

サラは残りのビールを飲みほし、僕の声にかぶせるように言った。「子どもができなかったのよ。あなたを産んだあと、七回も流産したわ。医者もさじを投げた。それでわたしを頼ってきて、治療することになったの」

「そのときに僕も会ってるんですか？　見覚えがあるような気がしてしょうがないんです」

「たぶん一度くらいは。たいていは夜、あなたが寝ているあいだにお邪魔してたから。でもあなたのことはよく覚えてる。とてもお利口な子だった」

サラが片手をあげると、バーテンダーはずっと手に持って待っていたというようにショットグラスを二個運んできた。サラは自分のグラスを取り、もう片方を頭でしめした。僕はそれを手に取ると彼女のグラスに触れ合わせ、一気に飲みほした。酒が喉を灼きながら滑り落ちていった。サラの目は遠くを見ていた。

「だけど、母は……？」

「お母さんはものすごく赤ちゃんをほしがっていた。切実に。だけど、流産を繰り返したせいで、体力面でも情緒面でも衰えてしまって。わたしが治療するようになったときには、すでに鬱状態だった。それでも妊娠がわかったとたん、生気が戻ったわ」

サラはそこで話をやめ、僕をじっと見つめた。なにを見ているのか、僕には見当もつかない。「本当に聞きたい?」

「いいから話してください」

「お腹の子が四カ月になったところで流産したの。彼女はすっかりまいったわ。流産したときに大量の出血もあったし。もう二度と立ち直ることはなかった。気力が戻ることはなかったわ。すっかりふさぎこんで、死んだも同然の状態になった。あとはあなたが知っているとおりよ」

「いまのが、父が僕に知られたくなかった話なんですか?」

「夫婦のあいだの問題であって、他人には関係ないからよ。お父さんがきょう訪ねてきたのは、あなたがわたしから話を聞く事態を避けたかったから。わたしが約束を覚えているか念を押しに来たってわけ」

「だけど、あなたは話してくれた」

彼女の目のなかで激しい感情が燃えあがった。「わたしを信用してくれないからよ」

僕は彼女の説明を頭のなかで反芻《はんすう》した。「どうもまだ釈然としないな。なぜ父はそこまでこだわるんだろう?」

「話せることはすべて話したわ」

僕の手がいきおいよくテーブルに振りおろされた。無意識のうちに。サラの目がぴくりとも動かなくなり、友人ふたりが腰をあげたのが見えた。「落ち着きなさい」彼女は穏やかに言った。

「釈然としません」

サラはぐっと顔を寄せ、僕の手に自分の手を重ね、声をひそめた。「お母さんの病気は難産が原因なの。あなたが生まれたときにいろいろあって。これでわかった？」

目に見えない手が僕の胸をレンチで締めあげた。「母は僕のせいで自殺したと？」

サラは言いよどみ、指を握り合わせた。「お父さんはあなたがそう考えるのを恐れてたのよ」

「だから、あなたに近づくなと言ったのか」

彼女は手をテーブルのへりに添わせ、僕から顔を離した。さっきまであったはずの憐憫《れんびん》の情はすっかり消え失せていた。「これで話は終わりよ」

「サラ……」

彼女が指を一本立てると、バイク乗りの友人が近づき、僕のうしろに立った。壁のような存在を感じた。サラはぴくりとも表情を変えなかった。

「もう帰りなさい」

おもてに出ると昼のまぶしさが炸裂《さくれつ》した。陽射しが後頭部をえぐり、空っぽの胃のなかで酒が激しく渦巻いた。サラの話と表情を頭のなかで再生する。冷酷で非情な憐憫の情。車に戻ると、うしろで足音が聞こえた。

僕は振り向いて両手をあげた。そういうことがあってもおかしくない場所だ。サラと同席していたバイク乗りのひとりが、五フィート離れたところに立っていた。身長は六フィート二インチ、レザーパンツを穿きラップアラウンド型サングラスをかけている。太陽のもとで見ると、ひげに混じった白いものが黄色く見えた。口もとには煙草じわが幾筋も刻まれている。歳は六十くらいと見た。非情で容赦のない六十歳。ズボンにたくしこんだ拳銃はクロムめっき仕上げされたものだった。

男が手をのばした。折りたたんだ紙片を二本の指ではさんでいる。「彼女が、こいつを拘置所にいるやつに渡してくれとさ」

「ドルフ・シェパードに？」

「誰だか知らねえよ」

渡されたのはたたんだ紙ナプキンだった。無造作な手書き文字が三行にわたって並び、青インクが柔らかい紙ににじんでいた。**善良な人はあなたを愛し、善良な人はあなたのなしとげたことを忘れない。絶対に。**

「これはどういう意味だ？」僕は訊いた。

男は顔を近づけた。「てめえの知ったことじゃねえ」

僕は男を無視してドアに目を向けた。男は考えこむ僕を見て、ベルトのところの銃に手をのせた。なめし革のような皮膚の下で筋肉がこわばった。

「そいつは勘弁してくれ」

男の口角付近で黄色い頬ひげがぴくぴく動いた。「てめえのせいでサラはえらくショックを受けてる。二度と彼女に迷惑をかけるな」

僕は男をにらみつけた。男の手はまだ銃にかかっている。

「いまのは警告だからな」


午後遅く、市境を越えてソールズベリにはいった。頭が痛み、放心状態だった。気分転換がしたくてロビンに電話すると、彼女は二度目の呼び出し音で出た。「そろそろあがる時間か？」

「二、三、雑用を片づけたら。いまどこ？」

「車のなかだ」

「大丈夫？　なんだか様子が変よ」

「頭がおかしくなりそうだ。ふたりで一杯やろう」

「いつもの店で？」

「カウンターで待ってる」

いつもの店に行くのは五年ぶりだった。店内にはほとんど人がいなかった。「開店は十分後です」ウェイトレスが言った。

「カウンターで待っててもかまわないだろう?」相手が言葉につまったのを見て、僕は礼を言い、カウンターに向かった。バーテンダーのほうは、数分早く仕事を始めることに異存はなかった。髪を高く結いあげ、鼻の長いバーテンダーは、肉づきのいい手で酒を出した。ようやくロビンがやって来たときには、すでにバーボンを二杯飲みきっていた。そのときでも店内はまだがらがらで、彼女は僕に熱っぽいキスをした。

「ドルフの件は音沙汰なしよ」彼女は言った。「どうかしたの?」

いろんなことがありすぎた。あらたにわかったこともあまりに多い。ひとつひとつ説明するなんてとてもできない。「いろいろとね。話せるようなことはなにもない」

ロビンは席に着くと、僕と同じものをオーダーした。目が曇っているところを見ると、彼女のほうも楽な一日ではなかったようだ。「僕のせいでなにか問題でもあったのか?」

彼女は肩をすくめたが、反応があまりに早すぎた。「殺人事件の容疑者ふたりと因縁のある警官はそう多くないもの。それでいろいろややこしいことになってる。蚊帳《かや》の外に置かれる気持ちをすっかり忘れてたわ。みんなの接し方がぜんぜんちがう。みんなというのはほかの警官のことよ」

「すまない、ロビン」

「いいの、気にしないで」彼女はグラスを差しあげた。「乾杯」

酒を飲みほし、夕食を食べ、ロビンの家に向かった。ベッドにもぐりこんで、体を密着させた。僕はきょう一日で精力を使い果たし、へとへとで、ロビンも同じ状態だった。僕は孤独に耐えているドルフのことも、サラから聞かされた話も考えまいとした。そこそこうまくいった。眠りに落ちる直前に頭に浮かんだのは、ジェイミーが折り返しの電話をよこさなかったことだった。そのあとは、あっという間に夢にのみこまれた。夢は断続的に訪れた。幻影。記憶。壁に飛び散った血、岩が砕ける音に走りだす白い鹿。顔をあげ、昼間のように明るい夜にほほえむサラ・イェーツ。桟橋の下にもぐって、目を輝かせていた母。銀色の拳銃を持ったなめし革の肌の男。

バイク乗りのベルトに差しこんだ銃に手をのばしたところで目を覚まし、喉の奥に悲鳴をつまらせ、ベッドから身を半分乗りだした。ロビンがうつらうつらしながら、僕に手をのばし、熱を帯びたすすべの胸を僕の肋骨に押しあてた。僕は浅い呼吸を繰り返し、辛抱強くじっと横になっていた。汗が肌を濡らし、強烈で黒い夜気が窓をぐいぐいと押した。

母は僕のせいで自殺した……

25

ロビンが頰にキスしたとき、外はまだ暗かった。「コーヒーがはいってる」と彼女は言った。「出かけるわね」

僕は起きあがった。ロビンの顔がかすんで見える。彼女の肌と髪のにおいがした。「どこに出かけるんだ？」

「ゼブロン・フェイスを捜しに」

僕は目をしばたたいた。「本気か？」

「悪いことが次々とわたしたちに降りかかってる。そろそろいいことに起こってもらわなきゃ。郡の管轄だからずっと傍観してたけど、あの連中が解決するのを待ってるのはもううんざり。だから自分でやる」

「グランサムがかんかんになって怒るぞ」

「だんだん、考えがあなたに似てきたみたい。グランサムなんかくそくらえだわ。力関係なんかくそくらえよ」

「ゼブロン・フェイスがグレイスを襲ったと思うのか？」

「最初のうちはそう思わなかった。ありきたりすぎるもの。でもいまはそこまで確信が持てない。彼には答えてもらわなきゃならないことがいろいろある。要するに、彼から話を聞きたいのよ。自分の直感を信じようって気になってきたの」

「麻薬取締局の捜査はどうなってる？」

「うちで押収した薬品を調べ、風邪薬が盗品であることを確認した。聞き込みはするだろうけど、こっちの件では役に立たない」

僕はベッドに起きあがり、時計に目をやった。五時四十五分だった。

「彼はどこかに潜伏中だけど、そう遠くには行ってないと思う。息子が死に、ドラッグは押収され、警察に捜索されてるのも承知してるはず。だけどあの男は愚かで卑劣で、いまの状況から抜け出す道が絶対にあるといまだに信じてる。それに百万ドル単位の価値を持つ三十エーカーの土地もある。きっとこのあたりにひそんでると思うわ。少なくとも電力会社との交渉がお流れになるまでは。すでにつかんでる知り合いから当たってみる。締めあげることも厭《いと》わないつもり」

「なにかあったら知らせてくれ」と僕は言った。

ロビンが出かけたあと、灰色の光が射すまで、僕はいろいろな思いに悶々としていた。八時、厚い雲に覆われた外に出ると、駐めたパトロールカーにジョージ・トールマンがすわっていた。彼は僕に気づいて車を降りた。ひと晩じゅう寝ずに起きていたようだ。濃紺の制服がしわだらけで台無しだった。彼は血走った目で僕を見つめた。「おはよう」と僕は声をかけた。

「おはよう」

「僕を待ってたのか、それともロビンか？」

「あんただ」

彼の大きく生白い顔は二日分のひげで覆われていた。「僕がここにいるとどうしてわかった？」

「おいおい、アダム。誰だって知ってるさ。署内じゃさんざん噂になってるぜ。おそらく町の人のあいだでもな」

「なんの用だ、ジョージ？　朝早くから」

ジョージは車のボンネットにもたれて両手を塗装面につくと、急にけわしい顔になった。

「ミリアムのことだ。あんたに知られたと聞いた」

「自傷癖のことか？」

彼はその言葉そのものを遠ざけるように、顔をそむけた。「そうだ」

「かなり深刻なことだぞ、ジョージ。彼女をあそこまで追いつめたものは……どういう経緯なのか僕には見当もつかないが。おまえが面倒を見てやってくれるのか？　面倒を見る気はあるのか？」

「前に言ったことの繰り返しになるが、アダム、ミリアムはおれがついててやらなきゃだめなんだ。壊れやすく美しい女だから」彼はこのときも想像上のティーカップを持ち、奇術師のように手をひらいた。「彼女は問題を抱えてる。問題のないやつなんかどこにいる？　彼女は芸術家のような心の持ち主だが、それには代償がともなう。おれたち凡人よりずっと傷つきやすくできてるんだ」

明らかに度を失っている彼を見て、ミリアムへの思いの深さを感じ取った。「あんなことをする理由をおまえは知ってるのか、ジョージ？」僕の頭にグレイ・ウィルソンが浮かび、彼の墓前で悲しみに暮れていたミリアムが浮かんだ。

ジョージは首を振った。「その気になったら話してくれるだろうさ。おれだって、無理に聞き出すほどばかじゃない」

「こんな大事なことを親父に知らせないのはまずいと思うぞ」

「あの人じゃミリアムの助けにならない。親父さんのことは好きだが、助けにならないんだよ。親父さんは厳しい人だが、ミリアムには優しく接してやらなきゃならない。大人になれ、強くなれと説教したって逆効果だ。彼女は親父さんの顔色をすごく気にしている。嫌われたくないんだよ」

「ジャニスひとりじゃ対処できない問題だぞ」

ジョージの靴音が舗装路に響いた。「まず言っておくが、ジャニスひとりで対処してるわけじゃない。おれも手を貸してる。ミリアムはウィンストン・セーラムのカウンセラーのところに通ってる。年に三、四回、入院治療も受けてる。それぞれがやるべきことをやって、ミリアムを支えてるんだ」

「とにかく目を離さないようにしろ」ジョージがなにか言いかけたが、僕はそれをさえぎった。「絶対にだぞ、ジョージ。いいかげんな気持ちで言ってるわけじゃない」

ジョージは憤然と身を起こした。「おれに説教するとはいい度胸してるじゃないか。あんた、いままでどこにいた？　大都会に逃げこんで、親父の金で贅沢三昧に暮らしてたくせに。おれはずっと彼女を見守ってきた。なにかあるたびに後始末をしてきた。おれが彼女を支えてきたんだ。このおれがな。あんたじゃない」

「ジョージ――」

「黙れ、アダム。さもなきゃ、おれが黙らせてやる。あんたに四の五の言われる筋合いはない」

僕はしばし間をおいた。ジョージの言うとおりだ。「悪かった、ジョージ。たしかに僕は部外者だ。ただ、心配だったんだ。ミリアムは家族だ。とても大切に思っているし、苦しむ姿を見るのはしのびない。きみとジャニスのやり方にケチをつける権利は僕にはない。ミリアムは本当に人に恵まれていると思うよ」

「だんだんよくなってきてるんだ、アダム。そう信じなくちゃやってられない」

「まったくだ。本当に悪かった。で、用件はなんだ？　なぜわざわざ訪ねてきた？」

彼は深呼吸をした。「親父さんには言わないでやってくれ、アダム。それを言いに来たんだ。おれたちふたりとも眠れなかった。ミリアムはひと晩じゅう泣いてたよ」

「ミリアムに頼まれたのか？」

彼は大きな頭を左右に振った。「頼まれたんじゃない。懇願されたんだ」

車からジェイミーに電話したが、またも留守番電話につながった。メッセージを残したが、口調がきつかったかもしれないと反省した。こんなに連絡が取れないのはおかしいが、飲んだくれているか二日酔いか、でなければ僕を避けているのだろう。ミリアムの言うとおりだと思った。僕の家族は内側から崩壊していた。しかし、いまはミリアムのことも、さらに言えばグレイスのことも案じている余裕はない。まずはドルフの心配をしなくては。彼はいまも拘置所に閉じこめられ、僕たちの誰とも話ができない状態なのだ。わかっていないことがまだいろいろとあり、なんとしても真実を探り出さなくてはならない。それもできれば、グランサムより先に。きょうのうちに、と自分に言い聞かせる。まずはキャンディス・ケインから当たってみよう。八時半、彼女のアパートを見つけた。

赤レンガの二階建ての古い団地で、正面にバルコニーがついていた。それが大学から一ブロック離れたわずかばかりの土地にでんと建っている。全部で三十所帯が暮らしており、そのほとんどが地元のブルーカラー階級だった。四十年にわたって一万本のタイヤが割れたビール瓶を踏みつぶし、ガラスの粉に変えていた。太陽がうまい具合に照りつけると、敷地全体がダイヤモンドでも撒き散らしたように光った。

キャンディスの部屋は二階の奥の角だった。僕は車を駐めて歩いた。階段をのぼるとき、表面の荒れたコンクリートが靴の下でザラザラと音を立てた。バルコニーから、大学のチャペルの高い尖塔と中庭に植えられたオークの巨木が見えた。ドアの部屋番号は消えかけていたが、ペンキが退色して薄くなった16という数字がわずかに読み取れた。えぐって作ったのぞき穴に、ひからびたテープが貼ってある。暑さで隅がめくれあがっており、穴にティッシュをつめてからテープを貼ったのだとわかった。壁にもたせかけたビニールのごみ袋が、饐《す》えた牛乳とテイクアウトの中華料理のにおいをさせていた。ドアをノックしたが、返事はなかった。一分後、もう一度ノックした。

車に戻りかけたところ、太陽がようやく顔を出し、タールマック舗装の上でガラスの破片が輝きはじめた。そのとき、ひとりの女性が二百フィート前方の駐車場を横切ってくるのが目にはいった。僕はその女性に目をこらした。二十代半ば、ピンクのショートパンツにシャツという恰好だ。シャツが小さすぎて、胸のふくらみも一セント硬貨のロールをぶらさげたみたいな腰回りの贅肉もおさまりきれていなかった。エマニュエルの説明を思い出した——**白人、小太り、安っぽい**。ぴったりだ。彼女は手に紙袋を持ち、もう片方の手に吸いかけの煙草を持っていた。ブリーチした髪が野球帽からだらしなくはみ出ていた。

サンダルのペタペタいう音が聞こえてきた。

顔に傷があるのを確認する。

僕との距離が十フィートと迫ったところで、彼女の足が止まった。口を小さな円の形にあけ、目を大きく見ひらいたが、その表情は長くつづかなかった。表情を消し、僕をよけられる程度に進行方向を変えた。僕は先回りをして、彼女の名を呼んだ。彼女は目を細め、両の踵《かかと》をあげた状態で止まった。間近で見ると、傷があっても、思っていたよりずっと美人だった。わずかに上を向いた鼻の両脇についた澄んだブルーの目。唇はふっくらとし、肌にはつやがある。しかし、傷が美貌をそこねていた。ピンク色に引き攣《つ》れ、ビニールのスカートのようにてかっている。長さ三インチの傷は真ん中あたりがごつごつと膨らんでおり、救急治療室で処置したのだとわかった。

「前に会ったことある？」女性が訊いた。

腰につけたリングに鍵が二個ぶらさがり、プラスチックのキー・カバーがショートパンツのゴム部分に突っこんであった。紙袋からただよう朝食のにおいから、近くのバーベキュー・レストランまで歩いて買いに行ったのだろうと見当をつけた。

「キャンディスだね？」

最初に見せた怯えはほぼ消えていた。早朝で、すぐそばには人通りの多い道路がある。一ブロックと離れていないところには五千人の大学生がいる。「キャンディよ」彼女は訂正した。

「ダニー・フェイスのことで訊きたいことがあるんだ」

てっきり顔をしかめるものと思っていたが、あにはからんや、表情がゆるんだ。唇がひらき、右側にたった一本ある虫歯がのぞいた。涙で目が大きくなり、朝食が地面に落ちた。彼女が両手を顔に押しつけた拍子に、本来なら非の打ち所がないはずの肌にできた明るいピンク色の裂傷が隠れた。

彼女はぼろぼろに泣き崩れ、身を震わせた。

一分がたった。覆っていた手が離れると、顔は手を強く押しつけたところが白くなっていた。僕はほかほかした袋を拾いあげ、彼女に渡した。彼女は紙ナプキンを一枚出して洟をかんだ。「ごめんね。きのう、彼が死んだって聞いたばかりなの」

「気になるのかい？」僕は訊いた。「ダニーのせいでそんな傷を負ったのに。暴行で告訴したはずだろ」

彼女はうなだれた。「だからって、愛してないわけじゃないよ」洟をすすり、ナプキンの濡れていない角を片方の目の下に持っていき、もう片方の目の下にも持っていった。

「人間は間違いを犯したらそれを正すを繰り返すの。そうやって前に進んでくんだから。そうやってよりを戻すんだから」

「喧嘩の原因はなにか教えてもらえるかな」

「ねえ、あんた誰？」

「ダニーと僕は友だちだった」

彼女はすすりあげるような音をさせ、指を一本立てた。「あんた、アダム・チェイスでしょう？　彼からいろいろ聞かされたもん。そうそう、友だちだって言ってた。あんたがあの若者を殺したはずがないって。耳を貸す相手には誰彼かまわずそう言ってたよ。そのせいでよく喧嘩もしたっけ。酔っぱらうとすぐかっとなるんだよ、あの人。あんたはいい男だとか、会えなくて寂しいとか言うわけ。そのうち、おもてに出て、あんたの悪口を言った人を探すようにもなったよ。五回か六回か。もっとだったかも。何度血まみれになって帰って来たことか。数えきれないよ。ほんと、怖かったね」

「血を見ればそれも当然さ」

彼女は首を横に振った。「血なんか気になんないよ。男の兄弟が四人もいるんだもん。怖かったのはそのあと」

「どういう意味だ？」

「頭が冷えて、血を洗い流したあとは、いつも遅くまでひとりで飲んでたんだ。暗がりにひとりすわってめそめそしてさ。泣いてるっていうのとはちょっとちがう」彼女は顔をしかめた。「自分を憐れんでるって感じだった」

ダニーが僕のために喧嘩までしたと思うと胸が痛んだ。五年も音信不通だったのだから、てっきり友情に見切りをつけ、自分の人生を歩んでいるものとばかり思っていた。僕はすべてを葬り去ろうとしていたのに、ダニーは思い出を守ろうとしていた。そう思うとますます申し訳なくなった。僕はこの土地から強制退去させられたと解釈していた。あらゆる手段を講じていまをしのげ。家族も友だちも忘れろ。自分が何者かも忘れろ。そう命じられたと思っていた。

ダニーを信じるべきだった。

信頼の気持ちを持ちつづけるべきだった。

「あいつから電話があったんだ」と僕は言った。「なんの用だったか、心あたりはないかな？」

彼女は首を横に振った。「なにも言ってなかったよ」目は赤かったが、涙は乾きかけていた。彼女は洟をすすった。「煙草、いる？」僕が断ると、彼女はショートパンツの尻からくしゃくしゃになったパックを出した。「彼の部屋にあんたの写真が飾ってあるんだ。正確に言うと、あんたと彼、ふたりの写真だけどね。彼があんたに腕をまわしてるんだけど、べつにあんたに惚れてるとかそんなんじゃない。ふたりとも泥だらけで、笑って写ってる」

「ぬかるみハイキングのときだ。覚えてるよ」

煙草をひと吸いした彼女の顔から、笑みが消えた。彼女はかぶりを振ったが、その仕種《しぐさ》には深い意味がこめられているようだった。僕は彼女がまた泣きだすのではないかと思った。

「きみとダニーが喧嘩した原因はなんなんだ？」

彼女は煙草を落とし、緑色のゴムサンダルで踏みつけた。足の指の爪に塗ったピンクのペディキュアが剝げていた。彼女は顔をあげなかった。「ほかに女がいるのは前からわかってた。だけど、あたしと一緒のときはあたしだけのものだったんだ。わかる？　ほかの女なんて関係ない。あたしが一番だってわかってたから。あの人もそう言ってくれたし。ほかの女とはぜんぜん長続きしなかった。ダニーってそういう人なのよ。だからあたしも相手の女を責める気にならなくてさ」彼女は寂しげに笑った。「あの人って変な魅力があるんだよね。そういうのを我慢させちゃう魅力が。何度やられても我慢させられちゃうんだ」

「何度やられても？」

「女。酒。喧嘩」彼女はふたたび泣き崩れた。「我慢するだけの価値がある人だった。愛してたんだよ」

彼女の声が途切れ、僕は先をうながした。「あいつはきみを殴ったんだろ？」

「ちがう」か細い声だった。「殴ってなんかいない。あたしがでっちあげただけ。すごく頭にきたから」

「なにがあったんだ？」

「思い知らせてやりたかったんだ。でも、警察には言わないでよ、いい？　こないだ訊かれたときは、殴られたと答えたんだから。いまさら話を変えるのが怖くてさ」彼女は間を置いた。「あの人にわからせてやりたかっただけなんだ」

「怒ってることをだね」

彼女が顔をあげたとき、輝く青い目の向こうに真っ黒な深淵が見えた。「あの人、あたしと別れようとしたんだ。もう終わりだって。あたしの顔がこうなったのは……あたしが悪いんだよ。あの人のせいじゃない」

「どうしてまた？」

「警察にはああ言ったけど、本当は殴られたわけじゃない。あの人が出て行こうとしたんで、あたしが腕を引っ張ったの。あの人がそれを振りほどいた拍子に、あたしはスツールにつまずいた。そのまま窓に倒れこんだってわけ」

「いまとなってはどうでもいいことだ」と僕は言った。「あいつが死んだ以上、令状にはなんの効力もない」

しかし彼女の目からは脂じみた涙がゆっくりと流れていた。頭が首の上で不安定に揺れている。「あたしがあの人におまわりをけしかけた。あたしが追いつめたせいであの人は身を隠さなきゃならなくなった。それが原因で殺されたのかもしれないじゃない」

「あいつは違法なことに関わってたのか？」

彼女は首を左右に激しく振った。否定の意味なのか、それとも答えることそのものを拒否するということか。僕には判断がつかなかった。もう一度、同じ質問を繰り返した。返事はなかった。

「ギャンブルは？」

目を閉じ、ひとつうなずく。

「四カ月前にあいつを叩きのめした連中がそうなのか？　彼の賭けを受けつけてた連中か？」

「知ってたの？」

「あいつの賭けを受けつけてたのは誰なんだ、キャンディ？」

彼女は言葉をつまらせた。「あいつら、あの人をこっぴどく殴って――」

「誰なんだ？」僕はつめ寄った。

「知らない。連中に追われてるってダニーは言ってた。モーテルに押しかけられたし、農場にも押しかけられたって。あの人は前にもしばらく雲隠れしてたことがあるの。今度もまた、そいつらから隠れてたんだと思う。ジェイミーに訊いてみてよ。弟なんでしょ？」

「なぜジェイミーに訊けばいいんだ？」

「彼とダニーはよくつるんでたもの。野球の試合に行くのも賭場に行くのも一緒。郡内のどこかでやってる闘犬。闘鶏。賭けになるものならなんでもよ。いつだったか、見慣れない車に乗って帰ってきたことがある。デイヴィッドソン郡で賭けに勝って巻き上げたんだって言ってたよ」彼女は弱々しくほほえんだ。「オンボロ車だったけどさ。二日後にはビールと原付自転車《モペット》一台に変わってた。ふたりは仲良かったけど、一度ダニーがこう言ってたよ。ジェイミーのことはあんたほどには信用してないって。あいつはどこか凶暴なところがあるって」彼女は肩をすくめた。「よっぽどあんたがいないことがこたえてたんだね」

　彼女はまだ少し泣いていたし、僕は彼女から聞いた話を頭のなかで整理しておきたかった。ジェイミーとダニーが連れだってギャンブルに溺れていたという説をとなえたのは、彼女がふたり目だ。ジョージ・トールマンもだいたい似たようなことを言っていた。これはなにを意味するのだろう。僕はひと呼吸おいた。残酷な質問が次にひかえている。「なぜあいつはきみと別れようとしたんだ、キャンディ？」

彼女がめいっぱい頭を倒したせいで、野球帽と石鹼の色かと思うほど脱色したぱさついた髪しか見えなくなった。「あの人は恋してた。人生を変えたがってた」

「相手は誰なんだ?」

「知らない」

「心当たりもないのか?」

彼女はいまいましそうに顔をあげた。口をひらいたとき、頰の傷がよじれた。「どうせそこいらのあばずれよ」


歩き去るキャンディ・ケインを見送りながら、ロビンに電話をかけた。彼女が電話に出ると、往来する車の音が聞こえた。「どんな具合だ?」

「ぼちぼちというところ。いい知らせは、保安官事務所がちゃんとゼブロン・フェイスの足取りを追ってたことね。話を聞いた相手が重なってたし、だいたい同じようなところに当たってる。だけど、悪いことに返ってくる答えも同じ。フェイスがどこに身をひそめてるにせよ、彼の名義じゃないところか、電気も水道もないところのどっちかね」

「どういう意味だ?」

「ローワン郡とその周辺にあるライフライン関係の会社を全部当たったの。どうやら彼には、ほかに所有している不動産はなく、電話や電気の契約も結んでいない。ほかにもいくつか調べてることがあるの。なにかわかったら連絡する」

「僕はいまさっき、キャンディス・ケインと話した」

「彼女ならグランサムがきのう話を聞いてるわよ」

「どんなことを聞き出したかわかるか？」

「わたしはこの事件からはずされてるのよ、忘れた？　グランサムが教えてくれるわけないでしょ。彼が彼女をつかまえたことしか知らないわ」

「彼女はグランサムに、ダニーに殴られてそのことを恨みに思っていると答えたそうだ。だけど事実はまったくちがう。彼女はあいつを愛してた。あいつは死ぬ直前、彼女に別れを告げた。動機になりうる」

「その女性にできたと思う？」

「犯行がということか？」僕は階段をのぼっていくキャンディスを見あげた。ピンク色のタオル地のショートパンツからのびた長い脚を懸命に動かしている。贅肉が小刻みに揺れている。「わからないな。だが、彼女には男兄弟が四人もいる。そいつらは彼女の顔に傷がついて、おもしろくないと思ったかもしれない」

「たしかに動機としては納得できる。だけど……凶器はドルフの銃だったのよ。四人の兄弟の名前を調べて、前科があるか確認する。念のために。もしかしたらってこともあるものね」

　期待を抱いているような声でなかったが、それも当然だ。凶器の銃がネックなのだ。ダニー自身が銃を持ち出し、使い方を誤ったと考えるのがもっとも妥当だ。しかしそれも説得力に乏しい。ダニーがそんなばかなまねをするはずがない。「ダニーの親父さんは息子が死んだことを知ってるだろうか？」

「どれだけ深く潜伏しているかによるわね」

「ダニーはギャンブルにのめりこんでたらしい。四カ月前、何者かにこっぴどくやられている。ギャンブルがらみかもしれないな」

「誰に聞いたの？」

「キャンディス・ケイン。ジョージ・トールマン」

「ふうん、ジョージからね」

彼女の声には侮蔑の響きがあった。「あいつのなにがそんなに気にくわないんだ？」

「無能だからよ」

「それだけじゃないようだけどな」

彼女が口ごもったので、質問の答えを考えているのだとわかった。「信用できないからよ」

「具体的な理由はあるのか？」

「いろいろと複雑なの」

「いいから、言ってみろよ」

「わたしはきのうきょう警察官になったわけじゃない。警官も犯罪者もいろいろ見てきて思うことは、両者に大きな差はないってこと。その気になって探せば、犯罪者にもいい面はある。警官にも悪事に手を染める者がいる。わかる？　警官は聖人じゃないわ。こういう仕事だからそれもしょうがない。日常的に大勢の悪人を相手にしなきゃならない。つらい日々につらい判断。そういうのが積み重なっていく。一方、犯罪者はふつう、四六時中悪人でいるわけじゃない。彼らにだって子どもはいる。親もいる。そういうこと。彼らだって人間なの。一般人に混じって暮らしてる。ふたつの面を併せ持ってるわけ。だって人間なんだもの。言ってる意味、わかる？」

「なんとなく」

「ジョージ・トールマンとは四年間一緒に仕事をしたわ。その間一度も、悪い面を見なかった」

「なにが言いたい？」

「そんなお気楽な人、いないわよ。そこまで正直な人なんかいるはずがない。少なくとも警官には」

ロビンはまちがっている。僕はハイスクール時代からジョージを知っている。あの男は必要なときでさえ、自分の感情を押し殺すことができない性分なのだ。いまのは、長年警官バッジを帯びた者特有の皮肉ということで片づけ、反論はしなかった。「ギャンブルの線はどう思う？　なにかつながりがあると思わないか？　ダニーの死に関連するなにかが。キャンディス・ケインの話によれば、ノミ屋がダニーを捜してたそうだ。モーテルに顔を出し、農場にも現われたそうだ。この動機を裏づける話を見聞きしてないか？　ダニーは農場で殺されてる」

「シャーロットには大手のノミ屋がいくつかある。儲けはきわめて大きいと同時に、きわめて違法なノミ屋がね。もしダニーが身の程をわきまえずのめりこんでたとすれば、そうとうやばかったんじゃないかしら」

「警察はその線も調べるんだろう？」

彼女の声は非情なものではなかった。「ドルフが自供してるのよ。それ以外の線を追うわけないでしょう。誰が陪審員になったって有罪の評決を出すわよ」

「グランサムは動機に疑問を持ってる」

「判断をくだすのはグランサムじゃない。それは保安官の仕事で、すでに必要なものが手にはいってるのに時間とお金を無駄にするわけがない」

「ドルフは僕の父をかばって自供した可能性があるとグランサムは考えてる」ロビンはなにも言わなかった。「ばかばかしいにもほどがあるよな？」

まだ黙っている。

「ロビン？」

「グランサムは頭が切れるわ。いま、彼の視点に立って事件を見なおしてるの。考えてるところ」

「だったら、考えを声に出してくれよ」

「ダニーを殺した犯人は、円丘に隙間があることを知っていた人物である」

「それじゃ特定はできない。昔はあそこでよくパーティをやってたんだ。スキート射撃も。あそこに行ったことのある人間の名前を百は挙げられる」

「わざと意地の悪い意見を言ってるだけよ、アダム。ダニーを殺した犯人は、あの穴に死体を投げ捨てられるほど力がなくてはならない。あなたのお父さんは自分では拳銃を持っていないけど、ドルフの銃保管庫にはいつでも近づけた。ダニーはときどきお父さんの農場で働いていた。問題がこじれる機会はいくらでもあった。お父さんにはダニーに腹を立てる理由がなにかあったと思う？」

「見当もつかないな」そう言ったが、ジェイミーのギャンブル癖が頭に浮かんだ。ダニーが悪影響をおよぼしていた。うちの家族は金に困っていた。

「だったらわたしから言えることはなにもない。動機がなければ筋が通らないもの」

「とりあえず、ダニーの死は発電所建設か彼のギャンブル癖に関係があると考えようと思う。彼の賭けを受けつけてた連中はすでに一度、彼を痛めつけている。その線を追う必要がある」

「やめて。シャーロットに行ってはだめ。ああいう連中はそうとう野蛮よ。自分たちの商売に鼻を突っこまれるのを嫌うわ。向こうで的外れな相手を怒らせてごらんなさい、そうとうまずい事態に陥るわよ。冗談で言ってるんじゃないの。わたしは力になれないわ」

　喧嘩をしたくてうずうずしながら、自宅に戻ってひとり寂しく飲むダニーの姿を思い浮かべた。鉄格子のなかにいるドルフ。身も心もぼろぼろになりつつあるグレイス。ドルフは父をかばって嘘をついたとほのめかすグランサム。パズルのピースが欠けている。どこかにいる誰かが、そのありかを知っている。できるところから調べるほかないのだ。ロビンだって、心の奥底ではわかっているはずだ。

「なにかしなきゃいけないんだ」

「だめよ、アダム。お願いだから」

「よく考えるから」僕はそう言い、その嘘に疑問を持たれぬうちに言葉を継いだ。「きみはキャンディの兄弟を調べてくれるんだろ?」

「ええ」

「ほかにはなにか?」

「重要かどうかわからないけど、ダニーに捨てられた女性はキャンディス・ケインひとりじゃないような気がする」

「どういうことだ?」

「ダニーはモーテルを住まいにしてた。死体が見つかったあと、部屋を調べたの。窓がひとつ割れていて、靴箱のボール紙で穴をふさいであった。整理簞笥の上に石が一個あって、その下にメモが置いてあった。黄色い紙のメモが広げてあって、その上に石がペーパーウェイトみたいにのっていた。石をメモでくるんで、窓から投げこんだようね。石には輪ゴムがかけたままになっていた。メキシコ人の男、エマニュエルの記憶によれば、ダニーが行方不明になる直前のことみたい」

「メモにはなんて書いてあったんだ」

「〝あんたもくたばれ〟」

「なぜ女の仕業と思うんだ」

「署名をする場所にキスマークがついてたからよ。あざやかな赤の口紅で」

「それじゃ文句のつけようがないな」

「思うんだけど、ダニー・フェイスは身辺整理をしてたんじゃないかしら」

26

ジェイミーに電話すると留守番電話につながった。今度もメッセージを残した。電話をくれ。いますぐ。話がある。電話を切って二、三歩進んだが、もう一度電話をひらいた。頭がかっかきていたが、その一因はジェイミーにある。キャンディスの話では、彼はいまもギャンブルをつづけていた。ダニーとつるんで。彼の話は嘘だった。きのう折り返しの電話をしてきてもいいはずだ。リダイヤル・ボタンを押すと、彼は二度目の呼び出し音で出た。最初に彼のため息が、つづいて怒ったようなふてくされた声が聞こえた。「なんの用だ、アダム?」

「なぜ折り返しの電話をよこさない?」

「あのな、おれには山ほど仕事があるんだ」

「本題にはいるぞ、ジェイミー。ダニーのガールフレンドが見つかった」

「どの女だ?」

「告訴した彼女さ。キャンディス・ケイン」

「キャンディス? ああ、キャンディか」

「おまえがいまもギャンブルをやってると彼女から聞いたぞ。おまえとダニーは賭けられるものにはなんでも賭けたそうだな。嘘をつきやがって」

「まず第一に、兄貴の質問には答えない。第二に、あんなのはギャンブルのうちにはいらない。百ドル程度をあちこちで使ってるだけだ。遊びに出かける口実みたいなもんだ」

「じゃあ、ギャンブルはやってないと言うんだな」

「あたりまえだろ」

「それでも、ノミ屋の名前を教えてもらわなきゃならない」

「なんでだよ?」

「ダニーはしばらく前、袋叩きに遭ってる。覚えてるか?」

「あいつは一切しゃべらなかったけど、忘れるもんか。一週間、歩けなかったからな。顔の傷は治りそうになかったな」

「その連中から話を聞きたいんだ。まだ借金が残ってたのかもしれない。その連中があいつのもとに現われたとも考えられる」

「うーん……」彼はそのひとことを長くのばした。このあとなにも言うことがないというように。

「いますぐ教えろ」

「なんでそんなことにかかずらうんだよ、アダム。ドルフがダニーを殺したと自白したんだろ。それで電気椅子送りだ。放っておけばいいじゃんか」

「なぜそんなひどいことが言える？」

「兄貴の目にはあいつのケツから太陽が顔を出すのが見えるのかもしれないが、おれとあのじいさんのあいだには親愛の情のかけらもなかったんだよ。正直言って、昔から目の上のたんこぶだったね。ダニーはおれのダチだ。そのダチをドルフが殺したって言ってるんだ。なんで首を突っこむ？」

「僕がおまえのところに出向かなきゃだめか？　そっちに行ったっていいんだぞ。必要とあらば、おまえの居場所を突きとめるにやぶさかじゃない」

「おいおい、アダム。どうしたってんだ？　頭を冷やせよ」

「名前を教えろ」

「本当に時間がなくて、まだ調べてないんだよ」

「でたらめ言うな、ジェイミー。いまどこだ？　いまから行くぞ。ふたりで連中に会いに行くんだ」

「わかった、わかったってば。そうせっつくなよ。いま思い出すから」一分以上が経過したのち、ジェイミーはひとつの名前を口にした。「デイヴィッド・チルダーズ」

「白人か、それとも黒人か？」

「赤首野郎だよ。デスクの抽斗に拳銃を隠してる」

「シャーロットの人間か？」

「地元のやつだ」

「どこにいる？」

「本気でやるつもりなのか？」ジェイミーが訊いた。

「どこに行けばそいつに会えるんだ、ジェイミー？」

「ハイスクールのそばでコインランドリーをやってる。店の奥がオフィスだ」

「裏口はあるのか？」

「ああ、だけどドアはスチールだぜ。おもてからはいるしかない」

「それ以外に頭に入れておくことは？」

「絶対におれの名前を出すな」電話が切れた。


目当てのコインランドリーは、防風フェンスに囲まれたアパートといまにも崩れ落ちそうな古い豪邸に挟まれた薄暗い場所にあった。小さくて、これといった特徴もないため、うっかり見過ごしてしまいそうだった。駐車場に乗り入れると、ガラス窓に僕の車が波打って映って見えた。しかし、正面には駐めなかった。建物のわきの狭い隙間を抜け、フェンスで裏口から見えなくなっている場所に駐めた。フェンスをよじ登って反対側に下りると、通りからは見えない、ごみが散乱するちょっとした広場を突っ切った。スチールのドアはあいていて、シンダーブロックのかけらをかませてあった。隙間は一フィートにも満たず、湿った空気がよどんでいる。洗濯用洗剤のにおいと、腐りかけた果物の系統のにおいがただよってくる。ベースの重低音をきかせた曲がドアの隙間から送り出されていた。

ドアににじり寄って、なかをのぞいた。鏡板張りのオフィス内は薄暗く、キャビネットには書類が山積み、安物の大きなデスクの奥を見ると、太った禿頭《はげあたま》の男が回転椅子を横に向けてすわっていた。片方のくるぶしにズボンが引っかかっている。頭をのけぞらせ、真っ赤な顔で目をきつく閉じていた。膝立ちになった女が、蒸気式ピストンよろしく頭を上下させている。華奢で若い黒人女で、十六歳と言っても通りそうだ。男は片手を女の脂じみた髪にからませ、もう一方の手で椅子の肘掛けをかなりきつくつかんでいた。そのせいで、脂肪の層から筋肉が盛りあがって見えた。

くしゃくしゃの二十ドル札がデスクの隅に危なっかしくのっていた。

僕はシンダーブロックを蹴飛ばし、ドアを乱暴にあけた。ドアがレンガ壁にぶつかって派手な音を立てたとたん、太った男の目がいきおいよくあいた。彼がまる一秒間そうしているあいだも、女のほうはまだせっせと励んでいた。男の口がすぼまり、ブラックホールと化した。「ああ、もうだめだ」

女はいっとき手を止めて、「そうよね、ベイビー」と言うと、すぐにまた作業に戻った。

僕がオフィスに足を踏み入れると、男は女を股間から押しやった。女の顔を横目で見ると、目がうつろだった。ヤクかなにかで朦朧としているらしい。「なにすんのさ、ベイビー」

太った男はあたふたと立ちあがると、両手でズボンをつかみ、脚を通そうとした。その間、目が僕から離れることはなかった。「女房には言わないでくれ」

遅ればせながら女のほうもほかに人がいることに気がついた。立ちあがった彼女を見るした。

と、とても少女とは言えない年齢だった。おそらく二十五にはなっているだろう。淫らな感じで、目が血走っていた。女が手の甲で口もとをぬぐうのと時を同じくして、男のズボンが上まであがった。「これも一回分だからね」女はそう言い、二十ドル紙幣に手をのばした。

女は僕のわきをすり抜けざま、にやっと笑った。灰色の歯にクラック・パイプでもやっていそうな唇。「ショウネルっていうの。同じことをやってほしけりゃ、あちこち当たって探してちょうだい」

僕は出て行く女を見送ってから、なかにはいってドアを閉めた。男はベルトと格闘中で、はやく締めようと力まかせに引っ張っていた。四十歳くらいと当たりをつけた。ひょっとしたら五十歳かもしれない。汗と肥満とてかてか光るピンク色の頭皮のせいでわかりにくい。まず男の手を見てから抽斗に目をやった。そこに銃がしまってあるとしても、手をのばすつもりはなさそうだ。しかしズボンを穿き終えた彼は落ち着きを取り戻しつつあった。体の奥底に埋もれた怒りが頭をもたげてきていた。「なんの用だ?」

「邪魔して申し訳ない」と僕は言った。

「ああ、まったくだ」おっと、始まった。「女房に依頼されたのか? ない袖は振れないと言ってやってくれ」

「あんたの女房なんか知らないよ」

「なら、なんの用だ?」

僕はさらにデスクとの距離をつめた。「ここで賭けを受けつけてると聞いた」

ひきつった笑い声がほとばしり出た。「なんだ。用件てのはそれか？　だったらおもての入り口からはいってこいよ、まったく。ふつう、そうするもんだろうが」

「賭けをするために来たんじゃない。ダニー・フェイスのことで訊きたいことがある。彼はあんたのところで賭けてるんだろ？」

「ダニーは死んだ。新聞にそう書いてあった」

「そう、そのとおりだ。彼の賭けを受けつけてたのか？」

「おまえに商売の話をするつもりはないね。どこの馬の骨とも知れないやつに」

「奥さんに話したっていいんだぜ」

「女房に連絡するのはやめてくれ。勘弁してくれよ。最終ヒアリングを翌週に控えてるんだ」

「で、ダニーのことだが？」

「言っておくが、たいしたことは話せないぜ、いいな？　たしかにダニーはうちの客だった。おれのところは規模が小さいんだ。フットボール賭博を少々と、違法なビデオ型ポーカー・マシンの払い戻しをやってる程度だ。ダニーは二年か三年前にこの手の店に見切りをつけた。あいつの本拠地はシャーロットだよ」

突然、吐きそうなほど胃がよじれるのを感じた。ジェイミーの話は嘘だった。これでは雲をつかむようなものだ。「ジェイミー・チェイスはどうだ？」

「同じさ。あいつも大物狙いだ」

「シャーロットでふたりの賭けを受けてたのは誰だ？」

男はいかがわしい笑みを浮かべた。「あっちに行って、こんなまねをするつもりか？」笑みが大きくなった。「消されちまうぜ」


男に言われて訪ねた場所には、こっそりはいれる裏口がなかった。シャーロットの東側にあるシンダーブロック造りの正六面体のこの建物は、敷きたてのタールのにおいがぷんぷんただよう四車線の産業道路から引っこんだ場所にあった。僕は車を降りて、三マイルと一兆ドル隔てた東にそびえるダウンタウンのビル群が太陽の光を受けて輝くのに見入った。正面入り口の前に男がふたりたむろし、すぐそばの壁際に鉄パイプが何本も転がっている。三十代の黒人と、それより十歳は年上とおぼしき白人の男ふたり組は、僕を上から下までながめまわした。

「なんの用だ？」黒人のほうが訊いた。

「なかにいる男と話がしたい」

「どの男だ？」

「ここの経営者だ」

「てめえなんか知らねえな」

「いいから、話をさせてくれ」

白人のほうが指を一本立てた。「きさま、なんて名前だ？　どっかで見た顔だな」僕は答えた。「財布をよこしな」男は言った。僕は財布を渡した。まだ百ドル札で膨らんでいる。旅のために用意した金だ。男は紙幣の束に目を止めたが、手を触れることはなかった。僕の運転免許証を引き抜いた。「ニューヨークと書いてあるな。だったら人違いか」

「ソールズベリの出身なんだ。いまはよそに住んでるが」

男はもう一度免許証に目をやった。「アダム・チェイス。以前、手がうしろにまわった野郎か？」

「そうだ」

「ジェイミー・チェイスは親戚かなにかか？」

「弟だ」

男が財布を返してよこした。「入れてやれ」

なかは煌々《こうこう》と明かりの灯るモダンなワンルームだった。手前半分はロビーになっていて、ソファーと椅子がふたつずつにコーヒーテーブルが配してあった。低いカウンターが部屋を二分していた。カウンターの奥にはデスク、新しいコンピュータ、そして蛍光灯。壁際には埃をかぶった旅行パンフレットを並べた棚がひとつ。南国のビーチのポスターがまちまちの間隔で掛けてある。男がふたり、コンピュータの前にすわっていた。ひとりは引き出した抽斗に片足をのせていた。

カウンターについていたのはスーツ姿の男だった。白人で六十歳くらい。おもてにいたガードマンのひとりが男に近づき、なにやら耳打ちした。男はうなずき、ガードマンを追い払った。男がほほえみを浮かべた。「いらっしゃいませ。バハマへのご旅行ですか？それとももっと秘境がお好みでしょうか？」男の笑みはまばゆく、どこか物騒な雰囲気をただよわせていた。

僕は背中に視線を感じながらカウンターに進み出た。「いい店だ」相手は両のてのひらを上に向けて肩をすくめ、あいまいに笑った。「ダニー・フェイス」と僕は言った。「ジェイミー・チェイス。ふたりの話を聞くためにお邪魔した」

「その名前にわたしがぴんとくるはずだと？」

「お互いそうだとわかっているはずだ」

笑顔が引いていった。「ジェイミーはおたくの弟だとか？」

「そうだ」

男はヘビのように抜け目のない目で僕を品定めした。ほかの人間には見えないものがこの男には見える、そんな気がする。強さと弱さ、チャンスとリスク。まな板の上のコイになった心境だった。「たしかに過去に一度か二度、ダニー・フェイスを隠れ家から引きずり出したこともある。まったくしょうもない男だ。しかし、いまはあの男になんの関心もない。三カ月ほど前に借金を返済し、以来、やつはここに顔を出してないからだ」

「返済した？」

男が歯を見せた。あまりに白く、あまりに歯並びがよすぎてとても本物には見えない。

「耳をそろえて返した」

「ダニーは死んだ」

「それはわたしの関知するところではない。わたしにとって重要なのは借りのある者だけだ。だからきみの弟には関心を寄せている。弟の借金を返済しに来たのかね？」

「弟の借金？」

「そうとも」

「金額は？」と僕は訊いた。

「三十万ドル」

「いや」と答えると同時に、冷たいものが体内をらせん状に這い進んだ。「借金を返すためじゃない」

男は手をひらひらさせた。「ならばさっさとお引き取り願おう」

背後でガードマンが動いた。あまりに近くて、彼の熱意までも伝わってきそうだ。年配の男は背を向けた。

「待ってくれ」と僕は呼びとめた。「さっきあんたは、ダニーを隠れ家から引きずり出したと言った。それはどこにある？」

振り返った男は、薄い唇に不快感をあらわにしていた。「なんの話だね？」

「ダニーを隠れ家から引きずり出したと言っただろ。僕はいま、あいつの父親の行方を追っている。彼も同じ場所に隠れているかもしれない」

男は顔をしかめ、首を横に振った。「こいつをここから叩き出せ」

「教えてくれるなら金を出す」

「そうか。では三十万ドルいただこう。いま手もとにあるのか？　ないに決まっている。ならば、さっさとうせろ」肩に手が置かれた。カウンターの奥にいた若い者が立ちあがった。

おもてに出ると太陽がじりじりと照りつけ、タールのにおいがそこらじゅうにたちこめていた。黒人の男はあいかわらず壁に寄りかかっている。相棒のほうが僕を車のほうへと追い立て、二歩うしろをついてくる。「さっさと歩け」車の五フィート手前まで来ると、男が声を落としてささやいた。「五百ドルだ」

僕は振り向き、熱した金属に背中を預けた。男の眉根が寄った。彼は首をほんのわずかめぐらせ、壁にもたれかかっている黒人の男を盗み見た。「返事は？」

「なにが五百ドルなんだ？」

男は僕と相棒のあいだに立つよう位置を変え、僕を相棒の目からさえぎった。「おまえの友だちのダニーは三万ドルの返済が滞っていた。おれたちは一週間かけてやつを捜した。ようやく見つけると、思いきり叩きのめしてやったよ。やつが金を返さないからじゃない、捜すのにさんざん苦労させられたからだ。そのくらい頭にきてたんだ」男はいま一度首をかしげた。「いまここでおれに五百ドルよこせば、どこでやつを見つけたか教えてやる。

ひょっとしたらそこが、おまえの探してる隠れ家かもしれないぜ」

「先に話を聞いてからだ」

「なんなら千ドルに値上げしたっていい。今度その口がよけいなことを言いやがったら、次は千五百だ」

僕は尻ポケットから財布を出した。

「さっさとしろ」男が言った。

財布から札を五枚抜き、ふたつに折って男に差し出した。男は背中を丸め、札をジーンズの前ポケットに突っこんだ。それから住所を言った。「人里離れた場所にある、簡易便所並みに貧相な家だ。住所にまちがいはないが、見つけるのは骨だぜ」

男が背を向けかけた。「あいつはどうやって三万ドルも返済できたんだ？」と問いかけてみた。

「そんなこと、おまえに関係あるか？」男はばかにしたように言った。

僕は札を一枚掲げた。「あと百ドル出す」

男は引き返してくると、札を引ったくって顔をぐっと寄せた。「おれたちはやつの居所を突きとめた。で、少々痛めつけてやった。八日後、やつは現金で三万ドル持って現われた。ピン札で、まだ帯がついたままだった。やつは言ったよ、もうこれでギャンブルとはおさらばだってな。それっきり、一度もやつの噂を聞いてない。ひとことも。なにひとつ。身辺整理してカタギになっちまったのかもな」

シャーロットからの帰り道は、太陽にじりじりと灼かれながらの苦行となった。ウィンドウは下ろしっぱなしにしておいた。時速八十マイルで吹きつけるノース・カロライナの強風を顔に受けずにいられなかったからだ。おかげで、炎熱という悪魔が地平線を歪《ゆが》ませ、弟に欺《あざむ》かれたという厳然たる事実にはらわたが煮えくりかえる思いを抱えながらも、どうにか正気をたもっていられた。あいつはギャンブル狂の飲んだくれで、鉄面皮の嘘つきだ。三十万ドルと言ったらひと財産で、それだけの金を手に入れるとしたら方法はひとつしかない。父に土地を売らせることだ。ジェイミーの取り分を十パーセントとしても、五百万にはなる。

充分すぎる。

であれば、彼は必死だったにちがいない。ダニーが受けたような暴行から逃れると同時に、すでに一度窮地を救ってくれた父から借金の事実をひた隠すことに。しかし、どの程度必死だったのだろう?

彼の心はどのくらい汚れていたのだろう?

平静を失うまいとがんばったが、ひとつの単純な事実から逃れることはできなかった。何者かがグレイスを襲い、半殺しの目に遭わせてまでメッセージを伝えようとした。**あのじじいに売れと言え。**そう書いてあった。犯人はジェイミーかゼブロン・フェイスだ。ふたりのうちどっちかだ。それ以外に考えられない。僕は心のなかで祈った。ああ、どうか、ジェイミーではありませんように。
でなければとても耐えられない。

27

ゼブロン・フェイスの〝簡易便所並みに貧相な家〟は郡をふたつまたいだ先、二世紀にわたるずさんなブルーカラー経済活動によって壊滅状態にされた地域にあった。百年前、ここは州内でも生産性に富む農地のひとつにあげられていた。いまや草ぼうぼうに荒れ果て、シャッターを下ろした工場や崩れかけた製粉工場、未舗装路沿いに建つ単棟タイプのトレーラーハウスが散見されるだけだ。田畑は休耕中、森はただの雑木林に変わり果てた。瓦礫《がれき》の山から煙突がにょっきり突き出ている。葛《くず》が電話線を引きずりおろそうとするかのように長い腕をからみつかせていた。

フェイスの隠れ家は、この荒れ果てた自然を分け入ったところにあった。

見つけるのに二時間を要した。三回、車を停めて道を訊いたが、目的地が近づくほど、周辺からにじむ貧困と絶望の色が濃くなった。道は曲がりくねっていた。ひび割れが目立つ一車線のこの道は低い丘と生ぐさい臭気を発する沼とのあいだを抜け、最後は二マイルほどぐるっとまわってもとの道に戻る。そのループ道路の外周に、どこよりも寒々とした雰囲気をただよわせる、どんづまりの集落があった。

州でも屈指の豊かな街ソールズベリから四十マイル、シャーロットの銀色の高層ビル群からも六十マイル足らずしか離れていないが、まるでよその国に迷いこんだような錯覚をおぼえた。糞だらけの金網檻でたたずむ山羊。むき出しの地面に作られた鶏小屋の裏には、ビニール袋の窓とペンキを塗っていない合板の羽目板の家。錆びの浮いた車。肋骨の浮き出た犬が日陰に寝そべり、裸足の子どもたちは蚤や毛虫のたぐいにたかられても顔色ひとつ変えない。生まれてはじめて見る光景だった。黒人か白人かはこの際関係なかった。

まさに掃き溜めだった。

集落は幅一マイル、二十五棟ほどのボロ屋が建ち並んでいた。道路沿いに建つものもあれば、棘《とげ》のある灌木《かんぼく》や木々が貴重な陽射しをめぐって押しのけ合う藪に隠れた斑点でしかないものもある。道路は地獄めぐりの閉回路だった。たどっていくと、いつの間にか出発地点に戻された。そこでもう一度、今度はもっと速度を落としたところ、やぶれた網戸の奥の薄暗い部屋からいくつもの視線を感じた。いきおいよくドアが閉まる音が聞こえ、死んだウサギを持ったどんよりした目の女を見かけたが、ひたすら番地を確認しながら車を進めた。

角を曲がったところに、紫色に見えるほど黒い肌をした少年が立っていた。上半身裸で、下腹がぽっこりと膨れ、片手に細い棒を持っている。その横では、褪せた黄色いプリント柄の服を着た焦げ茶色の肌の少女が、タイヤ・ブランコにのせた人形を押していた。ふたりは目をすがめ、口をだらしなく半開きにして僕の車を見ていた。スピードをゆるめて車を停めると、大柄な女性がタール紙のドアから飛び出してきた。足首が丸太のように太く、型くずれし色褪せたペラペラのワンピースの下には明らかになにも着けていない。片手に持った木べらからは生肉のように赤いソースがしたたり落ちていた。女性は少年を片腕で抱えあげると、僕にソースを跳ね飛ばそうとするかのようにスプーンを差しあげた。彼女の視線が僕の体の奥深くに突き刺さった。

「出てっておくれ」と女性が言った。「うちの子どもたちにちょっかいを出すんじゃないよ」

「奥さん」と僕は呼びかけた。「誰にもちょっかいを出すつもりはありません。七十九番のトレーラーを捜してるんです。教えてもらえませんか」

女性はまぶたを伏せ、唇をすぼめて考えこんだ。少年はまだ、腰を曲げ両手両脚をだらりとさせて、母親の腕に抱かれている。「このあたりじゃ番号を言ってもらってもわかんないよ」女性はようやく口をひらいた。「誰を捜してるのさ?」

「ゼブロン・フェイスです」

女性の頭が切り株のような首の上で左右に振れた。「名前じゃわかんないね」

「白人の男。六十代。痩せ型」

「知らないね」女性は背を向けかけた。

「息子のほうは赤毛です。二十代半ば。大柄」

女性は片足でくるりと振り返り、息子の手首をつかんで下におろした。少年は棒きれを拾いあげると、タイヤ・ブランコにのっていた人形をかっさらった。少女が腕を振りあげ、泥の混じった涙を流した。

「あの赤毛のことかい。どうしようもないやっかい者だよ」

「やっかい者?」

「大酒を飲んじゃ、遠吠えみたいな雄叫びをあげてさ。裏に銃で撃った瓶が十フィートの山になってるよ。なんかあいつに用があるのかい?」

「彼は死にました。それで父親を捜してるんです」女性の質問には答えていないが、それで納得してくれたようだ。彼女は歯の隙間から息を吸い、北を指さした。「そこの角を曲がったら、右に折れる小さな道があるんだよ。木にパイ皿が打ちつけてある。そこがあんたの捜してる家だ」

「ありがとうございます」

「うちの子には近づかないでおくれ」

女性は息子の手から人形を取りあげ、娘に返してやった。娘は前腕で涙をぬぐい、プラスチックの顔にキスをすると、小さな手でみすぼらしいビニールの髪の毛を撫でつけた。

パイ皿には七個の銃弾の穴があいていた。捜していた道はふたつのもの——パイ皿が打ちつけられた巨木とわだちのあいだに生えた膝まである雑草——に阻まれてわかりにくかった。この先になにがあるにせよ、あまり頻繁に使われていないようだ。車を木のうしろにまわし、道路から見えない場所に駐めた。車を降りたとたん、あたりのにおいがいっそう強く鼻を突いた。よどんだ水とそよとも動かない空気、それに湿った土が放つ強烈なにおいだ。道は左にカーブし、迫り出した木と花崗岩の向こうに吸いこまれていた。ふいに、ここを訪ねたことが本当によかったのか不安になった。静けさのせいかもしれない。息を殺して待っているような雰囲気のせいかもしれない。遠くで猛禽類の鳴く声がし、僕は不吉な思いを振り払った。

地面はスポンジのように水をたっぷりと含み、タイヤ跡は最近ついたものだった。雑草の茎が折れたり倒れたりしている。一日か二日前のことだろう。

カーブの手前まで左側を歩き、大きく迫り出した花崗岩に体を押しつけた。道は左に急カーブし、そのまま木立のなかへとつづいている。奥をのぞいてすぐに頭を引っこめ、もう一度のぞいて、ゼブロン・フェイスの〝簡易便所並みに貧相な家〟を観察した。トレーラーは古いもので、おそらく三十年はたっているだろう。トレーラーの年齢で言えば三百歳だ。シンダーブロックの台にのっているが、右に傾いていた。電話はなし。電力もなし。生命活動なき空間だ。

車もなかった。つまり、ここに人がいる可能性はきわめて低いことになる。それでも、慎重に近づいていった。トレーラーはかなり使いこまれていた。はるか昔に新品で持ちこまれたか、昨年、ごみの山から発掘したのか。ふたつにひとつだ。いずれにせよ、これは土に還るまでここから動かないにちがいない。トレーラーがあるのは、雑木林にぽっかりできた不恰好な草地だった。奥のほうは蔓植物がはびこっている。銃で撃ったガラス瓶が十フィートどころか十二フィートも積み上がっていた。

草むらに車が駐まっていた跡があった。

滑りやすい階段をのぼり、玄関前のたわんだ床に立った。プラスチックの椅子が一脚ぽつんと置かれ、芝生にもガラス瓶が転がっている。ここにあがる途中に何本も踏みつぶした。窓からなかをのぞくと、剝がれかけたビニールの床材と、ごみ捨て場から拾ってきたような家具がぼんやりと見えた。空のビール瓶がキッチンテーブルの外周をぐるりと埋め、カウンターにはファストフードの包み紙や宝くじが散乱していた。

ドアを押したが鍵がかかっていたので、廃棄した家具などのごみをよけながら裏にまわった。裏口もおもてとそっくり同じだったが、レンガで重しをしたくしゃくしゃの防水布の下に発電機がある点がちがっていた。窓をひとつひとつ確認してまわった。ふた部屋ある寝室は一方はがらんとし、もう一方はボックススプリングとマットレスが床にじか置きしてある。浴室はひとつだった。カウンターに歯みがき粉、スツールには汚れた雑誌。もう一度いちばん大きな部屋を調べ、ウサギの耳形アンテナをのせたテレビとビデオデッキ、それにビデオカセットの山があり、床には灰皿、ウォッカの瓶が数本転がっているのを確認した。

まさに世間から身を隠すための仮の住まいで、ゼブロン・フェイスのような状況に置かれれば、こういうところを選ぶのもわかる。押し入ってなかをめちゃくちゃにしてやりたかった。火をつけてやりたかった。

しかし、近いうちにふたたび訪れるつもりだったから、なにもせずに立ち去った。へたに怯えさせて逃げられては意味がない。


太陽が傾き、陽射しに顔を照らされながら、農場に向かって車を走らせた。ロビンに電話をかけ、当たり障りのないことをあれこれ話し、明日会おうと言った。ゼブロン・フェイスのことにはひとことも触れなかった。ひそかに事を進めたほうがいい場合もあるし、彼女を巻きこみたくなかったのだ。それだけだ。電話を切ると、燃えあがるオレンジに向かって速度をあげた。きょうという日が息を引き取ろうとしている。冥土のみやげにはなにを持っていけばいいだろうか。

かなり手前からでも、父のトラックがドルフの家の邸内路に駐まっているのが見えた。僕はそのうしろに駐めて車を降りた。父は日に焼けて褪色した古い服を着ていた。隣にミリアムが疲れ果てた様子ですわっていた。

僕は窓からなかをのぞきこんだ。「どうかしたのか？」

「わたしらと話そうとせんのだ」

父が顎をしゃくった先に目を向けると、側庭にグレイスの姿があった。裸足に色の褪せたジーンズ、白いタンクトップという恰好だ。柔らかな光に照らされた彼女はとてもたくましく、とても引き締まって見える。百フィート前方にアーチェリーの的が置いてあった。

手にしたコンパウンド・ボウがやけに大きく見える。彼女が矢を引きしぼって、放った。矢は直感のように飛んでいき、矢尻が的の中央にめりこんだ。同じ場所に六本の矢が刺さっていた。ファイバーグラス、スチール、あざやかな羽根からなる矢がみっしりと寄り集まっていた。彼女が次の矢をつがえ、スチールの矢尻がきらりとひらめいた。放たれた矢が飛んでいく音が聞こえるような気がした。

「うまいもんだな」と僕は言った。

「完璧だ」父が指摘した。「一時間もやっているが、一本も外してない」

「ずっとここで見てたのか？」

「二度ほど声をかけようとはした。まったく耳を貸そうとせんのだ」

「なにかあったのか？」

父の顔がひきつった。「きょう、ドルフの冒頭手続きがおこなわれた」

「グレイスも傍聴したのか？」

「あいつは全身を鎖に繋がれた状態で出廷させられた。腰、足首、手首をだ。おかげでまともに歩けないありさまだった。記者連中もうようよいた。例の能なし保安官。地区検事。五、六名の廷吏。まるで危険人物並みの扱いだ。ひどすぎる。あんまりだ。あいつはわたしたちと目を合わせようとしなかった。わたしとも、グレイスとも。グレイスが気を惹こうとあれこれやっても無駄だった。彼女は飛んだり跳ねたり……」

父はそこで口をつぐんだ。ミリアムが居心地悪そうにもぞもぞと動いた。

「その場で弁護士をつける権利があるとうながされたが、あいつはまたも断った。グレイスは涙ながらにその場を去った。それで様子を見に寄ったんだ」父はまたも顎をしゃくった。「で、来てみたらああだった」

僕は目をグレイスに戻した。矢をつがえて放つ。詰め物をしたキャンバス地に高硬度スチールが刺さるビシッという音。大気がまっぷたつに裂ける感覚。「グランサムが父さんに会いたがってた」と僕は言った。「まだ訊きたいことがあるみたいだ」

父の表情をじっくりと観察した。まだグレイスから目を離さず、表情も変わらない。「グランサムに話すことなどなにもない。裁判所を出たところで声をかけてきたが、断った」

「どうして？」

「やつがわたしたちにした仕打ちを考えればわかるだろうが」

「彼がなにを訊きたいのか、父さんは知ってるのか？」

父の唇はほとんど動かなかった。「知っていたらどうだと言うんだ？」

「ところで、ドルフはどうなるんだろう？　このあとはどういう手順になってるんだ？」

「それについてはパークスから話を聞いた。地区検事は起訴手続きにはいる。ドルフにとって不運なことに、大陪審が今週開催される。地区検事が時間を無駄にするはずがない。おそらく起訴は認められるだろう。あのばかたれは自供したんだからな。大陪審が起訴を認めれば、次は罪状認否だ。あとは死刑に処すべきかどうかの判断がおこなわれるだけだ」

あのときと同じ、冷たいものが背筋を走った。「規則二四にもとづく審問」僕はぽつりと言った。「極刑が妥当かどうかを判断する場」

「覚えていたんだな」

父は僕と目を合わせようとしなかった。僕は当事者だったから、その手続きはよく知っている。有罪の場合に薬物注射による死刑を科すべきかどうか、法律の専門家たちが議論するのを何時間も聞かされた。あれは僕の人生で最悪の日々だった。記憶を振り払って目を下に向けると、父の手が隣のシートに置いた紙束にのっているのに気がついた。「なんだ、それは?」と手でしめして訊いた。

父は紙束を手に取ると、喉を鳴らし、僕に差し出した。「請願書だ」と父は言った。「商工会議所が発起人になっている。きょう渡された。四人から。連中はみんなの代表だとぬかしおった。わたしとは三十年以上もつき合いがあるくせに」

ぱらぱらとめくると、何百人という名前が並んでいた。そのほとんどを僕は知っていた。

「父さんに土地を売ってほしがってる人たちだね?」

「六百七十七人分あるそうだ。友人もいれば、近所の連中もいる」

紙束を父に返した。「どう思う?」

「意見を言うのは勝手だ。だが、それでわたしの考えが変わることはない」

父はそれ以上この話をするつもりはないようだった。近々返済しなくてはならない父の負債が頭に浮かんだ。くわしい話を聞きたかったが、ミリアムの前でするわけにはいかない。父に恥をかかせることになる。

「元気か、ミリアム?」と声をかけた。

彼女は笑顔を浮かべようとした。「そろそろ帰ろうと思ってたの」

「帰っていい」僕は父に言った。「僕が残る」

「彼女の扱いは慎重に頼むぞ。あんな苦労を背負いこむには我が強すぎる」

父は車のキーをまわした。僕は土煙のなかに立って父の車が去るのを見送り、自分の車のボンネットに腰かけて、グレイスを待った。彼女は手際がよく腕もたしかで、凛とした表情で次々と矢をつがえていく。数分後、僕は車を邸内路に入れて家にはいり、ビールを手にふたたびおもてに出た。ポーチの反対側までロッキングチェアを引っ張っていき、そこで見学した。

太陽が沈んだ。

グレイスのペースはまだ落ちない。

ようやくポーチにあがってきたときには、ひとことも言わずに通り過ぎるものと覚悟していたが、ドアの手前で足を止めた。薄暗いところでは、痣が真っ黒に見える。「会えてうれしいわ」

僕は腰をあげなかった。「夕めしでも作ろうかと思ったんだ」

彼女はドアをあけた。「こないだの話だけど。あれは本気で言ったんじゃないの」

ドルフのことだ。

「シャワーを浴びてくる」と彼女は言った。

冷蔵庫に牛挽肉を見つけ、彼女が出てくるまでにテーブルにディナーを用意した。彼女は清澄な水と花をあしらった石鹸のようなにおいがした。濡れた髪がローブにかかっている。彼女の顔を見たとたん、僕の胸はまたも痛みでうずいた。目はよくなっていたが、切れた唇はまだ生々しく、縫った痕が黒く引き攣っていて、とても正視できなかった。ナス色のハート形の痣は周辺が薄くなり、緑色に変わっていた。「かなり痛むのか？」

「これのこと？」グレイスは自分の顔を指さした。「こんなのなんでもない」彼女は僕が注いでやった水に目をやり、冷蔵庫からビールを出した。栓をあけ、ひとくち飲んでからすわった。彼女が食事をしようと袖をまくり上げると、左腕がひどい状態になっているのが見えた。弦が当たったせいで、十インチにもわたってみみず腫れができていた。グレイスは僕が見つめているのに気がついた。

「ばかだな、グレイス。アームガードを着けなきゃだめじゃないか」

彼女は平然とした顔で食べ、僕の皿を指さした。「それ、食べないの？」


僕たちは食べ、ビールを飲み、ほとんど会話をかわさなかった。こころみはしたがうまくいかなかったし、沈黙もそう悪いものではないと感じられるようになっていた。大事なのはふたりでいることで、それで充分だった。僕がおやすみを言う頃には、グレイスのまぶたはかなり重くなっていた。僕は客用ベッドに横になり、つらつらと考えた。ジェイミーに嘘をつかれたこと、明日なんと言ってやろうかということ、この家に厳然とただよう雰囲気のこと。それが実態をともなう大きさとなり、部屋がまわりはじめた。人生にはいろいろな形があるが、けっきょくは広大な高みから送りこまれてきたにすぎない。だからグレイスがドアをあけたときは、これも運命だと思った。

ローブははおっておらず、なにも着ていないも同然の薄物の化粧着一枚という恰好だった。彼女はほとんど足音も立てず、暗がりへと足を踏み入れた。

僕は体を起こした。「グレイス――」

「心配しないで、アダム。そばにいたいだけだから」

彼女は素早く歩み寄ると、ふたりのあいだをシーツで隔てるようにして、上掛けの下にもぐりこんだ。「ね？　ほかの女じゃ満足できなくさせるためじゃないのよ」彼女が体を寄せると、薄い布を通してほてりが伝わってきた。しんと静まり返ったなか、彼女は柔らかくもありたくましくもある肉体を僕に押しつけた。そのときだった。暗闇と熱気のなかで、突然ひらめいた。彼女のにおい、乳房をぴったりと押しあてられた感触、引き締まった太腿。パズルのピースがおさまる、カチリという音とともにひらめいたのだ。ダニーから電話があったのは三週間前。彼の声には切迫感があった。必死さが伝わってきた。グレイスの友だちでドラッグストアに勤めるシャーロット・プレストンは、謎のボーイフレンドの存在をロビンに話している。彼女の話によれば、問題が起こって、それが原因でグレイスはふさぎこんでいたと言う。ほかのピースも次々と飛んできては、カチリとおさまった。グレイスがダニーのバイクを無断で借りた晩。みみずがのたくったようなピンク色に引き攣れた傷。なぜダニーに捨てられたんだと訊いたとき、キャンディス・ケインが恨みをこめて吐き捨てた言葉。

あの人は恋してた。人生を変えたがってた。

ほんの数秒前まで闇に包まれていたものが、いまやあざやかな総天然色にあふれた。グレイスは僕の頭のなかで生きている少女ではない。僕の記憶にある幼い娘ではない。魅力にあふれ、いくつもの面を持つ成熟したひとりの女性なのだ。

近隣三つの郡でいちばんイカす娘だ、とジェイミーは言っていた。

まだ違和感はあるものの、全容が見えてきた。農場で働いていたダニーは、毎日のようにグレイスを見かけていたのだろう。彼女が僕を愛していることも知っていたはずだ。僕は寝返りを打って、ベッドわきの明かりをつけた。彼女の顔を見なくてはならない。

「ダニーが恋していた相手はきみだな」

グレイスは体を起こし、上掛けを顎まで引き上げた。図星のようだ。

「だからほかの女と手を切ろうとしたんだ。だから借金を清算したんだ」

彼女の顔に苛立ちが忍びこみ、反発するように身がこわばった。「そうやって気を惹こうとしたのよ。絶対、あたしの気持ちを変えてみせると意気込んでた」

「あいつとつき合ってたのか？」

「何度か一緒に出かけたことはあるけど。パークウェイのバイクレース。深夜にシャーロットまで行って、クラブで踊るとか。彼は怖いもの知らずで、まあまあかっこよかった。でも、彼の期待に応えるつもりはなかったわ」彼女は頭をそらした。目を誇らしげに輝かせた。

「あいつと寝る気はなかったということか？」

「それも含めてよ。そんなのは序の口。彼はしだいにエスカレートしていった。ともに人生を歩もうと言いだし、子どもの話までしはじめた」グレイスは目をぐるりとまわした。

「純愛もいいとこ」

「それでもきみはその気にならなかったわけだ」

彼女は僕と目を合わせた。その意味は歴然としている。「あたしには思う人がいるもの」

「それであいつは僕に電話をよこしたわけか」

「あなたが絶対に戻らないことをわからせようとしたのよ。あなたの口から直接聞けば、あたしも認めざるをえないと考えたのね。あの人ったら、どうにもならないことのために人生を無駄にしてるなんて言うのよ」

「なんてことだ」

「だけど、あなたが彼の思いどおりに帰郷してあたしに面と向かって告げたとしても、なにも変わらなかったわ」

「ダニーのバイクを黙って借りた晩は……？」

彼女は肩をすくめた。「道路の途切れ途切れの線が一本の白い線になるのを見たくなることがあるの。ダニーはあたしひとりでバイクを乗りまわすのを嫌がったけどね。しょっちゅう黙って借りてたわ。それまで一度も捕まらなかったのに」

「なぜドルフがダニーを殺したかもしれないと考えたんだ？」

彼女は身を固くした。「その話はしたくない」

「しなくちゃだめだ」

彼女は顔をそむけた。

「あいつはきみを殴ったんだな。そうだろう？　きみに拒絶されて頭にきたんだ」

一分が過ぎた。「あたし、彼を笑っちゃったの。いけないことなのに、つい」

「それであいつに殴られたわけか」

「一回だけだけど、すごく強烈だった」

「あの野郎」

「怪我にはならなくて、痣ができただけ。彼、すぐに謝ったわ。あたしは殴り返して、さらにもう一回、もっと強く殴った。で、一部始終をドルフに話したってわけ」

「なら、ドルフは知ってたわけだ」

「知ってたけど、あたしたち、仲直りしたわ。ダニーとあたしは。ドルフもわかってくれたと思ってる。少なくとも、そのときは」

「どういう意味だ？」

「前にも言ったけどダニーは頑固だった。いくらノーと言っても耳を貸さないのよ。いったん騒ぎがおさまると、あたしと結婚させてくれってドルフに頼みこんだの。ドルフに説得してもらうつもりだったみたい」彼女は大声で笑いだした。「まったくいい度胸してるわ」

「それでどうなったんだ？」

「ドルフはそんなばかげた話は聞いたことがないと思って、ダニーにもそう告げたわ。女を殴るような男と結婚させるわけにはいかないって。たとえ殴ったのが一回だけでも。とんでもない話だ、絶対にだめだって。そのときダニーは、勇気を奮い起こそうとして、かなりお酒を飲んでたみたい。ドルフの答えにカチンときたの。言い合いになって、聞くに堪えない言葉が飛びかった。ダニーは殴りかかったけど、逆に殴り倒されたわ。ドルフは見た目よりずっと腕っぷしが強いの。その一日か二日後、ダニーはぷっつり姿を見せなくなった」

僕はグレイスの話を頭のなかで反芻《はんすう》した。たしかに納得がいく。グレイスはドルフにとって自慢の種であり、幸福の源だ。その彼女が危害をくわえられ、さぞかし頭に血がのぼったことだろう。おまけにダニーは彼女に関係を迫っていた……あいつがそのまま無理を通していたら……

グレイスは僕が視線を戻すのを待っていた。「ドルフがダニーを殺したなんて、本気で思ってるわけじゃないわ。ただ、彼に動機があったと思われたくないの」

彼女は横になって枕に頭をのせた。「少しはあいつを愛してたのか？」〝あいつ〟とはダニーのことだ。

「うーん、ちょっとはね」彼女は目を閉じ、上掛けの奥深くもぐりこんだ。「そんな深刻なものじゃなかったけど」

僕はしばらく彼女の顔を見ていた。彼女のほうはすべて言いつくしていた。僕も同様だった。「お休み、グレイス」

「お休み、アダム」

明かりを消し、また横になった。僕たちはふたりとも体を硬直させて意識し合っていた。すぐそばに相手の体があることだけでなく、まだ言わずにいるさまざまなことを。何時間もそうするうち、ようやくあけっぱなしの窓のそばで眠りに落ちた。

僕は火のにおいで目が覚めた。

28

とっさに起きあがった。深夜の闇とともに、かすかな煙のにおいが窓から流れこんでいた。僕はグレイスを揺り動かした。「起きろ」

「どうしたの？」

「におうだろう？」

彼女が電気スタンドに手をのばした。「だめだ」と言ってやめさせた。僕はベッドから脚をおろし、ズボンを穿き、靴を手に取った。グレイスも飛び起きた。「服を着ろ」

グレイスは着るものを取りに走り、僕は暗い廊下を抜けてポーチに飛び出した。スクリーンドアが夜啼鳥のような音をあげてきしんだ。漆黒の空がのしかかる。星も月も見えない。丘の頂から風が吹き下ろしてくるが、焦げ臭いにおいはかすかで、うっかりすると気がつかないほどだ。そのとき強風が吹き荒れ、口のなかに味が広がるほど大量の煙が運ばれてきた。数秒後に出てきたグレイスは服を身に着け、しっかり仕度が終わっていた。

「なにをすればいい？」そう訊かれ、僕は北を指さした。低く垂れこめた雲の下のほうが、にわかにオレンジ色に色づいていた。

「車に乗れ」

アクセルペダルを強く踏みこむと、車は砂利を蹴散らし、尻を振りながら邸内路を出た。暗い夜道を猛スピードで突っ走った。グレイスの手が僕の肩を強くつかんだ。丘をのぼりきるとオレンジの光は明るさをさらに増していた。まだ一マイルかそこら向こうだ。ふと気づくと、僕たちは父の家のすぐそばまで来ていた。

「きみを家の前で降ろす。家族を起こしてくれ。消防署への連絡も頼む」

「あなたはどうするつもり?」

「どこが燃えているのかたしかめにいく。携帯電話があるから、はっきりわかったら家に連絡を入れるよ。消防隊が到着したら、場所を指示してやってくれ」

家の前では車を停めるのももどかしかった。グレイスは玄関ステップを駆けあがり、僕はいきおいよく発進した。エンジンをふかし、大粒の砂利の上を無理矢理走ったおかげで、ものの数秒で森の手前に到達した。車の体勢を立て直し、森を分断する長く曲がりくねった坂道へと向けた。頂上が近づくにつれ、オレンジ色はいっそう濃くなった。丘の頂上を一気に越え、森を抜けたところで、ブレーキを乱暴に踏みつけた。車はえんえんと断続的に横滑りした。車を停め、むわっとした一面煙だらけのおもてに転がり出た。眼下の谷が燃えさかっていた。ドルフに見せられた、百エーカーにもおよぶブドウ園だ。オレンジ色の舌が空を舐めていた。黒い影が踊り、熱と炎が大量の空気を吸いこんでは煙を空に吐き出している。ブドウ園の三分の一が炎に包まれていた。

それを見て僕はぴんときた。

ジェイミーのトラックが炎の二十ヤード足らず手前の道路に斜めに駐まっていた。運転席側のドアがあけっぱなしだ。渦巻く黄色い炎がウィンドウに映りこみ、塗装がゆらめく。ジェイミーはどこかと捜すと、ブドウ園の真ん中あたり、炎の外周付近のまだ燃えていない列を機関車よろしく走りまわっていた。炎でトラックに近づけず、必死に腕を振り動かしている。彼がうしろを振り返ったような気がしたが、確信はなかった。

すでに僕は全速力で走りだしていた。

ブドウ園の反対側、黒ずんだ水が流れている近くでジェイミーを捕まえようと坂を駆けおりた。ぬかるんだ地面で足が滑った。少しよろけただけで、ふたたびスピードをあげた。あいつを捕まえなくては。そう自分に言い聞かせたが、速く走れば、弟に嘘をつかれた事実から逃れられるという気持ちもどこかにあった。しばらくは効果があった。頭のなかがからっぽになり、純然たる怒りで黒く塗りつぶされた。そのとき足がなにかに引っかかって、僕は手足を投げ出すように前につんのめり、地面をずるずると滑り落ちた。木の根に頭をぶつけ、両手の皮が剝けた。どうにか膝立ちになると、強い吐き気に襲われたが、痛みのせいではなかった。真相が一気に押し寄せ、胸の真ん中で醜い大きな塊となっていた。僕はずっと勘違いしていた。ゼブロン・フェイスの仕業ではなかった。ジェイミーだ。僕の弟。僕の家族。

それをはっきりさせてやる。

なんとしてでも。

僕は吐き気をこらえて、立ちあがった。脚が立つのに手間取ったが、引力の協力を得て丘のふもとまで全速力で駆けおりた。灌漑用水路を飛び越え、背中に熱を感じながらブドウ園に突っこんだ。ブドウの木の下をくぐり、光がホラー映画さながら飛んだり跳ねたりしている長い列へと向きを変えた。煙で喉が焼けたが、大きく吸いこむしかなかった。ジェイミーの姿が二十フィート前方、木と木のあいだに一瞬見えた。ブドウの木の横を通るたび、腕を木にぶつけている。彼は一度つまずいて、転びそうになった。やがて緑の向こうに見えなくなった。僕は躍起になって走った。炎のあげる咆哮《ほうこう》がすぐうしろまで迫っていた。

左にちらりと目をやると、隙間が見えたのでそこをくぐった。ブドウ棚を出ると、十フィート前方にジェイミーの姿が確認できた。足を地面にめりこませ、大きな腕を振りまわしている。僕は叫び声をあげたようだ。というのも、僕が一気に間合いをつめ、いまにも取り押さえようというときに彼が首をめぐらしたからだ。相手は巨漢で、オークの木のように頑丈だ。僕が右肩を彼の背中のくぼみに叩きこむと、彼の体がしなって、膝が地面にめりこんだ。はずみでふたりとも前のめりになった。背中からのしかかる恰好で倒れこんだすきに、前腕を後頭部にめりこませ、顔を泥に突っこませてやった。

常人ならこれで戦意を失うはずだが、ジェイミーはひるまなかった。横に転がって僕の上に乗ると、石を手に立ちあがった。怒りで顔をゆがめながら石を持ち上げたそのとき、僕だと気づいた。僕たちは炎の壁に囲まれながらにらみ合った。ジェイミーの手から石が落ちた。

「なにしてるんだよ、アダム？」

しかし僕は説明する気分ではなかった。「この野郎」と言うなり、彼の目の上の硬い骨をひと突きした。彼の頭がのけぞった。

「なにしやがる、アダム」

「おまえ、いったいなにを考えてる、ジェイミー？」

彼の目をなにかがよぎった。彼が身を起こそうとしたとたん、僕は怒りを爆発させた。彼もそれに気がついた。「よせ――」しかし僕はすでに彼にまたがり、両手で殴りかかっていた。すばやいジャブに強烈なブロウ。彼に避けるすべはなかった。たしかに体は大きいが、喧嘩なら僕のほうが上だ。

彼もそれがわかっていた。

彼はあとずさりしたが、三発目のジャブで目の上が切れ、目が見えなくなった。今度は肋骨にパンチをめりこませた。まるで中身がパンパンにつまったバッグを叩いているようだった。

僕はさらに強烈なパンチを放った。

ジェイミーはなにか言いながらじりじりと後退したが、僕のほうが動きは速かった。身も心もぼろぼろになったグレイスが頭に浮かび、父の人生の四年間を舐めつくそうとする炎の熱を感じた。なんでこんなことになったのか？　ジェイミーがギャンブル狂の卑怯者だからだ。自分のことしか考えない弱虫のろくでなしだからだ。冗談じゃない！

パンチを次々に繰り出した。ほかの男ならのびているはずだ。しかしジェイミーはちがった。頭を低くして飛びかかってきた。このときは僕の対応が遅れた。彼は僕の体に両腕をまわして押さえつけた。数インチと離れていないところに彼の顔があった。肋骨が圧迫される。彼が悲鳴ともつかぬ声をあげた。僕の名前だ。僕の名前を繰り返し叫んでいる。ほかにもなにか言っている。

「ゼブロン・フェイス！」と彼は叫んだ。「ばか野郎、アダム。ゼブロン・フェイスがいたんだ！　あと少しで捕まえられるところだったのに！」

トンネルから抜け出たような感じだった。「いまなんて言った？」

「おれを殴るのか？」

「いや。もういい」

ジェイミーは僕の上から降りると立ちあがり、目にはいった血をぬぐった。「フェイスの野郎が川のほうに向かってくのが見えたんだ」彼は暗闇に目を向けた。「だが、もう見えない。これで二度と見つからないな」

「ごまかそうとするな、ジェイミー。おまえのギャンブル癖はわかってるんだぞ」

「なにもわかっちゃいないくせに」

「三十万ドルの借金があるそうじゃないか」

彼は言い返そうと口をひらいたが、図星をつかれてうつむいた。

「ブドウ園に火をつければ、親父が土地を売らざるをえなくなると思ったのか？　それが狙いなのか？」

彼の頭がいきおいよくあがった。「そんなわけないだろ。おれがそんなことするかよ。このブドウ園はおれのアイデアなんだぜ」彼は燃えさかる炎を指さした。「おれの大事な宝が燃えてるんだぜ」

「ごまかすな、ジェイミー。おまえはギャンブルなんかやってないと嘘をついた。それをごまかすため僕に無駄足を踏ませたが、ちゃんと突きとめたよ。総額三十万ドル。ダニーはその十分の一の額なのに、あの連中から半殺しの目に遭わされた。おまえはほかにも足を突っこんでるんだろう。夜昼なく飲んだくれ、いつもふてくされてなんの役にも立たない。ドルフが罪をかぶると、やけにうれしそうだった。おまけにおまえの名が例のくそったれな請願書にあったぞ」

「もうたくさんだ、アダム。前にも言ったが、兄貴の質問には答えない」

彼につめ寄った。目を合わせようとすると見あげなくてはならなかった。「おまえがグレイスを襲った犯人なのか？」

「もうたくさんだ」彼はむっとしたが、腰が引けていた。

「いずれわかることだ」と僕は言った。「ゼブロン・フェイスを見つければすぐにわかる」

ジェイミーは両手をあげた。「見つけるだと?」そう言って暗闇に目をこらす。「もう見つかりっこない」

「いいや、見つけるんだ」僕はさらにつめ寄った。「おまえと僕とで」

「どうやって?」

僕は弟の胸を小突いた。大きくひらいた彼の目は黄色く輝いていた。「おまえの言い分が正しいといいけどな」


銃弾を撃ちこまれたパイ皿の下に車を停める頃には、どんづまりの集落にもぼやけた色の夜明けが迫っていた。僕が煙のにおいに目を覚ましてから四時間が経過していた。消防車の到着、手がつけられないほど憤る父、わずかなりとも残ったブドウ園を守るための努力。消防隊はホースをヤドキン川に下ろし、泥混じりの水で消火に当たった。すぐそばに無尽蔵の水があったおかげで助かった。でなければ、すべて焼失したにちがいない。なにからなにまで。

僕たちは警察が到着する前にその場をあとにした。僕がジェイミーの腕を取って、暗闇へと引っ張っていったのだ。出て行くところは誰にも見られなかった。ジェイミーは灰のような色の顔を不機嫌そうにこわばらせていた。血が固まったせいで左目の上が盛り上がり、顔に指一本ほどの幅の赤い筋がいくつもついていた。言葉らしい言葉はほとんどかわさなかったが、大事な言葉はいまも僕たちのあいだに漂っていたし、これが終わりを告げるまでずっと漂いつづけるはずだ。

ゼブロン・フェイスを発見し、すべてがきっちり片づくまでは。

ジェイミーは僕の指示にしたがって車に乗りこみ、僕がドルフの家で車を停め、なかから一二番径のショットガンと弾をひと箱持って出ると口をひらいた。十秒後、ぽつりと言った。「兄貴はおれを誤解してるよ」

僕は視線を右に向けた。声が横柄になっていた。「そのうちわかる」

いまジェイミーは、文明社会のさいはてで膝までコヌカグサに埋もれ、怯えた表情をしていた。両手を車の屋根につき、僕が銃身を折ってずんぐりした赤い散弾をつめるのをじっと見ていた。「ここはいったいなんなんだ？」ジェイミーが尋ねた。彼がなにを見てそう尋ねたのかわかる。灰色の照明はよそよそしく、奥につづく道を行けば、人間が体験しうる出来事の最下段へとまっしぐらに落ちていきそうだ。

「ただの集落だ」と僕は答えた。

彼は周囲を見まわした。「またすごいど田舎だな」

僕はよどんだ水のにおいを吸いこんだ。「みんながみんな、恵まれた生まれじゃないんだ」

「ここでおれに説教するつもりか？」

「フェイスはその角を曲がってすぐの場所にトレーラーハウスを持ってる。おまえのことを誤解してたとわかったら、素直に謝る。嘘じゃない。それまでは黙って言われたとおりにしろ」

ジェイミーは車をまわりこんだ。「どういう計画でいく？」

僕はガチャンと金属的な音をさせて銃身を戻した。「計画なんかない」そう言って歩きだした。

ジェイミーはすぐうしろをぎくしゃくした足取りでついてきた。道がカーブしているところまでたどり着いた。迫り出した花崗岩に触れるとひんやりと湿っていた。まだ視認はできないが、遠くの地平線では夜が白みはじめているにちがいない。深い森で鳥たちがさえずり、地表は寒々しい灰色が退却し色味が差しはじめていた。

カーブを曲がりきると、ディーゼル発電機の低いモーター音に迎えられた。トレーラーハウスのなかは、淡い黄色光とテレビ画面のちらつきで明るかった。玄関のそばに泥だらけのジープが駐まっていた。うしろでジェイミーがよろけたが、大丈夫だとうなずいたので、僕はジープの後部ににじり寄った。フロントシートのうしろの床にガソリンの缶が並べて置いてあるのが見えた。僕はジェイミーに見ろと顎でしめした。眉をひそめた彼の顔はこう言っていた——おれの言ったとおりだろ。しかし僕はまだ納得していなかった。発電機用の燃料かもしれないからだ。

移動を再開すると、車のボディが腰でこすれた。乾いた泥がぼろぼろと崩れ、芝に落ちた。ボンネットに手を触れると、エンジンはまだいくらか温かかった。ジェイミーも手を触れた。僕はうなずき、玄関ポーチをしめした。ふたりして最後の草地を突っ切り、窓の下に膝をついた。ジェイミーがいきおいこんで玄関ステップに向かいかけた。僕は木のステップがたわんでいたのを思い出し、それを制した。ふたり合わせれば約五百ポンドだ。ポーチが壊れてはたまらない。「ゆっくりとだぞ」と僕は小声で言った。

僕が先にあがった。銃床を腰に当て、二連の銃身を前方に向けて。夜露でステップが滑りやすくなっている。発電機の振動が建物に伝わり、家全体が小刻みに揺れていた。僕の顔のすぐ横の外壁に錆が浮いていた。なにかを叩くような鈍い規則的な音がなかから聞こえるのがなんとも不気味だ。リズムが一定すぎるし、うつろすぎる。

ドアがわずかにあいていて、その奥のスクリーンドアは閉まっていた。近づくと、叩くような音はさらに大きくなった。壁に手をつければ、振動が伝わってきそうだ。僕たちはドアの横で膝をついた。

僕は立ちあがって窓のなかをのぞきこんだ。

ゼブロン・フェイスが床に大の字にのび、壊れかけた椅子に頭をもたせかけていた。穿いているジーンズと隅に置かれた靴が泥で汚れていた。前腕の火傷がサクランボのように赤く、てかっている。左手には、くし形に切ったライムを突っこんだ、ほとんど空のウォッカのボトル。彼はそれを持ち上げるとボトルの口をくわえ、三回立てつづけにあおってむせた。きつく閉じたまぶたからうっすらと涙が押し出され、彼はボトルを叩きつけるようにおろした。口をあけ、かぶりを振る。テレビ画面が部屋全体をうっすらと照らしていた。

彼の右手に銃が握られていた。黒く、銃身の太いリボルバーで、川のそばで僕を殺そうとしたときに使ったのと同じものだろう。彼はそれを軽く握ったまま、飲んだウォッカの酔いを醒ますように首を振り、目をあけた。やがてリボルバーを握りなおし、床尾でトレーラーハウスの床を叩きはじめた。何度も何度も振りあげては叩きつけるを五秒間隔で繰り返した。ごつん、ごつんと音がする。たわんだ床で木と金属がぶつかる。

部屋は前と変わっていなかった。ごみ、散乱した紙、怠惰と腐敗がもたらしたすさまじいにおい。フェイスにぴったりの部屋だ。シャツの前が嘔吐物で汚れていた。

銃を床に叩きつけるのをやめたフェイスは、それをまじまじと見つめ、持ち上げ、今度は自分の頭を叩きはじめた。銃口を頬に滑らせ、あけた口のまわりのしわの一本一本から恍惚感をただよわせた。そのうち力を強め、こめかみのあたりを小突きはじめた。頭が反対側にかしぐほどのいきおいで。またもウォッカをあおると、銃を持ち上げ、銃口をのぞきこんだ。舌をのばして銃口を舐めたときには、見ているこっちがはらはらした。

僕は頭をさげた。

「やつはひとりか？」ジェイミーが小声で尋ねた。

「しかもべろんべろんだ。僕のうしろをついてこい」

僕は腰をあげ、一二番径の安全装置をはずし、足を忍ばせすばやくドアをくぐった。フェイスは気づきもしなかった。さっきまでポーチにいた僕が、いまはキッチンのリノリウムの床、彼から十フィートのところに立っているというのに。僕が銃をかまえても、相手はまだ気づかない。僕は彼のリボルバーに目をこらした。彼はしわが寄るほどきつく目を閉じていた。テレビ画面が真っ白だった。

ジェイミーが僕のすぐうしろに立った。その重みでトレーラーハウスが揺れ、フェイスが目をあけた。銃は動かなかった。僕は弾の飛ぶ方向を見さだめ、斜め前に足を踏み出した。フェイスがこれまで見たこともないほどいやらしい笑みを浮かべた。憎悪が彼の体内に満ち、すぐに引いていった。そのあと、僕も一度だけ経験したことがある底知れぬ絶望感がわきあがった。

次の瞬間、銃があがりはじめた。

「やめろ」僕は叫んだ。

フェイスは躊躇し、最後にもう一度、ウォッカをラッパ飲みした。すると、すでに事切れたように彼の目から生気が抜けた。僕は銃床に頬をつけ、指を引き金にしっかりとかけた。

しかし、心の奥底ではわかっていた。

銃がまっすぐに、躊躇なく、決然とあがった。硬く丸い銃口が、老人のたるんだ顎におさまった。

「やめろ」僕はまた叫んだが、たいして大きな声にはならなかった。

彼が引き金を引いた。

天井が赤い飛沫で染まった。

ぴんと張りつめた空間に銃声が鳴り響き、ジェイミーがうしろによろけて、キッチンの椅子にへたりこんだ。愕然とし、口をあんぐりさせ、目を大きく見ひらいて。「なにをぐずぐずしてたんだよ？」彼はうわずった声でようやく言った。「こっちが撃たれてたかもしれないんだぞ」

僕はショットガンを壁に立てかけ、昔から知っていた男の力なく横たわる亡骸《なきがら》を見おろした。「いや、それはありえない」

ジェイミーは呆然としていた。「こんなに大量の血は見たことがない」

僕はフェイスから視線をはずし、弟をにらんだ。

「僕はある」そう言うと外に出た。

ジェイミーはトレーラーハウスから出てくると、いまにも体を折ってもどしそうな顔で、ぐらつく手すりにもたれた。「どこにも手を触れなかっただろうな？」と僕は訊いた。

「当たり前だ」

僕は彼がこっちに目を向けるのを待った。「フェイスは体じゅう煤だらけで、腕にはひどい火傷を負っていた。部屋はガソリンのにおいがぷんぷんしてた」ジェイミーは僕が言わんとすることを理解した。僕は彼の肩に手を置いた。「疑って悪かった」

彼は手を振っただけで黙っていた。

「心からそう思ってるんだ、ジェイミー。悪かった。僕がまちがっていた」

「ギャンブル癖はおれ自身の問題だ」と彼は言った。「誰のせいでもない。恥ずかしいかぎりだし、自分でもどうしていいかわからない。だけどな、親父にしろグレイスにしろ誰にしろ、他人を傷つけるまねは絶対にしない」彼は間をおいた。「おれの問題なんだ。自分でなんとかする」

「僕も力になるよ」

「そんな気遣いはいらない」

「おまえは弟なんだ、それくらい当然だ。だが、いまはこれからどうするか考えるほうが先だ」

「どうするかだって？　ここから逃げるんだよ。それしかないだろ。フェイスは酔っぱらって頭がおかしくなって自殺した。おれたちがここにいたと知るやつはいないんだしさ」

僕は首を横に振った。「よしたほうがいい。僕はきのうもここに来て、近所で質問もしてる。トレーラーハウスには指紋も残っているだろう。それに、ここに来るまでに通った家はどこも窓が真っ暗だったが、誰にも見られなかったとは言い切れない。このあたりの住民はよそ者に敏感だ。通報したほうがいい」

「おいおい、アダム。どう思われるかわかってるのか？　夜も明けないうちから男ふたりが、一二番径を手にやつの家に忍びこんだんだぞ」

僕は思わずうっすらとほほえんだ。「一二番径のことまで言う必要はないさ」そう言うと、トレーラーハウスに戻って銃を回収した。「こいつを車のトランクにしまっておいてくれ。僕はなかを見てまわってくる」

「トランクか。いい考えだ」

僕はジェイミーの腕をつかんだ。「火事のことで気になることがあった。それで、いくつかたわいもない質問をするためにここを訪れた。ドアをノックしてなかにはいると同時に、やつが自殺した。実際そうだったんだからな。ショットガンを持ってきたことをのぞけば」

トレーラーハウスに戻って現場を観察した。老人の死体は頭頂部がぱっくり口をあけた状態で横向きに倒れていた。僕は足をおろす場所に気をつけながら、数フィート奥に進んだ。フェイスの顔に血はほとんどついていなかった。一本、細く尾を引いているだけだ。テレビはつけたままにしておいた。ウォッカはみすぼらしいカーペットに染みこんでしまっていた。フェイスの横に新聞があった。一面を息子の写真が飾っている。

息子が殺されたことを報じる記事。

ジェイミーがトレーラーハウスにはいってきた。「ほかの部屋を調べろ」と僕は指示した。

さして時間はかからなかった。「なんにもないぜ。ごみばっかりだ」

僕は新聞を指さした。ジェイミーの表情から写真を見て事情を察したのがわかった。

「フェイスは何日もここに身を隠していた。おそらく、今夜この新聞を手に入れたんだろう」

ジェイミーがフェイスの死体を見おろすように立った。「ダニーが死んだくらいでこんなことをするやつとは思えない。親父として最低の男だよ。我が強くて、自分勝手で」

僕は肩をすくめると、あらためて死体を見つめ、グレイスを思った。なにか感じるものがあると思っていた。満足感。安堵感。しかし、この世の果てにある掃き溜めのようなトレーラーハウスで息絶えた老人を見おろしながら感じていたのは、むなしさだけだった。こんな結果に終わるはずではなかった。

「もう出ようぜ」ジェイミーが言った。

「もうちょっと待て」

どこかにメッセージのたぐいがあるはずだ。人生と生き方に関するメッセージが。子ども時代から知っていた男の顔を最後にもう一度見た。この男は苦しみぬいて死んだ。胸がざわつくのを感じ、じっくり考えてみたが、赦す気持ちは微塵もなかった。ジェイミーの言うとおりだ。フェイスは最低の父親で性根のくさった男だった。その彼が、ひとり息子を殺されたことを悲観して自殺するはずがない。ほかに理由があるはずだ。

それは彼の左手で見つかった。

丸めた新聞記事がてのひらでつぶれていた。くしゃくしゃで湿っている。これを持ったままウォッカのボトルをつかんでいたのだろう。ひらいた手からそれを奪い、光にかざした。

「なんだ、それは?」

僕はジェイミーと目を合わせた。「差し押さえ執行処分の公示だ」

「はあ？」

「フェイスが買った川べりの土地に対するものらしい」僕は床に落ちていた新聞をめくり、彼が記事を破りとった箇所を見つけた。日付を確認し、さっきの切り抜きをもとのように丸めて、彼の手に戻した。「せっかく打った博打も水の泡だったようだ」

「どういう意味だよ？」

僕は力なく横たわるゼブロン・フェイスの屍《しかばね》に、最後にもう一度視線を向けた。「彼はすべてを失ったんだ」

29

僕たちはその後の六時間、虫を追い払い、冷徹な目をした男たちから話を聞かれて過ごした。まず地元警察が現われ、つづいてグランサムとロビンが別々の車で到着した。郡も市も管轄外だったが、現場への立ち入りを許されたのは、ふたりが関心を寄せる理由を地元警察に伝えたからだ。殺人、暴行、放火、メタンフェタミン。いずれも正真正銘の犯罪で、かなりの重罪である。しかし、僕たちから話を聞くことは許されなかった。いま、この土地で出た死体だ。優先権は地元警察にあるわけだが、グランサムはおもしろくなさそうだった。彼は異を唱え、脅し文句まで口にしたが、管轄の壁は厚かった。庭を隔てた場所で見ている僕にも、彼の怒りが伝わってきた。これで僕が通報した死体はふたつ目だ。最初は息子、今度は父親。グランサムはただならぬものを察し、僕から話を聞く必要があると考えた。

それもいまこの場で。

彼は三度にわたって、担当刑事につめ寄った。声を荒らげ、腕を大げさに振りまわした。上に電話してもいいんだぞと脅した。一度、地元警察が譲歩する気配を見せたところで、ロビンが割ってはいった。彼女がなんと言ったかは聞こえなかったが、グランサムの顔の赤みが濃さを増し、言い返すときはそれまでほど大げさな身振りをしなかった。表向きは苛立ちを引っこめたようだが、ぎくしゃくとしたわだかまりのようなものは伝わったたし、その場を離れるロビンの背中に向けるまなざしには険があった。

僕は地元警察から質問され、打ち合わせたとおりの答えを返した。ノックした。ドアをあけた。バーン。以上。

単純明快だ。

正午ちょっと前、麻薬担当捜査官が到着した。よく似た上着を着た彼らはいかにも頭が切れそうで、もっと早く到着するはずだったが、道に迷ったのだと言う。ロビンは軽蔑の念と冷笑を禁じ得なかった。それに僕に対する気持ちも。彼女は怒ってもいた。目や口の形や立った姿からそれがうかがえた。それこそ全身から。しかし、単なる怒りだけでなく、もっと個人的で、不快感をともなう感情も発していた。彼女にしてみれば、僕の行動は一線を越えていた。法律や僕がしたことが問題だったわけではない。しなかったことが問題なのだ。彼女に連絡しなかったことが。彼女を信頼しなかったことが。またしても僕は、気持ちのすれちがいという危機に直面せざるをえなくなった。

ロビンは選択をした。今度は彼女のほうが僕の決意のほどを疑っていた。

そういうわけで僕は、太陽がしだいに高くなるなか、地元警察が思いどおりに捜査を進めるのを見て歯ぎしりするグランサムを見ていた。警官が何度もトレーラーハウスに出入りを繰り返す。監察医が到着し、朝の空気が蒸し暑さへと変化していく。ゼブロン・フェイスがなんの変哲もない黒い死体袋で運び出された。僕は長い車が見えなくなるまで見送った。そうやって時間が過ぎていった。集落の住民は誰ひとり現われなかった。野次馬もいない。カーテンの隙間からのぞく者も。誰もが頭を低くし、不法移民のように息をひそめていた。それも無理からぬことだと思う。警察はふだん、こういう場所に住む住民とコミュニケーションを図っていない。警察が現われるにはそれなりの理由があり、いい理由で来ることは絶対にないからだ。

やがて厳しい質問がグランサムの口から繰り出された。彼の憤怒は無色透明の執念深さへと変容し、地元警察が僕たちと話していいと合図する頃には完全にプロに徹していた。僕は近づいてくる彼を見て、相手の作戦を察した。僕たちを別々にし、説得力に欠ける点を徹底的に突いてくるつもりだ。ゼブロン・フェイスは死んだ。彼の息子も。僕はふたりの両方と因縁があり、両方の死体の第一発見者となった。グランサムはドルフの自供に疑いを持っており、のこぎりで僕をまっぷたつにしてやるときを虎視眈々《こしたんたん》と狙っている。しかし彼は頭がまわる男だ。僕が警官や彼らが投げかける質問に慣れている点に留意し、かなり慎重を期すだろう。絶対に。

しかし、彼は意外な作戦に出た。

まっすぐ僕に近づくと、足を止める前に口をひらいた。「車のトランクのなかを見せろ」

ジェイミーが体をびくっとさせたのをグランサムは見逃さなかった。「どうしてですか？」と僕は尋ねた。

「きみはそこに六時間もすわっている。こんなかんかん照りのなか。身じろぎもせず。弟のほうはこの一時間で九回もそこに目をやっていた。なにがはいっているのか興味がある」

僕は相手の刑事を見つめた。自信たっぷりな雰囲気をただよわせているが、単なるはったりだ。僕のほうも彼をずっと観察していた。この六時間で彼は少なくとも十二回、電話をかけた。車のトランクの捜索令状が取れたのなら、手元にあるはずだ。

「見せるつもりはありません」

「おれに二度も頼ませるな」

「やっぱりね。これはあくまで頼んでるんですよね。許可を求めてるわけですよね」刑事が苦虫を嚙みつぶしたような顔になったが、僕はかまわずつづけた。「許可をもらうか、相当な理由を見つけるか。理由があれば令状が取れているはずです。僕は許可しません」

僕は相手が冷静さを失いつつあるのを黙って見ていた。いつもは働くのがあたりまえの自制心を働かせるべく苦労している。ロビンが遠くからこちらをうかがっている。思いきって視線を向けると、警告するような表情を目に浮かべていた。グランサムがつめ寄った。低く、おだやかでない声で言った。「みんなしておれに嘘をついている。チェイスさん、きみも。シェパードも。誰も彼も。不愉快きわまりない。必ず尻尾をつかんでやるからな」

僕は立ちあがって刑事を見おろした。「僕に訊きたいことがあるんですか?」

「あるに決まっている」

「なら、さっさとお願いします」

彼は背筋をのばし、必死に平常心を取り戻そうとした。さほど時間はかからなかった。彼は僕たちを別々にし、まずジェイミーから話を聞いた。彼を草地の反対側まで連れていったが、僕の見たところ、ジェイミーはグランサムが予想したほどやわではなかったようだ。かなり手こずっていた。ジェイミーは怯えたような顔だったものの、取り乱すことはなかった。銃の件だけは省いて、見たとおりのことを話した。僕のところに戻ってきたときの刑事は、むっつりと顔色がすぐれなかった。質問が矢継ぎ早に飛んだ。僕たちの説明で説得力に欠ける点をしつこく突いてきた。なぜここに来たのか。どうやってこの場所を突きとめたのか。なにがあったのか。現場で触れたものはなにか。

「死体には手を触れなかったんだな?」

「手のなかにあった紙切れだけ触りました。横にあった新聞紙にも」

「銃には触れたか?」

「いいえ」

「フェイス氏からはいれと言われたのか?」

「ドアがあいてたんです。スクリーンドアも少しあいてました。それを肘で軽く突いたら、彼が頭に銃を押しあててるところが見えたんです」

「火事が発生した。きみたちはフェイスの仕業と考えた。そう思った根拠は?」

僕は説明した。

「それで頭にきたわけだ」

「むかついたのはたしかです」

「フェイス氏に危害をくわえる目的でここを訪ねたのか?」

「訊きたいことがあったんです」

「フェイス氏からなんらかの返答は得られたのか?」

「いいえ」

グランサムはこのあとも機関砲のごとく質問を浴びせ、前に戻っては矛盾点を突いた。ジェイミーは三十フィートほど遠ざかり、指の爪を嚙んでいた。僕は熱を帯びた車のトランクにすわっていた。かろうじて見える青空をときどき見あげながら、ほぼすべての質問に対して本当のことを答えた。グランサムのいらいらは募る一方だったが、僕たちがここを訪ねたことは違法でもなんでもなく、フェイスが引き金を引いたときの行動にも問題はない。少なくともグランサムの知るかぎりは。だから、いろいろ言われても受け流した。彼の質問に答え、尻尾を出さないことだけを考えた。それもなんとか終わりそうだと思った矢先、自分の甘さを思い知らされた。

彼は最後に爆弾を落とした。

「きみは三週間前に仕事を辞めてるな」

質問ではなかった。あまりにまじまじと見つめられ、彼の目に触られているかのような錯覚に襲われた。彼は僕がなにか言うのを待っていたが、答えようがなかった。彼がどう話を持っていくかはわかっていた。

「きみはブルックリンのフロント・ストリートにあるマクレラン・ジムに勤めていた。それについてはニューヨーク市警が確認済みだ。おれは支配人から直接話を聞いた。それによればきみは信頼できて、若いボクサーともうまくやっていたそうだな。みんなから好かれていた。なのに三週間前、ぷっつりと連絡を絶った。ダニー・フェイスがきみに電話をかけたのと時期が一致する。それ以降、誰もきみの姿を見かけていない。隣人も、大家もだ。ドルフ・シェパードの供述が嘘なのはわかってる。最初それは、きみの親父さんをかばってのことだと思った。だが、そうとも言い切れなくなってきた」彼は黙りこみ、まばたきひとつしなかった。「ひょっとして、きみをかばっているのかもしれんな」

「いまのは質問ですか？」

「三週間前、きみはどこにいた？」

「ニューヨークにいました」

彼は顎を引いた。「本当に？」

僕は相手をにらみつけた。すでにどんな措置を取ったのかはわかっている。僕のクレジットカードの使用状況やATMの履歴を引き出し、車の違反状況を調べたにちがいない。

僕が三週間前にノース・カロライナにいたことをしめす証拠を求めて。

「時間の無駄です」と僕は言った。

「どうかな」

「僕を逮捕するんですか？」

「いまのところはまだだ」

「なら話はこれで終わりですね」

僕は背中を向け、グランサムの手が肩に置かれるものと覚悟しながら歩きだした。ジェイミーはすっかりまいっている様子だった。僕は彼の腕に手を置いた。「帰ろう」

ふたりで僕の車まで戻った。グランサムはトランクからボンネットのそばに移動していた。一本の指が、塗装に刻まれた文字をなぞっている。〝人殺し〟と書かれた文字を見つめているのを僕に見られたと知ると、グランサムはニヤッと笑った。そして手をこすり合わせ、トレーラーハウスと血まみれの床に戻っていった。

僕が車のドアをあけたところへ、ロビンが無表情に近づいてきた。「帰るの？」

「ああ」

「わたしもあとをついてくわ」

僕はドアを閉め、ジェイミーが隣のシートに乗りこんだ。僕はエンジンをかけてその場をあとにした。「どうかしたのか？」

ジェイミーは首を振った。「この車を捜索されると覚悟してたよ」

「できるはずがない。許可か相当の理由がなければ」

「だけど、もし捜索されたら？」

僕はぎこちなく笑った。「車のトランクに銃を入れてちゃいけないなんて法律はない」

「だけどさ……万が一ってこともあるだろ」

僕はジェイミーの顔を見た。あきらかに取り乱していた。「疑って悪かったな、ジェイミー」

彼は肩の力を抜いたが、声はまだ弱々しかった。「いいってことさ」

本心からそう言ってくれた。

僕たちはそれぞれの方法で朝を迎えながら、十分ほど車に揺られていた。ジェイミーが口をひらいたが、あいかわらず元気がなかった。「怖かったよ」

「なにが？」

「全部がさ」

顔が青ざめ目に生気がないのは、他人の最期の瞬間が頭によみがえったせいだろう。暴力と憎悪。諦念と真っ赤な飛沫。なんとかしてやらなくては。

「なあ、ジェイミー。火事のさなかのことだけど。ブドウ園でのあれは……」そこで言葉を切って、彼がこっちを見て目の焦点を合わせるのを待った。「乱暴なことをしてすまなかった。それがいちばん怖かったんだろ？」

彼は一瞬ぽかんとしたが、すぐに顔からこわばりが消え、ようやく心から笑ってくれそうに思えた。「ふざけやがって」そう言うと、僕の腕を思いきり殴った。

そのあとの道中は気楽だった。

大半は。

ソールズベリにはいったとたん、ロビンが二度パッシングした。そうくると思った。ここは彼女のシマだ。当然だ。コンビニエンス・ストアの駐車場に車を入れ、エンジンを切った。醜態をさらすことになるだろうが、彼女を責めるわけにはいかない。僕たちは、彼女が車を駐めた手前のタールマック舗装の一画で向かい合った。彼女のなかで、強硬姿勢と不快感が一緒くたになっていた。両手をわきにおろしたまま充分な距離まで接近すると、いきなり僕を平手で叩いた。それも力いっぱい。

僕がそれを受け流すように身をかわすと、彼女はもう一度手を振りあげた。二発目もかわそうと思えばかわせたが、そうはしなかった。彼女の顔はすさまじい怒りとわずかな涙に占拠されていた。彼女はなにか言おうと口をひらいたが、気が高ぶりすぎていた。少し歩いて足を止め、僕から遠ざかるような恰好で立った。振り返ったとき、強化ガラスの下にはあの感情が戻っていた。その気配が、黒々としたものが渦巻いているのが見えたが、彼女の声にその兆候は微塵もなかった。「同意したとばかり思ってた。あなたもわたしも。協力し合うと。おたがいに選択したのよ。さんざん話し合ったはずよ」近づいてくる彼女を見ると、怒りがしだいに消え苦悩へと変わっているようだった。「いったいどういうつもり、アダム？」

くなかったんだ」

「きみを守ろうと思ったんだ、ロビン。どうなるか予測がつかなかったから、巻きこみた

「ばか言わないで」

「なにが起こってもおかしくない状況だった」

「ばかにしないでよ、アダム。それにグランサムが間抜けだなんてゆめゆめ思わないこと

ね。あなたが楽しくおしゃべりするためにあそこに行ったなんて話、誰も信じてないわ」

ロビンは手をおろした。「あの人たちは突っこんだ捜査をするはずよ。あなたの有罪を示

唆する証拠が見つかったら、神様だってあなたを助けられない」

「あの男は農場に火をつけた。グレイスを襲い、僕を殺そうとしたんだ」

「で、自分の息子も殺したってわけ？」冷ややかな言い方だった。「ほかにもいろんな要

素がからんでるはずよ。わたしたちがまだつかんでいない要素が」

僕は引き下がるつもりはなかった。「僕がつかんでみせるさ」

「そんな簡単なことじゃないのよ」

「あいつはああなって当然なんだ！」僕は叫び、自分の反応の激しさに自分でびっくりし

た。「あの人でなしは死に値するだけのことをした。自分で片をつけてくれたおかげで、

理想的な処罰になったよ」

「えらそうに言わないで！」行ったり来たりを繰り返していたロビンが振り返った。強化

ガラスがゆがんだところに黒い靄がかかっていた。「自分ひとりが世の中で傷ついてるつ

もりになって、怒りをぶちまける権利があなたにあるの？　なぜあなただけが特別なのよ、アダム。あなたはずっとそうやって生きてきた。自分はルールの対象外だという態度で。怒りさえすれば特別扱いされると思ってるのか、いつでも怒りを抱えてる。でもね、言わせてもらうけど――」

「ロビン――」

彼女は僕とのあいだにこぶしを突き出した。顔がこわばっていた。

「つらいのはみんな同じなのよ」

それでおしまいだった。ロビンはいまいましそうに立ち去り、あとには軽蔑をこめて投げつけられた怒りだけが残った。車に戻るとジェイミーがもの問いたげな顔を向けた。顔がほてり、胃が強く締めつけられる。「なんでもないんだ」と僕は言い、ジェイミーを自宅に送った。僕たちはしばらく車のなかにすわっていた。ジェイミーはなかなか降りようとしなかった。

「おれたち、疑われてないよな？　おれも兄貴も」

「僕の勘ははずれてばかりだからな。こっちが訊きたいよ」

ジェイミーは僕を見なかった。顔に血の気が戻っているようだ。彼はようやく顔を向けると、こぶしをあげ、僕がこぶしをこつんと合わせるのを待った。「じゃあな」彼はそう言うと車を降りた。

ドルフの家に戻ったが、誰もいなかった。グレイスの姿はなかった。書き置きもなかった。シャワーを浴び、土埃と汗と火のにおいを洗い流した。シャワーを出て、洗ったジーンズとTシャツに着替えた。やるべきことは数限りなくあるが、そのどれもが僕の手には負えないことばかりだった。冷蔵庫からビールを二本出し、電話機を持ってポーチに出た。最初の一本は一分でなくなった。父の家に電話をした。ミリアムが出た。

「パパは出かけてる」父はいないかと尋ねるとミリアムはそう答えた。

「どこに行った?」

「グレイスと一緒よ」

「なにをしに?」

「犬を探しに」ミリアムの声は冷ややかだった。「なにもかも投げ出したくなると、犬を探しに出かけるの」

「グレイスも一緒なのか?」

「彼女の銃の腕はたしかだもの。兄さんも知ってるでしょ」

「戻ったら、僕が会いたがってると伝えてくれ」無言。「ミリアム?」

「伝えるわ」

一日が僕のまわりで過ぎていった。陽が長くのびて低いところにたまっていくのをぼんやり見つめていた。二時間。ビール五本。

手持ち無沙汰だ。

過熱状態の頭。

姿が見えないうちからトラックの音が耳に届いた。グレイスが運転していた。ふたりとも顔を紅潮させているものの笑っているわけではなく、最悪の事態から数時間ほど逃れられたかのような、すっきりした顔だった。ポーチにあがって僕に気づいたとたん、ふたりのなかに灯っていた明かりが消えた。現実に引き戻されたのだ。

「収穫は？」と僕は尋ねた。

「さっぱりだった」父は僕の横に腰をおろした。

「夕ごはんを食べる？」グレイスが訊いた。

「うん」

「チェイスさんは？」

父は首を横に振った。「ジャニスが用意しているはずだ」彼は両のてのひらを外に向けた。僕は招かれないという意味だ。

グレイスが僕を見た。「買い物に行ってこなくちゃ。車を借りてもいい？」

「免許を取りあげられたはずだろう」父が言った。

「捕まらないから平気」

父に目を向けると、彼は肩をすくめた。僕はグレイスにキーを渡した。車のエンジンがかかったとたん、父は僕に向きなおった。単刀直入に質問をぶつけてきた。「おまえがゼブロン・フェイスを殺したのか？」

「ロビンから連絡があったんだな」

「わたしにも知らせておくべきだと思ったそうだ。で、あいつを殺したのか？」

「殺してない。あれは自殺だ。警察にもそう言った」

父は椅子にすわったまま体を揺すった。「あいつがうちのブドウ園に火をつけた犯人だったのか？」

「そうだ」

「そうか」

「ずいぶんと冷たいんだな」

「昔から気に入らないやつだった」

「グランサムはドルフの自供はでたらめだと考えてる」

「そのとおりだ」

「誰かをかばってると見てるようだ。その誰かが父さんじゃないかと考えてる」

父は僕に向きなおった。そしてゆっくりと話しだした。「グランサムはおまわりだ。誇大妄想気味のくだらない仮説をこねくりまわしているにすぎん」

僕は椅子から腰をあげ、手すりにもたれた。父の顔を見たかったのだ。「彼には理由があるのか？」

「なんの理由だ？」

「父さんをかばう理由さ」

「なにを寝ぼけているんだ」

父は不器用で地味な男だが、僕の知る誰より正直な男でもある。嘘をつけばすぐにわかる。「父さんにはダニー・フェイスを殺す動機がなにかあるのか？」

一瞬が長く感じられた。「くだらんことを訊くな」

父は憤慨し、傷ついていた。その気持ちはよくわかる。だからそれ以上追及しなかった。すでに言ったように、父は人殺しなんかじゃない。そう信じるしかないのだ。でなければ僕も父と同類になってしまう。僕はまた腰をおろしたが、緊張感は増す一方だった。さっきの質問がまだ僕たちのあいだにただよっていた。父はうんざりしたような声を出すと、家にはいって五分ほど出てこなかった。ようやく出てきた彼の手には、ビールが二本握られていた。一本を僕に差し出した。そして、さっきの質問などなかったかのように話しはじめた。「明日、ダニーが埋葬される」

「誰が手配したんだろう」

「シャーロットにいるおばさんのようだ。告別式は正午。墓前でおこなわれる」

「あいつがグレイスに惚れてたこと、父さんは知ってたのか？」

「そろそろ帰るぞ」

「知ってたんだな」声が大きくなった。

父は立ちあがって手すりに歩み寄った。そのまま僕に背中を向けて立った。「グレイスはあの男にはもったいない。昔からずっと」父は僕を振り返って、片方の眉をあげた。

「おまえはあの娘に興味がないんだろう？」

「女としては」

父はうなずいた。「あの娘は天涯孤独も同然だ。ドルフを失ったらだめになってしまう」

「彼女はへこたれないさ」

「きっと神経がまいってしまう」

父が言うのももっともだが、僕も父もなんら対策を見出せなかった。僕らはただ、影が濃くなり、太陽が木立の向こうで赤く燃える時を待っていることしかできなかった。そのときふと、父が僕の二番目の質問に答えていないのを思い出した。

電話が鳴り、僕が出た。「ここにいるよ」と言い、父に受話器を差し出した。「ミリアムからだ」

父は受話器を取り、相手の話に聞き入った。口が真一文字に引き結ばれた。「ありがとう」と父は言った。「いや。おまえにやってもらうことはない」そこでまたも相手の話に聞き入る。「よしなさい、ミリアム。どういうことだ？　おまえにやってもらうことはないと言っているんだ。どうしようもできないんだよ。ああ。それでいい。では切るぞ」

父は僕に受話器を返し、ビールを飲みほした。「パークスから電話があったそうだ」

僕は黙っていた。

「ドルフがきょう起訴された」

30

夕食は重苦しいものだった。僕はまともなことを言おうと言葉を模索し、グレイスはグレイスで起訴されたからといってこの世が終わるわけじゃないとでもいうように振る舞っていた。僕たちは黙々と食べた。次なる手続きである、規則二四にもとづく審問について語り合うのが怖かったからだ。話題にしたとたん、既成事実になりそうなのが怖かった。生か死かの問題が。比喩ではなく現実のものとして。夜が重くのしかかり、ふたりとも思うように酔えず、思うように忘れられなかった。僕は彼女に希望を捨てるなと言い、彼女は一時間ほど散歩に出かけた。ベッドにはいると家が闇に覆われ、僕は希望に見放されたように感じた。

僕は客用寝室で横になり、壁に手を置いた。グレイスも起きていた。おそらくドルフもだろう。父もロビンも。そのときふと思った。まともに眠れる者などいるのかと。そんなやつがいるのかと。睡魔は忘れた頃に訪れたが、眠りは浅かった。二時に目が覚め、四時にも目が覚めた。夢を見たおぼえはなかったが、目を覚ますたびに考えが渦巻き、恐怖感が増大していた。五時、頭が割れるように痛く、これ以上眠れそうになくなって起きあがった。服を着ておもてに出た。まだ暗かったが、ここの道と周辺の草地は熟知している。太陽がのぼるまで歩いた。探していた答えは見つからず、希望を抱けるものはないかと頭をめぐらせた。近いうちにあらたな展開がなければ、ほかの選択肢を取るしかない。自供を撤回するようドルフを説得しなくてはならないかもしれない。弁護士に相談する必要が出そうだ。弁護の戦術を検討することにもなるだろう。

こんなことはもう二度とごめんだと思っていたのに。

最後の草地を横切りながら、きょうの行動計画を検討した。キャンディの兄弟がまだほったらかしだから、誰かに話を聞きに行ってもらおう。僕は再度、ドルフに面会を申しこむつもりだった。もしかしたら会わせてもらえるかもしれないし、本人が正気に戻ってくれるかもしれない。シャーロットのノミ屋の名前はいまだ突きとめていないが、住所と人相はわかっている。四カ月前にダニーを襲ったふたり組を突きとめることは可能だろう。ロビンがシャーロット警察に問い合わせてくれるかもしれない。ジェイミーと話さなくては。グレイスの様子も確認しよう。

正午はダニーの葬儀だ。

家に戻ると、誰もいなかった。書き置きもなかった。出かけようとすると電話が鳴った。サラの母親のマーガレット・イェーツだった。

「お父様のお宅にかけたら、若い女の方に、この番号にかけたらいるかもしれないと言われて。迷惑だったかしら」

僕は豪邸に住む老婦人の姿を思い浮かべた。たるんだ肌に小さな手、きっぱりした声が繰り出す憎悪のにじむ言葉。「いえ、迷惑ではありません」と僕は答えた。「ご用件はなんですか？」

彼女の話し方はよどみがなかったが、かなりためらっている様子がうかがえた。「娘は見つかりました？」

「ええ」

「きょう、うちに来ていただけないかしら。突飛なお願いなのは承知しているけれど……」

「理由をうかがってもいいですか？」

電話線越しに彼女の大きなため息が聞こえた。うしろでガチャガチャと派手な音がした。

「ゆうべは眠れませんでした。あなたが訪ねてきてからというもの、ろくに眠っていないんです」

「お話の意味がわかりませんが」

「娘のことは考えまいとしていたけれど、新聞であなたの写真を見て、娘に会ったのかどうか気になって。あなたが言っていたことが気になって」彼女はそこで間を置いた。「ひとり娘の人生にとって、本当の幸せとはなにかを自問していたんです」

「あの――」

「あなたはわたしのもとに遣わされたのです、チェイスさん。あなたを神に遣わされた使者だと思っているんです」僕はとまどった。「お願い、これでもせいいっぱい頼んでいるのよ」

「何時頃うかがえばいいですか？」

「いますぐだとありがたいわ」

「すごく疲れているんです、イェーツさん。それにやることが山のようにある」

「コーヒーを用意するわ」

僕は腕時計に目をやった。「五分だけならなんとか。そしたらすぐにおいとましないと」

家は先日見たときのまま、緑色のベルベットにのった豪勢な白い宝石だった。玄関に立つと、高いドアに隙間が現われ、右側が大きくあいた。ミセス・イェーツが首をうなだれ、レースの衿がついたこざっぱりしたグレーのフランネルという地味な恰好で薄暗い室内に立っていた。乾燥したオレンジの皮のにおいがどこからともなくただよい、この家は変わるということがあるのだろうかと僕は思った。彼女がかさついて骨ももろくなった手を差し出した。「来てくださってお礼を言うわ。どうぞ」彼女はわきによけ、薄暗い室内に向かって腕を振り動かした。僕が彼女のわきをすり抜けると、ドアは枠にぴたりとおさまった。

「コーヒーにはクリームとお砂糖がいいかしら。よろしければもう少し強い飲み物もお出しするけど。わたしはシェリーをいただくわ」

「コーヒーでけっこうです。ブラックで」

彼女のあとについて、陰気な絵画と質のいい家具が並ぶ広い廊下を歩いていった。どっしりしたカーテンが室内を強い陽射しから守っているが、どの部屋も凝った造りのランプに火が灯っていた。あけはなしたドアからなかをのぞくと、つやつやした革と柔らかな色調が垣間見えた。広い屋敷のどこからか、振り子式の大時計が時を刻む音が聞こえた。

「すばらしいお宅ですね」と僕は言った。

「ええ」

彼女はキッチンにはいるとトレイを持ち上げ、小さな居間へと運んだ。「おすわりになって」彼女は言うと、シルバーのポットからコーヒーを注いだ。僕は堅い肘掛けのついた窮屈な椅子に腰をおろした。磁器のカップは綿菓子のように軽かった。

「わたしのこと、冷たい女とお思いでしょう」彼女は藪から棒に切りだした。「娘に対して冷たいと」

僕はカップを受け皿に戻した。「家族関係がうまくいかないケースは、まんざら知らないわけじゃありません」

「先日は、娘について厳しいことを言いすぎました。耄碌《もうろく》したとか薄情などと思わないでいただきたいの」

「いろいろ複雑な事情があるのでしょう。僕は批判する立場にありません」

彼女はシェリーをひとくち含んだ。クリスタルの脚付きグラスをシルバーのトレイに置くと、ベルのような音が響いた。「わたしは狂信者ではありません、チェイスさん。娘に我慢がならないのは、木だとか土だとかそんなものを崇拝しているせいではないのです。信仰の違いのような漠然とした理由で、たったひとりの娘と縁を切ったら、それこそ薄情者です」

「だったら、理由をお訊きしてもいいですか？」

「なりません！」

僕は椅子の背にもたれ、指を組み合わせた。「失礼ですが、イェーツさん、その話題を持ち出したのはあなたのほうですよ」

彼女の笑顔がこわばった。「ええ、そうだったわね。頭がぼうっとして、口が勝手に動いてしまったようだわ」

彼女はもごもごと口ごもったかと思うと、急にぼんやりした表情に変わった。僕は顔がくっつくほど身を乗り出した。「イェーツさん、僕に話したいこととはなんですか？」

「娘を見つけたんでしょう？」

「はい」

彼女が目を伏せた拍子に、紙のように薄いまぶたにのせた水色のアイラインが見えた。彼女は唇を引き締めた。十二月の夕焼けのような色の口紅を塗った、薄く血の気のない唇を。

「かれこれ二十年になるわ」と彼女は言った。「最後に娘に会ったかしゃべったかして以来二十年よ」彼女はシェリーを手に取って飲むと、僕の手首に手を軽くのせた。「娘はどんな様子でした？」

僕は思いつめたような彼女の顔から、内に秘めた渇望から、自分を遠ざけた。目の前の孤独な老女の怒りという壁が、二十年の歳月をへてようやく崩れたのだ。娘のことが気がかりなのだろう。その気持ちはよくわかる。そう思い、僕はできるかぎりのことを話して聞かせた。彼女は微動だにせず、僕の話の一言一句も聞き逃すまいと耳を傾けていた。僕はいっさい脚色しなかった。話が終わる頃には彼女は目を伏せていた。彼女が指輪を抜こうとし、大きなダイヤモンドが無造作にまわった。

「娘を授かったとき、わたしは三十代の半ばでした。妊娠は……予定外でした」彼女は顔をあげた。「最後にあの娘の姿を見たときは、ひとりの女性というよりまだ子どもだった。いまの娘の半分の歳の頃のことだわ」

僕は面食らった。「お嬢さんはおいくつなんですか？」

「四十一歳」

「もっと上かと思ってました」

ミセス・イェーツは顔をしかめた。「髪の毛のせいでしょう」彼女は自分の、薄くて白くつややかな髪をしめした。「ありがたくないけれど、うちの家系はみんなこう。わたしは二十代前半で白くなりました。サラはもっと若い時分からよ」

彼女は苦労して椅子から立ちあがると、ぎくしゃくとした足取りで部屋の奥に歩いていった。暖炉の横の棚から、光沢のあるシルバーの額にはいった写真を手に取った。それを見つめる彼女の顔がゆるみ、しわがゆがんだ。震える指が、僕には見えないなにかをなぞるようにガラス面を動いている。彼女は椅子に戻ると、その写真を僕に差し出した。「最後に撮った写真です。十九歳のときよ」

渡された写真に目をこらした。白い歯がこぼれる口もとに抜けるような緑色の目、白いものが混じりはじめたブロンドの髪。写真のなかの彼女は北の海の色をした馬に、鞍も置かずに乗っていた。指でたてがみを梳いている。片手を馬の首筋にぴったりと押しあて、耳もとになにかささやくように前かがみになっていた。

僕の意識が一瞬飛び、次に口をついた言葉は自分のものとは思えなかった。「ミセス・イェーツ、さっき、お嬢さんと話さなくなった理由をお尋ねしたと思うのですが」

「ええ」警戒するような声。

「今度は答えを聞かせてください」彼女が渋るのを見て、僕はいま一度写真に目を落とした。「お願いします」

彼女は膝の上で両手を握り合わせた。「そのことは考えないようにしているんです」

「ミセス・イェーツ……？」

彼女はうなずいた。「もしかしたらなにかのお役に立てるかもしれないわね」しかし、次に口をひらくまでに一分が経過した。「娘と喧嘩したんです」彼女は意を決したように言った。「あなたはなんでもないことと思うでしょうが、わたしたちの喧嘩は普通の母と娘のようなものとはちがったんです。娘は幼いときからわたしを傷つける方法を心得ていました。どこにナイフを刺せばいいか、どうひねればいいかをわかってたんです。たしかにわたしも娘を傷つけていたのでしょうが、あの娘は絶対ルールに従わない性分でした。それもまともなルールに」彼女はそこまで一気にしゃべった。「公正なルールに。必要なルールに」そこでかぶりを振った。「娘がいずれ大きな過ちを犯すだろうとは思ってました。でもまさか、あんな若くしてとは予想外でした」

「どんな過ちだったんですか？」

「すでに手に負えない状態ではあったわ。まじない師気どりで郡内を転々としたり、神の意味をめぐってわたしに議論をふっかけたり、マリファナやらなにやらを吸ったり。それだけでも母親なら嘆いても当然でしょう？」

彼女はシェリーを注ぎ足し、たっぷりと飲んだ。「娘は二十一のときに子どもを産みました。未婚の母で、それを後悔しているふうもなかった。住まいは森のなかに張ったテントよ。わたしの孫と一緒に！」彼女はかぶりを振った。「それが許せなかったんです。どうしても」彼女は言葉を切り、物思いにひたった。「だからやるべきことをやりました」

なんとなく結末は見えていたが、それでも僕は黙って聞いていた。

彼女は背筋をまっすぐにのばした。「もちろん説得をこころみました。あなたの生き方はまちがっていると諭そうとしたんです。実家に戻ったらどうか、わたしも協力するから子どもをちゃんと育てなさいと。だけど娘は聞く耳を持たなかった。ログハウスを造るんだなんて言いだして。思い上がりもはなはだしい。お金も人脈もないくせに」老婦人はシェリーを口に含み、洟をすすった。「それで役所に連絡したところ……」

彼女の声がしだいに小さくなった。僕が先をうながそうとしたとき、彼女はふたたび口をひらいた。かなり大きな声で。「行方をくらましたんです。わたしの孫を連れて。行き先はカリフォルニアと聞きました。同じような精神の持ち主を求めて。いわばヒッピーよ。まじない師だとか無神論者だとかドラッグ常用者だとか」彼女はうなずいた。「そのあと……」彼女はもう一度うなずいた。「そのあと……」

「カリフォルニアで？」

彼女はシェリーを飲みほした。「乗っていた車が道路から飛び出したとき、娘はハイになってたんです。赤んぼうを車に乗せているのに。マリファナでハイになってたんですよ。孫のサラは二度と歩けない体になった。そしてわたしは二度と孫の顔を見られなくなった。孫はカリフォルニアで死んだんです、チェイスさん。娘は歩けなくなって戻ってきた。わたしはどうしても娘が許せず、以来、一度も話をしていません」

彼女は不意に立ちあがって目もとをぬぐった。「さて、なにか召しあがるかしら？」

そう言うと、あわただしくキッチンに引っこみ、磨きあげた花崗岩に両手をぴたりと押しつけ、頭をたれた。ぴくりとも動かなかった。目もあけなかった。食べるものが出てくるとはとても思えなかった。

僕は立ちあがって写真を棚に戻した。額《がく》を傾け、光に向けた。

そういうことだったのか。

これではっきりした。

額のガラスに指をのせ、彼女のほがらかな笑顔をなぞる。ようやくわかった。どこかで見たような気がした理由が。

彼女はグレイスにそっくりだった。


陽の当たるがらがらの道路から雑木林にはいり、ケン・ミラーが住むバスの前をスピードもゆるめずに通過した。サラ・イェーツのログハウスの前で車を停めると、うしろに赤い土埃がもうもうと舞い上がった。二歩でポーチを横切り、ドアを力いっぱい叩いた。返事がない。しかしバンはあるし、カヌーも桟橋に係留してある。もう一度叩くと、なかで物音がし、くぐもった小さな音がしだいに大きくなって足音に変わった。

ケン・ミラーがドアをあけた。

腰にタオルを巻きつけ、胸毛が汗でもつれていた。顔が紅潮している。「いったいなんの用だ?」

彼のうしろに目をやると、主室が暗く翳《かげ》り、寝室のドアが少しあいていた。

「サラと話をさせてほしい」

「いまは都合が悪い」

すると奥からサラの声がした。「誰なの、ケン?」

彼は肩ごしに声を張りあげた。「アダム・チェイスだ。えらく興奮してて、なにか気になることがあるみたいだ！」

「ちょっと待つように言っといて。そしたらあなたはこっちに来て手を貸してちょうだい」

「サラ……」ケンは浮かぬ顔をした。

「同じことを言わせないで」

ケンは僕に向きなおったが、その目には殺意が浮かんでいた。「あんたにはもううんざりだ」そう言うと、ポーチに並んだ椅子を指さした。「そこにすわって待ってろ」五分後、ドアがふたたびあき、ケンがうつむきかげんで僕のわきを通り過ぎた。ジーンズの前があけっぱなしで、靴ひもも結んでいなかった。彼は一度も振り返らずに歩き去った。やがて、サラが車椅子を押してポーチに現われた。

彼女はこともなげに言った。「あの最中に邪魔されて喜ぶ男なんかいないものね」彼女はフランネルのローブにスリッパ姿だった。うしろの髪がまだ汗で濡れている。「それが男の性《さが》よ」

彼女は車椅子を停め、ストッパーをかけた。

「あなたとケンは……？」

彼女は肩をすくめた。「気分が乗ればね」

僕は彼女の顔をまじまじと見つめ、グレイスを思わせるものがないかとうかがい、なぜいままで気づかなかったのかと首をひねった。ハート形の顔も口の形もそっくりだ。目の色はちがうが、形は同じだった。サラのほうが歳をとっている分、顔に丸みがあり、髪が白く……

「さっさと用件を言ったらどう。ここに来たのにはわけがあるんでしょ」

「きょう、またあなたのお母さんに会ってきました」

「まあ、えらいのね」

「あなたが若いときの写真を見せてもらいました」

「それで？」

「グレイス・シェパードにそっくりでした。いまも似ているところがたくさんあります」

「そう」彼女はそれ以上なにも言わなかった。

「いまのはどういう意味です？」

「この二十年間、誰かが気がつくんじゃないかと思ってた。あなたが最初よ。まあ、それも当然かもしれないわね。わたしはあまり人に会わないんだから」

「あなたがグレイスの母親だったんですね」

「二十年間、母親らしいことなんかしてこなかったけど」

「お子さんはカリフォルニアで死んだわけじゃなかったんだ」

彼女は険のある目を僕に向けた。「母からずいぶんいろいろ聞き出したじゃないの」

「お母さんはあなたに会いたがってます」

サラは気だるそうに手を振った。「嘘ばっかり。あの人は自分の若かりし頃がなつかしいだけよ。失ったものがなつかしいだけ。わたしはその象徴にすぎない」

「でも、グレイスはお母さんにとって孫娘ですよ」

彼女は語気を強めた。「あの人にわたしの娘を育てさせたくなかったのよ！　どんな育て方をするかわかってたもの。狭量で苛酷で情け容赦なく育てるにきまってる」

「だから事故をでっちあげたんですか？」

彼女は動かない脚をさすった。「でっちあげてなんかいない。でも、娘は死ななかった」

「そして、彼女を人に預けた？」

サラの笑顔は冷ややかで、目は緑色の石のようだった。「わたしは母親向きの女じゃない。その気になればやれると思ったけど、自分で自分をだましてたのよ」そう言うと顔をそむけた。「わたしはあらゆる面で母親失格だった」

「父親は誰なんです？」

彼女はため息をついた。「ただの男。背が高くて品があってプライドが高いけど、ただの男よ」

「ドルフ・シェパードですね」

彼女はぎょっとしたようだった。「なんでそう思うわけ？」

「彼に子どもを託したからです。このあいだ渡されたメモに、善良な人は彼を愛するというようなことが書いてありました。善良な人は彼を忘れないと」

彼女は顔をこわばらせた。

「それ以外にあんなことをする理由がありません」

「あなたはわかってないのよ」

「そう考えればすべて合点がいくんです」

彼女は僕をにらみつけたまま、どう答えようかと思案していた。その結果、きっぱりとした口調で告げた。残酷な結論を出したときのように。

「あなたと話をするんじゃなかった」


のっぺりした鈍色《にびいろ》の空のもと、ダニー・フェイスは埋葬された。僕たちは同じ金属から作られたような折りたたみ椅子にかしこまっていた。いたるところから熱気が浸み出し、着ているものは湿り気を帯び、花はぐったりとしおたれた。この日はじめて会う数人の女性が、念入りな化粧をほどこした顔の前で扇子を振り動かしていた。葬儀を準備し費用を負担したのはダニーのおばのひとりで、僕はいままで会ったことがなかった。しかしすぐにわかった。ダニーそっくりの赤毛だったからだ。残りの女性は彼女の友だちなのだろう。彼女たちは貧相な男とともに古い車で乗りつけ、わずかばかりの光を受けてどうにか輝きを放つダイヤモンドを身につけていた。

ダニーのおばは迷惑そうな顔をしていたが、僕はひそかに尊敬のまなざしで彼女を見ていた。棺は彼女の車よりも高そうだ。友だちが彼女のためにわざわざ出向いてくれている。

いい人だ、と僕は思った。

参列者はじっと黙り、予定の時間になってダニーを送る言葉が語られるのを待っていた。僕はグランサムが来ているのに気づいたが、同時に向こうも僕に目をとめた。ボタンのついた黒いジャケット姿で、少し離れたところに立っていた。参列者をながめ、ひとりひとりの顔をうかがっているが、僕はつとめて彼のほうを見ないようにした。彼は自分の仕事をしているだけで、べつになにか含むところがあるわけではないが、ふと見ると、父もグランサムをじろじろ見ていた。

神父は僕の母の葬儀のときと同じ人物で、寄る年波は彼にやさしくなかった。憂いの色にあふれる目、たるんでやつれた顔。それでも彼の言葉は人の心を癒す力に満ちていた。自然に頭が上下し、ひとりの女性など思わず十字を切ったほどだ。

僕にとってこの皮肉は耐えがたいものだった。せっかく穴からダニーを救い出したのに、けっきょく別の穴に入れられるだけとは。しかし、僕はときおりうなずき、祈りの言葉も自然と口をついて出た。古くからの友人を失ったのだ。だから、彼の魂よ、安らかなれと祈った。

それに自分のためにも祈った。

神父が救済と永遠の愛についての話を締めくくるあいだ、僕はグレイスの顔を観察していた。表情にはなんの変化もなかったが、目はドルフと同じブルーだった。彼女は背筋をぴんとのばし、黒いワンピースの胸で小さなハンドバッグをしっかりと抱えていた。ダニーにしろ誰にしろ、彼女に恋をするのも無理はない。こんな場でさえ、目が吸い寄せられるように集まっていく。女性にも見とれている者がいるほどだった。

神父は説教を終えると、ダニーのおばに合図をした。おばはゆっくりと墓前に進み出ると棺に白い花を一本置いた。次に彼女は踵を返し、参列者席へと歩きだした。手を取って感謝の言葉をかける。僕の父に、ジャニスに、ミリアムに。グレイスの前で足を止めた彼女は顔をほころばせた。両手でグレイスの手を取ると、全員の目が向けられるまで、しばらくそのまま動かなかった。

その間ずっと、彼女はにこやかな笑みを浮かべていた。「甥はあなたを心から愛していたようですよ」彼女がグレイスの手を放すと、年齢を感じさせる顔にいく筋もの涙がこぼれ落ちた。「お似合いのカップルになったでしょうに」

そう言うと彼女は嗚咽《おえつ》を漏らし、鈍色の空の下、曲がった腰で歩を進めた。

彼女の友人たちがそのあとを追うように、もの言わぬ夫を引き連れ、それぞれの古い車に乗りこんだ。僕の家族もいなくなったが、僕はわけもなく帰らずにいた。そうじゃないだろ、と自分に問いかける。おまえは自分をごまかしているだけだ。

わけはちゃんとあり、誰もが見抜いていた。父も。神父も。

全員が。

全員がいなくなるまで僕は小さな金属の椅子にすわっていた。あとに残った墓掘人たちは、離れたところでひかえめに待っている。僕は立ちあがりながら彼らを観察した。くたびれた服を着た無骨な男たち。彼らは必要とあればいくらでも待つ。いつものことだし、それで金をもらっているからだ。彼らは参列者全員が去ったのを見計らい、ダニーを地中に埋める手はずになっている。

グランサムはどこかと探したがすでにいなくなっていた。僕は友の棺に手を置き、表面のつるつるした手ざわりをたしかめてから、長いスロープに足を向けた。そこを下っていき、最終的には母の名が刻まれた墓石の前に立った。芝に膝をつき、ダニーの棺が下ろされる遠くの音に耳を傾けた。頭をたれ、最後に祈りの言葉を口にした。長いことそうして、なつかしい記憶を思い返していた。しばしば思い出すのは、斜め上から射す光で母の目が燃えあがった、あの桟橋の下での出来事だ。あのとき母は、世の中には本当に魔法があると言ったが、それは間違いだ。大半は母の死とともに失われてしまった。

ようやく立ちあがると、神父の姿があった。

「邪魔してすまなかった」神父は言った。

「いいえ、邪魔なんてとんでもない」僕はダニーの墓があるほうをしめした。「いい式でした」

神父は僕の横に移動し、母の墓石に目をこらした。「いまもお母さんのことはよく思い出す。まったく嘆かわしい。あんなにも若く、あんなにも生き生きとしていたにもかかわらず……」

神父の言わんとすることはわかっている。あんなにも生き生きとしていたにもかかわらず、みずから命を絶つとは……。さっきまでの静かな気持ちはたちどころに消し飛んだ。その代わり、いつもの怒りがこみあげた。目の前にいるこいつはどこにいたんだ、と心のなかで問いかける。母が闇にのみこまれたとき、どこにいたんだ？

「そんなのはただの言葉でしかありません」神父は僕の内なる変化に気づいたようだった。

「言葉なんかなんの意味もありません」

「誰も責めてはならぬ、アダム。思い出のほかに、われわれに残されたのは言葉だけだ。きみの心を乱すつもりはなかったのだよ」

神父の弁解の言葉は僕を素通りした。僕は母を覆う青々とした芝生を見つめながら、これまで経験したことのないむなしさを感じていた。怒りさえも消えていた。

「あなたでは助けにならないんです」

神父は着ていた祭服の前で両手を組んだ。「このような喪失は迷える心に言いしれぬダメージをおよぼす。残された家族と向き合わねばならぬ。たがいに慰め合わなくてはならぬ」

「ご助言に感謝します」僕は立ち去ろうと背を向けた。

「アダム」僕は足を止めた。神父の顔に憂慮の表情が浮かんでいた。「信じてもらえんかもしれないが、わたしはふだん、他人の問題に首を突っこまない主義だ。もちろん、相談を持ちかけられれば話はべつだ。だから差し出がましい口をきくようで嫌なのだが、どうもよくわからないことがある。ひとつ質問してかまわんかな？」

「ええ、どうぞ」

「ダニーはグレイスを愛していたと考えていいのかね？」

「ええ、そうです」

神父はかぶりを振り、わけがわからないという表情をいっそう濃くした。もの悲しい表情が次々に剝がれ落ちた。

「神父様？」

神父は遠くに見える教会をしめした。「葬儀のあと、ミリアムが祭壇の前にひざまずいて泣いているのを見かけてな。正確に言うなら、泣きじゃくっていたのだが」彼はまたかぶりを振った。「わけのわからんことを言っていた。このわたしの前で神を罵りもした。呆気にとられたよ。いまだに理解できん」

「なにを理解できないのですか？」

「ミリアムはダニーを思って泣いていた」彼は組んだ指をほどき、翼のように手を広げた。「彼女が言うには、彼と結婚することになっていたそうだ」

31

車を始動させながら頭のなかで再現した。すそを引きずるような黒いロングドレスに身を包み、憎しみと秘めた傷心で顔をこわばらせたミリアム。まばゆく光る十字架のもとにへたりこみ、両手を堅く握り合わせ、神の家であるはずの教会で神を罵り、誠実なる神父が差しのべた救いの手をも拒絶する彼女の姿がまぶたに浮かぶ。事態がのみこめ、おぞましい一瞬一瞬が見えてきた。グレイスは押し黙って空を仰ぎ、ダニーのおばの言葉を聞く。

〝甥はあなたを心から愛していたようですよ〟その向こうでミリアムが不意に啞然とし、色の濃いサングラスで目を隠すと、おばの言葉がダニーの棺の上を転がり、悲しみに暮れた参列者が失われた愛への哀悼の意をこめて頭をたれるのを見ている。

ミリアムはダニーと結婚するはずだったと神父に告げた。同じことを僕にも言った。そのときの相手はグレイ・ウィルソンだった。

彼にプロポーズされてたの。

ダニー・フェイス。グレイ・ウィルソン。

ふたりとも死んだ。

すべてがあらたな意味を帯びてきた。たしかなものはなにひとつなく、恐怖感が僕を襲った。神父から最後に聞いた言葉を、教会とその番人である人物の前から消える前にミリアムが言い放ったという言葉を思い返した。

神様なんかいないわ。

聖職者に向かってよくもそんな暴言が吐けるものだ。彼女は絶望し、分別を失っていた。そして僕はその事実からずっと目をそらしてきた。

グレイスに連絡を取ろうとしたが、電話に出なかった。父の家に電話すると、また犬を撃ちに出かけたとジャニスに教えられた。いいえ、と彼女は言った。ミリアムもいないわ。グレイスも。

「彼女がダニーを愛していたことは知ってたのか？」とジャニスに訊いた。

「誰が？」

「ミリアムが」

「ばかなこと言わないでちょうだい」

僕は電話を切った。

ジャニスは知らないようだ。なにひとつ。僕はスピードをあげ、車が浮いたように感じるまでアクセルを踏みこんだ。まだ僕の勘違いという可能性も残っている。

ああ、神様、どうか僕の勘違いでありますように。

農場に車を乗り入れた。グレイスはここにいるにちがいない。外かもしれないが、とにかくいるはずだ。キャトル・ガードを越え、車を停めた。心臓が肋骨をガンガンと叩いたが、車を降りられなかった。三角の耳をピンと立たせ、薄汚れた黒い毛に覆われた犬がポーチで待ちかまえていた。犬は頭をもたげて僕をにらんだ。鼻面が血に染まっていた。歯が赤く光った。

べつの二匹が家の角を曲がって現われた。一匹は黒で、もう一匹は茶色だ。植物のイガをもつれた毛にくっつけ、鼻のまわりに鼻水をしたたらせ、一匹などうしろ肢の長い毛に糞がこびりついている。二匹は鼻面を下げ、薄紅色の舌を出し、敏捷な鳥を思わせる真剣で狡猾な目をこちらに向けながら、壁沿いをゆっくりと近づいてくる。

ポーチにいる犬に視線を戻した。大きい。地獄の使者のように真っ黒だ。玄関ステップの最上段から血が筋となって流れ落ちている。家のなかからは物音ひとつせず、ドアがしっかりと閉まっている。二匹がステップをのぼってポーチにあがり、先にいた一匹と合流した。二匹のうち一匹がすれすれのところを通ったとたん、先にいた一匹が黒い毛を逆立て歯をむき出して襲いかかった。ほんの数秒で勝負があった。割りこんだほうは片耳をずたずたにされて人間の悲鳴のような鳴き声をあげると、尾を下に向けてそそくさと走り去った。僕はその犬が家の角を曲がって見えなくなるまで見送った。

これでポーチには二匹が残った。

二匹とも床を舐めている。

僕は携帯電話をひらいてロビンにかけた。「いまドルフの家に来てる。きみも来てくれ」

「なにかあったの？」

「悪い予感がする。はっきりとはわからないが」

「それだけじゃ動けない」

「いま車のなかからポーチをうかがってる。ポーチに血が見える」

「わたしが行くまで待って、アダム」

ステップをしたたり落ちる血に目をこらした。「待ってるわけにはいかない」僕は言い、電話を切った。犬の様子をうかがいながら、ゆっくりと車のドアをあけた。片足を外に出し、次に残ったほうも出す。一二番径はトランクのなかだ。弾はこめてある。トランクをあけるレバーに手をのばす。掛け金がはずれる音に犬たちは顔をあげたが、すぐにそれまでやっていたことを再開した。五歩、と僕は見当をつけた。ショットガンまで五歩。犬まで十五歩。

ドアはあけたまま、車に背中をつけてうしろへと移動し、掛け金のはずれたトランクを手探りした。金属の下に指をもぐりこませて持ち上げた。トランクは音もなくあき、僕は思いきってなかをのぞいた。銃は銃身を奥に向けてはいっていた。銃床に手をかけた。目を犬たちに向けたまま。

銃はすんなりと音もなく取り出せた。銃身を折って弾を確認する。空だ。くそ。ジェイミーが抜いたにちがいない。

ポーチに目をやった。一匹はあいかわらず鼻面を下に向けているが、大きいほうが微動だにせず僕を見ていた。僕は危険を承知でトランクのなかをのぞいた。弾薬のはいった箱は僕からいちばん遠い位置にあって、傾いているがふたは閉まっていた。その方向に体をめいっぱいのばしたせいで、ポーチが見えなくなった。銃床が車にぶつかって派手な音を立てると同時に、手が箱に届いた。てっきり音もなく突進されるものと覚悟して姿勢を戻したところ、犬はまだポーチの上にいた。犬はまばたきし、赤く染まった舌を出した。

ふたを手探りして箱をあけた。つるつるのプラスチックの弾だった。真鍮のキャップが筒の赤に映えて輝いている。そのうちの二個を指でつまんでこめ、折った銃身をそっともとに戻し、安全装置をオフにした。そのとたん、力関係が変化した。

それが銃だ。

銃床を肩に当て、ポーチに向かって歩きながら、ほかにも犬はいないかと遠くをうかがった。群れには三匹以上いる。ほかの犬もどこか近くにいるはずだ。

十フィート、そして八フィート。

ボス犬が頭を低くした。口を二インチほどあけて黒光りする内部をのぞかせ、口もとを小刻みに震わせている。喉の奥でゴロゴロいう音が大きくなったせいで、もう一匹が顔をあげ、そばに寄ってきた。二匹がそろって歯をむき出した。大きいほうが近づいてきたのを見て僕のうなじの毛が逆立った。父の言葉が聞こえる気がした――〝あいつらがもっと大胆になるのは時間の問題だ〟

僕もまた一歩を踏み出した。かなり近づいた。床がよく見える。大きな血だまりができていた。色がかなり濃く、黒に近い感じだ。犬たちが舐めたり踏んだところだけ跡がついていたが、大半は板きれのあいだにペンキを流したように、へりがなめらかな線を描いている。血だまりから玄関のドアのあいだに、引きずった跡と血の色の掌紋がついていた。

扉に血の跡。

しかし犬の仕業ではない。ひと目見てわかった。血のたまり方や、すでに糊のように粘着性を帯びていることがその証拠だ。

こいつらは血のにおいに吸い寄せられたんだ。ただそれだけだ。

僕が玄関ステップのわきまで移動すると、二匹は背中をまるめ、頭を低くした恰好で僕の動きを目で追った。距離はたっぷりあったものの、向こうは動こうとしなかった。僕たちはそうやってにらみ合った。銃をかまえた人間と、歯をむき出した動物とが。

やがてボス犬がステップをゆるゆると下り、庭を歩きだした。犬は一度足を止め、にやりと笑ったように見えた。もう一匹もあとを追った。二匹は悠然と芝生を突っ切り、雑木林のなかに消えた。

僕は犬に警戒しながらステップをあがり、できるだけ物音を立てずにポーチを突っ切った。銅のにおいが鼻いっぱいに広がり、血の色をした動物の足跡が床に点々とついている。ドアノブをゆっくりまわし、指先でドアを押した。

グレイスが床にうずくまり、まわりに血の海ができていた。黒いワンピースが血にぐっしょり濡れている。彼女は下腹部を押さえていた。力のない足で踏ん張ろうとしているが、教会用の靴は赤い膜をむなしく蹴るばかりだ。指のあいだから血があふれている。僕は彼女の視線の先に目を向けた。

部屋の奥の白い椅子にミリアムがちょこんと腰かけ、グレイスと向かい合っていた。腰をかがめて膝に肘をついているせいで、髪が顔にかかっている。右手に銃をぶら下げている。手入れの行き届いた青っぽい小口径のオートマチック。僕は部屋に足を踏み入れ、一二番径をミリアムに向けた。彼女は背筋をのばし、顔にかかった髪を払うと、持っていた拳銃をグレイスに向けた。「この女があたしから彼を奪ったの」

「銃をおろせ」

「あたしたち、結婚するはずだったのに」ミリアムは言葉を切り、涙を乱暴に拭った。「彼が愛してたのはあたしよ」彼女は銃で自分をしめした。「この女じゃなく。あのおしゃべりなおばさんの話は大嘘もいいとこ」

「話は聞くよ、ミリアム。ちゃんと聞く。だけど、その前に銃をおろせ」

「嫌よ」

「ミリアム――」

「嫌！」彼女は金切り声をあげた。「そっちこそ銃をおろしなさいよ！」

「あいつはおまえを利用してただけだ、ミリアム」

「銃をおろして！」

僕はもう一歩前に進んだ。「それはできない」

「だったら次の一発をこの女の胸にお見舞いするまでだわ」

グレイスに目をやった。指はぬめぬめと赤く、血の気のない顔を苦痛にゆがめている。

彼女は首を横に振り、言葉にならない声を漏らした。僕は銃をおろしてテーブルに置き、両手をあげた。「いまから彼女の手当てをする」そう言ってグレイスのわきに膝をついた。着ていた上着を脱ぎ、たたんで下腹部の傷にあてがい、強く押しつけるようにと彼女に言った。目が痛みで燃えあがった。彼女はうめき声を漏らしながらも、上着を腹に押しつけた。僕はその手に自分の手を重ねた。

「こんな女のどこがいいのよ」ミリアムが言った。

「医者に診せなければ」

ミリアムは立ちあがった。「死ぬまでほっとけばいいでしょ」

「おまえは人殺しじゃない」言ったとたん、自分がまちがっていることに気がついた。彼女の目が、狂気を帯びた光を放った。「まさか、そんな」

そういうことだったのか。

「ダニーはおまえに別れを告げたんだな」

「黙ってよ」

「あいつはガールフレンド全員と手を切ろうとしてた。グレイスと結婚したかったからだ」

「黙ってってば！」ミリアムはわめき、僕につめ寄った。

「あいつはおまえを利用しただけだ」

「黙ってよ、アダム」

「グレイ・ウィルソンも――」

「いいから黙って！」彼女は半狂乱で、金切り声を張りあげた。次の瞬間、ミリアムの手のなかで銃が跳ねあがった。一発が床にめりこみ、生白い木屑がはじけとんだ。もう一発は僕の脚に命中し、激痛が刺し貫いた。僕は両手で傷を押さえ、グレイスの隣に倒れこんだ。ミリアムが懸念と激しい後悔で顔をゆがめ、わきに膝をついた。

「ごめんなさい」早口の大声で言った。「本当にごめんなさい。撃つつもりじゃなかったの。ついうっかり……」

僕は痛みをこらえながら自分のベルトを抜いた。脚にベルトを巻きつけようとすると、血が床にほとばしった。出血はしだいに少なくなった。痛みはそうはいかなかった。

「大丈夫？」ミリアムが訊いた。

「まったくなんてことを……」熱くて尖った釘のような激痛が走った。ミリアムは立ちあがった。いらいらした様子で銃を振りまわし、黒い目で僕をちらちら見ながら、部屋のなかをせかせかと円を描いて歩きまわっている。僕はその様子を固唾《かたず》をのんで見守り、赤信号が灯るのを待っていた。

やがて歩きまわるペースが落ち、ミリアムの顔から色味が抜けた。「ダニーはいろいろしてくれたんだから。あたしをいっぱい喜ばせてくれたんだから」彼女はうなずいた。

「あの人はあたしを愛してたの。そうに決まってる」

僕はたまらず言い返した。「あいつは手当たりしだいに惚れてたんだ。そういう男だったんだ」

「そんなことない！」怖い顔で叫んだ。「指輪だって買ってくれたんだから。お金がいるって言われたの。それもたくさん。なんで必要かは教えてくれなかったけど、あたしはぴんときた。女の直感よ。だから貸してあげたわ。だってほかになにに使うって言うの？　それで指輪を買ってくれたの。永遠の愛の証の指輪よ。あたしをびっくりさせるつもりだったんだわ」彼女はまたうなずいた。「そうだと思ってた」

「ひょっとして、貸した金は三万ドルだったんじゃないか？」

ミリアムはぎょっとした。「なんで知ってるの？」顔がゆがんだ。「彼から聞いたの？」

「あいつはその金でギャンブルの借金を返済したんだ。やつはおまえを愛してなんかいなかったんだ、ミリアム。グレイスに非はない。ダニーを男として見てなかったんだから」

「ふうん、そんなにその女がいいの」ミリアムの顔が悟りをひらいたように急変した。

「なんでも知ってる気になって。自分じゃ頭がいいつもりなんでしょ。なんにもわかってないくせに。なにひとつ！」彼女は言葉を切ったとたん、泣きだした。僕はわけがわからなかった。ミリアムは体を左右に揺らした。「パパはその女のほうがかわいいのよ」

「なにを……?」

「兄さんよりね!」彼女の声がしだいに弱々しくなった。「あたしより……」彼女はふたたび体を揺すり、銃で頭を軽く叩いた。ゼブロン・フェイスがやっていたのとまったく同じだ。

あいていたドアから声がした。「そんなことはないぞ、ミリアム」父だった。いつ来たのか、まったく気がつかなかった。泥だらけのスネークブーツに防棘加工のズボン姿の父がドアをふさぐように立っていた。ライフルは低くかまえていたが、しっかりミリアムに狙いをさだめていた。日焼けした顔は灰色で、指が用心鉄の内側にかかっている。ミリアムは父に気がついたとたん体を引き攣らせ、ふたたびグレイスに銃を向けた。涙がさらにいきおいを増した。

「パパ……」

「そんなことはないぞ」父は同じ言葉を繰り返した。「いまも昔もおまえをかわいいと思っている」

「でも、あの女ほどじゃない」ミリアムは言い返した。「昔からずっと」

父は部屋に足を踏み入れた。グレイスに目をやり、次にミリアムに視線を移す。今度は否定の言葉を繰り返さなかった。

「パパたちがしゃべってるのを聞いちゃったもん。パパとドルフが夜にこそこそ話してたのを。ふたりともあたしがいるのに気がつかなかった。きっと、すぐ隣にすわってたって、見向きもしてくれなかったと思う。だけど、グレイスはそうじゃない。完璧でかわいいグレイスはね！　あの娘から明かりが消えたようだ……そう言ってたでしょ？　彼女は清らかで、そんじょそこらの連中とはちがうのよ。あたしなんかとはちがうのよ」ミリアムはまた銃で自分の頭を小突いた。「あたしよりかわいいのよ」声が低くなった。顔をあげた彼女は、さっきの野犬と同じ血が流れているように思えた。「あたし、パパの秘密を知ってるんだから」

「ミリアム――」

「いかがわしくて薄汚い秘密をね！」

父がじりじりと間合いをつめた。ライフルはぴくりとも動かなかった。

「パパがあたしを傷つけたのよ」とミリアムは言った。そして今度は金切り声で言った。「パパがあたしをこんなにしたんだから！」ワンピースの前をつかみ、ボタンをはじき飛ばしながら引きちぎった。破れた服をひらき、青白い体を見せた。

青白くて、傷だらけの体を。

びっしりと。隙間なく。世の中の痛みすべてを集めたように無数の傷が光っていた。腹部。太腿。腕。衣服で隠せる部分はどこも、複数回にわたって切りつけた痕が残っていた。

心臓の少し上に〝痛み（Ｐａｉｎ）〟の文字が、下腹部には〝拒絶（Ｄｅｎｙ）〟の文字が刻まれていた。

父が喉をつまらせたような声を出した。「これはいったい……」と父は言った。僕はこれを見て、ミリアムの自傷行為はこの五年間のことではなさそうだと思った。グレイ・ウィルソンの死をきっかけに始まったのではない。絶対に。もっと昔にさかのぼるはずだ。ミリアムがざっくりと切れた傷口のような顔を僕に向けた。「あの女はパパの娘なのよ」

「やめろ、ミリアム」

しかしミリアムは取り合わなかった。苦しさに顔がゆがむ。失望。苦悩。グレイスに目をやった彼女の顔には、嫉妬心と嫌悪感が浮かんでいた。邪悪な感情。どす黒いほどの。「何年もずっと」彼女の声がうわずった。「いつだって、パパはあの女のほうをかわいがってた」

拳銃があがりはじめた。

「やめろ」父が言った。

拳銃がぐらついた。ミリアムはグレイスから父に視線を移し、急に表情をゆがめた。涙。怒り。さっきと同じ、狂気を帯びた火花が散る。銃身が動き、グレイスがいるほうに移動を始めた。

父が悲痛に満ちた声で訴えた。「やめてくれ、ミリアム。ふたりとも失いたくない」

ミリアムはその声には耳も貸さず、僕に向きなおった。「わかってる？　この人は兄さんのことも傷つけたのよ」

次の瞬間、ミリアムが銃をかまえ、父は引き金を引いた。銃身が跳ね、世界を終わりにする力を持つ砲火と轟音が放たれた。弾はミリアムの右胸上部に命中した。そのいきおいで彼女はダンサーのように二度くるりと回転し、部屋の奥へと投げ出された。そのまま床にぐったり倒れた彼女を見て僕は直感した。起きあがることはなさそうだと。

当面は。

永遠に。

室内に硝煙が立ちこめた。グレイスが悲鳴をあげた。

そして父は人生で四度目の涙を流した。

32

救急救命士が到着したとき、グレイスは息があった。虫の息だったにしても。救命士たちは予断を許さないとばかりに彼女の処置にあたった。いっとき息を引き取りかけた。白目を剝き、真っ赤な指をひらいて。僕はロビンに止められてはじめて、自分が後頭部を壁にぶつけているのに気がついた。ロビンの目は穏やかで濃い茶色をしていた。僕はグレイスに目をやった。片脚がねじれ、救命士が喉から空気を吸入し、胸を乱暴に圧迫するたび、上等な靴がフローリングの床にあたって音を立てている。彼女が息を吹き返したときの音はほとんど聞こえなかったが、誰かが「もう大丈夫だ」と言い、彼女は搬送されていった。

部屋の反対側にいた父と目が合った。父は壁に背中を預けてすわっていた。僕はその向かいの壁にもたれていた。僕は重症を負い、グレイスは死の一歩手前までいったが、いちばん傷ついたのは父だろう。僕は救命士に脚の手当てをされながら、父の様子をうかがった。父は一度ミリアムの死体をのぞきこんだだけで、あとは自分には彼女の魂を引き留めるだけの力があるといわんばかりに、ずっとグレイスにすがりついていた。彼女の処置にあたった救命士は父を力ずくで引き離さなくてはならなかった。父はグレイスの血にぐっしょり濡れ、見るからに苦しんでいた。僕にはわかっていた。その苦悶の一部はみずからのおこないに起因し、残りはミリアムが最後に言い放った真実に起因することを。父はミリアムがなにを言おうとしたのかわかっていたし、僕もまたわかっていた。

グレイスは父の娘だ。それはべつにいい。よくある話だ。振り返ってみれば、それですべて合点がいく。父が彼女に注ぐ愛情にはひとかたならぬものがあったからだ。しかし、彼女がうちの農場に引き取られたのは、僕の母が死んだ二年後だった。だから深く考えたことはなかった。頭をよぎりもしなかった。でも、グレイスの誕生日は知っている。これでようやくわかった。ミリアムのおかげで。

暗い箱に隠されていた真実が。

グレイスは母が自殺する二日前に生まれていたが、それは単なる偶然ではありえなかった。

ミリアムの言うとおりだ。

父は僕をも傷つけたのだ。

父が片手をあげてなにか言いたそうに口をひらいたが、それを聞く気にはなれなかった。僕は救命士の肩に手を置いた。「早く病院に連れていってください」

いま一度父に目をやると、父は僕に気づいて口を閉じた。

目を覚ますと病院のベッドの上だった。ぼんやりとした明かり、薬でぼうっとした頭、脚の手術の記憶はなかった。しかし、若いときのサラ・イェーツの夢を見たことは覚えていた。数晩前に見たのと同じだった。ほぼ同じだった。月明かりに照らされた庭を、彼女がドレスのすそを脚にまつわりつかせながら歩いていく。振り向いた彼女は、一セント硬貨をのせているように片方のてのひらを上向ける。前に見たときはそこで夢が終わった。今度はちがった。そのつづきがあった。

彼女は片手をあげ、指を唇に持っていく。彼女はにっこりほほえみ、キスを投げた。しかし僕にではない。

この夢は夢ではなかった。記憶だった。少年の頃、部屋の窓から見た光景だった。風にさらわれたキスと秘密めいたほほえみ。つづいて父が、薄暗く濡れた芝生の上を裸足で歩いてくる。父は彼女を抱きあげ、熱のこもったキスをする。当時の僕でさえわかるほど、大胆であけっぴろげな愛情表現だった。

僕はその光景を目撃しながらも、少年の心という小部屋にしまいこみ、記憶から消し去った。だがいまになって思い出し、魂をかきむしられる感覚をおぼえた。サラ・イェーツを見たことがあると思ったのは、グレイスに似ていたからではなかった。

彼女を知っていたのだ。

母の死について神父が言った言葉を思い返した。〝誰のせいでもない〟と神父は言った。昔からよく知っている教会という傘の下で聞いたときは、たしかにそうだと納得した。しかしいまはちがう。

僕は二十年にわたって怒りを抱え、精神的に不安定でいらいらをつのらせてきた。まるで心のなかにガラスの破片が刺さっているような、体の柔らかい部分にねじこまれた赤いナイフが夜道を歩きながら人を切ってまわっているような感じだった。僕はずっと母が悪いと決めつけていたが、これでようやくはっきりした。たしかに母はひとり息子である僕の目の前で引き金を引いた。しかし、先日、父に言ったことは当たっていた。母は父に見せつけたかったのであり、その理由もいまならわかる。八年にわたる流産の連続。挫折がつづき、母の神経はいつしか極限まですり減っていた。

そんな折、どういう経緯か、母は知ってしまった。

そして引き金を引いた。

怒りを向けるべき相手は母ではないとやっと気がついた。母の心は修復不可能なほど衰弱していたのだから。母に腹を立てるのは気の毒で、ちゃんとわかってやるべきだったのだ。本当に悪いことをしたと思う。泣きたい気持ちだったが泣けなかった。

いまは感傷的な気分にひたっているときではない。

ナース・コールのボタンを押し、褐色の肌と冷淡な目をした大柄な女性を呼んだ。「僕から話を聞きたいという人がいろいろ訪ねてくるはずです。九時半までは誰とも話をしたくない。そのように手配してほしい」

看護師は背中をそらし、ゆがんだ笑みを浮かべた。「なぜ九時半なんですか？」

「いくつか電話をかけたいんだ」

彼女は踵を返してドアに向かった。「できるだけやってみます」

「看護師さん」と僕は声をかけた。「アレグザンダー刑事が来たら通してください」

時計に目をやった。五時四十五分だった。ロビンの自宅に電話した。彼女はもう起きていた。「本当に僕を選択したんだな？」

「そうはっきり言ったと思うけど」

「口で言うのは簡単だ、ロビン。人生は苛酷だ。覚悟はできてるのか確認しておきたいんだ。いろいろ大変だぞ。いいことも悪いことも。そのあとのことも」

「言うのはこれが最後よ、アダム。もう二度と言わせないで。わたしはすでに選択したの。答えを保留してるのはあなたのほう。選択について話したいなら、まずあなたの気持ちを聞かなくちゃ。一方通行というわけにはいかないのよ。で、用件はなに？」

僕は一拍おき、吉と出るか凶と出るか、心を決めた。「きみにやってもらいたいことがある。そのためには警察の捜査より僕の調査を優先してもらわなきゃならない」

「かまをかけてるつもり？」ロビンはむっとしたようだった。

「ちがう」

「かなりやばそうな話のようね」

「きみの想像を絶するほどね」

「なにをすればいいの？」ためらいはなかった。

「持ってきてもらいたいものがある」

一時間後、ロビンは僕のグローブボックスにあった絵葉書を手に戻ってきた。「大丈夫?」と彼女は訊いた。

「腹が立ってるし、頭も混乱してる。とにかくむかついてるよ」

ロビンがキスをしてきた。彼女は顔を離すとき、ベッドに絵葉書を置いた。僕は青い海と白い砂に見入った。「どこでそれを手に入れたの?」彼女が訊いた。

「フェイスのモーテルだ」

彼女は腰をおろし、椅子を引きずり寄せた。「消印の日付がダニーの死後になってる。これを投函した人物はダニー殺害に関与してることになるわね。少なくとも事後従犯だわ」

「わかってる」

「あとで預からせてもらえる?」

「さあ」

「まじめに答えて」

僕は壁の時計に目をやった。「あと数時間でわかる」

「なにをする気?」

「グレイスの容態を聞かせてほしい」

「あなたは問題をややこしくしてるわ」

「なにをするか、いまは話せない。とにかくやるしかないことだけはたしかだ。きみの問題じゃないんだ。僕の問題だ。わかってくれるかい？」

「いいわ、アダム。わかった」

「グレイスの容態について話してくれるんじゃなかったのか？」

「きわどいところだった。あと数分遅かったら助からなかったでしょうね。その点では、わたしを待たなくて正解だったようよ」

「どういういきさつだったんだ？」

「お葬式から戻ったグレイスは家にはいった。三十分後、ドアをノックする音がした。あけたとたん、ミリアムが発砲した。ひとことも言わずに。いきなり引き金を引き、グレイスが家のなかへと這いずっていくのを黙って見ていた」

「どこで銃を手に入れたんだろう？」

「ダニー・フェイスの名で登録されてたわ。小口径の拳銃よ。おそらくダニーがグローブボックスに入れておいたものだと思う」

「その根拠は？」

「シャーロット警察がダグラス空港の長期利用者用駐車場でダニーのトラックを見つけたの。きのう、遺留品のリストに目を通したわ。グローブボックスに二五口径用の銃弾がひと箱あったけど、銃はなかった」

「ミリアムがダニーを殺したんだ。ドルフの銃を使い、保管庫に戻しておいたんだ。二五口径は、トラックを始末したときに見つけたんだろう」

彼女が考えをめぐらせはじめ、目もとに小さなしわがいくつも寄った。「その仮説には穴がありすぎるわよ、アダム。飛躍しすぎてる。どうしてそういう結論を出したの？」

ミリアムがしゃべったダニーとの関係を話して聞かせた。そこで少し間をおき、そのつづきも説明した。グレイスのこと、僕の母のこと。父が長年にわたって嘘をつらぬいてきた話をするときも、僕は無表情を通した。

ロビンも表情を消し、話が終わったときにようやくうなずいた。「それならお父さんの証言と一致する」

「親父がきみにしゃべったのか？　なにもかも？」

「しゃべった相手はグランサムよ。さぞかしつらかったと思うけど、ミリアムが正気を失った理由を理解してもらいたかったようよ。ミリアムは死んだのに、その責めを負おうとしてるの」ロビンは顔を近づけた。「お父さんも苦しんでたのよ、アダム。すっかりまいってた。まるで自分のせいだといわんばかり」

「親父のせいなんだ」

「それはどうかしら。ミリアムの父親は、彼女が幼いときに家族を捨ててる。小さな娘にはさぞかし辛かったでしょうね。そんなときに現われたあなたのお父さんを、彼女は神と崇めた。それが転落の始まりだった」

僕はまだその話を聞く心の準備ができていなかった。「ダニー殺しだけじゃない」と僕は言った。「グレイスを襲ったのも彼女だ。ダニーがグレイスを愛していると知って、こっぴどく殴りつけたんだ」僕は顔をそむけた。「それに、僕の父の娘だったから」

「そこまでは断言できないわ」

「でも、そうじゃないかと疑ってる。それを証明しようと考えてるんだ」

顔にロビンの視線を感じたが、彼女の考えは読めなかった。「正気なの？」

「ミリアムが言ったことは本当だ」そう言って少し間をおいた。「親父はいつだってグレイスをいちばんかわいがっていた」

「今度のことでひとつだけいいニュースがあるのを忘れてる」

「いいニュース？」

「あなたに血の繋がった妹ができたのよ」

胸にできた隙間に傷つきやすいなにかが広がった。僕は窓の外に目を向け、濃い青色が朝の空を満たしていくのを見ていた。「ミリアムがグレイ・ウィルソンを殺した」僕は意を決して言った。

「なんですって？」ロビンは呆然となった。

「彼に首ったけだったんだ」

グレイ・ウィルソンの墓でミリアムを見かけた話をロビンにした。毎月、切りたての花を持って訪れていること、自分たちは結婚するはずだったと打ち明けたこと。ダニーのことも同じように言っていたこと。偶然ではありえない。

「グレイ・ウィルソンはハンサムで人気があって、ミリアムとは正反対だった。おそらく彼女は、何カ月も前から勇気を出して思いを打ち明けようと計画し、彼の返事をあれこれ空想していたんだろう。頭のなかで何度も何度もシミュレートしていたにちがいない。そんなときにパーティがひらかれた」僕は肩をすくめた。「ミリアムはグレイを口説いたものの、ふられたんだと思う。彼はけなすようなことを言ったんだろう。ばかにして笑ったのかもしれない。それで立ち去ろうとした彼の頭を石で殴りつけたんだ」

「そう思う根拠はなんなの？」

「ダニーの身に起こったのもそれと同じだからさ。大筋では」

「それだけじゃ根拠として弱いわ」

「三時間後にまた訊いてくれ」

「本当にやるつもり？」

「現時点では仮説にすぎないからね」

ロビンは絵葉書に目を落とした。極刑に相当する可能性のある事件の物証だ。場合によっては彼女は免職になり、訴追されるおそれもある。彼女は絵葉書を手に取った。「これから指紋が見つかれば、ドルフは自由の身になれるのよ。その点は考えた？」

「どうせ彼は無罪放免になるさ」

「賭けに出るつもり？」

「僕が見たって合理的な疑いがあるんだぞ。きみだってそう思うだろ。ミリアムがダニーをめぐる嫉妬心からふたりの人間を撃った。凶器は遺棄されたダニーのトラックにあった銃で、彼女は彼と結婚できると思いこんで三万ドルを渡した」僕はかぶりを振った。「それだけじゃ裁判に持ちこめない」

「なにをたくらんでいるのか、それだけでも教えてもらえない？」

「きみは選択をした。僕も選択をした。今度は親父にも同じことをしてもらう」

「赦しをあたえるということ？」

「赦し？　その言葉の意味さえ知らないね」

僕は立ちあがったロビンの手を取った。「僕はこの土地にはとどまれない。こんなことがあった以上。どうすればいいかわからない。今度のことが一段落したら、ニューヨークに戻ろうと思う。今度はきみも一緒に来てほしい」

ロビンは腰をかがめて僕にキスをした。背筋をのばしたときも、二本の指だけは僕の顎に残っていた。「なにをするのかわからないけど、しくじらないでよ」

彼女は黒い目を大きくひらいたが、それはイエスでもノーでもなかった。ふたりともそれはわかっていた。

33

僕はジョージ・トールマンの自宅にかけた。呼び出し音が九回鳴り、出ようとした彼が受話器を取り落とした。「ジョージ？」と僕は声をかけた。

「アダムか？」声が濁っていた。「ちょっと待っててくれ」彼は受話器を置いた。木でできたものに当たる音がした。一分近くたって、ようやく彼はふたたび受話器を手にした。

「申し訳ない。うまく現実に向き合えなくて」

「話をしてすっきりしないか？」

ジョージは事の顚末《てんまつ》をほぼ把握しており、いかにも失意のどん底にいる感じだった。ミリアムのことを話すときはつい現在形を使ってしまい、ばつが悪そうに謝った。数分してようやく僕は、彼が酔っぱらっているのだと気がついた。酔っぱらって頭が混乱しているのだ。彼はミリアムの思い出を傷つけることはいっさい語ろうとしなかった。泣きたくなるからと言い訳して。

彼女の思い出。

「おれがいつから彼女に惚れてたか知ってるか？」最後に彼が訊いた。

「さあ」

彼はとぎれとぎれに語ってくれた。ずっと昔、ハイスクール時代にさかのぼるが、ミリアムのほうにその気はまったくなかった。「だからよけいに夢中になったんだよ」と彼は説明した。「おれは待ちつづけた。そうすべきだと思ったからだ。彼女だけを思いつづけた。そしてやっとのことで、彼女も気づいてくれた。まるで運命づけられてたみたいに」

僕は心臓が十二回鼓動するまで待った。「ひとつ訊きたいんだが？」

「ああ」彼は派手に洟をすすった。

「ミリアムとジャニスがコロラドから飛行機で戻ったときの話だけど、シャーロットに一泊し、翌日もすぐには発たなかったんだったな」

「ショッピングに出かけたんだ」

「だけど、ミリアムは具合がすぐれなかった」当てずっぽうで言っただけだった。確証を得たかったのだ。

「そうだが……どうしてそれを知ってる？」

「おまえはジャニスをショッピングに連れていき、ミリアムはホテルにひとり残った」

彼の声に勘ぐるような響きがにじんだ。「なんでそんなことを訊く？」

「あとひとつだけ質問させてくれ、ジョージ」

「なんだ？」まだ警戒している。

「泊まったホテルはどこだ？」

「なんでそんなことを訊くのか理由を言えよ」酔いが醒めてきた彼は、疑惑をつのらせつつあった。僕はやるべきことをやった。嘘をついたのだ。

「なんとなく訊いてみただけだ、ジョージ」

一分後に電話を切り、それから二分間はなにもせず、ただ目を閉じて、いろいろな思いが心をよぎっていくのを感じていた。薬が切れかけ、痛みがひとつ上の段階にあがった。モルヒネ注入ポンプのスイッチを入れようかとも思ったが、手はけっきょくベッドから離れなかった。なんとか我慢できるようになると、シャーロットのホテルに電話をかけた。

「コンシェルジェのデスクをお願いします」

「しばらくお待ちください」二度カチリという音がしたのち、べつの男性の声が言った。

「コンシェルジェでございます」

「そちらでは宿泊客用の車はありますか？」

「専用のリムジンをご用意しております」

「宿泊客に車の貸し出しはしてますか？　有料でもいい」

「しておりません」

「おたくのホテルからいちばん近いレンタカー会社はどこですか？」コンシェルジェは教えてくれた。大手のひとつだった。

「シャトルバスでお送りいたしております」

「電話番号を教えてください」

電話に出たレンタカー会社の受付女性は、いかにも大手企業らしい応対だった。一本調子。冷静沈着。そして僕の質問に対してにべもなかった。「そのような情報をお教えすることはできかねます」

僕は平静を失うまいとつとめたが、たやすいことではなかった。三回頼んだ。「とても重要なことなんです」と訴えた。

「申し訳ございません。そのような情報をお教えすることはできかねます」

電話を切り、ロビンの携帯電話にかけた。彼女は署にいた。「どうかしたの、アダム？体の具合は大丈夫？」

「知りたい情報があるんだが、僕では手に入れられない。警察なら教えてもらえると思う」

「なにを知りたいの？」

僕は知りたいことを彼女に伝え、レンタカー会社の電話番号を告げた。「記録が残ってるはずだ。クレジットカードの控えとか、そんなものが。手こずるようなら本社に直談判すればいい」

「やり方は心得てるわよ、アダム」

「そうだね。悪かった」

「謝らなくてもいいわよ。わかったら知らせる。電話のそばを離れないで」

僕は吹き出しそうになった。「いまのはジョークかい？」

「元気出して、アダム。最悪な時は過ぎたのよ」

しかし僕の頭には父のことがあった。「いいや、まだ過ぎていないよ」

「とにかく電話する」

僕は枕に頭を沈め、壁の大きな掛け時計を見つめた。八分かかった。彼女が必要な情報を手に入れたことはすぐにわかった。声が熱を帯びていた。「あなたの言うとおりだった。ミリアムは緑色のトーラスをレンタルしてた。ナンバーはＺＸＦ‐８３９。自分のクレジットカードを使ってる。細かいことを言えばビザ・カードよ。当日の朝借りて、午後には返却してる。走行距離は百十七マイル」

「農場とシャーロットを往復した距離だ」

「ほぼぴったりよ。確認した」

僕は目をこすった。「ありがとう」

ロビンは少し間をおいた。「幸運を祈ってるわ、アダム。午後にはそっちに行く」

次の電話は営業時間になるまで待たなくてはならなかった。九時に電話した。電話に出た女性はおそろしいほど愛想がよかった。「おはようございます。ワールドワイド・トラベルでございます。ご用件をうけたまわります」

僕はあいさつをして単刀直入に切りだした。「シャーロットからデンヴァーまで飛行機で飛ぶ場合、フロリダを経由して行くことは可能だろうか？」

「フロリダのどちらですか？」

僕はしばし考えた。

「どこでもかまわない」

相手がキーを打つあいだ、僕は掛け時計を見つめていた。七十三秒後、答えが返ってきた。


僕はふたたび目を閉じた。体の震えにくわえ、なぜか息が切れていた。脚の痛みがとどまるところを知らぬかのように這いあがってくる。内側から鋭い釘が矢継ぎ早に飛んでくる感じだった。ナース・コールのボタンを押した。看護師はなかなか現われなかった。

「この痛みはどこまでエスカレートするんだ？」

僕は顔面蒼白で汗びっしょりだった。看護師はそれがどういうことかわかっていたが、同情するような表情はまったく見せなかった。きれいに洗った指でしめした。「そこにモルヒネ注入ポンプを用意しているのは意味があるんですよ。痛みがひどくなったらボタンを押してください。中毒にはなりませんから」看護師は背を向けはじめた。「なにもわたしが手を握ってなくても大丈夫でしょうに」

「モルヒネは使いたくない」

看護師は振り返ると、片方の眉をあげ、素っ気ない声で言った。「なら、もっと痛みがひどくなるだけですよ」彼女は唇をすぼめると、ふくよかな尻をゆっくりと揺らしながら病室を出て行った。

僕は枕に頭を沈め、痛みが歯を剝き出すたびにシーツに爪を立てた。どうしようもなくモルヒネがほしかったが、頭を朦朧とさせるのが嫌だった。絵葉書に触れた。

たまにはこんなのもいい。

よくないときもある。

十時に父が顔を出した。

ひどいありさまだった。生気の抜けた目に衰弱しきった体。まるで地獄行きを宣告された魂が、足もとの床板が落ちるのを待っているかのようだ。

「具合はどうだ？」父は尋ね、遠慮がちに病室にはいってきた。

僕は言葉が出なかった。憎しみの感情を抱こうとしたが、うまくわいてこない。幼い頃の日々を、家族三人の暮らしを思い浮かべた。夢のように幸せだった日々。ようやく求める感情が頭をもたげ、僕は正気を失いかけた。

「あれは本当なんだろ？」

父はなにも答えなかった。

「母さんはサラと赤んぼうの存在を知ってたんだ。それが原因で自殺した。その事実に苦しんだせいで。父さんの裏切りのせいで」

父は目を閉じ、うなだれた。答えるまでもなかった。

「なぜ母さんに知られたんだ？」

「わたしが話したからだ」と父は言った。「話すべきだと思ったんだ」

僕は父から顔をそむけた。心のどこかではまだ、すべて勘違いであってほしいと願っていた。家に帰れるつもりでいたのだ。「父さんが話したせいで母さんは自殺した」

「自分では正しいことをしたつもりだった」

「いまさら後悔しても遅い」

「おまえの母さんに対する気持ちはずっと――」

僕は最後まで言わせなかった。そんな御託《ごたく》は聞きたくなかった。「なぜミリアムに知られたんだ？　まさか彼女にまで話したとは思えない」

父は両のてのひらを上向けた。「あの娘はいつも物静かだった。ふと気がつくとそばにいたということがよくあった。ドルフとわたしがその話をしているのを立ち聞きしたんだろう。たいていは夜遅くだったが、ふたりでよく話していたからな。ミリアムは何年も前から気づいていたんだろう。その話をするようになって、少なくとも十年はたっているからな」

「十年」その事実を知ってミリアムがどれほど苦しんだか、グレイスが部屋にはいるたびに義理の父親の顔がぱっと輝くのをどんな思いで見ていたか、僕には想像もつかなかった。

「父さんはたくさんの人を傷つけた。なんのためだ？」

「釈明するチャンスをあたえてほしい」父のその言葉を聞いたとたん、僕の心のなかでグラスがカタカタいいはじめた。

「冗談じゃない」と僕は言った。「父さんの言い訳なんか聞きたくない。吐き気をもよおすか、ベッドから飛び出して、いまここで叩きのめしてやりたくなるだけだ。言い訳する資格など父さんにはない。訊いた僕がばかだったよ。母さんは体調不良と失望とで疲弊して弱気になり、ただでさえぎりぎりの精神状態だったんだ。そこへ、父さんがよそで子どもをつくったと知らされ追い打ちをかけた。母さんは父さんのせいで自殺したんだ」僕は次に言う言葉を強調するために、間をおいた。「僕のせいじゃない」

目に見えない力が父を押しつぶしたようだった。「わたしも同じ苦しみを抱えて人生を送ってきたんだ」

もううんざりだ。「出て行け」父が背を向けかけたところで、冷静な気持ちがよみがえった。「待て。そうあっさり解放してもらえると思ったら大間違いだ。事の顚末を話してくれ。父さんの口から直接聞きたい」

「サラとわたしは――」

「その話じゃない。そのあとだ。グレイスがドルフと暮らすようになったいきさつだ。二十年近くにわたってみんなをだましてきたいきさつだ」

父は断りもなく膝を折り、腰をおろした。「グレイスは事故のようなものだった。すべて事故だったんだ」

「なんてことを……」

父は姿勢を正そうとした。「サラは子どもがほしいと思いこんでいた。そういう運命にあると思いこんでいた。彼女はその子を連れ、人生を一新するためにカリフォルニアに移った。二年後、彼女は障害者となり、失意を抱えて戻ってきた。彼女は子育てに熱心でなかった。わたしにその子を引き取ってほしいと言ってきた」

「なぜグレイスを〝その子〟なんて呼ぶんだ?」

父は首をかしげた。「グレイスというのは本当の名前じゃない。わたしがあとからつけたんだ」

「彼女の本当の名前というのは……?」

「スカイだ」

「嘘だろ」

「彼女はその子を引き取ってほしいと言ってきたが、すでにわたしには新しい家族がいた」父は言葉を切った。「すでに最初の妻を失っている。新しく迎えた妻を失うことだけは避けたかった。しかし彼女はわたしの娘であり……」

「だからドルフに鼻薬をきかせて育てさせたのか。彼に二百エーカーの土地をやって、秘密を隠したんだな」

「それはちがう」

「嘘を――」

「あの土地はグレイスに相続させるためのものだったんだ! そのくらいしてやって当然じゃないか。彼女に罪はないんだから。ドルフもひとりで寂しかった。だから、喜んで引き受けてくれた」

「でたらめだ」

「本当のことだ。あいつの女房は何年も前に出て行ったきりだ。以来、実の娘には会っていない。グレイスのおかげであいつはずいぶんと変わった」

「嘘に塗り固められていてもか」

「あいつはどん底にいたんだ。おまえのお母さんが死んだあとは、わたしたちもそうだった。あの子の存在はいわば太陽が顔をのぞかせたようなものだった」

「グレイスには話したのか？」

「まだだ」

「ジャニスはどこにいる？」

「家内はもう知っている。わたしから話した。彼女を巻きこむ必要はない」

「彼女に会わせてほしい」

「おまえはわたしを傷つけたいのだと思っていたが」

「父さんに関係ある話じゃない。そっちはもう終わった。全然べつの話だ」

「どういうことだ？」

「ジャニスを連れてきてくれ」と僕は言った。「そしたら話す」

父の顔をあらたな悲しみが覆った。「わたしは昨夜、彼女の娘を殺した。いま彼女は薬で眠っている。たとえそうでなくとも、わたしやおまえと話をするとは思えん。かなり具合が悪いんだ」

「どうしても彼女を呼んでほしい」

「いったいどうしてだ？　今度のことは家内の責任じゃないだろうに」

父の苦悩は僕には伝わらなかった。「フロリダの件で話がしたいと言えばいい」

「わけがわからん」

「いいから言われたとおりにしてくれよ」

34

一時間後、グランサムが訪れ、僕の供述を取っていった。あれこれ突っこんで訊かれたが、父に選択の余地はなかったのだと説明した。父をかばったわけではなく、それが歴然とした事実だからだ。

グレイスか、ミリアムか。

なんと苛酷な選択だろう。

グランサムはゼブロン・フェイスの死に関してもくわしい話を聞きたがった。なぜ僕の車のトランクにショットガンがあったのかを知りたがった。しかし、よその郡での出来事だ。彼の事件ではない。僕がひとりにしてほしいと言うと、彼は渋々ながら従うしかなかった。僕はダニーを殺した犯人ではなく、ゼブロン・フェイスも殺していない。ここへきてようやく彼も納得した。

彼が去ると、そろそろモルヒネを注入しようか、最後の大仕事の前にボタンを押そうかと迷った。耐えがたい痛みが頻繁になり、体が震えてしかたなかった。もうだめかと思ったところへ、ロビンから電話があり、彼女の声に救われた。「もう三時間以上になるわよ」と彼女は言った。

「もうちょっと我慢してくれ」と僕は答え、自分にもその我慢を課した。

彼らは二時間後に現われた。

僕の父。

僕の継母。

継母の憔悴《しょうすい》ぶりは父に輪をかけてひどかった。伏し目がちで、僕たちには見えないなにかがあるのか、片手で宙をつかんでいる。口紅にはむらが目立ち、髪の毛はぼさぼさだ。まるで寝起きのところをそのまま連れてこられたようだった。しかし腰をおろして僕と向かい合うと、彼女が怯えたような顔をしたのを見て、僕は確信した——思ったとおりだと。

「ドアを閉めて」僕は父に頼んだ。父はドアを閉め、腰をおろした。僕はジャニスに顔を向けた。腹を立てたかったし、実際、そういう感情もいくらかあった。しかし大半は暗澹たる気持ちが占めていた。

彼女はなによりもまずひとりの母親であり、彼女にも言い分があるのだ。

「グレイ・ウィルソンが殺された晩の話をしよう」

ジャニスは腰を浮かしかけた。すぐに、崩れるようにすわった。「なんでまたそんな話を……」

「彼の返り血を浴びていたのはミリアムだ。家のなかの血痕は、彼を殺したミリアムがつけたものだ。だから、僕を見たと言うしかなかった。だから、僕に不利な証言をしたんだ。

「なんですって?」ジャニスの目が大きく、白目がちになった。スカートの生地に爪を立てた。

「ほかの人の名前をあげても、家のなかの血痕を発見されれば嘘がばれる。だから、家族以外の人間ではだめだった。あの家に出入りできる人間でなくてはだめだったんだ。とくに二階への出入りが自由でなくては。ジェイミーや父は論外だった。僕以外にありえなかった。親近感を抱いていないのは僕だけだったからだ」

ここへきて父が体をもぞもぞ動かしたが、彼が口をひらくより先に僕は片手をあげた。

「ずっと、見たと信じこんでいるんだと思ってた。見かけた誰かを僕と勘違いしただけだと」僕は言葉を切った。「でもそうじゃなかった。継母《かあ》さんは僕に不利な証言をしなきゃならなかったんだ。万が一のために」

父が口をひらいた。「気でも違ったのか?」

「ちがう」

ジャニスは椅子に手を置き、反動をつけて立ちあがった。「こんな話、聞きたくありません。ジェイコブ、家に連れて帰ってちょうだい」

僕はシーツの下から絵葉書を出し、ジャニスにも見えるよう掲げた。彼女は片手を喉もとに当て、もう片方の手を椅子にのばした。「すわって」僕が言うと、彼女はおとなしく従った。

「それはなんだ？」父が尋ねた。

「グレイ・ウィルソンはかわいそうだが大昔の話だ。すっかり過去の話になっている。だから証明はむずかしい。だけどこいつは――」僕はそこで葉書を振った。「――まったくべつだ」

「ジェイコブ……」継母が父の腕に手をのばし、手首を握った。父は同じ質問を繰り返した。「それはなんだ？」

「選んでほしい」と僕は言った。「父さん自身が」

「意味がわからん」

「ミリアムを追いつめた悪魔は、かなり昔から取り憑いていて、ジャニスはそれを全部知っていた。なぜ秘密にしたか、わかったような説明をするのはここでは避けたい。とにかく、ミリアムは病気だった。グレイ・ウィルソンを愛してると思いこみ、向こうにその気がないとわかると彼を殺した。ダニー・フェイスの場合も同様だ」僕はそこで言葉を切った。「円丘まで行くのは大変だ。死体を運ぶにはトラックが必要だし、ダニーは大柄だった」

「なにが言いたいんだ？」父が訊いた。

「ミリアムひとりであの穴にダニーを落とすのは無理だった」

「まさか」しかし父も察したのだ。顔にそう書いてあった。

「それに、この絵葉書を投函したのはミリアムじゃない」僕はカードをつまみ、父に裏面を見せた。〝楽しんでるぜ〟の文面を。「これはダニーの死後、投函されている」

「ばかばかしい」ジャニスが言った。

「ダニーの死の翌日か翌々日、ジャニスはミリアムを連れてコロラドに向かった。デンヴァーに行くのにフロリダを経由することは可能だ。けさ、いくつか電話で問い合わせた。乗り継ぎ時間は一時間四十分。絵葉書を投函する時間はたっぷりある。警察に旅程を問い合わせてもらったっていい。日付がぴったり合うはずだ」父の目を見つめた。「この絵葉書にはミリアムの指紋はついていないだろうな」

父は長いあいだ黙っていた。「嘘だわ、そんなの」ジャニスが言った。「ジェイコブ……」

父は彼女のほうを見なかった。「それと選ぶことと、なんの関係がある？」

「葉書を投函した人物は、ダニーが死んだ事実を隠そうとした。警察はその人物から話を聞きたいだろうね」

父が立ちあがった。彼のあげた大声に、ジャニスがびくっと震えた。

「なにを選べと言うんだ？」

僕は言うタイミングを引きのばした。できればやりたくない。しかし、やるしかなかった。僕たちが通ってきた道はあまりに多くの悪で汚れている。裏切りと嘘。殺人と共謀。山ほどの悲しみ。

僕は絵葉書をベッドのへりに置いた。

「これを父さんに預ける。燃やすもよし。警察に引き渡すもよし。彼女にやってもよし」

そこでジャニスをしめすと、彼女は身を縮めた。「父さんが決めてほしい」

父とジャニスは絵葉書を呆然と見つめた。ふたりとも手を出そうとしなかった。

「いくつか電話で問い合わせたと言ったな」と父が言った。「ほかにはどこにかけたんだ？」

「ジャニスとミリアムは、グレイスが襲われた前の晩にコロラドから飛行機で戻ってきた。その晩はシャーロットの市街地にあるホテルに泊まってる。翌朝、ジョージが車で迎えに行き、ジャニスと一日過ごし——」

「ショッピングに連れていってもらったのよ」ジャニスが横から口をはさんだ。

「ミリアムはひとり残った」

「ホテルに」とジャニス。

僕は首を横に振った。「彼女はグレイスが襲われる二時間前にレンタカーを借りている。緑色のトーラスだ。ナンバーはＺＸＦ－８３９。警察もこの事実をつかんでる」

「なにが言いたい？」父が尋ねた。

「ミリアムはまだダニーに腹を立てていたと言ってるんだ。十八日間ずっと、彼女はグレイスとダニーが寄り添う姿を想像し、グレイスのせいでダニーに捨てられたことを思い出していた。そのことでまだ腹を立てていたと言ってるんだよ」

「どうもわたしには……」話についてこられない父を見かね、僕はずばりと言ってやった。「ミリアムが車をレンタルした二時間後、木の陰から現われた何者かがグレイスを棍棒で殴った」

父は絵葉書に目をやり、それから僕に目を向けた。ジャニスが父の腕を思いきり強く握ったのを見て、僕は採血するときのようだと思った。「しかし、ダニーの指輪はどういうことだ？　それにあの脅迫文は……？」

「指輪はおそらく、ダニーを殺したときに奪ったものだ。それを、意味深なメッセージをこめてグレイスのそばに置いた。あるいは、脅迫文と同じで、グレイス襲撃の真相を勘づかせないための目くらましだったのかもしれない。指輪があれば、襲撃にはダニーがかかわっており、つまりは彼がまだ生きていると思わせることができる。それがうまくいかなくとも、脅迫文が人々の目を川沿いの土地をめぐる争いへとそらしてくれるはずだ。偽装工作としては実に稚拙《ちせつ》だ。おそらく母親の行動から学んだんだろう」

父は妻を見やった。

「残念だよ」と僕は言った。

父は絵葉書を手に取り、僕と目を合わせた。なにか言おうとしたが、言葉が出てこないとわかってあきらめた。ジャニスが父の袖を引いた。父は最後に一度だけ彼女に目を向けると、すっかり老けこんだ様子で背中を向け、病室をあとにした。ジャニスはうなだれ、そのあとを追った。

僕はふたりの足音が消えるのを待ち、ようやくモルヒネ注入装置のスイッチに手をのばした。ボタンを押すと、じんわりしたものが体内に流れこんだ。モルヒネの注入が終わったあとも、僕はボタンに親指をかけたままでいた。

目がかすんだ。

がらんとした病室に、ボタンの音が響きわたった。

太陽が大地に沈んだ頃、ロビンが戻ってきた。彼女は僕にキスすると、どうだったかと尋ねた。僕が一部始終を話すと、彼女は長いこと黙りこんだ。携帯電話をひらき、何本か電話をかけた。「お父さんから連絡はないそうよ。ソールズベリ警察にも、保安官事務所にも」

「だろうな」

「あなたはそれでいいの?」

「いまとなってはもうわからない。ジャニスが僕にしたことは許せないが、ミリアムは彼女の娘なんだ。彼女もやるべきことをやったまでだ」

「なに、ばかなことを言ってるのよ」

「僕には子どもがいないから想像するしかないが、僕だってグレイスのためなら嘘もつける。きみのためなら嘘もつける。必要とあらば、もっと悪いことだってできる」

「口がうまいのね」ロビンは僕が寝ているベッドに寝そべると、隣の枕に頭をのせた。

「ニューヨークの話だけど」と僕は切りだした。

「まだその話はしないで」

「もう選択はしたはずじゃなかったのか」

「選択はしたわよ。だからって、ふたりの将来のひとつひとつに結論を出さなきゃいけないわけじゃないでしょ」彼女はつとめて軽い口調をよそおった。

「僕はどうしてもこの土地に残るわけにはいかない」

ロビンが枕の上で頭の向きを変えた。「ドルフのことを訊いてよ」

「どうなったんだ？」

「地区検事は容疑を取り下げることになると思う。それしかないという意見が大勢を占めてる。あとは時間の問題ね」

「じきか？」

「おそらく明日」

釈放され、太陽に顔を向けるドルフの姿を思い浮かべた。

「グレイスにはもう会った？」とロビンが訊いた。

「まだＩＣＵにいるから面会が制限されてる。でも、いいんだ。心の準備がまだできてないから」

「お父さんとジャニスとは対決したくせに、グレイスと話すのはためらうの？　理解できない」

「今度のことを理解するのに、まだ時間が必要だからさ。それに、なんだか怖いんだ」

「どうして？」

「グレイスに対しては、なにかを失いそうな気がするからさ。親父に対しては、失って惜しいものなどなにもなかった」隣でロビンが身を硬くした。「どうした？」

「つい最近、わたしもあなたに対して同じことを言ったわ」

「あれとはちがう」

彼女は体を横向きにした。「人生は短いのよ、アダム。心から大切だと思える人にはそうたくさん出会えない。だから、出会えた人を手放さないためには、どんなことでもするべきよ」

「なんの話だ？」

「人間は誰でも過ちを犯すと言ってるの」

薄暗くなった病室でロビンと横たわるうち、僕は一瞬、うとうとした。彼女の声にびっくりして目が覚めた。「どうしてミリアムはジョージ・トールマンと結婚することにしたのかしらね」

「けさ、あいつと話した。そうとう頭が混乱してるみたいだったよ。一部始終を話してもらった。あいつはずっとミリアムに惚れてた。デートはしても、ミリアムは一度もイエスと言わなかったんだ。コロラドに出発する前の日、ミリアムからあいつに電話があった。彼女はもう一度プロポーズしてほしいと言い、あっさりイエスと答えた。ジョージは前から指輪を用意してたらしい。

僕はジャニスの入れ知恵とにらんでる。ダニーの死体が発見されても、警察官の婚約者を疑う者はそうはいない。ミリアムには結婚するつもりはなかったんじゃないかな」

「どうしてそう思うの？」

「シャーロットに戻ってまず最初に、ジョージを母親とショッピングに行かせてるからさ。こっそりこっちに戻ってグレイスを半殺しの目に遭わせるために。ジョージは隠れみのにすぎなかった。使い捨てにするつもりだったんだ」

「哀れね」とロビンは言った。

「まったくだ」

ロビンは目を閉じ、体をさらにくっつけてきた。僕のシャツの下に手を滑りこませた。胸にのせられたてのひらはひんやりとしていた。「ニューヨークの話が聞きたいわ」

35

僕が退院したのはドルフが釈放されたのと同じ日だった。迎えに来た彼に、町を出たところにある採石場のはずれまで連れていかれた。花崗岩は陰になっているところだと灰色だが、陽が射しているところは淡紅色に見える。僕はわきの下に松葉杖を食いこませるようにして、採石場の底の澄んだ水を見おろした。ドルフは目を閉じ、顔を太陽に向けた。

「閉じこめられてたあいだ思い浮かべてたのがここだ」と彼は言った。「農場でもヤドキン川でもない。ここなんだ。何十年も来ていなかったのに」

「ここには記憶に残る出来事がない」と僕は言った。「亡霊もいない」

「おまけにきれいだ」

「親父のことは話したくないんだ」僕は言い、ドルフに目を向けた。「そのためにわざわざここまで連れてきたんだろ？　親父の尻ぬぐいをするために」

ドルフはトラックに寄りかかった。「わしは親父さんのためならなんでもするつもりだ。その理由を知りたいか？」

僕は横を向き、悪戦苦闘しながら坂を下りはじめた。「そういう話なら聞かないよ」

まではそうとうあるぞ」

「ちゃんと帰ってみせるさ」

「無茶をするな、アダム」ドルフが僕の腕をつかんだ。「親父さんだって人間だ。いまはすっかりまいってる。大昔の話じゃないか」僕は彼の手を振りほどいたが、彼はかまわず話しつづけた。「サラ・イェーツは若くて美しく熱意にあふれていた。親父さんは過ちを犯してしまったんだ」

「過ちには代償をともなうものもある」と僕は言った。

「さっき、理由を知りたいかと訊いただろ。いまからその話をしてやる。なぜなら、親父さんはわしが出会ったなかで最高の男だからだ。彼の友人でいられるのはたいへん名誉なことだ。それがわからないやつは、よっぽど目が悪いんだろう」

「意見を言うのは自由だ」

「彼がグレイスを通してなにを見ているかわかるか？　成長したひとりの女であり、生涯にわたる記憶であり、おまえさんが非難しようとしているあの過ちなしには生まれ出ることのなかった、一個のすばらしい人間なんだよ。親父さんは神の手を見ているのさ」

「僕には、この世でもっともすばらしい女性の死が見えるね」

「物事は理由があって起こるんだ、アダム。神の手はいたるところに存在する。そう考えたことはないのか？」

僕は振り返って歩きだした。ドルフはひとつだけ正しいことを言った。町うある。

その後の四日間をロビンの家で過ごした。宅配の料理を取り、ワインを飲んだ。死や赦しや未来についてはいっさい話さなかった。彼女にニューヨークについて思いつくかぎりのことを話して聞かせた。

ふたり一緒に新聞を読んだ。

銃撃事件は大ニュースで、州一帯に記事が流れた。レッド・ウォーター農場はノース・カロライナ州のランドマーク的存在であると説明されていた。五年間で死体が三つ。六基の冷却塔。数十億ドルとも言われる金。通信社が取りあげるまで、さほど時間はかからなかった。とある野心的な記者は、事件を原子力発電所、森林破壊、およびとどまるところを知らぬ成長に対する代償といった大きなピースのひとつという切り口で論じていた。妨害行為を取りあげた記者もいた。大手新聞すべてが熱のこもった論陣を張った。人々は父に売却を迫った。環境保護主義者たちはそれに異議をとなえた。状況はヒートアップの一途をたどった。

四日目、電力会社はサウス・カロライナ州にある第二候補地での建設を発表した。会社側の説明では、水の供給面で軍配があがったとのことだった。まさに渡りに船だった。しかし僕はなんとなく疑念を抱いていた。物議をかもしすぎたのではないか、非難が殺到していたのではないか、と。

発表後、郡内に粛とした沈黙が広がった。掃除機のスイッチがはいり、幻の富が天空へと吸いあげられるような感じがした。その日、僕はテンプルトンに電話をかけた。問題をわきに置き、僕にできることをしようと決めた日だった。彼とは州間高速道路を十マイルほど行ったレストランで、コーヒーでもということで会った。彼は二、三慎重な言葉を発すると、要点を言ってほしいと言った。

「父の負債額はどれくらいになりますか?」それが僕の質問だった。

彼はしばらく僕を見つめ、品定めしようとした。すでに彼が父と話し合いを持ったのは知っている。そこまでは話してくれた。

「なぜそんなことを知りたがるのだね?」

「農場は二世紀にわたって僕の一族が所有してきたものです。ブドウ園の大半は焼失した。父は負債を抱えている。農場が危機に瀕してるなら、僕も手を貸したいんです」

「それならお父上に言えばいい」とテンプルトンは言った。「あいだに人をはさまずに」

「まだそこまで心の準備ができていません」

テンプルトンはテーブル上で、長い指をドラムを叩くように動かした。「で、きみのほうの申し出額は?」

「父は三百万ドルで僕の土地を買い取った。それを同じ値段で買い戻そうと思う。それだけあればなんとかなるはずです」

「そんな金が残っているのかね?」

「うまく運用したんです。もっと必要なら、出すことも可能です」

弁護士は自分の顔を撫でて考えこんだ。それから自分の腕時計に目を落とした。「急ぐのかね？」

「いいえ」

「ここで待っていたまえ」

僕は窓ごしにテンプルトンをうかがった。いま彼は、携帯電話を耳に当て、駐車場に立って僕の父と言い合っている。彼の顔は、テーブルに戻ってきたときもまだ、紅潮したままだった。「断るそうだ」

「理由は言いましたか？」

「それについては答えられない」

「しかし、あなたには理由を言ったんですね」

弁護士はうなずいた。「はっきりと」

「でも僕には教えてくれないわけだ」

相手は両手を広げ、かぶりを振った。

けっきょく理由を教えてくれたのはドルフだった。彼は翌日、ロビンの家に現われた。僕たちは駐車場の隅のアパートの陰で話した。「親父さんとしては筋を通したいんだ。おまえさんには戻ってきてもらいたいが、おまえさんが財政支援してくれるからじゃない。おおまえさんの金を当てにするためではないんだ」

「借金はどうするんだろう？」

「借り換えをするか、もっと担保の土地を増やすか。やれることをやるだろうさ」

「できると思うか？」

「わしは親父さんを信じている」ドルフのその言葉には何層もの意味がこめられていた。

ドルフのトラックがあるところまで送っていった。彼はあけたウィンドウごしに言った。

「ジェイミーの行方がわからん。自宅に戻っていない」僕もドルフもその理由はわかっていた。ふたごの妹であるミリアムを、父に撃ち殺されたのだ。ドルフの目を不安の色が覆った。「あいつを捜してくれないか？」

ニューヨークの担当者に電話をかけ、金をこっちの支店に送ってもらうよう手配した。

ジェイミーを捜しに出たときには、ポケットに三十万ドルの小切手がはいっていた。彼は地元のスポーツ・バーにいた。奥の隅のボックス席にすわっていた。空のボトルがテーブルの端から端までびっしり並んでいた。見たところ、何日もひげを剃っておらず、風呂にもはいっていない様子だ。僕は不自由な脚でテーブルに近づくと、彼の向かいの席に腰を滑らせ、壁に松葉杖を立てかけた。彼はべろんべろんに酔っていた。

「大丈夫か？」

彼は答えなかった。

「みんなしておまえを捜してるぞ」

ジェイミーは呂律がまわらず、僕を荒《すさ》ませたのと同じ怒りを抱えていた。「おれの妹だったんだぞ」と彼は言った。「わかるか？」

もちろんわかった。まったく似ていなかったが、ふたりはやはりふたごなのだ。

「僕はあの場にいた。親父に選択の余地はなかったんだ」

ジェイミーがボトルをテーブルに乱暴に下ろした。ビールが飛び散り、僕の袖にかかった。まわりの客が一斉に目を向けたが、ジェイミーは気にもとめなかった。「いつだって選択の余地はある」

「それはちがう、ジェイミー。いつもとはかぎらない」

彼は椅子の背にもたれ、タコだらけの大きな手で顔をぬぐった。僕と目を合わせたその顔は、まるで鏡を見ているようだった。「帰れよ、アダム。おれの目の前から消えてくれ」彼は両手で頭を抱え、僕は小切手をテーブルの向こうにすっと滑らせた。

「足りなければ言ってくれ」僕はそう言って、脚をひきずりながらボックスを出た。出口で一度振り返り、ジェイミーの様子を確認した。彼は指で小切手をつまみ、すぐに下ろした。店の奥から僕に気づくと片手をあげた。そのときの表情を、僕は一生忘れないだろう。

彼はまたうつむき、ビールに手をのばした。

グレイスと会うのは思ったより楽だった。彼女と顔を合わせても、母に思いを馳せることはなかった。少なくともその点に関しては父の言うとおりだった。彼女に非はなく、大切に思う気持ちに変わりはなかった。グレイスはやつれていたが、僕よりもずっと楽に真実を受け容れていた。「両親は死んだものとずっと思ってた」と彼女は話してくれた。「なのにふたりとも健在なうえに、お兄さんまでいたなんて」

「でも、ドルフはきみのおじいさんじゃなくなったんだぞ」と僕は言った。「なくしたものもあるじゃないか」

グレイスは首を横に振った。「彼のことはこれ以上愛せないくらい愛してる。あたしたちの関係はこれからも変わらないわ」

「きみと僕の関係はどうだ？　変な気分にならないか？」

答えが返ってくるまで一分の間があいた。彼女の答えからは、本人もまだとまどっているのがうかがえた。「あなたへの思いはそう簡単には消えないわ、アダム。とてもつらい。でもいずれ慣れるわよ。そうするしかないんだもの。あたしを抱かなかったあなたに、いまは感謝してる」

「おもしろいこと言うな」

「でしょ」

「サラ・イェーツのことは？」

「あの人のことは好きよ。だけどあたしを捨てた人だわ」

「もう二十年になるんだ、グレイス。あの人はどこに住んでもいいはずなのに、三マイル上流の地を選んだ。偶然なんかじゃない。きみの近くにいたかったんだよ」

「近くに住むのと一緒に住むのはちがうわ」

「ああ、たしかにちがう」

「あの人とのことはなりゆきにまかせようと思うの」

「なら親父のことはどうする？」

「あの道を歩くのが楽しみだわ」グレイスのまなざしがあまりに穏やかで、僕は思わず顔をそむけた。彼女が手を僕の手に重ねた。「出て行かないで、アダム。あたしと一緒に歩いてほしいの」

僕は手を引っこめると、窓のところまで行って、外を見やった。青々と生い繁る木が病院の裏の家々の上にまで枝を広げていた。何千という緑の数だ。「僕はニューヨークに戻る。ロビンも一緒だ。きみも来てくれたらいいと思っている」

「前にも言ったでしょ。あたしは逃げない」

「逃げるのとはちがう」

「そうかしら？」

36

ミリアムの葬儀がおこなわれたのは季節はずれに寒い日だった。僕も参列し、ロビンと並んで立った。父もジャニスと一緒だったが、ふたりともほとんど寝ていないようで、憔悴し、悲しみに暮れていた。ドルフがふたりのあいだに立っていた。岩のように、あるいはふたりを隔てる壁のように。ふたりが一度も目を合わせない様子に、悲しみと罪悪感に蝕《むしば》まれているのがわかった。ジェイミーは少し離れたところにぼんやり立っていた。顔がこけ、頬に赤いしみが点々とついている。彼は酔って、怒っていた。父に目を向けたときの顔からは、絶対に赦さないという決意が読み取れた。

僕たちは、母の葬儀とダニーの葬儀も司った神父の話に耳を傾けていた。彼は雪のように白い祭服姿で、似たような言葉をつらねていたが、僕の心は少しもなぐさめられなかった。生前のミリアムは心の平安というものをほとんど知らなかったから、その魂もまた、同じ傾向をしめすのではないかと心配だった。彼女は人殺しとして、後悔することもなく死んだ。彼女が安息の地を見つけてくれることを願うばかりだ。

彼女の墓を見やった。

傷ついた彼女の魂に、神の慈悲があるようにと祈った。

神父の話が終わると、継母は棺に抱きつき、強風に舞う木の葉のように体を震わせた。ジョージ・トールマンは虚空をにらみ、顎からしたたり落ちた涙が警察の青い制服に濃い跡をつけた。

僕が小さな輪を離れると、父もあとからついてきた。高くのぼった太陽の下、ふたりだけになった。「わたしはどうすればいいんだ」と父が言った。

僕は残った家族に目を向け、予言めいたミリアムの言葉を思い出した。うちの家族は完全に崩壊していた。

そこらじゅうひび割れだらけ。

「警察に連絡しなかったんだな」僕は絵葉書のことを言った。

「あれは燃やした」父は顔をうつむけ、同じ言葉を繰り返した。「あれは燃やした」

次の瞬間、父も体を震わせはじめた。

僕はその場をあとにした。

37

翌年にかけて、僕は気がついた。愛する人と暮らすニューヨークはたったひとりで暮らすよりもすばらしいことに。十倍もすばらしい。いや千倍だ。しかしここは家とはちがう。それは厳然たる事実だ。僕はなんとか折り合いをつけようとしたが、やはりむずかしかった。目を閉じると、どこまでも広がる大地が見えた。

僕たちはこれから先の人生をどう過ごすか決めていなかった。決まっていたのは、ふたり一緒に過ごすことだけだった。僕たちには金も時間もあった。結婚の話もした。「そのうちね」とロビンは言った。

「明日にでも」と僕は言い返した。

「子どもはどうする?」

僕の頭に父の顔が浮かび、彼女は僕の悲しみを察した。「こっちから電話をかけてあげなさいよ」彼女は言った。

父は週に一度、かかさず電話を寄こした。日曜の夜。八時に。電話が鳴ると、受話器に番号が表示される。毎週父はかけてくる。毎週僕はベルを鳴らしっぱなしにする。父はメッセージを残すこともある。残さないこともある。一度、封書が届いた。父の離婚裁定のコピーと新しい遺言書のコピーがはいっていた。ジェイミーには十パーセントの権利が残されているが、農場の経営権はグレイスと僕に譲るとある。父は農場の将来を僕らに託していた。

僕たち。

子どもである僕たちに。

グレイスと僕は頻繁に話をし、関係は時とともによくなっていった。変に意識することもなくなりつつあった。僕たちは遊びに来てほしいと誘ったが、彼女はいつも断った。「そのうちに」と彼女は言い、僕もそれでいいと思った。いまグレイスは、新しい道を手探りで歩いている。それにはたいへんな集中力が必要なのだ。一度、父のことが話題にのぼった。

「やめてくれ」僕は言った。彼女は二度とその話題を持ち出さなかった。

「とってもつらそうにしているわよ、アダム」

ドルフは二度訪ねて来たが、この街は好きになれなかったようだ。一緒にディナーを食べに出かけ、何軒かバーをはしごし、いろいろ話をした。彼は思っていたよりも元気そうだったが、医者からどう言われているかは話してくれなかった。「医者ってやつは」そう言うだけで、話題を変えた。僕は一度、なぜダニー殺害の罪をかぶろうとしたのか訊いてみた。思ったとおりの答えが返ってきた。

「ダニーがグレイスを殴った話をしたら、親父さんは激怒した。生まれてこのかた、あんなに怒った親父さんを見たのははじめてだったよ。ダニーが行方不明になったのはその直後だった。それで、親父さんが殺したんだと思いこんだわけさ」彼は肩をすくめ、歩道にいるかわいい少女に目をやった。「どっちにしろわしは死にかけてたしな」

僕はしばしばその話を思い返した。ふたりの友情の強さを。五十年以上にわたる友情を。生涯にわたる友情を。

彼の死は僕をすっかり打ちのめした。

突然のことで、僕は看取ることもできなかった。僕はあらたな葬儀のためローワン郡に戻り、そこで父から、ドルフは顔に太陽の光を受けて死んでいったと聞かされた。父は両腕を広げて僕に赦しを求めたが、僕はなにも言えなかった。子どものように泣くばかりだった。

ニューヨークに戻ってからもなかなか立ち直れなかった。何日も。何週間も。白い鹿の夢を三度見たが、見るたびに強烈なものになっていった。枝角は骨のようになめらかで、二本の角のあいだで金色の光が輝いていた。鹿は森の入り口に立って、僕がついてくるのを待っていたが、僕は一度もついていかなかった。鹿が見せようとするものに向かい合う準備が出来ていなかったし、真っ暗な森の向こうで待ちかまえているものが怖くもあった。

その夢が持つ力を、暗闇を走りまわりながら感じる、声が出なくなるほどの恐怖感をロビンに説明しようとこころみた。きっとドルフが僕になにか伝えようとしているんだ、あるいは母が、と訴えた。しかしロビンは取り合わなかった。僕を抱き締めてこう言った。

世の中には善なるものがまだ存在しているという意味よ。ただそれだけのこと。僕はそう思いこもうと努力したが、納得いかない気持ちが残った。そこで彼女はもう一度、僕の愛するあの声でささやいた——善なるものはまだ存在しているのよ。

しかし、そういう意味ではない。

森の向こうには秘密の場所があり、そこになにがあるかも僕にはわかっていた。

みずからの命を絶った母は、同時に僕の子ども時代も奪った。魔法を奪い去った。あまりに赦しがたく破壊的で、赦すことを忘れた僕は二十年にわたって怒りをためこんだ。そしていまになってようやくわかってきた。母はああいう行動に出たが、彼女の罪は弱さの罪であり、父の罪と同じだったのだと。父の過ちがおよぼした影響は甚大だったが、罪そのものは人間の弱さに起因するものだった。ドルフが僕に伝えようとしたのはまさにそれであり、父をかばって言ったわけでも、僕を思って言ったわけでもなかったのだ。父の過ちが怒りの根源であり、僕の心のなかのグラスをカタカタいわせた原因だったわけだが、それも日を追うごとにささいなことに思えてきた。だから、僕は大切な女性を引き寄せ、次にその夢を見たら、白く見えたものを追ってみると言った。暗い踏み分け道を歩き、ずっと目をそむけてきたものと相対するつもりだと。

おそらくそれは魔法ではないだろうか。

あるいは赦しか。

もしかしたらなにもないのかもしれない。

次の日曜の夕暮れ時、ロビンは散歩に出かけてくると言った。僕に熱っぽいキスをすると、僕の手に電話を押しつけた。

僕は窓辺に立って川を見おろした。僕が愛する川とは別物だ。色もちがう。岸辺の風景もちがう。しかし水は流れている。万物を疲弊させながら、みずからは何度も再生し、同じ広大な海に注ぎこんでいく。

僕が犯した過ちと父を思い、グレイスのことやドルフから言われた言葉を思った。人間はしょせん人間であり、神の手はいたるところに存在する。

十分後、電話が鳴る。

今夜、僕は電話に出るだろうか。

解説

文芸評論家
北上次郎

ジョン・ハート、待望の第二作である。待望の、というのは、その第一作『キングの死』がすごい作品であったからだ。二〇〇六年の十二月に翻訳が刊行されたとき、私は新刊評に次のように書いた。まず、それを引くところからこの稿を始めよう。長い引用になるが、当時の興奮をわかっていただきたいので許されたい。

「主人公は弁護士のワーク。十八ヵ月前から行方不明になっていた父の死体が発見されるのが冒頭。その現場に向かう途中、水路を見る。その暗渠《あんきょ》がなにやらわけありだ。弁護士の父にも問題があったようで、さりげなく語られる母の死も謎めいている。その背景は、物語の進行とともにゆっくりと浮上してくる」

「妹のジーンが父を殺したのではないかと思って会いに行くと、ジーンは心を閉ざしている。帰宅すると美しい妻が待っているが、どうやら夫婦仲はうまくいってないようで、ワークの沈んだ心が静かに語られていく。成功した父に比べて、自分の現在への疑問が彼にはある。どうやらそういうことらしい。ここまで読むとあとは一気読みだ」

「これは家族小説だ。兄妹小説だ。さまざまな人生がここにはある。その哀しみがどんどんしみ入ってくる。ワークが容疑者となり、必死に真相解明に取り組むテンポの良さも素晴らしい。その錯綜したストーリーの秀逸さも特筆もの。回想シーンもきらきら光っていて、久々に充実した読書を堪能できる。今月は強力なライバルが多かったが、それらを押し退けて、自信の◎だ」

　ようするに、私好みの小説であったということだ。幼いときは家族が密接につながっていて、いまはばらばらになっている、という設定を、私は特に好きなのだが、そういう人間に『キングの死』は理想的なテキストといってよかった。こういう小説を読んでいて、幼いときの回想が途中で出てきたりすると、その蜜月は続かなかったのだと思うだけで哀しくなってきて、いつも私はふぅとため息をついたりするのである。美しい妻がいるのに夫婦仲がうまくいってないというのも、なかなかリアルで引き込まれる。つまり、何から何まで私好みだった。

　したがって、ジョン・ハートの第二作『川は静かに流れ』を期待するのも当然といっていい。まず、「わたしが書くものはスリラーもしくはミステリの範疇《はんちゅう》に入るのだろうが、同時に家族をめぐる物語でもある」という謝辞の冒頭に注意。これは、今回も家族をめぐる物語だという宣言だ。期待はますます高まっていく。

　主人公のアダム・チェイスが五年ぶりに生まれ故郷に帰ってくるところから本書は始ま

るが、「その川は、思い出せるかぎりもっとも古い記憶だ。小高い丘にある実家の玄関ポーチに立つとよく見えた。幼い頃にこのポーチで撮った黄ばんだ写真はいまも大事に取ってある。そこで母にあやされながら眠り、釣りをする父のかたわらで埃《ほこり》まみれになって遊んだ」という冒頭を読むだけで、もう物語に引きずりこまれていく。期待は絶対に裏切られない、と書いておく。

なぜ五年間、生まれ故郷を離れていたのか、なぜいま帰ってきたのか。物語の背景は徐々に明かされていく。五年前、グレイ・ウィルソン（ハイスクールを卒業したばかりの十九歳）が撲殺され、継母ジャニスがアダムの犯行と主張。逮捕されるも無罪放免で釈放されるが、街に居づらくなって生まれ故郷を去る。戻ってきたのは、幼なじみのダニーから電話がきたからだ。人生を立て直す道がわかったが、それにはアダムの力が必要だ、こっちに帰ってきたら一対一で話すから、力を貸してほしいとダニーは言う。その電話を受けたときは断るのだが、あとで気になり、結局アダムは故郷に帰ってくる。

背景にあるのは、原子力発電所の建築計画で、広大な農場を所有しているアダムの父親が反対しているので、誘致推進派ともめている。不気味な不協和音が地元にひろがっている。そして、ある理由で逃亡中のダニーの行方が判明するのが一九〇ページ。全体が五六〇ページある小説だが、紹介できるのはここまでだろう。

紹介していないことがまだ幾つかある。幼いアダムがコーヒーを持っていくと、部屋のドアを開けた瞬間に、こめかみにあてた銃の引き金をひいて母が自殺したこと。十歳のときに父がジャニスと再婚し、五歳の双子ミリアムとジェイミーという弟と妹が出来たこと。ダニーと知り合ったのは、その母の自殺の半年後で、学校もさぼりがちで、荒れていたころ、貧乏で、成績が悪く、父親から暴力をふるわれていたダニー（彼は二年間、母親の顔を見ておらず、まともな食事にありついていなかった）が、アダムの友として登場すること。二人でしょっちゅう喧嘩をして悪さをしたが、八年生のとき、校長の車を盗み、捕まって二週間の停学処分を受けたときも、ダニーはアダムの名前を出さなかったこと。ジェイミーがギャンブルに夢中であったこと（本人はもうやめたと言明）。ダニーもノミ屋に借金していたこと。「あなたはかわいい子だったわ」と言うマリファナを売るサラという魅力的な女性が登場すること——そういうことがまだ他にもあるが、それらは本書を繙《ひもと》いて確認されたい。

ここでは、実の兄妹のように育ったグレイスのことを回想する場面を引いておきたい。

「五歳で川で泳ぎはじめ、七歳のときには背泳ぎができた。十歳のときには父の馬、それも、大型で気性が荒く、父以外は誰もが怖じ気づいた馬を乗りこなした。僕は射撃と釣りを教えた。僕と一緒にトラクターに乗り、自由奔放な性格で、しょっちゅう頬に血をつけて学校から帰ってきては、自分を怒らせた男の子たちの話をしたものだ」

アダムには恋人の女性刑事ロビンがいて、グレイスはあくまでも妹的存在なのだが、彼女を守るのは自分の役目だとアダムは考えている。そういう相手の幼いときを回想するこのシーンが美しい。あるいは、七歳のとき、母と川遊びした日のことを思い出すシーンも、そして泥だらけのダニーとアダムが笑っている写真も、過ぎ去ったことはすべて美しいものとして登場してくることに留意したい。前作『キングの死』と同様に、本書もまた私にとって理想的なテキストと言っていいのは、この美しさのためにほかならない。

これはダニーとアダムの友情を描く小説であり（アダムの無実をずっと信じるダニーの姿があとで語られることに注意）、ロビンとの愛を描く小説でもあるが、同時に、親と子の、そして兄妹の絆を、哀しくやるせなく、そして鮮やかに描いた物語である。二〇〇八年度のアメリカ探偵作家クラブ賞最優秀長篇賞（エドガー賞）を受賞した作品である。

二〇〇九年一月

レイモンド・チャンドラー

長いお別れ
清水俊二訳

殺害容疑のかかった友を救う私立探偵フィリップ・マーロウの熱き闘い。MWA賞受賞作

さらば愛しき女よ
清水俊二訳

出所した男がまたも犯した殺人。偶然居合わせたマーロウは警察に取り調べられてしまう

プレイバック
清水俊二訳

女を尾行するマーロウは彼女につきまとう男に気づく。二人を追ううち第二の事件が……

湖中の女
清水俊二訳

湖面に浮かぶ灰色の塊と化した女の死体。マーロウはその謎に挑むが……巨匠の異色大作

高い窓
清水俊二訳

消えた家宝の金貨の捜索依頼を受けたマーロウ。調査の先々で発見される死体の謎とは?

ジェフリー・ディーヴァー

静寂の叫び 上下
飛田野裕子訳

FBIの人質解放交渉の知られざる実態をリアルかつ斬新な手法で描く、著者の最高傑作

監禁
大倉貴子訳

周到な計画で少女を監禁した男の狂気に満ちた目的は？ 緊迫感あふれる傑作サスペンス

ヘルズ・キッチン
澁谷正子訳

ドキュメンタリー映画を製作するペラムは、意外な陰謀に遭遇する……話題の三部作開幕

ブラディ・リバー・ブルース
藤田佳澄訳

ギャング映画の撮影で田舎へやってきたペラムは、警察やFBI、殺し屋につけ狙われる

シャロウ・グレイブズ
飛田野裕子訳

ロケハン中の執拗な嫌がらせの影には……ペラムは巨悪に挑む（『死を誘うロケ地』改題）

訳者略歴　上智大学外国語学部英語学科卒，英米文学翻訳家　訳書『ボストン、沈黙の街』ランディ，『シティ・オブ・タイニー・ライツ』ニート，『酔いどれに悪人なし』ブルーウン（以上早川書房刊）他多数

HM=Hayakawa Mystery
SF=Science Fiction
JA=Japanese Author
NV=Novel
NF=Nonfiction
FT=Fantasy

川《かわ》は静《しず》かに流《なが》れ

〈HM㉝①-2〉

二〇〇九年　二 月十五日　発行
二〇〇九年十二月　十 日　六刷
（定価はカバーに表示してあります）

著者　ジョン・ハート
訳者　東《ひがし》野《の》さやか
発行者　早川浩
発行所　株式会社　早川書房
郵便番号　一〇一 - 〇〇四六
東京都千代田区神田多町二ノ二
電話　〇三 - 三二五二 - 三一一一（大代表）
振替　〇〇一六〇 - 三 - 四七七九九
http://www.hayakawa-online.co.jp

印刷・信毎書籍印刷株式会社　製本・株式会社明光社
Printed and bound in Japan
ISBN978-4-15-176702-9 C0197